PERFECTLY *Mine*

LYNA REYS

PERFECTLY *Mine*

ROMAN

&H

HARPERCOLLINS FRANCE
83-85, boulevard Vincent-Auriol, 75646 PARIS CEDEX 13.

www.harlequin.fr

ISBN 978-2-2804-9978-1 — ISSN 2271-0256

Le monde est rempli de choses merveilleuses,
mais c'est aussi un endroit sombre et brutal.

Guts du manga Berserk
de KENTARO MIURA

Pour toi qui lis ces mots,
Tu vaux la peine.

PROLOGUE

Fallon

C'est lui.

Et je suis prête.

Prête à accomplir l'acte le plus audacieux. Celui qui pourrait me faire vivre la plus belle des histoires, ou bien... celui qui exterminera les derniers morceaux encore indemnes de mon cœur.

Je suis prête à déclarer ma flamme à l'homme de ma vie. À déclarer mon amour à Thomas Carter. L'homme qui a grandi avec moi, celui qui a assisté à toutes mes phases, m'a vue muer, de fillette à jeune femme. L'homme qui me connaît par cœur, mon ombre. Mon meilleur ami.

Le déni dure depuis bien trop longtemps. Toute ma vie, je me suis voilé la face. Je me disais qu'avec le temps ça passerait, que ce n'était qu'un béguin de jeunesse.

Tout passe avec le temps, forcément.

Et maintenant, j'ouvre enfin les yeux, parce que ça ne passe pas. Parfois, on enfouit ses émotions pour mieux se protéger, parfois on les laisse nous écorcher pour mieux nous y habituer.

Il y a tant de choses au fond de moi que je ne parviens pas à expliquer... Tout est à la fois contradictoire et pourtant cohérent. Obscur et clair. Je me noie dans mes propres sentiments, je suffoque à l'intérieur de mon propre corps. Tout s'entrechoque et moi, je suis là, paumée, à tenter de déchiffrer ce capharnaüm.

Ce chaos que je me trimballe n'est que la conséquence de l'éducation que j'ai subie. Dans cette brume, une lueur m'a aidée à garder le cap, à ne pas sombrer davantage. Cette lueur est l'unique constante dans ma vie.

Je pourrais être n'importe où sur terre, on me retrouvera. Thomas me retrouvera.

Toute ma vie, je me suis persuadée que je ne ressentais rien pour lui. Pourtant, toutes mes relations avec d'autres hommes ont tourné court. Je finissais par me lasser et par rompre, ou alors c'est Thomas qui se chargeait de s'en débarrasser, estimant que je méritais mieux. Je lui en voulais d'agir ainsi, de prétendre savoir ce qu'il me fallait, mais je pense que, dans le fond, l'idée qu'il était peut-être jaloux me réconfortait.

La vérité, c'est que je n'ai jamais pu me projeter avec eux. J'aurais bien aimé, mais je ne pouvais leur offrir que des faux espoirs. Mon cœur était déjà pris.

Thomas possède mon cœur, il possède tout de moi. Sauf qu'il ne le sait pas encore.

J'ai avoué mes sentiments à Jackson, mon demi-frère mais aussi le meilleur ami de Thomas, des sentiments que j'ai pris soin d'ensevelir pendant quinze putains d'années.

Je voulais me protéger à tout prix, être à l'abri d'une énième déception. J'oubliais que mon cœur est brisé depuis le départ, par tous les sévices psychologiques que j'ai endurés. Je me suis toujours sentie incomprise, incomplète... Je n'ai jamais su combler ce vide béant autrement qu'avec des illusions.

Je m'étiole dans cette tristesse qui fend mon âme. Je ressens sans cesse le besoin de ravaler mes émotions pour faire plaisir aux autres, sourire pour ne jamais dévoiler l'étendue de ma mélancolie. Un accord tacite scellé au creux de mon âme. Ne jamais rien dire, accepter la fatalité que les autres m'imposent. Personne ne voit *tout* ça en moi, personne ne fait attention à ce que je ressens réellement.

Personne, sauf lui.

Thomas est le rempart qui me protège de tout ce mal. Il me délivre de cette peine, anticipe tout ce qui pourrait me détruire. Il est toujours là, quelque part.

Une terreur primaire se diffuse dans mes veines rien qu'à

l'idée qu'il puisse me voir comme une idiote incapable de se débrouiller seule, celle qui l'appelle à la moindre difficulté.

Adolescente, j'étais incapable d'assumer que je craquais pour Thomas, c'était un moyen de me préserver. *Lui ? S'intéresser à moi ? Faut se réveiller, Fallon.*

Après tout, je n'étais que la fille de son mentor, la demi-sœur de son meilleur ami, une fille quatre ans plus jeune que lui.

À présent, Jackson a trouvé quelqu'un, ma meilleure amie Julia, pour construire un de ces avenirs auxquels beaucoup aspirent. L'idée qui émerge dans ma caboche – que Thomas puisse songer à prendre cette direction – me fait espérer que je serai la personne qui partagera sa vie.

Thomas n'a jamais eu de vraie histoire. Je ne l'ai jamais vu fréquenter qui que ce soit, pas une seule fois il n'a mentionné la présence d'une partenaire. Au Box for Ashes, le club qui appartient à mon frère, je ne l'ai jamais vu flirter, et il n'a jamais ramené une fille chez lui. Comment je le sais ? Il habite au-dessus de chez moi.

Rien ne peut juguler cette énergie crépitante qui naît dans mon ventre, ce sentiment d'urgence. J'ai besoin d'avouer ce que je ressens. Besoin de déclarer que depuis le début, il est le seul à guérir mon cœur, à apaiser le trauma causé par ma mère et à calmer ma douleur.

Thomas est doux, avenant et, tout à la fois, il renferme une force intimidante. Mon père, Jelan, m'a toujours dit que Thomas était différent, que son ambition et sa détermination n'avaient rien à voir avec ce que Jackson pouvait offrir.

Ils ont grandi ensemble, ils se ressemblent au premier abord et pourtant… Jelan me disait que si Jackson portait en lui une rage immense, il avait dû acquérir du sang-froid pour contenir ce magma de haine. Alors que Thomas… Rien ne semble l'animer. De nature calme, il écoute avec attention, silencieusement. Thomas est l'homme aux mille facettes, au point qu'il s'oublie, lui. Il s'adapte à toutes les situations, ne quitte pas son flegme naturel et arbore un détachement qu'on pourrait prendre pour de l'insolence.

Putain… Depuis tout ce temps, je n'ai que lui en tête. Je sais que je l'aime. Je sais que c'est lui. Je l'ai aimé avant même de savoir ce que ça pouvait signifier.

Je pourrais tomber de très haut, mais une part de moi conserve une lueur d'espoir vivace : peut-être qu'il ressent la même chose…

Julia en est convaincue. J'ai disséqué tous les comportements de l'homme que j'aime, recueilli tous les indices cachés dans ses paroles, ses actes.

Mon cœur bat la chamade, mon corps va imploser, il ne pourra plus contenir tout cet amour. Un liquide chaud s'écoule derrière ma poitrine, ravive la flamme. Je veux vivre cet amour. Je veux Thomas.

Une profonde inspiration fait gonfler ma poitrine. J'ai sonné à sa porte et attends sagement, impatiente et nerveuse.

Rien du tout.

Cela fait plusieurs mois que Thomas enchaîne les déplacements, je ne le vois plus autant qu'avant. Jackson m'a pourtant assuré qu'il rentrait aujourd'hui. J'ai du mal à m'habituer à cette distance entre nous, moi qui l'ai toujours eu sur le dos. Son absence n'a fait que renforcer l'urgence de mes aveux.

Et puis, il me manque. Nous avons échangé quelques messages assez brefs. Il semblait très occupé et je n'ose pas le déranger quand il croule sous le travail. J'ai tellement hâte de le revoir et de lui parler ! Je sonne à nouveau, en toquant cette fois-ci.

— Thomas !

J'entends sa voix derrière la porte, il est peut-être au téléphone ? Mon pouls s'accélère, je sens mes doigts trembler et je me mords la lèvre comme pour retenir les mots qui menacent de s'échapper de ma bouche. La porte finit par s'entrebâiller.

— Fallon ?

Son regard bleu me sonde avec surprise. D'habitude, il sourit en me voyant, ou il fait un commentaire taquin sur ma tenue. Là, il semble… préoccupé.

— Je voulais te parler.

Mon excitation s'évanouit lorsque je réalise qu'il n'est pas content de me revoir. Il ne m'invite même pas à entrer... Je le sens gêné, presque crispé. Ses muscles sont raides et il se frotte nerveusement la nuque.

Ce qu'il faut savoir à propos de Thomas, c'est qu'il est difficilement mal à l'aise. J'ai à peine le temps d'ouvrir la bouche que je remarque une silhouette qui passe derrière lui pour se diriger vers la cuisine. Une femme. Grande, blonde, une plastique de rêve et... elle est nue sous une serviette de bain. Elle est suffisamment proche de lui pour se doucher ici. Est-ce qu'il était avec elle sous l'eau ?

Mon cœur s'étiole comme une rose fanée. Je n'entends plus rien. J'ai l'impression que tout mon être hurle de douleur. *Thomas... tu étais le seul à ne m'avoir jamais brisé le cœur, avant ça.*

Ces dernières semaines ont été difficiles et ce nouveau coup de poignard fait remonter les larmes d'un coup.

Thomas n'a jamais ramené une fille chez lui. Jamais.

— Je... je vais te laisser.

Ma voix tremble comme une feuille à l'orée d'une tempête. Les yeux humides, je détourne le visage pour qu'il ne le remarque pas avant de m'écarter pour rentrer chez moi.

Je suis arrivée trop tard.

— Fallon, attends !

Je m'arrête devant l'escalier, sans me retourner.

— Si c'est urgent, tu peux me parler.

Thomas... tu as fait ton choix, et je ne suis pas ta priorité.

— Non... ce n'est pas important.

Deux petites secondes auront suffi pour réduire en bouillie mes rêves d'amour de petite fille. Il va me falloir toute une vie pour passer à autre chose. Cette fois-ci, je l'ai bien intégré : Thomas ne voudra jamais de moi.

Et cette fois-ci... personne ne pourra me sauver, même pas lui.

1
Trouver sa voie

Fallon

Mon père m'a donné un conseil que je n'ai jamais oublié : Si le diable te force à ressasser le passé, c'est qu'il y a quelque chose dans le futur qu'il ne veut pas que tu voies.

J'ai beau toujours garder ce conseil en tête, pour ce qui est de l'appliquer, c'est une autre paire de manches. Cela vaut pour tous les précieux préceptes qu'il m'a inculqués... Mes pieds sont cimentés au passé. Jour et nuit je songe à tout ce que j'ai perdu, à tout ce que je n'ai pas pu affronter, à tout ce qui m'a manqué.

J'aimerais tant remonter dans le temps, revoir mon père, qu'il me serre dans ses bras et me murmure que tout ira bien... Contempler son visage une dernière fois, lui dire à quel point je l'aime. J'aurais dû le lui dire davantage. Ces regrets distillent dans mes veines une amertume que je ne peux réprimer. Jelan a tout fait pour me préserver du mal qui rôdait autour de moi, au point de s'oublier, lui. Son sacrifice brûle encore ma poitrine. Le danger vivait sous notre toit depuis tout ce temps et on ne le savait pas.

Monica Kingsley. La raison de tous mes malheurs. Ma mère.

Elle me tourmente encore, même si elle s'est volatilisée dans la nature. Elle m'a toujours mené la vie dure et j'ai cru que c'était normal.

Quand votre figure parentale ne fait que vous critiquer, vous rabaisser et vous assurer que vous n'êtes rien à côté d'elle… vous avez juste envie de la convaincre du contraire. Je lui obéissais au doigt et à l'œil, quitte à me blesser, à réduire à néant le peu d'estime que j'avais de moi-même. Tout ce que je voulais, c'était lui faire plaisir, attirer son attention, éveiller sa bienveillance.

À mes yeux, ma mère n'était pas toxique. C'était moi qui faisais tout de travers. Mon père, lui, ne savait pas comment elle se comportait en son absence ; je n'ai jamais rien dit. Quand mon oiseau a disparu, il a commencé à se poser des questions.

Je lui ai dit que c'était moi qui l'avais libéré, alors que c'était elle qui l'avait tué… sous mes yeux. J'étais une petite fille traumatisée et elle m'a manipulée pour que je tienne ma langue. Le vide dans mon regard n'était pas celui d'un enfant pris en faute, mais celui d'un gosse terrorisé par un monstre.

Ma mère n'assistait jamais à mes spectacles de fin d'année. Mon père, qui n'avait pas le temps à cause de son travail, avait insisté pour qu'elle fasse cet effort quand il avait vu que ça me peinait. Le premier soir où ma mère est venue, j'étais si heureuse que je voulais être la meilleure sur scène. Le trac s'était évaporé ; je voulais qu'elle ne voie que moi.

Seulement… à partir de cet instant-là, j'ai pénétré dans une spirale infernale.

J'avais huit ans. Elle m'a comparée à toutes mes camarades. Pas assez talentueuse, pas assez belle, pas assez fine. Ce soir-là, je m'en souviendrai toute ma vie. J'étais si petite… J'ai refusé de dîner, par peur de grossir davantage. La moitié de la nuit, je l'ai passée face à mon miroir. J'étais potelée, avec des joues bien pleines. Pendant des jours, je me suis privée de nourriture, jusqu'à faire un malaise. Mon père était mort d'inquiétude et je lui ai avoué, les larmes aux yeux, que je me trouvais grosse et moche. J'omettais de lui dire d'où venaient ces nouveaux complexes précoces. J'avais tellement peur d'elle.

Mon père m'a comblée d'amour et a pansé les blessures qu'il ne pouvait pas voir. Il n'a jamais vu Monica comme le tyran qu'elle était. Elle se montrait docile devant lui, sévère parfois, mais il a toujours pensé qu'elle était juste.

L'amour nous fait idéaliser l'être qu'on aime. Monica était folle et Jelan portait des œillères.

Je me soumettais à tous ses caprices. Pour être dans ses bonnes grâces. Je voulais simplement être aimée par ma mère.

J'étais prête à tout.

Elle me reprochait sans cesse d'être une enfant trop énergique, mais dès que j'essayais d'en faire moins, cela échouait. Par chance, mon père m'a fait découvrir la lecture. Le premier livre que j'ai lu racontait l'histoire de deux frères qui pouvaient accéder à des mondes parallèles grâce à une cabane et vivre les plus folles aventures. Je parlais constamment de ce livre à mon père et, pour me faire plaisir, il m'a construit une cabane dans notre jardin. Qu'est-ce que ça m'avait rendue heureuse ! Je m'y réfugiais dès que maman me criait dessus. J'étais terrifiée à l'idée qu'elle la détruise, alors j'essayais de ne pas trop montrer à quel point j'y tenais.

J'étais passée maîtresse dans l'art du trompe-l'œil. Plus je grandissais, moins j'exposais ce que je ressentais réellement. Je me contentais de lui sourire et d'acquiescer à toutes ses requêtes. Si elle me trouvait moche, je me maquillais ; quand elle me traitait de grosse, je sautais un repas. Elle m'a inscrite à tout un tas d'activités physiques, me reprochant toujours de ne pas être assez douée. Aucun de ces sports ne m'a vraiment plu, au fond, mais j'ai continué longtemps, jusqu'à aujourd'hui.

Je m'y suis faite, tant bien que mal, jusqu'à ce que mon père chamboule tout.

Jackson et Thomas sont entrés dans ma vie.

Et aujourd'hui, Thomas ne prête même plus attention à moi.

Ça fait des mois que j'ai découvert cette blonde chez lui, des mois que je le vois à peine. Je lui en veux d'avoir pris ses distances. Et en même temps, je le sens si préoccupé que je culpabilise d'être égoïste. J'aimerais qu'il me confie ses tourments, toutes ces choses qui le hantent. J'ai beau bien le connaître, il y a une part de lui qu'il n'a jamais voulu me dévoiler.

Sa part d'ombre, celle qui le persécute le soir, quand il est seul chez lui.

Thomas me préserve de tout, y compris de lui-même.

Je l'aime d'un amour sans limites, ça m'est égal qu'il plonge dans les ténèbres quand je ne suis pas là, j'aime toutes ses palettes.

Du moins... je l'aime en acceptant que ce soit à sens unique. Thomas ne veut pas de moi, il ne voudra jamais de moi. Qui en voudrait ? Pour lui, je serai à jamais l'idiote qui ne voit pas le mal chez les gens, aveuglée, influençable. Il n'a pas besoin d'une femme comme moi. Même si je ne connais pas son idéal féminin, je comprends très bien que j'en suis très éloignée. Je n'ai jamais eu à partager Thomas avec une autre femme et le voir avec quelqu'un...

En même temps... je n'ai rien à lui offrir.

J'ai lâché l'université de droit, je détestais ça. Mon père avait dépensé une somme astronomique dans mes études et, quand il est mort, j'ai arrêté. J'ai prétendu que c'était temporaire, une année sabbatique. Je voulais trouver ma voie et aussi prendre le temps de faire mon deuil.

Mais je n'ai rien trouvé du tout. Ma seule passion, c'est la lecture.

J'ai vingt-cinq ans et, si je me fie à la société, je suis une cause perdue : sans diplôme, sans travail, sans partenaire, encore moins d'enfants, et je ne suis même pas certaine de ce que j'attends de l'avenir.

La richesse de ma famille m'a rendue fainéante et j'en ai honte. Je gagne de l'argent sans rien faire grâce aux belles affaires de mon frère. Et puis, à ma naissance, mon père avait créé un compte qu'il a rempli au fil du temps. Je l'ai découvert à sa mort, quand l'accès m'a été donné. L'argent n'a jamais été un problème, de toute façon. Je me sens terriblement chanceuse et à la fois… je ne le mérite pas.

Arrête de t'apitoyer sur ton sort.

Je dois agir et arrêter de me plaindre.

Durant mon année sabbatique, je suis devenue influenceuse littéraire sur les réseaux. Je parle de livres, de romance surtout, comme c'est mon genre préféré. Je partage mes avis et ça fonctionne plutôt bien, j'ai rapidement gagné une certaine notoriété qui m'a permis de rencontrer mes auteurs préférés mais aussi d'assister à des événements comme des cérémonies de remise de prix des meilleurs livres de l'année ou des avant-premières de films tirés directement de livres que j'avais lus.

Mon pseudonyme est « Fallforbooks ». Pas très original, mais je voulais faire un jeu de mots avec mon prénom. Plonger dans cette passion m'a d'abord aidée à faire mon deuil. Je partageais ce que j'aimais et j'apportais un certain divertissement aux gens. Je me sentais utile, vu les commentaires adorables que je recevais. À présent, j'ai l'impression de revivre la mort de mon père. Il y a plusieurs mois, j'ai découvert la sinistre raison de sa disparition. Ma mère était l'unique responsable. Elle ne supportait pas l'idée que Jelan ait un nouvel héritier, elle s'est sentie défiée et a riposté de la plus vile des façons.

Ma mère a simplement détruit toute mon existence.

Je chasse ces pensées nuisibles, car si je les laisse persister elles ne feront qu'éveiller ce que je ne veux pas ressentir. Des émotions amères. Je prends une profonde inspiration, attrape mon téléphone et me filme, assise sur mon canapé.

— Coucou, mes stars ! J'espère que vous allez bien aujourd'hui. Je n'ai pas fini le livre dont je vous ai parlé hier, mais vous aurez bientôt un retour. Clairement, ma liste de *bookboyfriends* est en train de s'allonger, je vais l'ajouter dans ma cave !

C'est un délire dans lequel je prétends avoir une cave secrète où j'enferme mes *bookboyfriends* (ils sont nombreux, très nombreux, mais le premier restera toujours mon cher M. Darcy).

— Les scènes de *smut*[1] sont *mmmh* ! J'aurais donné cher pour être sur ce bureau à la place de la fille.

Je mime l'extase puis me mets à rire toute seule comme une débile.

— Honnêtement, c'est un très bon livre. Bon, vous savez que je ne suis vraiment pas difficile : on me sert un beau gosse milliardaire grognon et une collaboratrice qui illumine sa vie, je me soumets.

Je passe ma main dans mes cheveux, ce qui me permet de laisser voir vite fait la pièce réservée à mes livres. Je suis toute fière de ce sanctuaire où je passe littéralement mes journées.

— Je vais poster un nouvel avis sur la fantasy que j'ai terminée il y a quelques jours. Je tiens à préciser que je ne me suis pas foulée pour le montage photo. Je me suis contentée de quelques filtres et ce n'est pas glorieux, mais bon, vous n'êtes pas là pour les photos, je lâche avec un clin d'œil.

Plusieurs filles qui me suivent m'ont déjà dit qu'à force d'entendre raconter mes galères quotidiennes et mon amour pour les mafieux en cavale, elles ont fini par s'attacher à moi. Je trouve ça touchant de pouvoir partager autant d'affection à travers un écran. Ces personnes me voient sourire sans se douter une seconde de la lutte qui sévit au fond de mon être.

En réaction à chaque nouvelle *story*, je reçois instantanément plein de messages hilares.

Comme promis, je poste mon avis sur ma dernière lecture. Je remarque dans ma messagerie une réaction de Julia à mes vidéos, je souris et entre dans la conversation privée.

Julia : Petite perverse, arrête d'exposer tes fantasmes de la sorte !

1. Scènes érotiques.

Moi : Laisse les gens vivre.

Julia : Tes abonnés doivent te prendre pour une obsédée.

Moi : Je ne suis que le reflet de ce qui se trame dans leur tête, c'est pour ça qu'on m'aime.

Julia : Je le pense aussi.

Moi : Je veux prendre l'air, ça te dit qu'on sorte ? Il fait beau dehors.

Julia : J'aimerais bien, mais je suis assez occupée avec la maison d'édition.

Moi : Alors demain ?

Julia : J'ai des trucs prévus avec Jackson.

Je fais la moue. J'ai envie de passer du temps avec elle, je me sens un peu seule et je ne suis plus sûre de supporter les voix envahissantes dans ma tête.

Julia : On se fera une soirée au Box for Ashes, promis, ma Fallon. Je t'aime.

Je pousse un profond soupir et décide d'envoyer un message à mon frère aîné que je n'ai pas vu depuis un moment, lui aussi.

Moi : Tu fais quoi ?

Jackson : Euh, je travaille, t'as besoin de quelque chose ?

Génial, comme si je lui écrivais seulement quand j'avais besoin d'un service.

Moi : Cela fait longtemps qu'on n'a pas déjeuné ensemble, ça te dit ?

J'attends au moins dix minutes avant d'obtenir une réponse.

Jackson : Fallon, je suis en réunion. Mais si tu veux, Thomas finit avant moi.

Moi : À ce que je sache, c'est à toi que j'ai demandé, pas la peine que tu le tiennes au courant.

Sachant pertinemment qu'il va tarder à me répondre, je me prépare dans ma chambre. Personne ne peut effacer ma solitude. Il vaut mieux que je sorte seule, que je reste seule. Autant m'y habituer dès maintenant.

Jackson : Je ne dirai rien. On se fera un truc toi et moi, bientôt.

Il ment. C'est au moins la troisième fois qu'il me dit ça ce mois-ci. En plus, il ne réagit même pas à mon sous-entendu au sujet de Thomas.

Putain, il n'en a rien à faire de moi.

Après ça, je décide de sortir prendre l'air.

J'ai beau être assez extravertie, je n'ai pas vraiment d'amis, Julia mise à part. J'ai toujours eu du mal à me faire accepter, et ça ne s'est pas arrangé quand Jackson a rejoint notre famille. Des filles ont commencé à me tourner autour juste pour se rapprocher de lui. On ne s'adressait à moi que par intérêt. Ma mère m'a forcée à sympathiser avec les filles de ses amies, mais le courant n'est jamais passé.

On finit toujours par me faire une crasse. Je suis tellement naïve… Quand je laisse quelqu'un entrer dans ma vie, je finis par être déçue.

C'est en Thomas que j'ai trouvé tous les ingrédients qui font un vrai ami. Il m'a écoutée, s'est préoccupé de moi comme personne et m'a remonté le moral chaque fois que j'étais en détresse.

Il détestait ma mère et ne s'en cachait pas. Thomas est la personne la plus franche que je connaisse, quitte à blesser les autres. Jackson aussi est comme ça, mais chez Thomas, ça s'accompagne d'empathie.

Je prends un livre et le range dans mon sac, j'y ajoute un sandwich fait maison et une bouteille d'eau. J'adore lire dans les parcs de New York : c'est apaisant, cette brise qui caresse mes cheveux. Je me pose en tailleur contre un arbre et reprends ma lecture. Il doit me rester une centaine de pages, je ne bougerai pas tant que je n'aurai pas terminé.

Je suis en train de dévorer les derniers chapitres quand ma lecture est interrompue par des voix un peu élevées. Deux hommes semblent se disputer et je crois comprendre que l'un d'entre eux est sans abri.

— Vous n'avez qu'à chercher un travail ! Moi, je me repose parce que j'ai travaillé toute la journée et vous venez me déranger ! Faites comme tout le monde, allez chercher de quoi remplir vos poches, ayez un peu de dignité.

Je me sens mal pour le mendiant qui s'éloigne en boitant de cet homme avachi sur la pelouse. Il glisse le revers de la main sur sa joue comme pour essuyer une larme. Je me redresse et lui cours après en tenant mon sac contre ma poitrine.

— Excusez-moi !

Il se retourne. C'est un vieil homme, couvert de rides et avec des cernes profonds. Face à lui, je me sens soudain très gênée, terrifiée à l'idée qu'il pense que je le prends de haut, moi aussi.

— Tenez... vous devez avoir faim... et soif aussi, lui dis-je en lui tendant mon sandwich et ma bouteille d'eau.

Une myriade d'émotions se succèdent dans son regard chocolat. Il accepte mon présent et m'offre un sourire sincère.

— Merci, mademoiselle. Je n'ai rien mangé depuis plusieurs jours. J'ai perdu mon travail et, du jour au lendemain, je me suis retrouvé à la rue, sans rien.

— Je suis désolée, monsieur... Tenez.

Je tire de mon sac un billet de cinquante dollars et le lui tends.

— Ce n'est pas grand-chose, mais c'est tout ce que j'ai sur moi. Vous travailliez dans quoi ?

— J'étais agent administratif dans une petite société, qui a fait faillite, malheureusement.

— Oh... et vous n'avez pas pu retrouver du travail ?

— Personne ne recrute, vous savez. Et puis, malgré mon expérience, les entreprises préfèrent embaucher des jeunes.

Ma culpabilité s'intensifie, je ne travaille même pas et je vis plus confortablement que cet homme. Je baisse la tête et me frotte le bras.

— Puis-je connaître votre nom, mademoiselle ? J'aimerais savoir comment s'appelle ma bienfaitrice.

Ses lèvres s'étirent en un sourire qui me réchauffe le cœur.

— Fallon, monsieur.

— Je suis Michael Fox, vous pouvez m'appeler Mike. Vous êtes une magnifique personne, Fallon, je vous souhaite le meilleur.

Il porte le même prénom que mon défunt parrain, celui qui a trahi mon père. Mike me serre la main et s'éloigne en me gratifiant d'un dernier sourire. Je suis heureuse de l'avoir aidé, même si j'aurais aimé faire plus. C'est le cœur lourd que je prends le chemin pour rentrer chez moi.

Près de la résidence, je croise Thomas qui sort de sa voiture. Il écarquille les yeux quand il m'aperçoit, avec mes yeux encore baignés de larmes. Rien n'échappe à Thomas. Je l'évite en montant les marches quatre à quatre pour prendre l'ascenseur sans lui.

— Fallon, s'il te plaît.

Je me fige. Sa voix est douce et presque suppliante. Je ne peux qu'obtempérer et me retourner lentement vers lui.

— Ça fait des mois que tu m'évites. Je sais que je n'ai pas beaucoup de temps à te consacrer et tu dois m'en vouloir, mais tu sais très bien que je n'ai pas le choix.

Il pense que je l'évite parce que je me sens délaissée... D'un côté, ce n'est pas faux, mais la véritable raison est tout autre. Pourtant... il fait l'effort de venir vers moi alors que je suis l'unique fautive. *Fallon, sale égoïste !*

Thomas m'attire comme un aimant. Je pousse un profond soupir et enroule mes bras autour de sa taille, respire son odeur virile mentholée, cale ma tête contre son cœur, à l'écoute des vibrations de son corps.

— Tu me manques, Tommy.

Mes larmes redoublent, mais pour une autre raison cette fois-ci. Je pleure pour lui, parce que je ne l'aurai jamais, parce qu'il ne verra jamais autre chose que ça : une femme stupide et trop sensible, complètement dépendante de lui.

— Princesse, dis-moi pourquoi tu pleures. Je n'aime pas te voir comme ça.

Je ne veux pas parler, je veux profiter de ce moment avec lui. Toutes les fibres de mon corps se détendent après des mois de raideur. Même si c'est éphémère, au moins il est là, avec moi. Et je suis prête à jouir de chaque instant. Sa main caresse mes cheveux, je sens ses doigts s'attarder sur les perles dans mes mèches.

— J'aime tellement quand tu les portes, murmure-t-il en me serrant plus fort.

Un petit rire s'échappe de ma bouche. Il me dit toujours la même chose quand j'ai mes perles. Comme s'il lisait dans mes pensées, il sait qu'un compliment sur mon look va me remonter le moral.

— Tu étais où ? dis-je doucement en me décollant de lui.

Son pouce passe délicatement sur ma joue, essuie les larmes. Il caresse ma peau et je frissonne. Chaque fois qu'il me touche, j'ai l'impression de prendre feu.

— Je te rappelle qu'on compte ouvrir des Box for Ashes un peu partout dans le pays. J'ai parcouru plusieurs États, pour négocier, acheter des terrains où construire les clubs. Ton frère est plutôt occupé avec sa nouvelle idylle, alors je me charge de ça un peu tout seul.

— Oh... c'est difficile, non ?

— Ton frère a le cœur pris, Fallon, il s'habitue à cette nouvelle vie. Et puis, il mérite bien un peu de repos. Je suis heureux qu'on s'occupe de lui, me dit-il avec un clin d'œil.

— Et toi ? Qui s'occupe de toi ?

— La seule personne qui se soucie de moi, c'est toi, princesse. Malheureusement, tu m'as lâché ces derniers temps.

Morte de honte, je baisse la tête et couvre mon visage à l'aide de mes mains. Je suis tellement égoïste… Je n'ai pas répondu à ses derniers messages, je me suis montrée fuyante. Il réagissait même à mes *stories* sur Instagram, quand je faisais le pitre en parlant de livres et de sexe. Mais j'ai fait mine d'ignorer ce qu'il m'écrivait. Le prétexte du grand nombre d'abonnés… mais tout de même. Quelle piètre menteuse je fais. J'ai un radar à la place des yeux quand il s'agit de lui. Les six lettres de son prénom parmi mes notifications ne m'ont jamais échappé.

— Pardonne-moi, Tommy… Viens dîner ce soir.

Thomas me sourit et m'embrasse le front avant de me prendre la main pour que nous rentrions.

— Je suis désolé, princesse, je dois repartir, j'ai des choses à faire. Mais j'ai le temps d'écouter la raison de tes larmes.

— Ce n'est pas important… je t'assure.

— La dernière fois que tu m'as dit ça, tu m'as ghosté ensuite.

Je sens l'amertume dans ses paroles. Quand je l'ai vu avec cette femme, j'ai pris mes jambes à mon cou. Et lorsqu'il a toqué à ma porte quelques heures plus tard, je n'ai pas ouvert. On ne s'est pas beaucoup vus depuis. À présent, des non-dits planent entre nous.

— Devant ce SDF, j'ai complètement culpabilisé de mes privilèges… Quand je vois tous ces gens qui travaillent, qui se donnent tant de mal pour joindre les deux bouts…

Nous sommes installés dans mon salon, moi en tailleur sur le canapé, et Thomas debout en face de moi.

— Tu as bon cœur, c'est une des nombreuses raisons qui font que tu es quelqu'un de bien. La culpabilité ne sert à rien, ton père a travaillé dur pour que tu puisses vivre ainsi.

— Oui… mais je n'ai pas l'ambition de Jackson, et encore moins ta résilience… Je ne fais pas honneur à Jelan.

Thomas s'installe à mes côtés et attrape ma main. Une déferlante d'adrénaline jaillit dans mes veines.

— Tu as arrêté le droit parce que tu n'aimais pas ça. Et ton année sabbatique dure depuis un moment. Peut-être qu'il est temps que tu trouves ta voie, si ça compte pour toi.

— Je me sens complètement incompétente, Thomas. Je ne suis qu'une bonne à rien.

Ma mère avait raison sur ce point...

— Ce n'est pas vrai, princesse, tu es bien plus que tu n'imagines.

— Tu n'es pas objectif, tu ne veux pas me faire de la peine, ronchonné-je en me blottissant dans ses bras.

Je sens qu'il va bientôt s'en aller, je refuse de ne pas en profiter. Thomas me serre contre lui et m'embrasse la tempe.

— Tu sais bien que je ne te mens jamais.

— Ah oui ? Jamais ? Même quand tu as prétendu que j'étais jolie dans mon affreuse jupe à froufrous, quand j'avais treize ans ?

Il éclate de rire. Tout son corps vibre et je me délecte de chacun de ses soubresauts contre ma peau.

— T'abuses, Fallon. Tu étais à croquer ce jour-là.

— Menteur ! J'avais même des bagues, j'étais hideuse ! lâché-je en me redressant vers lui avec un sourire malicieux.

Son regard bleu me sonde avec affection. Mon cœur caracole dans ma poitrine. Je ne peux pas le laisser partir. J'aimerais qu'il reste avec moi pour toujours.

— Qu'est-ce que je ne cesse de te répéter ?

Je le sens. Mes joues rosissent en une fraction de seconde et je me crispe. L'écart entre nous est mince, ses yeux sont comme une caresse qui lèche tout mon corps. Je brûle comme une flamme quand il est là. Toutes les paroles que j'ai rêvé qu'on me dise sortent de sa bouche. Cette bouche que je rêve d'embrasser depuis si longtemps.

— Tout n'est pas parfait, marmonné-je en fuyant ses yeux, intimidée par la force qu'il dégage.

— Exactement. Tout n'est pas parfait, nous vivons dans un monde imparfait. Et tu es parfaite à ta manière.

Je prends une profonde inspiration et pose la tête au creux de son épaule.

— Merci, Thomas.

La sonnerie de son téléphone rompt le charme de ce moment. Je souffle de frustration et, tandis que je me redresse, mes yeux tombent sur son écran. *Léonie.* C'est la femme qui était chez lui la dernière fois, j'en suis sûre.

— Je dois te laisser, Fallon.

Pour la retrouver.

— Je vais réfléchir à ce que tu m'as dit, je trouverai ma voie. L'histoire de Michael Fox m'a touchée.

— C'est le nom du gars que tu as aidé ?

— Oui.

Il acquiesce puis passe la main dans mes cheveux avant de m'embrasser le front.

— Je repasse te voir dès que j'ai du temps, j'ai l'impression que tu as un tas de livres à me conseiller.

Il pointe du doigt la pile de bouquins au sol et j'affiche un air railleur avec un sourire coquin.

— Oui, je dois te raconter plein d'histoires !

Thomas et moi avons une tradition. Depuis que je lis, je rêve de partager mon ressenti, de parler à quelqu'un de l'histoire que je suis en train de dévorer, mais personne n'a répondu présent pour m'écouter avec attention. Personne, sauf lui.

— On fera ça la prochaine fois, OK ?

— Tu pars longtemps ? demandé-je avec un soupçon de tristesse dans la voix.

Plus le temps passe, plus Thomas s'éloigne de moi, sans que je puisse rien faire pour stopper ça. Je le connais par cœur. Il est préoccupé, ses voyages l'épuisent, et il ne peut s'empêcher de laisser infuser une mélancolie chaotique.

— Je ne sais pas, princesse, donne-moi du temps. Mais je reviendrai toujours.

Reviens-moi, c'est tout ce qui compte.

Mon prince, celui qui gouverne le royaume de mon cœur.

2
Quête d'identité

Thomas

— *Thomas, je suis là, réveille-toi.*

D'aussi loin que je me souvienne, j'ai toujours entendu cette voix caresser mes oreilles. Une réminiscence auditive provenant d'un passé que je ne reconnais plus. Un regard empreint de douceur et d'espoir. Un peu comme celui de Fallon.

La silhouette d'un jeune homme traverse mes songes comme un marchand de sable. Il m'appelle comme un guide spirituel. Cela fait un moment que je le perçois sans jamais voir son visage, si ce n'est ses prunelles troublantes. J'ignore qui il est, ou ce qu'il représente. Son existence reste à prouver mais… je veux y croire.

Je suis perdu.

Et pas seulement ces derniers mois. Je suis perdu depuis presque trente ans. J'erre sur terre sans avoir l'ombre d'une idée de qui je suis, d'où je viens. Mes origines : toute mon existence se résume à me questionner à ce sujet. J'ai toujours eu l'impression d'être fou. Je me sens incomplet, comme si des bouts de moi étaient dispersés je ne sais où.

Je n'ai aucun souvenir des douze premières années de ma

vie. Ma mémoire a été gommée, comme du crayon sur une feuille de papier. J'ai atterri dans ce foutu orphelinat et j'y suis resté jusqu'à ma majorité. Personne n'a voulu de moi.

Ma vie est tout ce qu'il y a de plus tragique. Mon amnésie m'obnubile. Des impressions de déjà vu me saisissent dès que je ferme les yeux, elles me hantent. Je suis insomniaque depuis aussi longtemps que je me souvienne. Pas une nuit je n'ai pu fermer les yeux avec un sentiment de quiétude absolu. Je me méfie de tout, tout le temps. Comme si j'étais traqué.

Je n'ai pas de parents, je n'ai jamais eu de famille. J'ai dû me l'inventer. Jackson m'a sauvé, il m'a offert ma première vraie interaction humaine. Au-delà de son air renfrogné, j'ai senti tout de suite qu'il était exceptionnel. Plus intelligent que la moyenne, plus vif, plus fort. Jackson était plus, et moi beaucoup moins. Je suis presque comme lui, mais en moins *lui*. Je suis intelligent, vif et fort, moi aussi. Je ne me laisse jamais impressionner par les autres ni atteindre... mais je demeure l'éternel second.

Ne vous méprenez pas, je suis heureux pour mon ami et fier de son parcours, seulement, je me demande parfois... Est-ce qu'un jour ce sera mon tour ?

J'aimerais trouver les réponses à mes questions, comprendre d'où je viens. En finir avec ce sentiment de n'être rien d'autre qu'un fragment de quelque chose d'inconnu.

— Thomas, je n'ai aucune piste pour le Canada.

La voix enrouée de Léonie me sort de ma léthargie. Je lève les yeux vers elle et pousse un profond soupir.

— Je suis désolée.

Un an. Cela fait un an que j'ai embauché cette détective privée pour m'aider à éclaircir mon passé. Nous avons déterré les archives d'orphelinats de différents pays. Nous avons même fouillé du côté des kidnappings, des faits divers impliquant des enfants abandonnés à la naissance. Aucune de nos recherches n'a abouti à un résultat concluant. J'ai sillonné toute l'Amérique centrale, quelques pays d'Amérique latine, mais rien. Léonie m'avait dit que peut-être des souvenirs me reviendraient si je me rendais sur place, mais rien.

À l'orphelinat de New York qui m'a recueilli, on m'a dit que j'avais été trouvé par la police, à l'entrée de la ville, près d'une station-service.

Mon enquête m'épuise et semble sans issue, mais j'ai du mal à lâcher l'affaire.

— J'ai l'habitude, m'exclamé-je en croisant les bras.

Léonie est assise par terre, près de ma table basse, tandis que je suis affalé sur mon canapé, mon ordinateur sur les jambes, à lire des articles sur des enfants disparus dans les années 1990 au Mexique. Grâce à elle, j'ai eu accès au large spectre de la criminalité dans notre cher pays ; la partie concernant les enfants est terrifiante.

— Je vais rentrer chez moi, il se fait tard.

Il est presque minuit. S'il est tard pour elle, de mon côté, ce n'est que le début de la nuit.

— Merci pour ton aide, Léonie.

— Je ne fais que mon travail, Thomas. Mais j'insiste : tu devrais en parler à tes proches. Depuis que nos recherches ont commencé, tu t'es isolé. Tu n'as pas l'air bien, tu as besoin de soutien.

— Je ne veux pas les mêler à mes histoires.

Personne n'est au courant de mes recherches obsessionnelles sur mes origines. Je n'ai jamais laissé transparaître de mal-être lié à ce sujet. Pour être honnête, j'en ai honte. Honte d'en être, à mon âge, à me demander qui sont mes vrais parents et quelle est ma véritable identité. J'ai beau avoir fait des études prestigieuses, avoir réussi professionnellement et bien gagner ma vie… je me sens toujours aussi vide.

— Même pas ta jolie voisine ? répond-elle avec un rictus narquois.

Fallon. Mon bonheur absolu, ma kryptonite.

— Surtout pas, je ne veux pas qu'elle s'inquiète.

— Pourquoi pas ? C'est fait pour ça, une petite amie.

— Ce n'est pas ma petite amie.

— Crois-moi, elle aimerait bien, vu comment elle te regarde. Abrège ses souffrances.

— Léonie, je t'emploie pour retrouver mes parents, pas pour commenter ma vie amoureuse, lâché-je en me levant du canapé.

— Ce que je veux dire, c'est que tu auras besoin de quelqu'un, si tu finis par trouver des réponses. La vérité est parfois douloureuse.

— J'en ai conscience. J'y ai réfléchi toute ma vie. Si je ne fais cela que maintenant, c'est que je suis prêt à tout encaisser, même le pire.

— Très bien, Thomas. Je continue les recherches de mon côté. Si je ne trouve rien, on partira sur une autre piste.

— Tu m'enverras le tout.

— Entendu, passe une bonne nuit.

Dans un long soupir, je ferme ma porte et tourne la clé. Mes doigts s'attardent sur le porte-clés en forme de dragon, celui du *Voyage de Chihiro*, le film préféré de Fallon. Un sourire étire mes lèvres et je repense à sa tête la première fois que je le lui ai montré, quand elle était adolescente.

— *Oh mon Dieu ! Comment ai-je pu vivre sans connaître ce film ? C'était incroyable !!!*

— *Princesse, je t'avais dit que tu adorerais, je ne suis pas déçu.*

— *Oui, mais c'est ta faute si je veux un Haku maintenant ! Pour me sauver de toutes les situations. On fait comment ?*

— *Je serai ton Haku.*

Fallon est ce phare flamboyant qui m'extraie de mon océan d'obscurité. Je la vois et je jette l'ancre pour m'accrocher à son faisceau de lumière. Elle me répète sans cesse que je suis celui qui la sauve, que je suis toujours là pour elle, mais elle ignore que c'est tout le contraire. Elle me donne l'impression de valoir quelque chose, de compter, d'être aimé.

Fallon est tout ce qu'il y a de bon dans mon monde imparfait. Sa joie de vivre, son excitation quand elle me décrit les livres qu'elle lit, sa douceur, sa gentillesse et surtout sa tendresse pour les gens qu'elle aime. Je ne vois pas ma vie sans elle à mes côtés.

Tout le monde s'attend à ce que je finisse avec elle. J'aurais préféré que les choses soient différentes, mais même si elle est tout ce que j'aime sur terre, je suis tout ce qu'il ne lui faut pas.

Je suis un marginal, sans véritable nom de famille. J'ai pris le nom de Carter pour rendre hommage à l'agent de police qui m'a retrouvé, inconscient, qui m'a sauvé d'une mort certaine en m'emmenant à l'hôpital. Vernon Carter. J'étais plein de bleus, d'écorchures, mes vêtements étaient en lambeaux, j'ai frôlé l'hypothermie ce jour-là. Vernon m'a raconté que j'étais vraiment dans un sale état. Je sortais de nulle part, j'étais maigre, pâle, les yeux perdus dans le vide. La frustration me courbe le dos, mes os craquent à l'usure, il se peut qu'un jour je cède sous la pression que je m'inflige.

C'est comme ça que j'ai fini à l'orphelinat. Seul au monde. Rescapé. Tout le monde me fuyait. Je ne donnais pas envie aux autres enfants de m'approcher et je n'avais pas envie de me mêler à eux non plus. Quand Jackson est arrivé, la similitude de nos caractères m'a interpellé. J'ai fait le premier pas vers lui. Il n'y a pas eu de retour en arrière.

Des promesses silencieuses ont suivi. On voulait être les meilleurs à l'école, il fallait qu'on s'en sorte. Quand la famille Kingsley l'a adopté, il ne m'a pas abandonné, bien au contraire. En voyant le lien qui m'unissait à son nouveau fils, Jelan m'a pris sous son aile. Il m'a conseillé sur les meilleures universités, celles où je pouvais avoir une bourse, et il m'a aidé financièrement quand, à ma majorité, j'ai quitté l'orphelinat. J'ai voulu le rembourser dès que je suis entré dans la vie active, après mon diplôme en finance.

Jelan a refusé mon argent. Je n'ai jamais compris pourquoi. Il était mon mentor, je me sentais redevable, presque coupable.

On pourrait penser que la manière dont je me suis occupé de sa fille était un moyen de me racheter auprès de lui. Pourtant ça n'a rien à voir. Je ne peux pas expliquer ma relation avec Fallon. La première fois que je l'ai vue, elle avait dix ans et moi, quatorze. Je n'aurais jamais imaginé que cette grande paire d'yeux ambrés chamboulerait mon monde.

Je me sentais de trop au sein de cette famille, je ne disais jamais rien. Je n'étais plus le seul aux yeux de Jackson. Mon trouble n'a pas échappé à cette petite fille pleine de surprises. Dès que j'arrivais, elle me prenait la main pour me montrer tous ses jouets, me raconter sa journée. C'était la première à me traiter avec tant d'égards, sans aucun jugement. Elle finissait toujours ses phrases par un « et toi ? » comme si mon point de vue valait la peine d'être écouté.

Malgré les quelques frictions silencieuses que rencontre notre relation, Fallon est mon ombre, elle l'a toujours été. Je ne sais pas ce qu'elle a en ce moment. Elle est distante, parfois nerveuse. J'aimerais pouvoir passer plus de temps avec elle. Connaître les moindres tourments qui planent dans son esprit embrumé. Le problème, c'est que je suis perturbé. J'ai peur de ne pas être l'oreille la plus attentive pour écouter ses peines. En ce moment, je suis à plat. Un temps mort qui dure depuis le début de mes recherches. Je suis comme un automate. Je gère l'argent de l'entreprise de Jackson, en tant qu'actionnaire et commissaire aux comptes. Je m'occupe aussi du Box for Ashes, en élargissant sa notoriété dans d'autres États. Je me déplace de plus en plus, et en parallèle je fais tous ces voyages, seul ou avec Léonie.

Je suis à bout de force, mais je dois continuer. Personne ne me servira les réponses sur un plateau d'argent.

S'il y a bien une chose que j'ai apprise, c'est que tout n'est pas parfait dans le monde. Il n'y a que nous qui pouvons changer les choses.

Au Box for Ashes, l'ambiance est au beau fixe. La musique résonne, tout le monde semble s'amuser sur la piste de danse. Je me tiens dans l'ombre, sur le balcon intérieur auquel seuls Jackson et moi avons accès. Je fixe les corps qui se trémoussent, les spots qui éclairent faiblement leurs mouvements au rythme de la musique. Seulement, il y en a un qui retient toute mon attention. Fallon se déhanche librement, sans se soucier du monde qui l'entoure. Je sais que dans cet état d'euphorie, elle oublie absolument tout. Fallon a toujours aimé se lâcher sur la piste. Les démons qu'elle s'évertue à faire taire s'évaporent dès les premières notes de musique. Je la regarde se délester du poids de ses tourments, elle rit aux éclats avec Julia, tourne sur elle-même.

Elle est tellement belle, tellement insouciante ! Avec ses yeux ambrés, ses cheveux bruns qui lui arrivent aux épaules. Je la vois rire si fort que les taches de rousseur sur son nez pourraient bondir. Et son corps... putain, ce corps qu'elle tente de déformer au moindre prétexte ! Elle a reçu quelques injections discrètes pour corriger de petits défauts de son visage que personne ne remarque, des petits défauts qu'elle déteste autant que je les aime. Son corps est filiforme à cause de tous les régimes ridicules qu'elle s'inflige. Et elle se plaint de ne pas avoir assez de formes. À une époque, elle a voulu se refaire la poitrine. Je savais que la supplier de laisser tomber ne marcherait pas, alors j'ai fait en sorte qu'aucune clinique de chirurgie esthétique n'accepte de la rencontrer.

Je sais que je n'ai pas le droit de contrôler sa vie ainsi, mais putain, elle veut changer pour de mauvaises raisons. Elle se voit avec les yeux de sa mère : un regard rude, froid, empli de jugement et de jalousie. Je l'ai toujours détestée, elle qui lui a fait croire qu'elle était laide alors qu'elle est la plus belle femme que j'ai jamais vue. Cette idée a commencé à s'estomper depuis que sa mère s'est volatilisée, mais je sais très bien qu'il reste des séquelles. Si je me l'autorisais, je lui dirais qu'elle ne peut pas toucher à ses seins car ils ont la forme parfaite pour mes mains. Je rêve de son corps jour et nuit. Il est magnifique et, contrairement à ce qu'elle pense, ses courbes m'enivrent inexorablement.

Je connais Fallon par cœur, par âme, et je ne demande qu'à la connaître par corps.

Je la vois s'amuser avec son amie, dans sa petite robe noire sexy qui révèle ses jambes parfaites. Son décolleté me nargue, il semble m'inviter à y plonger ma tête pour goûter à ces deux fruits défendus. Je sens mon membre durcir à cause des images débridées qui nuisent à mon esprit tout sauf sain. Mes yeux peinent à se détacher d'elle. Si ça ne tenait qu'à moi, je la ferais monter dans mon bureau et je la prendrais sur la table. Je rêve d'entendre sa jolie bouche crier mon nom, au bord de la jouissance.

Elle se trémousse sensuellement et lève les bras comme pour attraper l'épée de Damoclès au-dessus de sa tête et s'en débarrasser, au moins l'espace d'une nuit.

Fallon peut tromper son monde autant qu'elle le souhaite, mais avec moi ça ne marche pas. Rien ne m'échappe quand ses prunelles ambrées sont braquées sur moi.

C'est difficile pour moi de la voir si près et de ne jamais l'avoir comme je l'aimerais. Avec le temps, j'ai appris à me contrôler, mais j'ai l'impression que cette retenue m'asphyxie, asphyxie la partie de moi qui voudrait vivre pour de vrai. J'ai longtemps pensé que si je ne me rappelle pas mon enfance, c'est qu'elle devait être bien sombre. Peut-être étais-je sous la coupe d'un bourreau. Et aujourd'hui, le bourreau est en moi, il me retient dans un passé qui ne veut pas de moi. Je ne ressens plus rien, je suis devenu hermétique à tant de choses, sauf à elle.

Fallon détient entre ses mains ma dernière part d'humanité. C'est elle qui garde mon cœur. Il est à elle, il lui appartient.

— Je sais que ça ne me regarde pas, et je déteste me mêler des histoires des autres, mais je te sens distant. Il y a un problème, Thomas ?

Jackson est à côté de moi, sur le balcon, probablement à admirer sa femme qui enflamme la piste de danse. Il n'est pas du genre à poser de telles questions. Avec le temps, notre amitié s'est consolidée, mais elle se passe de mots. Nous lisons dans nos mutismes comme personne. Julia connaît sans doute des aspects de lui que j'ignore, mais j'ai grandi avec lui, j'ai assisté à tout ce qui a fait de lui Jackson Kingsley, le King.

— Ce n'est pas ton genre de te soucier de mon sort comme ça, c'est ta femme qui te rend si bienveillant ?

— Quel coup bas ! se moque-t-il en appuyant la main sur mon épaule.

— Tu as dit que tu détestais te mêler des histoires des autres. Tu me catégorises dans « les autres », c'est ça, le coup bas.

— Tu sais très bien que ce n'est pas le cas. Nous deux, c'est peu commun.

— Pourtant, tu m'as bien fait comprendre que tu pourrais te détacher de moi à tout moment, le nargué-je.

La mort de Jelan l'a changé. Il a regardé la trahison dans les yeux. La femme de Jelan, Monica, la mère de Fallon, a orchestré sa mort en complotant avec Michael Kent, le parrain de Fallon. Monica a orchestré la mort de son propre mari. Putain. Quand je pense à ce que Fallon a dû ressentir…

— Je l'admets, j'ai douté de ta loyauté, j'ai eu peur qu'un jour tu puisses me planter un couteau dans le dos.

— Je ne ferai jamais ça.

— Si, mon vieil ami.

— Ah bon ? Et comment ?

— Pour Fallon. Tu renoncerais à tout bon sens, pour elle.

C'est dur de l'avouer, mais il n'a pas tort. J'ai même déjà failli le faire, une fois, quand j'ai appris qu'elle risquait de subir les foudres de sa mère à cause de lui. Je l'entends ricaner.

— Tu ne réponds pas, ça veut tout dire.

— Je la sauverai d'abord, parce qu'elle est innocente dans toutes ces histoires, puis je viendrai te sauver de ta bêtise.

— Oui, tu viendrais, tu ne m'as jamais laissé tomber.

— Tu ne trouveras pas plus fidèle que moi sur le marché des meilleurs amis.

Jackson tourne la tête vers moi et me sourit comme pour approuver mes paroles.

— Je ne t'ai jamais remercié pour tout ce que tu fais.

— Tu n'en as pas besoin.

— Julia m'en a fait le reproche. Elle trouve que je ne me montre pas suffisamment reconnaissant envers toi.

C'est plus fort que moi, j'explose de rire en jetant la tête en arrière.

— Une femme est arrivée à te dompter, c'est un exploit !

— Oh ! ça va, grogne-t-il. Ce n'est pas une femme, c'est la mienne. Ça change tout.

— L'amour te va bien. Je suis heureux de te voir ainsi. Et surtout que tu sois tombé sur Julia. Vous êtes faits l'un pour l'autre.

— Je l'aime, Thomas. J'ai l'impression que c'est la première fois de ma vie que je m'autorise à être heureux comme ça.

— Tu le mérites, après tout ce que tu as vécu.

— Merci. Merci de toujours répondre présent et de faire tourner l'entreprise et le Box for Ashes quand je ne suis pas là. Merci d'être qui tu es.

— Ce n'est rien, King. Je ne fais que mon travail et mon devoir d'ami.

Mes yeux se fixent sur Fallon. Un homme se colle à elle et danse sensuellement contre son corps. Elle se retourne vers lui, enroulant les bras autour de son cou. Instinctivement, ma main se resserre sur la rambarde, ses hanches ondulent avec légèreté et le mec plonge la tête au creux de son cou délicat.

Je subis ce genre de vision fréquemment, depuis des années maintenant. J'interviens si ses prétendants me semblent louches, mais ce gars-là est un habitué du club.

— Est-ce qu'il y a un problème, entre Fallon et toi ?

Je fronce les sourcils. Ai-je laissé paraître quelque chose de la rage silencieuse qui m'habite à la vue de cette scène ?

— Pourquoi tu me demandes ça ?

— Elle me paraît préoccupée, depuis quelque temps, et j'ai l'impression qu'elle t'évite.

— Je ne suis à New York que deux semaines par mois, et pas

souvent libre. Je bosse souvent tard. Je lui en ai parlé, parce que je sais que ça la refroidit toujours quand je suis moins présent, mais il n'y a aucun problème entre nous.

Jackson demeure silencieux, l'air soucieux. Je le connais assez pour savoir qu'il se retient de dire quelque chose. Je le laisse faire, il me parlera quand il en ressentira le besoin.

— Je ne sais pas si tu t'en rends compte, mais votre relation est... assez ambiguë.

— Ce n'est pas toi qui prétendais que tu ne te mêlais pas des histoires des autres ?

— Thomas, c'est bon, je ne vais pas tourner autour du pot. Tu es amoureux d'elle depuis la nuit des temps et je le sais depuis autant de temps.

— Tout le monde le sait, Jackson. Tout le monde, sauf elle.

— Alors pourquoi tu ne réagis pas à ce qui se passe sous tes yeux ?

Fallon est en train d'embrasser langoureusement l'autre abruti. Mon soupir sent presque le désespoir. Je baisse la tête. C'est la première fois que je dévoile devant Jackson cette irritation qui envenime mon sang.

— Parce que je suis tout ce qu'il ne lui faut pas.

— C'est une phrase de lâche, tu le sais très bien.

— Je ne suis pas lâche avec mes sentiments, Jackson. Contrairement à toi, j'ai appris le sens de chacune de mes émotions, j'ai conscience de ce que je ressens. Si j'étais dans le déni, je ne t'avouerais jamais que je n'ai qu'elle en tête. Je ne peux pas être avec elle. C'est comme ça.

— Tu te fais du mal, Thomas.

— Si c'est pour la sauver elle, alors je suis prêt à souffrir.

Fallon éclate de rire quand ce connard lui murmure quelque chose à l'oreille, elle regarde Julia et l'avertit d'un regard de la suite des événements. Fallon saisit la main du type dont j'ai envie de broyer les os et s'écarte de la foule, probablement pour... Putain, je ne veux pas y penser.

— Thomas, quand tu seras prêt à me parler de ce qui te hante, sache que je serai là.

Je m'écarte, prêt à m'en aller, et avant d'ouvrir la porte je lui jette un dernier regard.

— C'est elle qui me hante.

En descendant les marches, je croise quelques personnes et mon regard se pose sur une fille élancée dans une robe noire que je reconnais. Elle a la peau claire, des taches de rousseur sur le nez, des cheveux bruns qui lui arrivent aux épaules et un regard... bleu ciel.

Claire est une habituée du Box for Ashes, mais aussi de mon bureau privé au sein du club. Appuyée au mur, les bras croisés, elle me dévore des yeux. Elle m'attendait.

J'ai la tête qui tourne à cause des dernières images qui se sont imprimées sur mes rétines. Je veux oublier, tout oublier. Je lui fais un signe de main pour qu'elle me suive et elle obtempère. Dans mon bureau, elle me suce et, avant d'éjaculer sur elle, je la plaque à plat ventre contre mon bureau.

— Thomas, je veux voir ton visage quand tu vas jouir.

Sa voix, d'habitude si malicieuse, m'implore presque.

— Contente-toi de te toucher en imaginant mon visage, Claire.

Je la pénètre et l'entends pousser un cri de soulagement. Je vois son corps, de dos, j'empoigne ses cheveux bruns parsemés de barrettes colorées et je la baise sans plus aucune retenue. Alors qu'elle imagine mon visage au bord de l'orgasme, moi je n'en vois qu'un seul lorsque je ferme les yeux au moment de lâcher prise.

C'est peut-être pour ça que je ne regarde jamais leurs visages... pour ne pas être interrompu dans ma jouissance alors que je ne songe qu'à celui de Fallon.

3

Complexes et mauvaise décision

Fallon

Connor est un mec sympa. Il me fait rire et semble avoir envie de plus qu'un simple échange charnel. Il me propose de sortir avec lui tandis que je le traîne par la main vers mon appart'. Il essaie de me donner des baisers dans le cou en répétant qu'il a eu un coup de foudre dès qu'il m'a aperçue au Box for Ashes.

J'ouvre la porte d'entrée et il me plaque contre le mur.

— Fallon, t'es incroyable, souffle-t-il en me mordillant l'oreille.

Sa bouche pourtant faiblement alcoolisée formule une myriade de compliments. Je suis comme hermétique à ses paroles, un barrage m'empêche de comprendre, ou encore d'accepter ces compliments car je sais que tout ce qu'il veut, c'est se coucher sur moi.

J'éteins la lumière dès qu'il commence à me déshabiller. C'est mon premier réflexe, *à chaque fois*.

— Putain, bébé, je veux te voir quand tu me suces.

Même pas en rêve.

Je le guide jusqu'à mon lit et lui retire son T-shirt. Il fait de même avec ma robe avant de me faire basculer sur le matelas. Il me chevauche et ses assauts commencent. Connor est en moi, je pousse un cri à chaque coup de reins. Dans la pénombre, cependant, j'imagine le seul qui puisse véritablement me faire ressentir quelque chose.

Je pense à Thomas. À ses bras robustes qui m'enveloppent, à son doux regard océan, à ses lèvres. Les yeux fermés, je vois son visage, comme si une image de lui était figée sous mes paupières.

Je pense à tout ce qu'il pourrait me faire. Depuis que je suis en âge d'avoir des relations sexuelles, je me demande comment ce serait d'être au lit avec lui.

Je pense à Thomas et irrémédiablement... je jouis. Il n'y a que lui pour déclencher mes orgasmes.

Thomas. Thomas. Thomas.

Je l'ai dans la peau, plus indélébile qu'un tatouage. Comme une tache de naissance.

Connor s'allonge à côté de moi et j'entends sa respiration doucement ralentir avant que sa main se cale sur mon sein.

— Je te kiffe, Fallon, même si t'as des petits seins.

Oh.

Mon.

Dieu.

À peine a-t-il prononcé cette phrase que mon sang fait un quart de tour. Je pousse sa main et me redresse subitement.

Tu t'es regardée ! On pourrait te confondre avec un homme.

La voix de ma mère résonne dans mes oreilles, assourdissante.

— Y a un problème ? demande Connor en s'appuyant sur son coude.

— Oui, toi.

— Mais... qu'est-ce que j'ai dit ?

Dans le noir, debout au milieu de ma chambre, j'attrape mon peignoir en satin, l'enfile et le ferme avec un double nœud avant d'allumer. Connor se rhabille rapidement et me suis jusqu'au salon.

— Fallon, qu'est-ce que j'ai dit ? répète-t-il en enfilant tant bien que mal sa ceinture.

— On ne fait pas ce genre de remarque sur le physique d'une femme !

— Ce n'était pas une critique. C'est vrai que j'ai une préférence pour les poitrines un peu plus grosses mais je t'adore quand même.

— Stop, tu t'enfonces. Rentre chez toi.

J'ouvre ma porte en grand et lui fais un geste pour qu'il s'en aille.

— J'ai vraiment envie qu'on se revoie... T'es drôle et jolie, putain, et tu suces trop bien.

— Dégage !

— Fallon, laisse-moi me rattraper, implore-t-il.

— Je veux que tu t'en ailles.

— S'il te plaît...

D'un coup, Connor est projeté en arrière, je pousse un cri de surprise. Thomas le tient par le col et le tourne vers lui avec un regard froid, furieux.

— Elle t'a dit de te barrer, à moins que tu veuilles que je t'aide.

Connor écarquille les yeux. Je suis figée comme une statue, surprise de tomber sur mon meilleur ami près de l'escalier à une heure aussi tardive.

— Monsieur Carter, je m'en vais tout de suite, assure Connor en tentant de se défaire de l'emprise de Thomas.

Il le lâche et l'autre, trébuchant, s'en va sans se retourner. Les sourcils froncés, je toise l'homme de la nuit. Ses traits taillés dans la glace se détendent dès qu'il pose le regard sur moi. La distance entre nous se réduit, puis je le repousse à deux mains.

— Tu m'espionnes encore !

Thomas recule d'un pas et je le pousse encore, mais cette fois il saisit mes poignets.

— Je ne t'espionnais pas, je viens de rentrer et j'ai entendu du bruit en montant l'escalier.

— Je trouve ça drôle que tu prennes toujours l'ascenseur en

journée et que la nuit, tout à coup, tu aies envie de te balader dans l'escalier.

Thomas me tire doucement vers lui, sa main exerce une faible pression sur mes poignets. Mon cœur bat de plus en plus vite et je sens mon peignoir glisser de mes épaules. Il plisse les yeux et ses lèvres s'étirent dans un rictus coquin.

— C'est plutôt toi qui m'espionnes, tu ne crois pas ?

Mon visage s'empourpre immédiatement, je détourne la tête en faisant une moue.

— Je ne t'espionne pas, tu m'énerves à toujours te mêler de mes histoires.

— Princesse, tu es naïve, je couvre seulement tes arrières.

— Tu n'es pas mon garde du corps, rétorqué-je en le fusillant du regard.

— Alors, tu veux que je sois quoi pour toi ?

La vraie réponse fond dans ma bouche mais j'ai la sensation que mes yeux la dévoilent très clairement. J'ai tellement de mal à lui mentir, à lui cacher mes sentiments...

— Je... je veux...

Ses prunelles azur parcourent ma peau dénudée et un pli barre son front.

— Qu'est-ce que c'est que ça ?

Je sais très bien de quoi il parle. Il me libère et je me dépêche de couvrir mon épaule, mais sa paume brûlante interrompt mon geste. Éberluée par ce contact incandescent, je l'observe en battant des paupières.

— C'est rien qu'une tache de naissance.

— Je ne crois pas. Je le saurais.

Je capitule à moitié en le laissant retrousser ma manche. Thomas se penche, son souffle caresse ma peau et je frissonne douloureusement. Ma gorge se serre et mon cœur tambourine dans ma poitrine, si fort que je crains qu'il puisse l'entendre s'il s'approche un peu plus.

Ce n'est pas une tache de naissance. J'ai quelques lignes de Blaschko sur le corps. J'ai une fine ligne sur la clavicule

– pas très visible, et encore moins quand je la masque avec du maquillage, mais sur mon ventre, mes fesses et le haut de mes cuisses, c'est une autre histoire.

— Je mets du fond de teint.

— Pourquoi ça, princesse ?

— Tu sais très bien que tout me complexe, Thomas.

Ma voix se brise sur ces mots, le son en est presque inaudible mais la détresse dans mon regard est suffisamment éloquente. J'ai l'impression que des flash-back de mon enfance me reviennent. Thomas est conscient que la majorité de mes traumatismes sont liés à mon image, et que tout cela vient de ma mère.

— Fallon...

Honteuse, je baisse la tête. C'est toujours la même chose. Moi pleurnichant à cause du fantôme de ma mère qui me souffle sans cesse que je suis une hideuse créature, et Thomas qui me rassure, qui m'écoute.

Je ne lui ai jamais parlé de ces motifs noisette sur ma peau d'albâtre, probablement parce que je trouvais que j'en faisais déjà suffisamment avec le reste. Parfois, je crains qu'il se lasse de moi, à cause de cette spirale inépuisable de complexes.

Ses lèvres s'appuient sur ma clavicule, à l'endroit de la vilaine marque. Mon cœur explose et mes doigts se crispent. Thomas se redresse lentement. Une vague de chaleur se répand de la pointe de mes pieds jusqu'à mon crâne.

Il m'a déjà embrassée, sur les joues, les tempes, le front, mais c'est la première fois que ses lèvres s'attaquent au reste de mon corps. Mes paupières papillotent. Je le fixe, complètement bouleversée. La marque de son baiser est une flamme incandescente.

— Rappelle-toi que toutes ces choses que tu n'aimes pas sont celles que je préfère chez toi.

Sa main se pose sur mon cuir chevelu, puis il m'attire à lui pour me prendre dans ses bras. Un long soupir s'échappe de ma bouche et je colle le front contre son torse.

— Ça s'appelle des lignes de Blaschko, j'en ai quelques-unes sur le corps. Je trouve ça affreux. Monica se moquait de moi à ce sujet...

Je le sens se raidir et son étreinte se resserre, comme s'il voulait renforcer le bouclier qu'il forme entre moi et le reste du monde.

— Fallon, tu n'es pas qu'un corps, tu es bien plus que ça.

Ses paroles me donnent la chair de poule, je me décolle de lui et l'observe attentivement.

— C'est comme ça qu'on m'a appris à vivre.

Son regard est triste quand il caresse mes joues avec douceur avant de coller son front contre le mien.

— Princesse, tout n'est pas parfait, mais toi, tu l'es.

Un faible rire m'échappe et je sens les larmes monter. Thomas est le remède à tous mes maux, la solution à tous mes problèmes et la raison qui fait battre mon cœur. À tout instant je pourrais lui avouer ce que je ressens. Je pourrais m'effondrer dans ses bras et lui confier tout ce qui ne va pas. Mais je n'ai plus confiance en moi, et il y a cette autre femme.

— Merci, Tommy.

Je redresse la tête. Une succession d'émotions traverse son regard océan. Tendrement, il efface du doigt les larmes qui perlent à mes paupières et esquisse un sourire rassurant.

— Je ne pense pas que je réussirai à dormir. Tu veux me tenir compagnie ?

Je pose l'index sur son nez et lui offre un large sourire.

— Es-tu prêt à écouter un monologue sur mes dernières lectures ?

Thomas acquiesce avant de poser une main sur mon crâne pour me caresser les cheveux.

— J'espérais que tu dirais ça, ça te redonne le sourire.

— Il n'y a que les livres qui peuvent me rendre aussi heureuse.

— Je le sais, princesse. Accorde-moi vingt minutes et je reviens. Je vais me doucher et me changer.

— Thomas ? dis-je subitement en l'arrêtant.

Il se retourne et se contente de me scruter avec curiosité.

— Ne coupe pas tes cheveux, s'il te plaît.

— Ça ne fait pas négligé ? demande-t-il en pointant du doigts ses cheveux bruns un peu plus longs que d'ordinaire.

— Non, tu es très beau.

Il m'embrasse une dernière fois sur le front, avant de s'en aller, avec un sourire aux lèvres. Nous allons passer les heures suivantes ensemble. Il n'est pas obligé pourtant, je risque de parler sans arrêt et je vois bien qu'il est fatigué, en dépit de ce bouclier en titane qu'il s'évertue à porter, je vois son chagrin silencieux.

Thomas ne parle jamais de ce qu'il a sur le cœur. Si j'ai bien compris quelque chose, c'est qu'il me fera toujours passer en premier, il ne s'en cache pas. Je me demande parfois si je mérite quelqu'un d'aussi exceptionnel dans ma vie. Je ne suis qu'une sale égoïste, il ne va pas bien et je le laisse se fatiguer encore plus pour satisfaire à mes caprices.

— Fallon, je t'ai cherchée partout, pourquoi tu te caches ici ?

Recroquevillée contre la paroi de ma cabane, je lève la tête et le fixe avec des yeux larmoyants.

— Maman a dit devant ses amies que j'ai fait pipi au lit et maintenant tout le monde se moque de moi.

Thomas fronce les sourcils et s'approche avant de se placer à ma droite.

— Oh mon Dieu !

Je m'empresse de plaquer mes deux mains sur ma bouche, réalisant la gravité de ma confession. J'ai terriblement honte aussi. J'ai douze ans ! Il a suffi que je fasse un cauchemar pour que mon corps se crispe et libère ma vessie.

— Tu sais, quand je suis arrivé à l'orphelinat, je faisais des crises de somnambulisme et il m'arrivait de pisser dans des coins insolites. Les tiroirs, les bacs à linge… Bref, ils ont mis du temps à découvrir le coupable. Mais à partir du moment où c'est arrivé, ils se sont bien amusés à me rappeler cette humiliation.

Les yeux écarquillés, je le fixe, bouche bée.

— Ça te rendait triste ? Tu dormais, t'as pas fait exprès !

— Je me sentais un peu mal au début puis je me suis rappelé que je pouvais toujours me venger en pissant sur leurs affaires la nuit. Puisque j'étais somnambule, ils ne pourraient pas m'en vouloir.

Thomas me lance un clin d'œil taquin et je me mets à rire doucement. Ses doigts essuient les larmes sur mes joues puis il me caresse les cheveux.

— Faut pas avoir honte. Tu crois réellement que ces femmes aigries ne font pas leurs besoins ? En plus, c'est tellement minable de se moquer d'une enfant pour ça ! Tu vaux mille fois mieux qu'elles.

— Je ne veux pas retourner à l'intérieur.

— On peut rester ici si tu veux.

— Mais tu as un entraînement avec Jackson, non ?

Thomas hausse les sourcils et croise les bras.

— Je n'irai pas, en plus y a les amis de ton père et je ne les aime pas. Je préfère rester avec toi.

Mes lèvres s'étirent dans un sourire. Je lui saute dessus pour l'entourer de mes bras, une étreinte pleine de reconnaissance.

— Oh ! Thomas, merci, tu es vraiment mon meilleur ami.

Je me souviens de ce jour-là. Thomas a préféré rester avec moi plutôt que de retrouver Jackson. Il a préféré panser la vive douleur causée par l'humiliation d'une enfant de douze ans.

En l'attendant, je m'inspecte, face à la glace. Lentement, je fais glisser mon peignoir. Les motifs brun clair dessinés sur ma peau m'ont toujours mise mal à l'aise. Mes vêtements sont soigneusement choisis pour qu'on ne les remarque pas. Parfois, les fines lignes sur ma clavicule se dévoilent, mais je réussis toujours à les masquer avec du fond de teint.

Mon corps est fin, sans formes : très peu de fesses et pas de seins. Je suis aux antipodes des critères de beauté actuels. On pourrait dire que je ne devrais pas me plaindre d'avoir un physique de mannequin et de ne pas grossir. Mais on serait bien loin de la réalité. Je suis constamment en conflit avec mon corps, je ne sais pas à quoi j'aimerais ressembler. Je vis avec mes contradictions et les standards de beauté. Ma mère a faussé mon jugement. Il y a des jours où je me trouve trop grosse, d'autres, trop maigre. Ces tatouages naturels que j'ai sur le corps n'arrangent rien. C'est aussi ma mère qui m'a poussé à vouloir changer mon corps, et à le faire vraiment. J'ai toujours voulu lui plaire. Toujours. Mais les retouches n'ont rien changé.

Ma mère n'a jamais dit que j'étais belle.

Et même si mon père le faisait… l'enfant en moi se focalisait uniquement sur l'approbation de celle qu'elle admirait pour sa beauté naturelle.

Je n'aime pas mon corps. J'ai toujours rêvé d'avoir une jolie poitrine, pas opulente mais tout de même, un bonnet D serait parfait, plutôt qu'un malheureux B.

Pendant un temps, j'ai tenté de rencontrer des chirurgiens, mais Thomas a saboté tous mes rendez-vous. Ensuite, c'est Julia qui m'a convaincue de lâcher l'affaire.

Selon eux, je n'agissais pas pour les bonnes raisons.

Monica m'a brisé le cœur et je ne sais pas quoi faire de tous ces morceaux. J'aimerais avoir un nouveau cœur, un nouveau corps.

Un corps dans lequel je me sentirais protégée, le corps que j'ai toujours désiré. Les formes que je m'imagine parviendraient même à faire oublier les motifs bruns sur ma peau.

Je devrais sauter le pas, sans le dire à personne.

Ne pas en parler à Julia, et encore moins à Thomas.

— Princesse, t'as laissé la porte d'entrée ouverte.

Je sursaute et me hâte de tirer de mon armoire un pull large et un short mi-long. J'accours vers le salon, où je trouve Thomas déjà installé sur le canapé.

Ses cheveux bruns sont mouillés, il porte un T-shirt blanc et un jogging noir. Je ramasse ma pile de livres par terre et la dépose sur la table basse.

— Je t'écoute, princesse.

Mon cœur sautille de joie rien qu'à l'idée de l'avoir rien que pour moi. Je compte profiter de chaque seconde qu'il pourra me donner.

4

Penser à l'avenir

Fallon

Ma routine du matin : préparer mon petit déjeuner en musique. En grandissant, je me suis beaucoup intéressée à tout ce qui a trait à la nutrition. Comme ma mère me malmenait à propos de mon corps, je voulais préserver une bonne ligne.

Au début, je me perdais entre différents régimes, puis j'ai appris à mieux maîtriser mon alimentation au fil du temps. Quand je mangeais peu, une vague de compensation s'abattait sur moi les jours suivants. Je me suis alors renseignée en lisant pas mal de livres et d'articles sur le sujet. La jouissance gustative a un effet considérable sur mes maux. J'aime bien manger. Et c'est important pour moi de garder ce contrôle sur moi-même.

Sur les notes entraînantes de *Dancing Queen*, je cuisine des pancakes aux pommes. Je me trémousse librement en chantant à tue-tête.

You are the dancing queen
Young and sweet
Only seventeen

Je tourne sur moi-même et jette dans les airs ma spatule que je rattrape in extremis. Je danse autour de la table pendant que mon petit déjeuner cuit à feu doux. J'attrape mon portable et le cale contre mon rouleau de sopalin pour me filmer. Je vais dire bonjour à mes abonnés avec ce son pour leur donner un peu de joie.

You can dance
You can jive
Having the time of your life
Ooh, see that girl
Watch that scene
Digging the dancing queen

Tout en me filmant, je jette à nouveau ma spatule mais cette fois-ci, elle tombe sur ma tête. Je lâche un « aïe » à haute voix et me frotte frénétiquement le crâne.

— Qu'est-ce que ça fait mal, cette connerie !

Je m'empresse de visionner ma petite vidéo et un rire m'échappe. Je me trouve ridicule, mais cette transition entre ma joie et la soudaine gifle de la spatule représente bien les aléas de la vie. J'écris un énorme : « Bonjour » avec un emoji soleil et note plus bas : « Je commence bien ma journée. » Puis je poste. J'adore cette chanson ! Je sais d'ores et déjà que je veux danser sur ces paroles le jour de mon mariage.

Je rêve de ce jour depuis toute petite. Je veux pouvoir rentrer chez moi le soir et trouver mon mari avec nos enfants. Je veux être une mère aimante. Je veux devenir cette figure dont j'ai toujours manqué. C'est bizarre, mais j'ai le sentiment d'avoir beaucoup d'amour à donner et autant à recevoir.

Julia réagit à ma *story* avec un cœur. Je lui écris aussitôt pour lui demander si on peut se voir dans l'après-midi pour tester un nouveau café.

Julia : Je ne peux pas aujourd'hui, je me rattraperai, promis.

En l'espace d'un an, Julia a pris une grande place dans ma vie. Je me suis adaptée à notre routine : on sortait souvent ensemble, on s'appelait, on s'écrivait constamment des messages. Maintenant qu'elle est plongée dans son histoire avec Jackson, ce n'est plus la même chose. Même si je suis très heureuse qu'elle soit avec King, je me sens un peu mise de côté. Leur couple est beau à voir, pourtant, et j'espère pouvoir vivre ça un jour.

J'ai juste envie de passer du temps avec elle. Car ces derniers temps, je me sens seule, comme prise au piège. Comme si tout ce qui a pu se produire autour de ma famille n'avait jamais existé. J'ai l'impression d'être la seule touchée par ce qui s'est passé.

Mon père a été tué par ma mère. Je ne suis pas sûre de pouvoir faire face à cela. C'est comme si je le perdais une seconde fois. Et tout le monde s'en fout. Y compris Jackson. Il n'a jamais aimé Monica – c'était réciproque – mais il pourrait se préoccuper de moi. Je lui en veux. Je lui en veux tellement…

Je refoule ces émotions et me cache le visage avec mes deux mains. Putain… je ne peux pas me permettre d'avoir de telles idées…

La culpabilité m'envahit et diffuse un froid glacial qui gèle mes membres. Je me sens mal, si mal de voir que ce tumulte néfaste perdure dans mon esprit.

Une profonde inspiration gonfle mes poumons et je me concentre à nouveau sur l'écran de mon téléphone. Thomas m'a envoyé un message. La notification fait déguerpir mes sombres idées et je me sens d'un coup apaisée.

Thomas : J'aurais aimé être là pour voir ça en direct. Je suis sûr que ça sent le cramé. T'es trop maladroite.

Avant qu'il soit subitement aussi occupé, Thomas venait souvent prendre son petit déjeuner chez moi, ou bien je lui apportais des douceurs chez lui.

Moi : Ça ne sent jamais le cramé chez moi, je suis la meilleure des cuistots. Ose le nier !

Thomas : Je l'admets, tu es la meilleure. Ou du moins, ma préférée. (Je dis ça juste pour que tu m'en mettes de côté.)

Je roule des yeux sans pouvoir m'empêcher de sourire.

Moi : Je prends le compliment mais je ne te laisserai rien, pour te punir de cet affront.
Thomas : Vilaine, c'est comme ça que tu me remercies de t'avoir apporté tes courses ?
Moi : Des œufs et du beurre, Thomas. Cela ne fait pas de toi un héros.
Thomas : Sympa de nier ma valeur. Je m'en vais bouder ailleurs.
Moi : Oh non ! Reste…
Thomas : Excuse-toi.
Moi : Pardon, s'il te plaît, reste… que je puisse continuer à te martyriser et t'enfoncer MOUAHAHAHA.
Thomas : Si t'étais devant moi…

Quoi, Thomas ? Tu m'aurais fait l'amour ? Avec plaisir ! Bon, j'aurais aimé répondre ça et que la conversation prenne un tournant obscène, comme dans les livres que je lis.

Thomas : J'aurais tailladé les dos de tes bouquins.

Ah. Cette menace est dangereuse et à ne pas prendre à la légère. Cet abruti m'a déjà fait ce coup-là, parce que je l'avais aspergé de sauce au chocolat de façon… involontaire.

OK, je l'avais fait exprès mais je ne méritais pas qu'il abîme le dos d'un de mes livres ! Je voulais l'étrangler et le lendemain il m'a offert un exemplaire neuf du roman.

Moi : Je t'ai déjà laissé une part de pancakes.
Thomas : Gentille fille, bien obéissante.

Je me suis fait des copines sur les réseaux sociaux, de grandes lectrices elles aussi. J'aime faire des rencontres, mais je crains toujours d'être déçue. Indirectement, les déceptions amicales que j'ai vécues au lycée n'ont fait que me rapprocher de Thomas. J'ai une peur panique d'être rejetée et il l'a bien compris.

Je m'ouvre aux gens, je discute sans prise de tête, mais je manque cruellement de discernement. Et j'espère de tout cœur que je ne me trompe pas à propos de ces nouvelles amies.

Un sentiment désagréable me tord le ventre et me rappelle ce qui me pousse à découvrir de nouvelles personnes. La peur de la solitude.

Alia et Katherine sont déjà amies depuis plusieurs années. Elles ont un blog commun où elles partagent leurs avis sur les dernières sorties cinématographiques et littéraires. Nous nous sommes rencontrées à l'avant-première d'un film adapté d'une romance dystopique que nous avons adorée toutes les trois. Le feeling est tout de suite passé. J'ai pris l'habitude de les voir de plus en plus souvent pour me changer les idées.

Là, je les attends dans le café littéraire que je voulais tester et je feuillette un livre le temps qu'elles arrivent. Je suis un peu nerveuse, j'ai toujours une espèce d'appréhension avant de les revoir. Vu qu'elles se connaissent déjà très bien, j'ai souvent la sensation d'être de trop, je ne comprends pas toujours leurs allusions, mais j'essaie tant bien que mal de me faire une place. Dans ce genre de moments, je ne peux m'empêcher de me flageller si je dis une bêtise, je calcule beaucoup ce que je dis quand je suis avec elles.

Je suis mon propre pantin, à surveiller et épier la moindre action, à contrôler ma langue. On pense souvent que je suis spontanée. La vérité, c'est que c'est le résultat de calculs incessants pour paraître le plus lisse possible.

Je me conforme aux attentes des autres, pour ne surtout pas être jugée. Je leur sers sur un plateau d'argent pile ce qu'ils attendent. C'est comme ça que j'ai pu approcher Julia. Quand je l'ai rencontrée, elle était réticente, méfiante. J'ai tout de suite compris à quel type de personnalité j'avais affaire. Je savais que si les rôles étaient inversés, j'aurais apprécié qu'on me mette à l'aise.

Sans l'oppresser, j'ai pu gagner sa confiance, mais aussi son affection. Je ne sais pas, elle dégage ce petit quelque chose qui donne envie d'être proche d'elle. Alors que moi, je ne suis qu'une poupée de chiffon. Julia est vraie, honnête, on finit par l'aimer pour ce qu'elle est. Julia n'a jamais eu à se soucier de son look ou à s'attarder sur les moindres détails de son maquillage.

Je ne suis qu'un corps qui vit pour le regard des autres. Parfois, j'ai la sensation que mon enfant intérieur lutte pour s'extirper de sa cage, se libérer de ce qu'on m'a inculqué.

Julia est belle, intelligente et tout le monde l'aime... Je suis très loin de pouvoir soutenir la comparaison. Moi, Fallon, on me considère uniquement parce que je suis la fille de Jelan Kingsley. La richesse de ma famille, mes possessions... je n'ai jamais rien mérité. Je n'ai aucune notion de l'argent et encore moins du temps... Je pensais mon père éternel, je n'ai pas su profiter de sa présence, perdant mon temps à essayer de trouver ma place dans ce monde alors qu'elle était dans son cœur à lui... qui ne bat plus, ni pour moi ni pour personne. Il doit être tellement déçu ! Depuis qu'il est parti, je n'ai fait qu'essayer de plaire aux autres.

Alia et Kat arrivent enfin en échangeant des rires complices. Je leur souris de loin et désigne les boissons que je leur ai commandées.

— T'es un amour, Fallon !

— C'est mon préféré, tu t'en es souvenue ?

Oui, je me souviens de tout. C'est bien mon problème. Un des nombreux fléaux de mon existence. Des détails, des messages cachés entre les grandes et les petites lignes, des tics ou mimiques faciales. Je m'attarde sur chaque parole et, comme si cela ne suffisait pas, je finis par les déformer dans mon esprit, pour me torturer encore davantage.

Mon frère est connu pour manipuler les autres. La seule personne que je manipule, c'est moi-même.

— Fallon, tu veux sortir avec nous ce soir ? La sororité de Kat organise une soirée.

Je les fixe à tour de rôle et une légère nervosité me saisit. Je me frotte le bras et évite le regard d'Alia.

— Sauf... si tu ne veux pas venir. D'ailleurs, qu'est-ce que tu as fait, comme études ?

C'est tabou chez moi. J'évite le sujet, cela ne m'évoque que de la gêne mêlée à une honte viscérale.

— J'ai arrêté la fac… Je faisais du droit mais je n'aimais pas ça…

— Tu n'as même pas tenté un autre domaine ?

— Les études… ce n'est pas fait pour moi.

Les deux jeunes filles me dévisagent avec un soupçon de jugement, comme si ce que je disais n'avait pas de sens. Elles sont toutes les deux issues de familles assez modestes, où les études sont primordiales pour s'en sortir dans la vie.

— Bon… j'avoue que t'as pas besoin d'études, vu ta situation ! s'exclame Alia en haussant les épaules.

Mon cœur se serre, j'ai du mal à formuler une réponse.

— Je n'ai jamais été à l'aise dans le milieu scolaire…

— C'est-à-dire ?

J'ai l'impression d'être face à deux enquêteurs du FBI.

— J'avais des difficultés. Les périodes d'examen m'angoissaient énormément. J'étais une enfant anxieuse et ça a empiré avec l'âge.

— Mais, Fallon, tout le monde est comme ça. Moi aussi, je souffre d'anxiété, avec mes études de médecine. Il faut être résilient, dans la vie.

— De toute façon, t'es riche. Même si t'étais illettrée, ça ne changerait pas grand-chose.

Elles pouffent et je souris nerveusement avant de sentir mon téléphone vibrer dans la poche de pantalon.

Thomas : Princesse, je ne serai pas là ce soir, mais réserve-moi ta soirée de demain, un de mes collègues m'a recommandé un restaurant italien et je veux qu'on le teste ensemble. J'ai envie de passer du temps avec toi.

Toute ma nervosité s'envole, mon sourire crispé devient sincère. Je ferme les yeux une fraction de seconde et je perçois son doux visage sous mes paupières.

Je t'attendrai. Moi aussi, je veux passer du temps avec toi.

Sa réponse ne se fait pas attendre.

Thomas : Tant mieux. En vérité, le restaurant n'est qu'un prétexte, je t'attire avec de la nourriture.
Moi : Je sais que tu ne peux pas te passer de moi.
Thomas : Jamais je ne pourrai me passer de tes bêtises verbales. C'est mon divertissement préféré.

— Allo, Fallon, ici la Terre !

Je pose mon téléphone sur la table sous leur regard attentif.

— Je répondais à un message.

— Ton petit ami ?

— Non, non… mon meilleur ami.

— Vu ton sourire et tes joues toutes rouges, on s'imaginait que c'était plus que ça.

— Oh non… pas avec lui.

Tu sais pas mentir, imbécile.

— Regardez avec qui je suis, s'exclame Kat en me filmant avec son téléphone. Celle qui se prend des spatules sur le visage de bon matin !

Timidement, je lève la main pour faire coucou puis je suis directement éclipsée par Alia qui veut être en gros plan. Elles se mettent à parler de je ne sais quoi tandis que je patauge dans mon désarroi.

Une seule pensée vers Thomas et mon cœur tremble. Son rythme s'accélère, il tambourine de plus en plus fort contre ma poitrine, une déferlante de frissons parcourt ma colonne vertébrale au souvenir de ses lèvres au creux de mon cou. Je n'aurais jamais cru que Thomas provoquerait tout ça en moi.

La douleur de son absence résonne dans tout mon être. Elle résonne dans un silence assourdissant.

Thomas a tout fait pour me protéger et pourtant, cette fois, il ne distingue pas la peine qui miroite dans mes yeux. La peine dont il est responsable. Et que je laisse se répandre comme une idiote. Car je m'accroche à un risible espoir.

L'espoir qu'il me remarque comme j'aimerais qu'il me remarque.

L'espoir que je représente un peu plus que ce que je suis déjà à ses yeux.

L'espoir qu'il soit à moi, autant que je suis à lui.

Il y a des jours où je ne parviens pas à mettre des mots sur notre relation. Il y a des jours où je ne comprends pas ce que je suis pour lui. Je ne suis pas son amie, je le sais pertinemment. Ni sa confidente. Ses secrets sont hors de ma portée, mais je comprends ses silences. Je les comprends et je les accepte, mais j'aimerais tellement qu'il puisse se reposer sur mon épaule !

J'ignore ce qu'il voit en moi, j'ai du mal à comprendre les raisons de son affection.

Je n'ai rien à lui offrir.

Ni à lui, ni à qui que ce soit.

— Je viendrai à votre soirée, ça peut être chouette.

J'ignore d'où me vient un tel élan de courage. Je préfère généralement éviter tout ce qui s'approche plus ou moins de l'université, ça me ramène toujours à mon échec.

Je ne suis pas intelligente, très limitée en matière de culture et je me laisse très vite submerger par mes émotions. Mes fondations sont si fragiles que je m'évertue à les reconstruire après chaque effondrement.

Je déteste ma sensibilité.

J'aimerais être normale... Ne plus ressentir tout ce chagrin, ces regrets, cette culpabilité et l'amour à sens unique qui me met au tapis.

J'aimerais dompter la tempête d'émotions de mon cœur pour qu'un jour elles puissent s'épanouir dans un jardin qui abriterait mon âme.

— Oui, je viendrai à la soirée, répété-je, cette fois-ci pour moi-même.

Je veux oublier.

Tout oublier.

Je n'ai dit à personne que je sortais. Pas à mon frère et encore moins à Julia. Alia et Kat m'ont raconté quelques potins que je voulais absolument partager avec Julia, sauf que ma meilleure amie n'a même pas lu mon message. Après plus de cinq heures. J'abuse ? Je n'en sais rien, mais tout est décuplé chez moi. Thomas doit être avec sa Léonie. Je n'ai qu'à m'amuser, moi aussi.

J'atterris dans une villa immense, où toutes les filles sont en tenue courte. Je me suis contentée d'un pantalon cargo vert kaki et d'un haut noir un peu habillé, près du corps, avec des strass.

La lumière tamisée donne une ambiance assez intime en dépit du monde : c'est plein à craquer. Je ne trouve pas Alia et Kat, alors je me mets à danser. Le son est bien trop bon pour faire autre chose. C'est la chanson « Voulez-vous » d'ABBA, un de mes groupes préférés. Je souris et mon corps parle pour moi. Je me détache peu à peu des raisons qui m'ont poussée à venir ici. J'aime faire la fête, pouvoir danser sans relâche et sentir la chaleur des spots sur moi, comme si j'étais spéciale.

Je ne suis pas d'humeur à me laisser approcher par la gent masculine, ce soir. Depuis les réflexions de Connor sur mon corps, je ne veux pas qu'on me touche, mais il y a aussi que... depuis que Thomas a posé les lèvres sur ma peau, je veux que rien d'autre ne puisse souiller sa marque incandescente. Mes doigts effleurent ma clavicule. Je revis inlassablement cet instant.

Je dois boire quelque chose. J'ai besoin de me le faire sortir de la tête.

Danser, boire, oublier. C'est ma triade pour tout supporter. Hélas, cela ne dure que le temps d'une soirée. Tout est éphémère avec moi. Mes rêves, mes ambitions, les fondations de ma résilience. Rien ne perdure.

J'ai toujours eu cette sensation d'être l'outsider de mon

entourage. Et même ma lutte interne semble risible à côté de la leur.

Mon cœur se brise. Se brise. Et se brise encore. Il n'y a qu'en présence de Thomas qu'il se répare. Dès qu'il n'est plus là, il saigne davantage et ne cicatrise plus.

J'enchaîne les shots, l'alcool embrase mon corps, son baiser m'extirpe de la réalité. Les musiques défilent et, plus les minutes passent, plus je me sens libérée. Je retrouve finalement mes copines sur la piste, encore plus éméchées que moi. Alia est approché par un gars au gabarit impressionnant. Il se frotte à elle lascivement et elle se laisse faire. Kat me lance un clin d'œil et me tend un verre que je bois cul sec. Puis elle pivote et rejoint un groupe de gars qui l'appellent pour danser. Je me retrouve toute seule et, en dépit de l'alcool, je ressens une certaine gêne. Comme si j'étais de trop.

Une honte viscérale me tord l'estomac, ma peau me démange, je me sens... mise de côté, sur le banc de touche, comme à mon habitude. Que je sois là ou pas, quelle est la différence ? C'est moi qui cours après les autres pour gratter de l'attention... Et si je ne le fais pas ? Mon absence passe complètement inaperçue.

C'est ce que Jackson et Julia doivent éprouver à mon égard. Tout le monde semble se moquer de moi en me pointant du doigt. Tout ce que j'ai pu enfouir est en train de resurgir. Ma vision est brouillée, le dernier verre était de trop.

J'ai mal au cœur.

Je me sens... patraque. J'ai la tête qui tourne.

Mes pieds puisent dans les quelques ressources de clairvoyance qu'il me reste et je sors. J'ai besoin d'air... J'étouffe... Je veux rentrer.

Je titube jusqu'à l'extérieur, attrape mon téléphone et appelle Thomas.

— Viens... s'il te plaît.

Je ne sais pas ce qu'il y avait dans ce verre, mais je m'effondre sur le sol, en larmes, pour attendre mon sauveur.

5
Remettre les pendules à l'heure

Thomas

Je frotte ma barbe de trois jours et pousse un grognement de frustration. Mes yeux sont ombrés de cernes, mes paupières pèsent si lourd que je rêve de les fermer.

L'alcool embrasse mon œsophage et me fait vaguement oublier le trou béant dans mon cœur. Peu à peu, je perds espoir. L'espoir de découvrir enfin qui je suis.

Cette quête se mue en obsession. Trouver mes origines. Savoir d'où je viens. Qui je suis. Toutes ces questions sans réponses me tuent à petit feu.

Je ne demande rien de compliqué. Un nom. Une terre. Les douze premières années de ma vie sont une énigme. J'approche la trentaine et il est temps que je sache.

Je suis prêt à affronter n'importe quelle vague, pourtant aucune ne vient. Je suis dévoré par la crainte de ne rien trouver. Je ne pourrai pas l'accepter. Je ne pourrai pas comprendre. Mes œillères sont coriaces, elles me persuadent que, peu importe l'issue de cette affaire, je finirai par trouver ce que je cherche.

Je suis patient, même un peu trop. J'ai peur de perdre le contrôle. À cette idée, je saisis ma bouteille de vodka et bois au goulot quelques nouvelles gorgées. Je m'apprêtais à vider la bouteille mais mon téléphone se met à sonner, et ce n'est pas une sonnerie lambda. C'est celle que j'ai attribuée à Fallon.

Je pose vite la bouteille sur la table, manquant presque de la renverser. L'ivresse ne s'estompe pas mais l'adrénaline lui tient tête. Je décroche immédiatement.

— Tommy... Viens me chercher... Je... j'ai peur.

Si jusqu'ici je nageais en apesanteur, dans les flots de l'alcool, je redescends d'un coup sur terre, un sentiment d'urgence écrase ma poitrine.

— Tu es où, mon cœur ?

Je me redresse et passe une main dans mes cheveux. Je me racle la gorge comme si ce stratagème allait camoufler mon ébriété.

— Je... je ne sais pas... Je me sens observée... S'il te plaît, viens.

Fallon est ivre, salement ivre, il y a peut-être même autre chose. Elle est un livre ouvert pour moi, nul besoin de regarder la couverture ou encore de lire le résumé...

Je mets mes chaussures et je déclare :

— Je vais localiser ton téléphone. J'arrive, mon cœur, essaie de rester en ligne avec moi, s'il te plaît.

Je lui parle doucement, pour la calmer, la rassurer. Une Fallon bourrée, ça signifie qu'elle a cherché un moyen de s'évader de la réalité. Elle n'a pas besoin de boire pour se décoincer, encore moins pour danser. Cette boule de joie ne se met dans cet état que pour oublier la tristesse immense qu'elle ne cherche qu'à dissimuler.

— Oui... reste avec moi.

Je me lave le visage, bois de l'eau puis sors de chez moi. L'adrénaline court dans mes veines, je la sens qui file le long de mes vaisseaux.

Putain. Pourquoi elle ne m'a pas prévenu ? D'habitude, je suis toujours au courant quand elle va faire la fête. Je ne sais même pas avec qui elle est.

Je frappe le volant et passe la main sur mon visage. Mon

seuil de tolérance alcoolique est élevé, mais je suis ivre de colère contre moi-même. Je n'ai pas été assez disponible pour elle. Fallon est facile à cerner : si elle se sent rejetée, elle se braque et cesse de se confier. Elle étouffe et en perd la voix. Je n'aime pas ça.

Elle est malheureuse, la vérité sur sa mère la tue à petit feu. Son père lui manque. Elle est en train de tout remettre en question.

Elle n'a pas raccroché le téléphone, mais elle semble dormir. Tant que j'entends sa respiration, je sais qu'elle est là avec moi.

— Je t'aime tellement, Fallon, susurré-je en serrant mon volant.

Je l'aime. Je suis fou amoureux d'elle. Mais je suis aussi instable. Je n'ai pas envie de lui infliger le poids de ma démence. Je ne pourrai pas la rendre heureuse. Surtout... j'ai peur de *ne pas être assez* pour elle.

— Si tu savais... mon cœur.

La villa où je débarque est bondée d'étudiants. La musique est assourdissante mais le voisinage ne semble pas s'en plaindre. Il n'y a que des étudiants, dans le quartier. Je me gare, sors de ma voiture et j'y vais. Des étudiantes me font du rentre-dedans, certaines essaient de me stopper net mais je trace ma route, à la recherche de l'unique visage qui hante mes rêves.

Je me faufile dans la masse humaine et débouche sur une véranda où je trouve Fallon, allongée dans un fauteuil balançoire, recroquevillée sur elle-même. Je me penche et passe ma main dans ses cheveux.

— Mon cœur, je suis là.

Des traces de larmes constellent ses joues, je caresse tendrement ses cheveux avant de passer une de mes mains derrière sa nuque et l'autre sous ses jambes. Je la soulève et l'embarque vers ma voiture.

— Tommy...

Elle se redresse, somnolente dans mes bras, niche sa tête au creux de mon cou et y dépose un baiser.

— Tommy...

Je ne dis rien, concentré sur son souffle qui caresse ma peau.

Je l'installe devant, la couvre avec ma veste et boucle sa ceinture de sécurité. Je la regarde dormir, le corps tremblant, et pousse un profond soupir. Sur le chemin du retour, j'essaie de rester concentré sur la route. Cette soirée m'a éreinté.

Je jette des coups d'œil réguliers sur ma passagère, le cœur battant. Fallon dort à poings fermés, elle semble apaisée mais je sais que ce sommeil ne résulte que d'une fuite douloureuse.

J'ai un double de ses clés. Tout en la portant dans mes bras, j'entre et je l'allonge sur son lit. Je tangue un peu, j'ai mal à la tête, l'adrénaline est en train de chuter et je me sens de plus en plus crevé. Je me frotte les yeux, m'assieds près d'elle et saisit sa main dans la mienne.

Son haut a une fermeture qui descend de son cou jusqu'à sa poitrine. Mes doigts l'effleurent et je l'ouvre légèrement pour observer un dessin qui me trotte dans la tête depuis des jours maintenant.

Ses lignes de Blaschko.

Quelques-unes sont visibles dans la vallée entre ses seins. Je soupire et me retient d'assouvir le désir de mes doigts qui tremblent presque. Du calme.

Depuis qu'elle m'en a parlé, j'ai passé des heures entières à me renseigner sur ce que c'est, à chercher des photos. Fallon a précisé qu'elle avait peu de marques cutanées en comparaison d'autres personnes. Pourtant, c'est déjà trop pour elle.

Je meurs d'envie de connaître chaque recoin de peau qui porte ces marques magnifiques. Ces motifs sont comme une toile et, sur son teint d'albâtre, on dirait une œuvre d'art.

Tout est authentique chez elle.

Fallon est tout ce qu'il y a de bon dans mon monde.

Je pose sa paume contre ma joue, m'agenouille par terre pour être à son niveau et la contemple. J'embrasse sa paume et une bouffée d'émotions me dévore de l'intérieur.

— Thomas.

Je lève la tête et croise son regard ambré, perdu entre la douceur et le désespoir.

— Oui, je suis là.

Fallon ne dit rien. Elle se contente de me scruter avec une tristesse qu'elle peine à dissimuler.

— Tu n'aurais jamais dû sortir, susurré-je en embrassant sa paume une nouvelle fois.

— Tu n'aurais jamais dû partir.

— Je ne suis pas parti, je travaillais.

Elle m'a appelé peu de temps avant que Léonie s'en aille. J'avais prévenu Fallon que je serais occupé et que je lui réservais ma soirée du lendemain, mais je ne pouvais pas la laisser tomber. J'oublie parfois qu'elle souffle le chaud et le froid en ce qui me concerne.

— Je suis libre de faire ce que je veux, souffle-t-elle.

— Oui, mais je crois bien qu'on t'a droguée. Avec qui tu étais ?

— Des copines.

— Tu étais toute seule quand je suis arrivé.

— Oui, mais j'ai des copines.

— C'est qui ? Tu ne m'en as jamais parlé.

Je lâche sa main et elle se redresse sur ses coudes.

— Peut-être que si tu n'étais pas tout le temps avec ta blonde décolorée, tu le saurais.

Merde.

Son vœu de silence est sur le point d'être rompu et c'est moi qui vais en faire les frais.

— Je t'ai dit que j'étais occupé, sois compréhensive, dis-je doucement.

— Pourquoi tu ne me remets pas à ma place ? Tu prends toujours des pincettes avec moi. Je suis une gamine pour toi, c'est ça ?

J'ai du mal à comprendre où elle veut en venir.

— Non… Fallon… je ne te prends pas pour une…

— Arrête de mentir !

Dressée sur son lit, elle me pointe du doigt comme si j'étais coupable de son état. Je me lève et la fixe avec curiosité.

— Julia file le parfait amour et moi, je suis toute seule, alors j'ai dû trouver d'autres copines.

— Ce ne sont pas de bonnes copines, elles t'ont laissée dans un sale état.

— Je suis habituée à ce qu'on m'abandonne, toi le premier.

— Personne ne t'abandonne, mon cœur.

Je tente une approche mais elle me pousse et saute de son lit pour s'éloigner de moi.

— Je te déteste ! Tu m'as toujours fait passer avant tout le monde et maintenant tu n'as que ta copine en tête !

Sa voix tremblante laisse percevoir tous les sentiments qu'elle refoule. Fallon n'est pas du genre à faire des reproches, encore moins à entrer dans un conflit pour flageller les autres. De plus, je ne suis pas sûr de suivre ce qu'il se passe.

— Je n'ai pas de copine !

— Tu me mens encore ! Tu ne me dis jamais rien à ton sujet, tu me chaperonnes comme une gamine, et tu ne vois rien !

— Fallon, parle-moi. Qu'est-ce qui ne va pas ?

Son regard inquiet trahit son agitation. L'ambre de ses prunelles semble se cristalliser. J'ai l'impression que ses yeux m'implorent de la délivrer des souffrances qu'elle endure. Qu'ils me supplient de lui donner quelque chose que je ne suis pas prêt à céder.

Fallon détourne le visage pour que je cesse de farfouiller en elle.

— Pars. Pars, Thomas.

La logique m'échappe, du moins la logique des femmes. Je n'ai jamais eu de relation sérieuse, j'ai toujours appris à me contenter de coups d'un soir et à m'arrêter à l'orgasme.

Fallon est la seule femme de ma vie, tout ce qui tourne autour du monde féminin se résume à elle pour moi. Jelan m'avait beaucoup parlé des différences émotionnelles entre les deux sexes. Là où un homme ne voit aucun problème, ça peut être tout le contraire pour une femme. Nous sommes différents sur de nombreux plans.

J'ignore ce qui se passe, la situation me file entre les doigts et ça me donne mal à la tête. Fallon me lance un regard furieux. Pour la première fois, je ne la comprends pas.

— Tu veux réellement que je m'en aille ?

Un silence lourd tombe, comme une lame tranchante. Je la regarde longuement.

Peu à peu, le feu dans ses yeux se calme, les traits de son visage s'adoucissent. Sa fureur cède sous le poids d'une capitulation évidente. Sa retenue n'est plus.

Et là je comprends. Je comprends les sentiments qui animent son cœur. Je suis au pied du mur, pris dans un carcan auquel je ne peux échapper. Mes remparts sont à la lisière de l'effondrement.

Je pousse un soupir et me laisse tomber sur son lit, la main dans les cheveux.

— Fallon… je suis fatigué. Vraiment fatigué.

Fatigué de vivre avec cette pression qui pèse sur mes épaules. Fatigué de moi-même.

Elle s'avance vers moi, j'entends le bruit de ses pas et je sens son ventre contre mon crâne, ses doigts qui remontent dans mes cheveux.

— Thomas… ouvre-moi ton cœur.

Un court-circuit frappe mes neurones. Mes muscles se crispent et je crois bien que ça ne passe pas inaperçu. Fallon tient beaucoup trop à moi pour me laisser couler dans ma mélancolie. Elle sera toujours là, mais j'ai peur qu'elle finisse par se lasser de ma noirceur. Par se lasser de moi, tout simplement.

Elle ne m'a jamais vraiment posé de questions sur mes tourments. Elle sait pertinemment que je ne dirai rien. Je fais au mieux pour ne pas laisser transparaître mon chagrin, mais son regard ambré s'évertue à farfouiller au fond de mes iris et un jour viendra où elle finira par déterrer les fragments de mon âme.

— Je ne peux pas.

Mon cœur se serre quand je ne sens plus son contact.

— D'accord... Je le respecte.

Sa voix est dénuée d'émotion, signe que je viens de la blesser.

— Tu ne ressens pas l'envie de te confier à moi, murmure-t-elle en poussant un profond soupir.

Sans répondre, je me relève et prends son menton entre mes doigts. Ses yeux sont privés de tout éclat, sa déception est comme un coup au ventre.

— Ce n'est pas le cas, je ne veux juste pas que...

— Que quoi ? Tu connais toute ma vie ! Toute ma vie est déjà à toi, Thomas.

Tous ces sous-entendus sont en train de me tuer...

— Tu es la personne la plus importante pour moi, Fallon, mais il y a des choses que je préfère ne partager avec personne.

J'essaie d'adopter un ton doux, mais mes paroles sont rudes. Fallon s'écarte.

— Très bien. J'ai compris.

J'en doute. Elle se contente de ça pour l'instant, mais ça ne durera pas. C'est difficile d'entretenir une relation, quelle qu'elle soit, quand une des deux parties ne s'ouvre pas. Fallon est de nature anxieuse, elle donne beaucoup, presque trop, et je n'ose pas imaginer l'ampleur de ses émotions si je lui parlais de ce que je ressens au fond de moi.

Sur ces dernières paroles, je sors de sa chambre et rentre chez moi, sans avoir réussi à la regarder dans les yeux.

J'agis comme un lâche avec la seule personne qui pourrait tout me donner.

Fallon

Je suis fixée.

Thomas n'est pas fait pour moi, je dois l'intégrer.

Hier soir, nous étions seuls chez moi et j'ai failli lui avouer que je l'aimais. Ou plutôt... je l'ai fait, indirectement. Tout en moi hurlait mon amour. Tout me trahissait : mon regard, mes paroles, mon corps entier. Je lui ai montré l'étendue de ma détresse. Je lui ai servi sur un plateau jusqu'à la dernière bribe de mon cœur.

Thomas a compris que je l'aimais et il n'a rien fait. Pire encore... il a refusé d'y faire face et pour moi, c'est le plus douloureux des rejets.

Le silence est une réponse plus parlante que les mots. Maintenant, je dois aller de l'avant, même si ça signifie m'éloigner de Thomas. Je dois me tenir à distance... Plus rien ne sera comme avant. Plus jamais.

Tant de choses se sont accumulées ces dernières semaines que je me sens comme au bord d'un précipice, à essayer tant bien que mal de garder l'équilibre. Ne pas sombrer.

Prendre les choses une par une. Mon avenir, mon image. Je dois me concentrer sur ce qui me tient à cœur. Je veux faire quelque chose de ma vie, être bien dans ma peau.

Le fantôme de ma mère rode en permanence dans mon esprit. Cette petite voix cruelle qui répète que je ne suis pas assez bien, pas assez belle, tout simplement pas assez.

En me réveillant ce matin, j'ai pris soin de ne pas mettre de musique. Je ne voulais pas me réfugier dans cette bulle pour oublier la véritable nature de mes sentiments. Je n'ai même pas eu le réflexe de faire une *story* pour dire bonjour à mes abonnés et gratter une quelconque attention.

Je n'ai rien fait de tout cela parce que j'ai mal. Les hématomes sur mon âme me font souffrir, je ne peux plus le supporter. Je ne peux plus rien supporter. Et cette urgence à faire taire ces douleurs indicibles accélère l'enchaînement de mes réflexions.

J'ai beaucoup réfléchi. Mon corps doit changer. Je dois changer. Je considère que j'ai suffisamment de recul sur mes émotions pour prendre cette décision.

Je n'en peux plus de cette haine de mon corps. J'ai besoin de faire la paix avec lui. À mes yeux, c'est la première étape pour vivre pleinement ma vie et me délivrer des chaînes qui me lient encore aux brimades de ma mère.

Comprendre chaque parcelle de ma peau pour vivre en harmonie avec elle. C'est mon rêve le plus cher. Ma mère a souligné tellement de fois que j'avais tout sauf un corps féminin que je me sens de moins en moins bien.

Le champ est libre désormais. Thomas n'est plus là pour me brider comme il l'a fait l'année dernière. Julia non plus. Je peux faire ce que je veux. Pour la première fois, je me sens libre. J'ai toujours été chaperonnée, par Jackson, par Thomas, et autrefois par mon père. Les hommes de ma vie m'ont couvée, et là... je suis seule, sans comptes à rendre à personne.

Limite, je trouve l'idée d'être restée si longtemps sous la tutelle de ces trois grands hommes dégradante. Mon père a toujours demandé à Jackson et à Thomas de veiller sur moi. Je ne comprenais pas à l'époque que c'était parce qu'il avait des ennemis prêts à tout pour lui nuire. Le problème est qu'aujourd'hui j'ai la sensation qu'on ne voit en moi qu'une jeune fille sans autonomie, qui manque cruellement de jugeote.

J'aimerais décider pour moi-même, pour une fois.

Je dois apprendre à faire mes propres choix, j'ai trop attendu l'avis de Thomas, de Julia, de Jackson. Il faut que je prenne mes propres décisions, quitte à faire des erreurs.

Ma folie se cristallise sur mon corps. Je lui trouve chaque jour un nouveau défaut. En sous-vêtements, j'épie la moindre courbe. Mes lignes de Blaschko me font grimacer. À force de me trouver des complexes, j'ai appris à les camoufler.

Chaque matin, je me réveille et les confronte devant la glace. Les apercevoir tous les jours devient presque un supplice.

Mes mains se logent au niveau de ma taille avant de remonter sur ma poitrine, couverte d'un soutien-gorge en dentelle noire. J'ai pris rendez-vous avec un médecin dans une clinique qui vient d'ouvrir un service de chirurgie esthétique.

Je vais voir comment ça se passe, l'interroger sur ses méthodes, parler de mes attentes. Je verrai bien si ça me convient. J'ai très peur, mais mon père m'a toujours dit que c'est dans la crainte qu'il faut sauter.

Si ça se trouve, ça me fera changer d'avis.

Mon téléphone sonne, c'est Kat. Je décroche avec une appréhension qui me tord le ventre.

— Fallon, tu as disparu hier soir. Est-ce que ça va ?

Je ne sais pas pourquoi, mais son inquiétude me paraît tout sauf sincère.

— Je... je ne me sentais pas bien.

— Ouais, on t'a vue, on s'est dit que tu avais juste besoin d'air.

Juste besoin d'air ?

— On est venu me récupérer... de toute façon.

— Ah ouais ? Je n'ai pas fait attention, j'étais avec un garçon.

Je n'ai pas le temps de répondre qu'elle me raconte son coup d'un soir. Elle n'en a rien à foutre que j'aille bien ou pas. De toute manière... plus personne n'est là pour le remarquer.

Je suis devant la clinique, dans un des quartiers les plus huppés de New York. Si je décide de sauter le pas, ça va me coûter cher, c'est évident à voir le luxueux bâtiment. Dans la salle d'attente, je sors ma tablette pour lire un peu. Je fais défiler deux ou trois pages avant que le bruit de la porte qui s'ouvre me fasse relever la tête.

— Bonjour.

Un homme grand et beau me fait face. Il est vêtu d'une chemise blanche et d'un pantalon bleu foncé. Ses manches sont retroussées et une de ses mains est enfoncée dans sa poche. Son regard est d'un bleu sombre troublant et ses cheveux ont la couleur de l'ébène.

Il est canon !

Ma bouche est ouverte mais aucun son n'en sort. Un silence gênant s'installe. Il rit doucement avant de s'approcher de moi en me tendant son bras.

Sans rien dire, je saisis sa main et me met sur mes pieds.

Il me scrute avec intérêt. Pas comme s'il était le médecin et moi, la patiente. Il me regarde plutôt comme une jeune femme qu'il vient de croiser en boîte.

— Je suis Troy Hamilton.

6

Troy Hamilton

Fallon

Mon médecin est canon. Wow. Et j'ai bien l'impression que je ne le laisse pas indifférent. Son regard est très insistant, sur mon visage, mon corps... sur mes lèvres.

— Alors, Fallon Kingsley, que me vaut le plaisir de votre visite ?

Il y a une tension entre nous, l'air est chargé d'une attirance réciproque mais que nous gardons pour nous. Lui est tenu par son professionnalisme et moi... bah, en fait, moi, je peux jouer le jeu.

J'ai toujours laissé mon corps s'exprimer spontanément quand je suis attirée par un homme. C'est très flatteur pour moi de découvrir que je plais, avec tous mes complexes. J'aime les compliments, j'ai besoin d'attention. Si on me tend une miette, j'arrive généralement à obtenir tout le morceau.

— J'aimerais refaire ma poitrine, dis-je en haussant les épaules.

Troy arque un sourcil et me scrute avec curiosité avant d'ouvrir son carnet de notes.

— Une telle décision n'est pas à prendre à la légère.

Je me demande bien pourquoi, quand on me voit, on pense que je suis une tête brûlée.

— Cela me complexe depuis que je suis adolescente, rétorqué-je, légèrement agacée.

— Mm... je vois... J'imagine que vous avez des questions concernant la procédure.

— En effet. J'aimerais savoir comment vous travaillez. Combien de temps ça prend ? Est-ce que la convalescence est longue ?

Le médecin hoche la tête et se frotte le menton en me fixant avec attention. Le coin de ses lèvres s'étire en un mince sourire et il m'explique tout.

— Je ne cherche pas un effet bimbo, je veux rester naturelle.

— Je m'en doute bien, dit-il avec un sourire amusé. Cela dit, on peut faire un montage photo pour voir comment cela rendrait sur vous.

— Je veux bien, parce que je ne suis pas encore sûre...

— Je comprends. On prendra le temps pour ça. Tant que vous aurez des questions, j'y répondrai.

— Merci beaucoup. Je suis très indécise.

— En toute honnêteté, vous êtes très belle, j'ai du mal à croire qu'on puisse vous lâcher des yeux.

Eh bien... il flirte.

— C'est gentil, mais je ne le fais pas pour les autres.

Simplement pour gagner une bataille silencieuse contre ma mère.

— Vous le faites *seulement* pour vous ? Vous n'avez pas un fiancé qui vous met la pression ?

Carrément ?

— Je suis célibataire.

À mon tour de l'analyser. Il ne porte pas d'alliance. Il est sans doute plus vieux que moi, je lui donne maximum trente-cinq ans.

— Vous avez beaucoup de patientes ? je demande.

— Oui, beaucoup. D'ailleurs si votre décision prend du

temps, sachez qu'il y aura des délais pour planifier la date de l'opération.

— Ce n'est pas grave, tant que le créneau est fixé et que je sais ce que je veux.

— Vous semblez déterminée.

— Quand j'aurai pris ma décision, je le serai, oui.

— J'ai hâte de la connaître, dans ce cas.

Le médecin sexy (oui, je vais l'appeler comme ça dans ma tête) m'accompagne jusqu'à sa porte et me tend sa main. Je la saisis et plonge mon regard dans le sien.

— C'était un plaisir d'échanger avec vous, Fallon. Cela vous convient-il si nous nous voyons la semaine prochaine pour faire les essais photo ?

J'acquiesce, tout sourire, sans lâcher sa main. Son pouce fait des cercles contre ma paume et je frissonne en retenant ma respiration. Ce contact très discret me donne un peu chaud. Il est à tomber par terre, putain.

— Merci, docteur Hamilton.

— Je vous en prie, appelez-moi Troy.

Thomas

— Tu as une sale gueule, fiston.

Vernon me jauge de haut en bas, visiblement tiraillé entre amusement et inquiétude. Je me frotte les tempes et pose ma tête sur la table quelques secondes.

— J'ai un peu bu hier soir.

— Travailler dans un club ne te réussit pas, lâche-t-il en hélant la serveuse.

J'ai menti. Je n'ai pas *un peu* bu. Plutôt beaucoup. Cela fait quelques jours que je consomme de l'alcool comme si c'était de l'eau.

— C'était bien, le travail, aujourd'hui ? demandé-je pour changer de sujet.

— J'approche de la retraite, fiston, mes journées sont de moins en moins intéressantes.

Vernon est officier de police. À un peu plus de soixante ans, il se force encore à se lever tous les matins pour aller au boulot et essayer de s'assurer une petite retraite - notre pays manque d'empathie à ce niveau-là. Vernon est fatigué, le temps marque les traits de son visage.

— Tu devrais arrêter et me laisser payer ta retraite.

Je lui ai fait cette proposition à maintes reprises et elle se solde systématiquement par un refus catégorique.

— Rester chez moi serait synonyme d'ennui mortel.

— Tu pourrais te trouver un hobby, comme la cuisine, le jardinage... Je n'en sais rien, moi.

— Tu as un hobby, toi ? Au lieu de jouer les enquêteurs du FBI ?

Vernon est le seul au courant de mon activité nocturne.

— J'aime bien lire des mangas et voir des animés, dis-je en haussant les épaules.

Chez moi, ce n'est jamais les infos qu'on entend à la télé, mais les voix japonaises de mes animés préférés.

— Thomas, cette affaire va te rendre fou.

C'est simple, Vernon s'oppose constamment à ma quête d'identité. Si je me fiais à son avis, je ne ferais rien du tout.

— Et tu voudrais que j'abandonne ?

— Non... mais que tu mises moins d'espoir là-dessus. Si tu savais combien de cas non élucidés j'ai dû digérer ! Il y a des choses qu'on ne peut pas expliquer.

— Vernon, je trouverai des réponses.

— J'en serai ravi, j'aimerais juste que tu acceptes la possibilité d'être déçu à la fin.

— Il y a forcément une explication et je la trouverai.

— Tu as un esprit mathématique et très rationnel mais la vie n'est pas une équation.

— Rien est insoluble. Je veux comprendre.

— Si tu te focalises sur ton passé, tu perdras l'avenir de vue, même s'il est sous tes yeux, dit-il en arborant un air triste.

— Vernon, mon avenir est déjà construit, j'ai tout ce que je veux. Tu vois bien que ce vide me trouble, je souhaite seulement le combler.

— Je le sais bien, fiston... mais...

— Tu ne sais pas ce que c'est d'être dans ma situation. Je n'ai pas de famille, je n'ai rien. Personne n'a jamais voulu de moi. Je dois retrouver ma famille...

— Tu pourrais très bien te la construire, ta famille.

— Moi ? Avoir une famille ? C'est la dernière chose que je pourrais offrir à une femme.

— Pourquoi ça ?

— Je n'y connais absolument rien. Je ne saurais pas être un mari, encore moins un père.

— Tout s'apprend dans la vie, et puis, grâce à Jelan, tu sais ce qu'est une référence masculine.

— Pourtant, il ne m'a jamais voulu comme fils.

L'amertume de mes paroles résonne avec violence au fond de moi. Je n'ai jamais compris pourquoi Jelan ne m'avait pas adopté.

— Thomas...

Quand on me parle de mon enfance, il n'y a que de la rancœur qui me vient. Vernon et Jelan m'ont soutenu mais ils n'ont jamais voulu assumer officiellement ma tutelle. Je leur en veux pour ça. Je sais que Vernon n'avait pas les moyens, mais Jelan...

— Changeons de sujet, lui dis-je en soufflant.

Je ravale la boule que j'ai dans la gorge. Je suis trop affecté par ces circonstances. Je ne sais pas si je pourrai m'en détacher un jour.

— Comment va Fallon ?

Vernon a déjà rencontré Fallon plusieurs fois et il l'adore. De toute manière, avec son sourire candide, elle conquiert tous les cœurs.

— Elle va bien.

Franchement, je n'en sais rien. On ne s'est pas parlé depuis la dernière fois, chez elle. Je l'ai aperçue à plusieurs reprises, par la fenêtre, qui sortait ou rentrait, tard le soir, de je ne sais où. J'ai évidemment imaginé les scénarios les plus dérangeants. Elle doit sans doute voir des hommes, elle ne s'est jamais cachée d'être joueuse et j'ai pu la voir flirter plus souvent qu'à mon tour au Box for Ashes, en me retenant de jouer des poings.

— Thomas, je ne comprendrai jamais pourquoi tu ne te déclares pas.

Ses yeux noisette me guettent avec une curiosité qui commence à me mettre mal à l'aise.

— Tout le monde sait que tu l'aimes, sauf elle.

— Je ne veux pas être avec elle. On peut aimer de loin. Je veux la voir faire sa vie avec quelqu'un qui la rendra vraiment heureuse.

— Et si cette personne, c'était toi ?

— Elle mérite beaucoup mieux, Vernon. Il y a des choses que je ne pourrai pas lui offrir.

— Une vie de famille ? Tu n'en veux pas ?

— Non, je ne veux ni me marier, ni avoir d'enfants. Fallon rêve de ça depuis qu'elle est gamine.

— Tu la connais bien.

— Quand elle a appris la vérité sur sa mère, en pleurant dans mes bras, elle m'a confié que son rêve était justement d'avoir des enfants pour devenir la mère qu'elle aurait aimé avoir.

— C'est honorable. Pauvre enfant, tout de même, quand on y repense : perdre son père, puis son parrain, et découvrir que ce dernier était de mèche avec sa mère, qu'ils avaient orchestré le meurtre de Jelan...

Fallon a encaissé trop de vérités d'un coup. Je peux comprendre qu'elle veuille juste tout oublier, faire la fête, s'amuser. Mais elle s'éloigne de moi, de nous. Et le timing n'est pas bon, entre moi et ma quête secrète, Jackson et Julia en pleine idylle... Je sais qu'elle se sent rejetée. Elle a besoin de beaucoup d'attention.

De se sentir aimée. Sa mère a créé une dépendance affective chez elle, une recherche d'approbation permanente. Je peux la comprendre, mais je ne peux pas la changer et encore moins me changer moi-même. Je ne la sauverai pas, elle s'est bâti une carapace en titane.

— Je crois qu'elle serait plus heureuse si je n'étais plus dans sa vie.

— Thomas, elle est amoureuse de toi, tu ne peux pas dire ça.

— Elle n'est pas amoureuse de moi, Vernon.

— Oh que si ! Ça se voit, elle n'a d'yeux que pour toi.

— Fallon n'est pas amoureuse de moi, répété-je. Nous sommes très proches et elle aime ce que je lui apporte, c'est très différent de l'amour.

— Tu penses qu'elle ne t'aime pas pour ce que tu es ?

Pour elle, j'ai donné tout ce que j'avais. À tel point que son jugement à mon sujet a été biaisé. Je ne dis pas qu'elle ne me connaît pas, seulement, on est très différents. Je sais que je ne suis pas ce qu'il lui faut.

— Vernon, je connais Fallon par cœur, mais je me connais moi aussi, elle ne m'aime pas pour ce que je suis.

— Et si tu lui en parlais ?

— C'est déjà compliqué en ce moment, ça ne ferait qu'aggraver les choses.

— Fais comme tu le sens, fiston, mais je peux te dire que tu te trompes. Tu es trop rationnel, et dans l'équation des sentiments il n'y a que le cœur qui peut donner la solution.

— Le cœur est aveugle, c'est le cerveau qui sait.

— Non, Thomas. Dans ton cas, l'amour est là, c'est toi qui refuses de l'accepter. S'il y a une personne sur terre qui pourrait t'aimer plus que tout, c'est bien elle, et laisse-moi te dire que c'est déjà le cas.

Tout le monde est sur mon dos, Vernon, Léonie, King, Julia... Tout le monde me cherche, veut me faire avouer ce qui me tracasse, et même si je les apprécie, dans cette liste ne figure pas la seule personne avec qui j'aurais aimé discuter.

— Tu es absent, mec, je te cause depuis dix minutes.

King m'extirpe de ma léthargie. Je passe la main dans mes cheveux et pousse un long soupir.

— Oui, je repensais à quelque chose, excuse-moi. Tu disais quoi ?

King me scrute, le sourcil arqué. Je m'adosse à mon siège et croise les bras. Il est dans mon bureau et vient de passer une semaine avec Julia aux Bahamas.

— On organise un gala à la fin de la semaine, dans les locaux, pour inaugurer nos nouvelles industries.

— Pardon ? En fin de semaine ? Pourquoi je ne suis pas au courant ? T'imagine le temps que ça prend d'organiser un truc comme ça !

— Je suis dessus depuis deux mois, tu as déjà plein de choses à gérer. J'ai pris contact avec une organisatrice.

— Ah ! Génial. Mais pourquoi tu ne me préviens que maintenant ?

— J'ai pensé que je n'avais pas besoin de te le dire.

— Je vois.

— Julia m'a envoyé un message. D'après elle, Fall est bizarre, un peu distante.

Je ne suis pas étonné.

— Elle se sent seule.

— Tu l'as vue récemment ?

— Pas vraiment… C'est compliqué.

— Qu'est-ce qui s'est passé ?

— Je l'ai déçue et je ne peux pas arranger ça.

— Je passerai la voir plus tard, je dois lui parler. Moi non plus, je n'ai pas été très présent.

— Que veux-tu dire ?

— Je suis sa famille. Je dois être le mieux placé pour la comprendre.

— Jackson, tu ne crois pas que c'est un peu trop tard ? Cela fait des mois que cette histoire avec sa mère s'est produite. Je crois qu'elle revit indirectement le deuil de Jelan.

— Tu crois ? Je pense qu'elle a appris à vivre avec son absence. Parfois, je crains qu'elle s'imagine que Monica puisse revenir.

— Tu crois qu'elle attend le retour de Monica ?

— Je l'ignore, mais Fallon est dépendante de sa mère. J'ai peur qu'elle se dise que, un jour ou l'autre, elle reviendra pour une énième confrontation. Que tout ça n'est pas terminé.

— Je ne la laisserai pas approcher Fallon.

— Tu ne peux pas tout contrôler. On n'est jamais à l'abri de Monica, mais ne t'inquiète pas, j'en ai fait une affaire personnelle.

— Tu veux venger Jelan ?

— Non, je veux juste protéger Fallon, exactement comme toi.

Je la protège tellement que j'ai fini par la faire fuir.

— Je ne sais pas quand je la verrai, pour être honnête. Notre relation devient… compliquée.

Mon ami a les yeux rivés sur son téléphone. Je lis mes mails en attendant une réponse de sa part et, avant que je brise le silence, il me devance.

— Julia a parlé du gala à Fallon. Elle vient de m'annoncer qu'elle viendra accompagnée. Tu sais qui c'est ?

Ce n'est pas la première fois que j'apprends que Fallon a un petit ami, mais le fait qu'elle l'amène au gala de son frère me dérange.

— Je l'ignore.

Mais ce n'est qu'une question de temps.

7

Et si c'était sérieux ?

Fallon

Mon dix-huitième anniversaire est un désastre. J'ai laissé ma mère l'organiser et je me sens de trop à ma propre soirée. Je me suis réfugiée dans ma cabane pour être seule.

Respirer un bon coup avant que le sentiment d'angoisse m'oppresse.

Cela doit faire plus de vingt minutes que je suis seule et je me rends compte que mes soi-disant camarades ne remarquent même pas mon absence. C'est toujours comme ça. Je peux être le plus gentille possible, personne ne fera attention à moi.

— Je savais que je te trouverai là.

La voix de Thomas me fait lever la tête, il ferme la porte derrière lui et s'assied juste à mes côtés. De tous mes invités, c'est le seul que je suis heureuse de voir. Ma mère n'allait pas le mettre sur la liste mais je lui ai rappelé que, même sans invitation, il viendrait. Jackson et lui sont inséparables.

— J'avais envie d'être seule un moment avant d'y retourner, admets-je.

— Oh ! tu veux que je te laisse ?

Ma main se pose directement sur son genou pour freiner ne serait-ce que le plus petit des mouvements.

— Tu es le seul à combler ma solitude.

Pendant de longues secondes, nous nous regardons, je lui souris timidement et je sens sa main chaude se refermer sur la mienne.

— Tu es très belle, ce soir.

Je porte une robe longue grise avec de la dentelle sur le buste. Mes yeux sont très maquillés et mes cheveux ont de grosses boucles, mais qui commencent à se relâcher.

Thomas me sonde avec un regard plein d'affection. Je ne sais pas ce que j'ai pu faire dans ma vie pour mériter un tel cadeau.

— Tu me promets que rien ne nous séparera ?

Il esquisse un sourire taquin et je décèle une lueur malicieuse dans ses prunelles aigue-marine.

— Faudra me passer sur le corps, princesse, pour m'arracher à toi.

Un rire cristallin s'échappe de mes lèvres et je cale ma tête contre son épaule. Nos doigts s'entremêlent avec une tendresse qui fait virevolter des papillons dans mon ventre.

— Je sais que ce n'est pas ce que tu aurais aimé pour ton anniversaire, mais malheureusement, Fallon, tout n'est pas parfait.

— Peut-être, mais ce moment-là l'est.

Ses lèvres se posent sur ma tempe pour un doux baiser qui fait battre mon cœur.

— On peut rester ici encore un peu ? demandé-je d'une petite voix.

— Puisque ça me permet de profiter encore de toi, oui, on peut rester aussi longtemps que tu le souhaites.

Ces souvenirs font saigner mon cœur. Je pense à lui et je me sens encore plus meurtrie. Je suis tiraillée entre l'irrépressible envie de me réfugier dans ses bras et celle de passer à autre chose.

Julia s'est décidée à revenir dans ma messagerie, mais je ne réponds plus aussi rapidement qu'avant, lassée par ce sentiment d'être mise sur le banc de touche. Quant à Jackson, je lui réponds de façon sèche. Si je ne lui propose rien, il ne le fera pas. À quoi bon fournir encore des efforts pour des relations à sens unique ?

Vilaine Fallon.

Oui. Ma solitude m'a rendue nombriliste.

Je prends mon téléphone et repartage en *story* mes derniers posts sur Insta. Mon nombre d'abonnés grimpe de façon considérable, je fais un petit message de remerciement où je souhaite aussi la bienvenue aux nouveaux qui vont découvrir ma folie. J'ai dépassé la barre des cinquante mille *followers*, c'est énorme !

Dans mes notifications, je remarque qu'Alia me demande de mettre en avant ses dernières publications. Sans réellement broncher, je le fais. Je n'ai pas envie d'entrer en conflit avec elle, mais depuis la soirée où elles m'ont laissé de côté, une certaine amertume se distille dans mes veines. Elles n'ont même pas eu la décence de s'excuser ou de me proposer de me voir pour s'assurer que tout allait bien. Je me sens stupide de toujours revenir vers les autres.

C'est triste à penser, mais j'ai l'impression que le jour où je ne ferai plus d'effort, personne ne le remarquera.

Je l'avoue. J'ai eu un véritable coup de cœur pour Troy. Je ne l'ai vu qu'une seule fois et j'ai déjà hâte de me retrouver dans son cabinet. Il m'a laissé une très bonne impression et, mine de rien, il est le seul qui me montre un peu d'intérêt. Je suis très attirée par lui, au point que ça me paraît indécent. J'ignore si c'est parce que je refoule des mois de frustration à cause de *l'homme d'à côté*, mais Troy est un réel aphrodisiaque visuel.

— Bonsoir, Fallon.

Troy me fait entrer dans son cabinet et ferme la porte derrière lui.

— Avez-vous pu réfléchir ? Avez-vous de nouvelles interrogations ?

— Avant de me décider, j'aimerais voir ce que ça donnerait.

— D'accord. Veuillez retirer votre T-shirt.

Je me remercie intérieurement pour le choix de mon sous-vêtement plutôt mignon.

— Vous avez des lignes de Blaschko ! s'exclame-t-il.

Je me sens devenir écarlate. Une faible brise caresse ma peau nue, je frissonne et croise les bras.

— Oui... je ne suis pas...

— Elles sont sublimes.

Mon visage vire au cramoisi, je resserre davantage les bras autour de ma taille et il effleure délicatement ma peau. J'ai le souffle coupé à ce contact.

— J'ai besoin que vous décroisiez les bras, Fallon. Sinon, je ne pourrai pas vous expliquer l'opération, dit-il avec une note taquine dans sa voix grave.

Ses mains sont sur moi, mais étrangement, la chaleur qu'elles dégagent me paraît lointaine. Il me touche mais c'est comme si je ne le sentais pas. Nous nous dévorons des yeux. Il me détaille d'une façon bien trop intense pour être innocente. Je me sens toute nue, c'est très intimidant. Et à la fois... ce jeu me plaît.

Je suis à l'aise avec lui. Il dégage ce quelque chose qui fait qu'on ne se sent pas incapable. Je ne sais pas comment l'expliquer, mais je sens qu'il ne se moquera pas même si je pose les questions les plus bêtes.

— Y a-t-il un moyen de retirer ces lignes ? demandé-je en penchant la tête sur le côté.

— Il y en a beaucoup trop, je ne pense pas.

— Vous pratiquez beaucoup d'opérations ? Vous en avez combien à votre actif ?

Troy esquisse un sourire, ravi que je m'intéresse autant à lui. Il pivote sur son siège avant de se rapprocher de moi avec un stylo noir.

— J'ai arrêté de compter, chère Fallon. Cela fait quatre ans que j'opère et je n'ai jamais eu de problème.

— Vous faites de tout ?

— Tout type d'injection et d'intervention chirurgicale.

Il effleure ma poitrine et m'explique les détails de l'opération, stylo en main pour pointer les parties concernées.

— Quel âge avez-vous, Fallon ?

Je lui lance un regard perplexe. Il semble amusé par ma réaction.

— L'âge adéquat pour ce genre de choses, réponds-je fièrement.

Il émet un faible rire et me fait signe que je peux me rhabiller.

— J'ai vingt-cinq ans. Et vous ?

Il est temps d'étudier le dossier.

— Vous me donnez quel âge ?

— La trentaine. Les études de médecine durent une éternité, soufflé-je en enfilant mon pull en cachemire rose.

— En effet, ricane-t-il, j'en ai eu pour une éternité. J'ai trente-cinq ans.

Ah, dix ans de plus que moi. Je n'ai jamais fréquenté un homme de cet âge. Ça peut s'avérer intéressant.

— Cela doit être pratique, votre femme peut avoir toutes les opérations gratuitement, non ?

Je tends la perche, on ne sait jamais... Je peux me planter sur toute la ligne.

— Faudrait-il encore qu'elle existe. Entre les treize ans d'études et la compétition des concours, il était difficile de trouver quelqu'un.

OK, célibataire. C'est parfait.

— Je ne sais pas encore si je veux sauter le pas, je vais réfléchir. Je ne veux pas que vous pensiez que je vous ai fait perdre votre temps, admets-je, nerveuse, en triturant la manche de mon pull.

— C'est mon métier, vous n'avez pas besoin de vous excuser.

Son sourire se veut rassurant. Mes épaules s'affaissent et je souris aussi, ravie par sa compréhension.

— Merci beaucoup.

Le silence s'installe et je me dis qu'il serait temps que je m'en aille, mais le goût inachevé de ce flirt me déplaît. Ceci dit, j'ignore quoi ajouter.

— Tout de même, rester sans nouvelles de votre part serait frustrant pour moi.

Oh ! On dirait bien qu'il lit dans mes pensées. Mon moi intérieur frétille, parce que ça signifie que je lui plais autant qu'il me plaît.

— Que voulez-vous dire ? réponds-je en feignant l'insouciance.

— Vous ne serez pas ma patiente avant d'avoir pris votre décision.

J'aime ce genre de mentalité.

— Alors, que proposez-vous ?

Troy me sonde avec un regard intense. La mer bleue de ses yeux semble s'agiter.

— Un rendez-vous ? J'aimerais apprendre à vous connaître.

Bingo !

— Pourquoi ?

Merde, ça fait fille désespérée de demander ça. Qu'est-ce qui m'a pris ?

— Pour être honnête, je vous trouve belle, marrante, très souriante.

OK. Mon trouble passe inaperçu.

— Ce sera avec plaisir, Troy.

J'ai un rencard. Un rencard avec un homme beaucoup plus âgé que moi. Je ne l'ai dit à personne, pas même à Julia. Je ne fais que lui répondre sans entrer dans les détails. Mon comportement dépend vraiment de mes humeurs. Là, en ce moment, je n'ai pas envie de me confier. Peu importe où commence la conversation, Julia finira toujours par évoquer Thomas.

Et je ne veux pas parler de lui.

Je ne veux plus parler de lui.

Je peux fondre en larmes à n'importe quel moment. Je suis une putain de bombe à retardement. Je n'arrive plus à contrôler mes émotions. Je n'ai jamais été très douée pour ça, de toute façon.

Les deux fois où j'ai vu Troy, ça m'a comme apaisée. J'ignore où il m'emmène ce soir, mais j'ai hâte, si cela me permet d'oublier Thomas (mon plus gros tourment). J'ai mis une longue robe noire, près du corps. Je ne sais pas pourquoi je me sens si à l'aise avec lui, c'est très bizarre. J'ai l'habitude des rencards, à une époque, je les enchaînais même, en allant sur des sites de rencontres, mais j'ai toujours été un peu gênée.

Pas ce soir.

Et cela me semble étrange.

Mes talons résonnent dans le hall d'entrée. Je fais un signe de la main au concierge qui m'adresse un sourire chaleureux. Comme je ne regarde pas devant moi, je me cogne contre un corps dont le parfum familier caresse mes narines. Une fragrance délicieusement forte qui pique le nez. Je manque de perdre l'équilibre sur mes hauts talons, mais deux mains solides me rattrapent.

— Merci, dis-je en redressant la tête vers lui.

Ses opales bleutées me lorgnent avec une émotion insolite. De la tendresse. Ses lèvres s'étirent en un sourire qui me donne envie de le taquiner. Mais je me reprends rapidement.

Quand je m'écarte, son sourire se fane comme des pétales. Et mon cœur s'étiole comme la fleur dans un hiver glacial.

— Je suis pressée.

Son regard me détaille de haut en bas, s'attardant sur chaque bout de tissu qui recouvre ma peau.

— Tu es très belle. J'ai toujours aimé quand tu boucles tes cheveux et que tu porte une robe de cette forme.

Une flèche de cet abruti de Cupidon me touche le cœur. Mes sentiments ne partiront pas du jour au lendemain.

— C'est gentil, merci...

Ma voix se fait timide et je sens mon visage qui vire au rouge. Je mets une main sur ma joue comme si cela allait dissimuler mon trouble.

— C'est dommage que tu ne dévoiles pas ce que tu as sur le corps.

Son sous-entendu me bouleverse.

— Thomas...

— Je suppose que tu sors avec un homme ce soir, dit-il d'une voix presque mélancolique. Je suis content que tu t'amuses. Mais choisis quelqu'un qui te voie comme moi, je te vois.

Mes yeux s'écarquillent. Mon cœur caracole dans sa cage.

— Et tu me vois comment ? demandé-je doucement en baissant la tête.

Notre relation oscille entre le chaud et le froid. Je suis sur une corde raide, je tombe dans le vide à cause de lui mais il finit toujours par me rattraper pour me faire remonter. Son index redresse mon menton vers lui. Ses lèvres ne sont qu'à quelques centimètres des miennes. Son souffle flirte dangereusement avec le mien et je ne désire qu'une chose, c'est succomber à son charme.

— Tu es la perfection de mon monde imparfait.

Je me fige et retiens mon souffle. La douceur de ses mots se faufile entre les méandres de mes idées noires pour leur donner l'éclat qui leur manquait. Mes paupières papillotent, comme si tout cela n'était qu'un rêve. Ma bouche rosée est dans sa ligne de mire, l'espace d'une milliseconde... Puis il se ressaisit et rompt tout contact physique.

— Passe une bonne soirée, princesse.

Thomas s'écarte, un vent frais m'agresse presque la peau.

Malgré tout ce que j'ai pu lui dire, il reste mon ombre. Thomas ne me lâchera pas.

Seulement, cette fois-ci, c'est différent.

Un fossé se creuse à mesure que nous réprimons nos sentiments. Thomas éprouve un petit quelque chose à mon égard, un quelque chose qui miroite dans la pierre précieuse de ses yeux. Une étincelle.

Il peut se cacher aux yeux du monde entier mais il me sous-estime. Ses actes parlent pour lui et j'ai appris à lire entre les lignes. Mais même si Thomas éprouve pour moi de la tendresse... il se refuse à succomber.

Fallon, concentre-toi, ce soir, tu vois Troy.

C'est un gars bien, intelligent et qui plus est magnifique.

Troy m'attend patiemment contre sa voiture. Plus la distance entre nous se réduit, plus je sens l'excitation croître dans son regard.

— Tu es splendide, lâche-t-il en me regardant de haut en bas.

Ses yeux sombres m'admirent et il me prend la main pour l'embrasser. *Quel gentleman !*

— Prête ?

OK. C'est la première fois depuis longtemps qu'un rendez-vous galant se passe aussi bien. Troy m'a invitée au restaurant, on a beaucoup discuté, il s'intéressait à tout ce que je disais et me posait beaucoup de questions sur mon enfance, mon éducation. Je ne suis pas entrée dans les détails, ou plutôt je n'ai pas voulu évoquer le plus gros problème de mon passé : ma mère.

Lui a grandi dans le New Jersey, mais il a quitté l'État pour ses études à New York, puis il y est resté. Son passé n'a pas l'air tumultueux, il m'a avoué avoir certains différends avec sa sœur, liés à leurs caractères respectifs, mais sa relation avec ses parents semble très classique. Je l'envie presque. Tout paraît à sa place, avec des problèmes de taille humaine.

— Tu ne m'as pas dit : est-ce que tu es diplômée ? me demande-t-il alors que nous nous baladons dans un jardin.

— Non, j'ai lâché les études, avoué-je.

Cette info me fait toujours aussi honte. Nerveusement, je me frotte le bras et regarde autour de moi, comme si j'allais trouver un panneau qui me donnerait la solution à mes problèmes.

— Tu as l'air gênée. Si tu préfères ne pas en parler, nous pouvons changer de sujet.

— Ce n'est pas que ça me gêne, mais si je me compare à toi, c'est risible.

— Ne dis pas ça, Fallon. Les études, ce n'est jamais facile.

— Il n'y a pas que ça... C'est surtout que je me trouve bonne à rien. J'ai fait trois ans de droit, dont une année que j'ai redoublée. Pendant les examens, j'étais complètement tétanisée. Je cède facilement à la panique.

Je ne sais pas pourquoi, mais quand je vois Troy, un sentiment étrange me traverse qui m'incite à me confier.

— Tu es indécise. J'ai cru le comprendre.

— Je remets toujours tout en question, dans ma vie, dis-je en faisant de grands gestes avec mes mains.

— C'est le signe que tu n'as pas confiance en toi. Pourtant, tu devrais.

— Tu me connais à peine, pourquoi tu dis ça ?

— Pour être honnête, tu m'as plu dès que je t'ai vue dans la salle d'attente. Pas seulement parce que tu es belle, mais en parlant avec toi, j'ai senti que tu dégageais quelque chose de spécial. C'est ce qui m'a poussé à t'inviter à sortir.

— Oh ! vraiment ?

— Oui, tu es souriante, rigolote, ta compagnie est vraiment agréable. Tu es une personne très solaire.

Putain, j'adore entendre ça.

Sa main effleure la mienne et il m'attire vers lui. Ses lèvres frôlent sensuellement ma bouche, que j'entrouvre légèrement pour faire passer le message.

Je veux qu'il m'embrasse.

Je veux qu'il me fasse oublier mes démons, le temps d'une soirée.

Je veux céder à la tentation, parce que ce n'est que comme ça que j'arrive à oublier toutes les autres.

8
Ressemblance troublante

Thomas

Ce soir, c'est le gala.

La salle est pleine à craquer, les convives arborent tous des tenues hors de prix. Je retrousse les manches de ma chemise blanche et saisis une coupe de champagne sur le plateau d'un des serveurs.

Ma migraine ne semble pas vouloir me laisser tranquille, la pression sur mes tempes ne fait que croître à mesure que l'on vient me parler. Je n'ai qu'une envie : être seul chez moi avec une bouteille de vodka. Hier soir, Léonie m'a conseillé de ne pas avoir d'attentes et me préparer à l'éventualité de lâcher l'affaire. On s'est disputés et je lui ai demandé de partir, ne voulant plus entendre parler de ce sujet. J'ai bu comme un trou après son départ. Il m'en faut désormais toujours plus pour ressentir un début d'ivresse.

Je n'arrive pas à accepter la réalité. Je m'accroche peut-être à des chimères, mais toute question a une réponse, je ne peux pas penser autrement. Aucune équation de maths ne s'est résolue en une nuit. Je vois ma vie comme une formule avec plein de x. Je ne veux pas lâcher, mais sans l'aide de Léonie, avec qui je me suis mal comporté, j'ignore comment avancer. Je m'efforce ne pas me laisser submerger par mes émotions. Si je les laisse empiéter sur ma clairvoyance, la petite voix dans ma tête me poussera à jeter l'éponge. Il n'y a rien de plus handicapant que nos émotions quand il s'agit de prendre des décisions. Je ne veux pas entrer dans ce cycle infernal, où mes idées claires s'enchevêtrent de manière inextricable. J'ai l'impression que personne ne croit en moi, que personne n'arrive à comprendre ce qui chamboule mon être constamment. Je veux enfin me sentir complet.

Que dois-je faire ? Tout recommencer ? Changer de direction ?

Putain, j'en ai assez.

— Thomas ?

La voix de King me tire de mes pensées. Je me frotte les yeux et me tourne vers lui.

— Que se passe-t-il ?

— Rien, mais tu as l'air ailleurs.

Avec ce que j'ai bu, tu m'étonnes.

— Tu sais que je ne suis pas comme un poisson dans l'eau dans ce genre de soirée.

— Je le sais bien mon ami, mais c'est une nécessité.

— Où est Julia ?

— Au téléphone avec sa sœur, dans l'entrée.

Je n'ose pas demander où est Fallon. En arriver au stade où c'est moi qui poserait cette question à Jackson montre bien l'étendue du désastre dans notre relation.

— Fallon est en route avec son cavalier, dit-il comme s'il lisait dans mes pensées. Je n'ai pas trop eu le temps de la voir et, pour être franc, je crois qu'elle m'évite. Peut-être que c'est son cavalier qui lui prend tout son temps.

— Elle t'a parlé de lui ?

— Non, même Julia ne sait pas grand-chose. Fallon voulait apparemment nous le présenter ici.

Ouais, ce face-à-face entre lui et moi ne promet rien de bon.

— Chéri !

Julia se précipite vers nous dans sa robe verte, sur ses hauts talons. King lui tend la main pour la prendre contre lui et elle nous fixe avec une expression ahurie.

— Tu as vu un fantôme ?

— Pire que ça !

King fronce les sourcils et lui intime d'un signe de tête de poursuivre. Je prends une gorgée de ma coupe de champagne et le liquide embrase mon œsophage.

— Je viens de voir Fallon sortir de la voiture avec son nouveau copain et...

— Les amis !

Julia est interrompue par la voix joviale de celle qui hante mes jours et mes nuits. Je déglutis avant de croiser son doux regard ambré, celui qui me rend aussi ivre que les boissons alcoolisées. La silhouette près d'elle est imposante, l'homme lui tient fermement la main. Mais tout ce que je vois, c'est elle.

— Putain, s'exclame King.

— Je vous présente Troy Hamilton.

Fallon ne me quitte pas des yeux. Je lui envoie un faible sourire suivi d'un clin d'œil. Ce n'est plus comme avant, mais je ne peux m'empêcher d'exprimer mon affection par tous les moyens possibles. Ce bout de femme adorable me sourit tendrement et c'est comme si nous étions seuls au monde. Je la trouve si belle dans sa tenue sophistiquée, une robe blanche à fines bretelles qui souligne ses courbes alléchantes.

L'alcool dans mes veines débride mon imagination. C'est plus fort que moi, l'avoir sous les yeux ravive mon désir inassouvi. Fallon, la perfection de mon monde imparfait. Fallon, le soleil de mon existence, qui rallume le feu intérieur où je me brûle quand je l'effleure.

Je finis par rompre ce lien visuel pour porter le regard sur celui que je déteste déjà. Nous nous fixons et mes muscles se raidissent.

Il me ressemble.

Beaucoup trop.

Ce Troy me dévisage presque avec condescendance. Mon échange avec Fallon ne lui a pas échappé, il la serre contre lui pour me provoquer. L'étau dans ma gorge se serre, je ne sais pas quoi dire. King et Julia attendent manifestement ma réaction.

C'est quoi, ce délire ?

Fallon

— Fallon, qu'est-ce qui ne va pas chez toi ?

Je fronce les sourcils. Je ne comprends pas le sens de la question de Julia. Nous nous sommes écartées des garçons pour parler toutes les deux. Connaissant mon demi-frère, je suis certaine qu'il veut examiner l'homme que je fréquente en ce moment.

— Comment ça ?

Un serveur passe devant moi et me tend une coupe de champagne que je saisis avec un sourire soulagé. Ce soir, je ne demande qu'à boire. Me retrouver devant Thomas et Troy en même temps est assez déroutant.

— Je parle de ton petit ami.

— Officiellement, il ne l'est pas encore. Bientôt, peut-être, dis-je avec un sourire coquin.

Nous n'avons pas encore couché ensemble. Ce n'est qu'une question de temps. J'en ai terriblement envie. De plus, nous nous sommes beaucoup rapprochés. J'ai trouvé une oreille attentive en Troy. Je ne suis pas insensible à ses charmes et à l'intérêt qu'il me porte. J'ai toute son attention et ça me fait énormément de bien de ne plus avoir le sentiment d'être mise de côté.

— Tu ne remarques rien ? s'exclame-t-elle avec de grands gestes.

— Julia, t'es censée être autrice. Et si tu formulais des phrases compréhensibles ?

Les traits de son visage se durcissent, je sens que je l'agace mais je hausse les épaules. Elle pense que je me fous de sa gueule, mais j'ignore de quoi elle parle.

— Ton mec est le sosie du gars dont t'es amoureuse depuis que t'es gamine ! Voilà le problème !

Je ne comprends pas. Une douleur silencieuse pulse dans mes veines. Mon regard se dirige vers les deux hommes qui se toisent. King est le seul à parler, sans doute pour apaiser la tension naissante.

Je ne vois pas ce à quoi Julia fait référence.

— Fallon, dis-moi que tu le vois, s'il te plaît. Je m'inquiète vraiment pour toi.

C'est la meilleure, celle-là !

— Tu t'inquiètes pour moi ? Toi ?

— Bien sûr que oui. T'es ma meilleure amie !

— C'est pour ça que tu as beaucoup recherché ma compagnie ces derniers temps ?

L'étau dans ma gorge se resserre. Comme si j'avais besoin d'expulser mon venin.

— Quoi ? demande-t-elle, le regard presque vide.

— Tu t'es remise avec mon frère et je suis très heureuse pour vous. Mais tu te doutes bien que je vais mal, non ?

Fallon, ne fais pas ça...

— Fallon...

— Vous vous êtes retrouvés et c'est comme si tout ce qui s'est passé n'avait jamais existé ! Vous oubliez que, dans cette histoire, *je* suis le putain de dommage collatéral !

Julia ne répond pas, estomaquée par ma déclaration. J'ai vidé mon sac et, même si cela peut paraître égoïste de piétiner son bonheur comme ça, je n'en ai rien à foutre ! Tout le monde se fout de mon bien-être à moi !

— Tu as rencontré de nouvelles amies dans ta maison d'édition, tu sors souvent avec elle, et tu m'appelles quand tu te souviens que j'existe. Je ne parle même pas du fait que ma misère émotionnelle ne t'a jamais effleuré l'esprit ! Si tout va bien pour toi, tant mieux. Mais ce n'est pas parce que le bonheur t'ouvre ses bras qu'il fait pareil avec les autres !

— Fallon, c'est complètement faux !

— Je ne sais pas si tu réalises l'ampleur de ce qui m'est tombé dessus depuis l'année dernière. Je suis toujours présente pour toi, à te sourire faussement pour ne pas t'encombrer avec ma tristesse. Tous les jours, je fais des efforts pour dissimuler ma peine, mais jamais tu ne te préoccupe de mon véritable état.

— Si, Fallon, mais...

J'ai le souffle court, mes yeux me piquent et la détresse dans son regard me touche à peine. Il n'y a que mon chagrin qui importe. Je n'en peux plus de faire semblant. Je n'en peux plus de vivre avec l'idée que si je ne fais rien pour qu'on s'intéresse à moi, eh bien, on m'oublie. Je suis invisible et le reconnaître me brise le cœur. Ma présence n'a aucun impact sur la vie des autres.

— Alors, tu n'as rien à me reprocher. Parce que ces dernières semaines, heureusement, Troy était là pour s'intéresser à moi ! Lui au moins vient vers moi, ne se contente pas de jouer un rôle pour éviter le sujet de ma putain de dépression.

— Tu es en train d'interpréter comme ça t'arrange. Je t'en prie, parlons-en...

Sa voix m'implore de me calmer. Le feu de mon amertume me consume jusqu'à la moelle. Plus elle parle, plus ses mots nourrissent quelque chose de mauvais en moi.

— C'est trop tard. Si King et toi êtes sur votre petit nuage, moi, je n'ai rien de tout ça ! Ma mère a tué mon père ! Je vis dans les remords et les regrets, je suis complètement seule. Et celui qui devrait me comprendre, c'est-à-dire ton fiancé, est obnubilé par ses affaires et par sa chérie !

— Qu'est-ce qui se passe ?

La voix de mon frère me fait redescendre. J'ai dû hausser le ton car plusieurs regards sont posés sur nous. Je ne retiens que la couleur océan des yeux de Thomas. Son regard exprime clairement de l'inquiétude.

— Rien du tout, c'est bien le problème, soufflé-je en m'écartant.

King m'attrape le bras et me retourne vers lui.

— Ne parle pas comme ça à Julia. Si tu as un problème avec moi, je suis l'unique concerné.

Sa voix est dure. Un rire sardonique m'échappe et je soutiens son regard sombre. Prête à l'affronter.

— Va te faire foutre, Jackson.

J'articule chaque mot en prenant soin de ne pas baisser les yeux. La colère bouillonne en moi, comme si tout ce que j'avais enseveli était en train d'entrer en éruption.

— Va te faire foutre, toi et tes semblants de regrets. Tu n'en as jamais rien eu à faire, de ce que je ressens.

Mes pensées me frappent avec violence, elles m'engloutissent dans un tourbillon agressif. Jackson est arrivé dans nos vies, il est devenu le fils que mon père avait toujours rêvé d'avoir. Il est devenu toute sa vie, son meilleur ami.

Je n'avais plus de place.

J'étais invisible.

Ma place est sur le banc de touche, depuis toujours.

Jackson comblait Jelan de joie. De mon côté, il n'y a rien qui aurait pu le rendre fier. Il était présent pour moi, mais ce n'était pas la même chose. Son lien avec Jackson était particulier, il le poussait à se dépasser, à toujours être meilleur. Quant à moi...

— Mon père t'a choisi parce qu'il savait que je n'étais qu'une incapable. Tu as toujours profité de ta supériorité pour surveiller le moindre de mes faits et gestes, parce que, à vos yeux à tous, je ne suis qu'une calamité !

Pour la première fois de ma vie, je vois mon frère adoptif choqué et peiné. Pour la première fois de ma vie, je laisse tomber mon masque de gentille fille. Mes paroles sont comme des balles, elles percent la barrière en titane de mon aîné.

— Fallon l'incapable, l'irresponsable qui ne pense qu'à s'amuser ! Alors tu vas me laisser vivre ma vie comme je l'entends. Épargne-moi tes jugements !

King entrouvre la bouche mais je ne le laisse pas répondre,

je veux lui faire mal. Je veux faire mal à quelqu'un, je veux qu'il ressente ce que je ressens en permanence. Ce sentiment de ne rien valoir. Cette impression que le regard des autres nous tue lentement.

— Tu as pris ma place. Tu es arrivé et j'ai cessé d'exister aux yeux de mon père. *Par ta faute.*

Un éclat de rage miroite dans son regard ténébreux. Pendant une fraction de seconde, je le vois serrer le poing tandis que sa mâchoire se contracte. Je ferme les yeux, m'attendant à endurer la pire des tirades, mais rien ne vient.

Je retiens ma respiration et ouvre enfin les yeux. La main puissante de Thomas est appuyée sur l'épaule de King, comme s'il lui communiquait un peu de son sang-froid. Thomas ne me quitte pas des yeux, provoquant une douleur sourde dans la poitrine. Je ne peux m'empêcher de penser que j'ai dû le décevoir en lui révélant la véritable nature de mes émotions... Seulement, je ne perçois que de la compassion dans ses prunelles azur, avec une lueur mélancolique qui meurtrit mon cœur.

— Je t'interdis de lui dire quoi que ce soit.

L'écho de sa voix secoue jusqu'au fin fond de mon être. Je pourrais déclarer la guerre au monde entier, avoir tous les torts possibles... Thomas trouve le moyen de me défendre et de m'offrir une part de sa tendresse.

— Thomas...

Il s'approche de moi, sans se soucier des autres, sa main cherche la mienne, il m'attrape et me rapproche de lui, m'enfermant dans notre bulle.

— Mon cœur, tu es fatiguée, rentrons.

J'entrouvre la bouche, mais je suis dans l'incapacité de prononcer le moindre mot.

Soudain, une silhouette s'interpose entre moi et lui.

Troy.

— Je la ramène, dit-il durement.

Merde.

Thomas se rembrunit devant mon cavalier et les battements de mon cœur s'affolent.

— Tu ne fais pas partie de sa vie, rétorque Thomas.

— Il était temps que j'en fasse partie, vu comment elle est traitée ici.

Putain de merde.

Troy me bloque la vue, mais le son de la voix me fait dire que Thomas est en train de perdre patience.

— On n'a rien contre toi, Troy, mais nous sommes sa famille, intervient Julia pour calmer la tension.

— Peut-être bien, mais je connais suffisamment Fallon pour voir qu'elle est mal à l'aise.

Je me mets sur le côté et regarde Thomas.

— Tu ne sais rien d'elle. Barre-toi, toubib de mes deux, avant que je te règle ton compte.

La mâchoire de Thomas, taillée dans de la glace, se contracte.

— Tu vas faire quoi, hein ? Me frapper ? Si tu penses que tu m'impressionnes, tu te trompes.

— Tu n'as pas l'air de comprendre. Fallon rentre avec moi.

Les mots sont cadenassés dans ma gorge. J'assiste à un duel dont je constitue visiblement le trophée. Je ne sais plus quoi faire, ni quoi dire. Un tas de sentiments ambivalents m'envahissent.

— Et si on la laissait décider ? s'exclame Troy avec une confiance insolente.

Thomas l'attrape par le col de sa veste.

— Je te le redis une dernière fois : Fallon. Rentre. Avec. Moi.

— Thomas, arrête ! dis-je en tirant sur son bras.

Je dois agir. L'empêcher de faire une bêtise. Des larmes coulent le long de mes joues et je colle mon front contre son épaule.

— S'il te plaît, arrête.

— Dis-lui que tu rentres avec moi, gronde-t-il sans lâcher Troy.

— Non. Je ne veux pas rentrer avec toi ! Lâche-le !

Je sens ses muscles qui se raidissent, comme une réaction chimique.

— Je ne veux plus rentrer avec toi ! Tu me fais trop de mal !

Je m'écarte de lui et il relâche Troy. Les yeux écarquillés, il tourne lentement la tête vers moi, avec l'impression d'avoir été victime d'une hallucination auditive. Vide. Son regard est vide.

— Je veux rentrer avec Troy, murmuré-je en baissant la tête. Tu ne fais que me rappeler le passé, et je n'en peux plus. Je ne suis pas aussi forte que vous... je... je ne suis pas prête à tout oublier... Je ne suis pas vous.

Je n'ai pas le temps d'ajouter quoi que ce soit que Troy me prend la main et m'éloigne des trois personnes qui sont censées compter le plus pour moi. Bouleversée, je réalise peu à peu ce qui s'est passé.

Dans un dernier coup d'œil, je ne vois que le désarroi dans les yeux de Thomas. L'espace d'un instant, j'ai la sensation que je viens de lui briser le cœur.

9
Faux semblant

Fallon

— Bébé, calme-toi.

Dans la voiture de Troy, en proie à une crise de panique, je pleure à chaudes larmes. Cette soirée est un désastre. Mon pied tape nerveusement sur le plancher. Troy pose délicatement sa main sur ma cuisse pour me rassurer.

— Je... je ne sais pas ce qui m'a pris.

— Tu as simplement exprimé ce que tu ressentais.

— Je suis allée tellement loin...

Je suis perdue. Je souffre d'un tiraillement cruel, comme si mes membres étaient écartelés par des démons invisibles.

— Tu as bien fait. Il faut remettre à leur place les gens qui te font du mal, c'est exactement ce que je te disais.

Troy et moi sommes très souvent sortis ensemble ces derniers jours. Il s'est intéressé à ma vie, à mes émotions et à mon ressenti concernant mon entourage. J'avais besoin de parler, mais surtout d'entendre dire que ce que je ressens est légitime. Je me reprochais tellement d'en vouloir à la terre entière de ne pas m'accorder la compassion et l'intérêt que je méritais ! Et Troy a réussi à me faire déculpabiliser au point de me rendre insensible à ce que les autres pouvaient ressentir. Mais tout ça est éphémère, évidemment.

— Je me sentais seule, murmuré-je en ravalant un sanglot.

— Ton frère se doute bien que tu vas mal. Pourtant, à aucun moment il n'est venu te voir pour s'intéresser à toi. Ta meilleure amie, ce n'est pas mieux. Depuis qu'elle a réalisé son rêve de devenir autrice, tu n'es plus sa priorité.

Je n'avais pas vu les choses ainsi avant qu'il le formule. Peut-être qu'il a raison. Peut-être que je suis trop crédule. Peut-être que je fais trop d'effort pour les autres et que ça n'en vaut pas la peine.

— Thomas ne m'a pas laissée… il…

— C'est le pire. Il habite juste à côté de chez toi, lui, ton présumé meilleur ami ? Laisse-moi rire.

Troy est très rude et je sens bien qu'une animosité envers Thomas monte au fond de lui depuis un petit moment déjà. La première fois que je lui ai parlé de lui… mon regard a sûrement dévoilé certaines choses.

— Je veux rentrer.

— Tu ne préfères pas venir chez moi ?

J'ai peur qu'il se sente rejeté si je refuse. Alors je ne réponds pas et me contente de serrer sa main dans la mienne.

— Tu sais, bébé, tu vaux mieux qu'eux. Vraiment mieux.

— Je ne vois pas en quoi, soufflé-je tristement en posant ma tête contre la vitre.

— Un tel manque de considération envers une personne que l'on est censé aimer, pour moi, ça dévoile ce qu'ils ressentent vraiment.

Il insinue que les trois personnes qui comptent le plus à mes yeux… ne me considèrent pas à ma juste valeur.

Et je commence à me dire que c'est peut-être vrai.

Troy finit par me ramener chez moi. Il m'accompagne à l'intérieur. Dans l'ascenseur, son torse est presque collé à mon dos et je sens ses lèvres frôler mon cou. Des baisers humides se répandent sur ma peau. Je ne réagis presque pas. Mon esprit est très loin.

— Tu es si belle... si spéciale à mes yeux. Jamais je ne te traiterai comme eux. Tu seras toujours ma priorité, je te sauverai de tout.

Troy est très entreprenant. Lui et moi n'avons rien fait, à part échanger des baisers sauvages dans sa voiture ou encore dans son bureau. J'ai toujours freiné ses pulsions quand il a voulu aller plus loin. Ce n'est pas qu'il ne m'attire pas. C'est que... Je ne sais pas.

Je n'arrive pas à expliquer ce que je ressens.

Sa main se pose sur mon ventre et il me colle davantage à lui. Ses dents mordillent ma chair et je pousse un faible gémissement.

— Troy...

Nous arrivons à mon étage et, à peine sorti de l'ascenseur il me plaque contre ma porte pour m'embrasser à pleine bouche. Je ne parviens pas à protester. Mes doigts s'entortillent dans ses cheveux bruns et ses mains empoignent mes fesses.

— J'ai tellement envie de toi.

Mes yeux se posent sur lui, mes yeux encore humides. Ma vision se trouble presque.

— Je te veux tellement, princesse.

La voix de Thomas résonne dans mes oreilles, l'illusion me paraît si réelle que je refuse de la dissoudre. Troy ne m'appelle pas *princesse*, mais *bébé*. Un surnom que je n'aime pas vraiment, que je trouve terriblement impersonnel.

Dans mon loft, il m'entraîne jusque dans ma chambre, sans détacher les lèvres de mon corps. Comme s'il marquait son territoire.

— Troy...

Je n'arrive pas à dire la vérité. Je n'arrive pas à dire que je n'ai pas envie, ce soir.

J'ai peur de le vexer. Je n'aime pas décevoir les gens... et pourtant j'en ai déçu bien plus d'un ce soir.

Il me déshabille machinalement, je suis presque apathique, je ne fais absolument rien.

Je me sens vide.

Au point que je suis prête à accepter ce qu'il me donne, par dépit, par crainte qu'il me repousse ou encore juste pour me sentir... moins seule. Je ne veux pas être seule. La solitude donne corps à mes chagrins dans les ténèbres, elle les change en ronces criblées d'épines où je ne cesse me piquer et de souffrir.

Lui sur moi. Nus tous les deux sur mon lit. Troy a déjà vu mes seins, il connaît mes complexes – et j'ignore pourquoi c'est si facile de parler ouvertement avec lui de toutes ces choses qui me déplaisent. Malgré ça, je lui demande d'éteindre. Et il le fait, sans broncher. La lune éclaire légèrement la pièce, projetant des ombres sur mes courbes qui n'échappent pas à mon partenaire.

— T'es putain de parfaite.

Je frissonne tandis que sa langue s'amuse avec mes tétons. Je halète et couvre ma bouche de mes mains comme pour me retenir de crier. Hurler ma peine dans la débauche, comme échappatoire, afin d'extérioriser.

Mon corps se laisse faire, il compose, comme un instrument. Seulement... plus la tension monte et plus je me sens... loin. Mon âme se dissocie de mon corps... Le plaisir ne me transperce pas. Il ne me frôle même pas.

— Bébé, je vais te pénétrer.

Putain, je déteste qu'on verbalise le sexe.

Je me contracte pendant qu'il cherche une capote dans un des tiroirs de ma salle de bains. Mon esprit reprend sa divagation, si loin qu'il m'ouvre une porte sur quelque chose qui me rend heureuse...

Thomas... Je ne vois que Thomas.

À mes yeux perlent des larmes de tristesse et de frustration. Si seulement Thomas était là. Sur moi. En moi.

Oh ! oui... en moi.

Étrangement, je me sens... plus réactive. Mes doigts effleurent mon sexe, j'imagine que c'est lui qui me touche. Et il suffit d'y songer pour que ma fente s'humidifie davantage. Je retiens un gémissement, mais cette fois-ci je me cambre et fais entrer un doigt en moi.

— Oh... oui... Thomas...

Je murmure mais ma voix est perceptible.

— Bébé, tu t'impatientes.

Les yeux clos, je continue à me toucher, avec comme seul stimulant l'homme de mes rêves.

— Mm... oui...

Mes mouvements deviennent frénétiques et je sens le poids de mon partenaire sur moi. Il presse sa bouche contre la mienne, sa langue me cherche et me lèche avec conviction, buvant mes plaintes énamourées.

— Laisse-moi prendre le relais, t'es tellement bandante, putain.

Je suis coupée dans mon élan, à la lisière de la jouissance. Il écarte mes doigts et je fronce les sourcils.

— Je vais te faire tout oublier.

Non... personne ne peut me faire oublier Thomas.

— Je vais te faire l'amour comme personne ne te l'a jamais fait.

Non... je ne veux que lui.

La pénétration est lente mais vigoureuse. Je n'ai pas mal. Je me manipule toute seule... Je ne vois que le visage de Thomas.

Princesse, tu es à moi, ce soir et pour l'éternité.

— Oh oui... je suis à toi...

Les coups de reins se font plus vifs. Mon corps répond à ses assauts, je gémis. Mes ongles se plantent dans son dos et le lit grince de plus en plus fort.

— Bébé, je vais t'aimer, putain, laisse-moi t'aimer.

Princesse, moi, je t'aime déjà...

— Oh oui... moi aussi.

Mon partenaire me mord le cou et pousse des grognements. J'accepte chaque coup de boutoir, à condition que mon pantin de corps ne voie que Thomas.

— Tu es si belle, putain ! T'es la plus belle fille que j'ai jamais vue.

Tout n'est pas parfait, mais toi, si.

— C'est toi qui es… parfait, susurré-je, au bord de l'explosion.

Il répète inlassablement mon prénom à mesure que les vagues de plaisir montent en lui. Je griffe son dos et m'arc-boute pour intensifier davantage notre échange.

— Je vais venir, bébé… Oh ! putain.

J'explose dans ses bras et m'accroche à ses épaules en lui mordillant la peau.

Il pousse des complaintes puissantes.

— Thomas, Thomas, Thomas.

Je souffle faiblement son nom. C'est presque inaudible.

Princesse, jouis pour moi.

— Oui… Thomas…

C'est imminent. Je pousse un cri de soulagement et mon corps se détend enfin. Mon souffle se mélange à celui de mon partenaire qui se retire de moi. Nos respirations saccadées s'entremêlent. Mes yeux sont toujours fermés et j'esquisse un faible sourire, des lèvres effleurent les miennes.

— C'était si bon !

La voix de Troy me réveille d'un coup. Mes paupières papillotent et je croise son regard. Sur le moment, j'ai l'impression de reconnaître la silhouette de Thomas, mon cœur bat à mille à l'heure, puis je reviens à la réalité brusquement.

Troy m'a baisée pour la première fois et je n'en garde aucun souvenir.

Troy m'a baisée et je ne voyais que Thomas.

Le bruit de la pluie m'apaise. Les gouttelettes d'eau contre la vitre semblent chanter pour mon âme. J'aime les orages, j'aime quand il fait gris dehors. Des moments toujours propices à des heures de lecture. Et puis… je me sens étrangement protégée par la pluie.

Quand elle est forte, elle masque les cris d'un foyer et quand elle tombe, elle dissimule les larmes versées. Quand j'étais petite et qu'il pleuvait, je restais dehors, loin des réprimandes de ma mère, et l'eau salée de mes larmes mêlée à celle de la pluie me réconfortait, j'avais l'impression que le ciel entendait ma peine. J'ai tellement peur qu'on m'abandonne au moindre faux pas !

Je sais que j'ai merdé lors du gala. Avec King, Julia et Thomas. J'ai dit des choses abominables. Pourtant, il fallait que ça sorte. Je voudrais ne dévoiler de moi que les couleurs d'un arc-en-ciel flamboyant, mais hier soir mes amis ont pu entrevoir un pan de ténèbres. Je ne me maîtrisais plus.

Le plus fou dans cette histoire, c'est que je ne regrette rien... ou bien ce n'est qu'une question de temps. Pour la première fois de ma vie, j'ai senti que ma parole comptait, même si elle était venimeuse. Pour la première fois, j'ai senti qu'on ne me verrait plus comme une enfant. J'ai assumé mes émotions et les ai servies sur un plateau d'argent couvert de poison. Je me suis sentie libre. Mais alors, pourquoi est-ce que je me sens si mal ?

Mes yeux se perdent à l'horizon, il pleut à torrents derrière la vitre. Pendant mon adolescence, les jours où la météo nous clouait à l'intérieur et où mon père était à la maison, il mettait la musique à fond dans le salon et on dansait tous les deux. Derrière ses allures de gros dur se cachait un véritable mélomane. J'adore écouter de la musique, ça me fait toujours penser à lui.

Nous passions les grands classiques, mais ce que nous préférions, c'était ABBA. Mon père n'était pas du genre à cacher ce qu'il ressentait, il le montrait par les actes. Son amour pour moi se révélait dans les moments que nous passions ensemble.

— *Allez, ma chérie, suis-moi !*

— *Oui, papa !*

There's not a soul out there/No one to hear my prayer

Mon père me porte et me fait tourner sur le rythme, j'explose de rire et lui me somme de rester concentrée. Il me repose et m'invite à le suivre. Ses mouvements sont ridicules, n'importe quelle adolescente de seize ans aurait honte d'un tel cinéma de la part de son père, mais je m'en fiche.

Le temps d'une chanson, il n'est qu'à moi.

Gimme, gimme, gimme a man after midnight/Won't somebody help me chase the shadows away ?

— Papa, fais comme moi !

Je lève les bras pour tourner sur moi-même, puis je bouge les pieds en rythme, tandis que lui chante en play-back et enchaîne les mimiques hilarantes.

— Ton vieux père ne peut plus suivre ! dit-il après un moment.

— Oh ! papa, on peut écouter Elvis Presley ?

Il prend la télécommande de la chaîne stéréo et tourne sur lui-même. D'un coup, c'est Jailhouse Rock *qui résonne.*

— Ma chère fille, ton père, dans sa jeunesse, était le successeur naturel d'Elvis le Pelvis !

Son imitation est tellement drôle que je me roule par terre.

— Papa, t'es ridicule !

Tout sourire, il s'approche et me tend la main pour m'aider à me redresser.

— Fallon, ton sourire suffit à me combler.

Ce souvenir me fait chaud au cœur mais il a un arrière-goût amer, salé par les larmes qui coulent le long de mes joues.

Papa, si seulement tu étais encore là…

— Je ne sais plus qui je suis…

J'essuie mes larmes et me mets à rire nerveusement. Tout cela est ridicule. Pleurer ne le ramènera pas. S'il voyait comment je traite son fils chéri, il serait probablement déçu. Je suis certaine que s'il avait connu Julia, il aurait fini par la considérer comme sa propre fille. Julia représente tout ce que je ne suis pas. Tout ce que je ne serai jamais.

Jalouse. Jalouse. Jalouse.

Putain, je suis jalouse de ma meilleure amie. J'envie ce qu'elle a, ce qu'on lui trouve… parce que j'ai conscience qu'on ne verra jamais en moi ce qu'on peut percevoir en elle. Julia est l'incarnation de la force, c'est un modèle pour moi et je ne suis pas le quart de ce qu'elle est.

Elle rend Jackson heureux, elle a beaucoup à apporter à un homme. Elle le tire vers le haut, n'a pas peur de le confronter, d'assumer ce qu'elle pense.

Moi, je ne fais que mentir.

Je suis un leurre parmi tant d'autres.

Une sacrée arnaque.

Tout ce que je sais faire, c'est lire des livres pour m'évader autant que je le peux. Ce monde est trop rude pour moi. Je me sens trop différente, à contre-courant. Je suis simplement à côté de la plaque. Julia est belle comme le jour, intelligente, vive d'esprit, dotée d'une détermination peu commune qui marque tous les esprits. Tandis que moi… si je cessais d'exister, personne ne le remarquerait.

Moi, j'ai lâché mes études parce que je n'avais pas les épaules pour encaisser. Mes parents ont été très déçus et c'était un motif supplémentaire pour que ma mère me rabaisse.

J'aimerais tant être comme Julia…

Juste un peu.

Papa, tu l'aurais adorée, tu aurais sûrement fini par la préférer à moi.

Je me frotte le front et me laisse glisser contre la grande baie vitrée.

Je ne suis pas la plus douée pour comprendre les autres, malgré ce que j'ai pu apprendre dans les livres. J'essaie, en tout cas. Ma première impression est souvent fausse, j'ai envie de croire en la bonté des gens mais plus les années passent et plus les drames s'accumulent… Je préfère me taire, subir, garder pour moi ce que je pense. Peser mes mots, mes actions. La seule personne avec qui je ne fais pas semblant, c'est Thomas.

J'ai toujours pensé que la nature de l'homme était de se comporter comme un lâche, à jalouser celui qui possède un peu plus que lui, à mépriser celui qui n'a rien. Rien qu'un détail pour différencier deux êtres, et on finit par haïr ou craindre.

J'en suis l'exemple parfait.

Mon téléphone vibre et me tire de mes pensées. Un message de Troy. Mon cœur se serre. C'est plus... de l'embarras que des papillons dans le ventre. J'ai couché avec lui en murmurant le nom de Thomas au moment de jouir. Même s'il n'a pas l'air d'avoir entendu, je me sens mal. Je l'apprécie énormément et je veux y croire. Je ne suis jamais sortie avec un homme aussi mature et bienveillant.

Troy est protecteur, rassurant et il embrasse divinement. Le problème, c'est moi, encore une fois. Je veux faire les choses bien, pourtant. Je veux essayer de construire quelque chose avec lui.

Troy : Je vais bientôt sortir du travail, je suis extenué et je repense à notre nuit d'hier… C'était inoubliable.

Mon visage vire au cramoisi, je suis mortifiée. Pas un instant je ne l'ai regardé pendant l'acte. Il n'y en avait que pour Thomas.

Je veux me donner bonne conscience. Je veux faire les choses bien. Il le mérite tellement. Troy est si charmant avec moi... Je dois lui rendre la pareille. Rapidement, je m'habille et sors de chez moi. Je sais à quelle heure il finit. Sur mon chemin, j'achète quelques gourmandises et vais l'attendre près de sa berline. Quand il m'aperçoit en sortant du bâtiment, un sourire étire ses lèvres. Je m'approche et lui montre ma boîte de gâteaux.

— Je nous ai pris des Cinnamon Rolls !

— T'es trop mignonne, bébé. Je ne m'attendais pas à te trouver ici.

— Petite surprise !

— Surprise qui me plaît beaucoup trop.

Sa bouche se presse contre la mienne et j'essaie d'accepter ce contact entre nous. Il se détache de moi et propose qu'on aille chez lui.

Je suis subjuguée par son appartement immense. C'est blanc, très lumineux, en contraste avec les meubles sombres. Les murs sont ornés de tableaux sophistiqués, de l'art abstrait.

— C'est somptueux, chez toi, dis-je en posant la boîte de gâteaux sur le plan de travail.

Je sens son corps juste derrière moi, ses bras m'enlacent et ses lèvres s'approchent de mon oreille.

— Peut-être, mais c'est bien vide… et glacial quand je suis seul.

— Tu veux que je réchauffe l'atmosphère ?

Je m'assieds sur le plan de travail et ouvre ma boîte. Je prends une pâtisserie et laisse la première bouchée fondre dans ma bouche.

— C'est délicieux, goûte !

— Je n'aime pas trop le sucre. Ce n'est pas mon truc.

Je fais la moue en exhibant mon gâteau sous ses yeux.

— Troy, le sucre, c'est la vie.

— Tu parles à un médecin, je te rappelle.

Je hausse les épaules et croque une nouvelle bouchée. Je lèche mes doigts et gémis presque tellement c'est délicieux. J'adore les Cinnamon Rolls, c'est un de mes gâteaux préférés. Quand on était inséparables, Thomas et moi, je nous en achetais souvent.

— Je pense que c'est toi, le bout de sucre qui manque à ma vie, souffle-t-il en écartant mes cuisses avant de les caler autour de sa taille.

— Mm, je suis bien amère, pourtant, lâché-je en me léchant les doigts pour l'aguicher.

— Hier, j'ai eu la preuve que non…

— Tu aimes la poésie ? demandé-je subitement en posant la main sur son torse.

— La poésie ? En fait, je ne lis pas. Mes livres d'anatomie me suffisent amplement.

— Je parle de lire pour s'évader, pas pour travailler, Troy.

— Je sais que tu lis beaucoup, je l'ai compris en voyant tout ce qui traîne chez toi.

— Et encore ! J'ai une pièce réservée à ça, répliqué-je fièrement en faisant une pirouette.

— Que lis-tu ?

— De la romance, j'aime tellement ça !

— De la romance ? Ce n'est pas vraiment de la littérature, ça.

— Pardon ? dis-je, estomaquée, en descendant du plan de travail.

— Ce n'est pas de la grande littérature, bébé.

— Je lis de tout, pour ta gouverne. Je me suis dirigée vers la romance parce que, en ce moment, ça me permet réellement de me changer les idées.

— Ne sois pas contrariée, ce n'était pas mon but.

— Je déteste qu'on réduise la romance à un sous-genre sans intérêt.

— Laisse-moi me faire pardonner.

Je ne proteste pas et joue le jeu, même si je suis blessée. Lire est la seule chose qui me fait du bien. Qu'importe le type de livre, tant qu'il nous plaît, il vaudra toujours la peine. Cette façon dont il a jugé mes goûts littéraires, c'était méprisant.

Troy me hisse sur le plan de travail et baisse mon legging noir. Sa main passe sous mon pull et il touche mes seins. Je ne porte pas de soutien-gorge.

— Mm, bébé, tu caches bien ton jeu.

Je rejette la tête en arrière et pousse un faible gémissement quand son pouce titille mon téton.

— Troy, touche-moi.

Vite. Vite. Vite.

Touche-moi, lèche-moi. Fais quelque chose avant que mes pensées divaguent vers une paire d'yeux bleus autre que la tienne. *Avant que je culpabilise de ne jamais prendre de plaisir avec toi...*

Malheureusement, il prend tout son temps. Pressée, je retire mon haut. Il écarquille les yeux. J'ouvre son pantalon, peinant à arracher sa ceinture.

— Bébé, excitée comme ça... tu me rends fou.

— Prends-moi, par pitié.

Avant... que je sombre davantage.

10

Ressac

Thomas

J'ai le cœur en vrac.

J'ai le cœur en miettes.

Je me suis fait à l'idée que Fallon ne serait jamais mienne, parce que c'est ce que je voulais… Ce sentiment, je croyais le contrôler. Mais que ce soit elle qui me rejette pour un gars qu'elle connaît depuis deux semaines… Putain, un gars qui me ressemble comme deux gouttes d'eau ! Qu'est-ce que ça veut dire ?

J'ai interrompu mon enquête sur mes origines. Une nouvelle affaire s'est imposée. Troy Hamilton. J'ai effectué des recherches sur lui. Qui est-il ? D'où vient-il ? Pourquoi cette ressemblance si troublante ? Léonie m'a fait une synthèse sur la vie de ce médecin. Un schéma assez classique.

Il est chirurgien esthétique. Est-ce ainsi qu'il a rencontré Fallon ? Ses complexes lui pèsent depuis toujours et je n'ai jamais réussi à lui faire comprendre que ses motivations pour changer d'apparence sont mauvaises. Si je ne savais pas d'où vient sa souffrance – sa mère, évidemment –, je ne me permettrais pas de donner mon avis à ce propos.

Mais putain… elle est si belle ! Elle se pense laide, alors qu'elle est la seule que j'aime admirer.

Troy Hamilton.

Je ne sais pas pourquoi, mais ce n'est pas la même chose qu'avec les autres mecs qu'elle a pu me présenter. Celui-là a l'air coriace. Une bactérie difficile à pulvériser. Notre première rencontre a été assez pesante, il m'a regardé avec haine et dédain tout au long du cocktail.

Comme s'il me connaissait déjà.

Après, je ne vais pas mentir, mon regard à moi n'était pas amical. Ce Troy dégage une aura qui vous donne l'impression d'étouffer. Sous mes yeux, il m'a enlevé Fallon… et elle l'a suivi.

Songer à cette forme de trahison m'emplit d'amertume. Elle nourrit ma haine envers moi-même. Le comble serait de m'énerver alors que c'est ce que je voulais. Fallon mérite un type qui s'occupe d'elle, or je ne fais que m'éclipser pour affronter mes démons et revenir comme une fleur dans sa vie. J'ai bien trop d'estime envers Fallon pour lui demander de se contenter de ça.

La douceur dans ses iris ambrés me rend ivre de bonheur. Fallon m'aime, je le sais, je le vois et je le sens. Depuis que je la connais, depuis quinze ans, elle m'a prodigué une affection que je n'avais jamais connue.

— Que fais-tu ?

Je lève la tête et croise une paire d'yeux familière. Fallon est à moitié cachée par le mur, je n'aperçois qu'une partie de son visage. Elle me scrute avec une curiosité évidente.

— Je lis un livre.

Elle sort de sa cachette et se pose à côté de moi. Nous sommes dans le jardin, il fait chaud et on est mieux dehors qu'à l'intérieur de la maison étouffante.

— Je peux rester avec toi ?

Fallon a quatorze ans et elle est dotée d'une intuition impressionnante.

Parfois, j'ai l'impression qu'elle a une sorte de radar qui lui permet de détecter mes pensées amères.

— Tu n'étais pas en train de regarder la télé avec ta mère ?

Ses frêles épaules s'affaissent et elle pousse un profond soupir avant de poser sa tête contre moi.

— Si, mais je t'ai remarqué et je ne voulais pas que tu sois seul. En plus, elle regarde un truc nul et elle me rappelle sans cesse que je n'ai pas le quart de la beauté d'Eva Mendes.

Putain. J'ai Monica Kingsley en horreur. Elle s'attaque à Fallon et je ne peux plus le supporter.

— T'es la plus belle, princesse.

— Ce n'est pas le sujet. Je voulais rester avec toi, je préfère ta compagnie à tout le reste.

J'esquisse un faible sourire, ses paroles me rassurent et me réchauffent le cœur. Depuis que je connais Fallon, je ne me suis jamais senti aussi... important.

— Princesse, il n'y a que ta présence qui comble ma solitude.

Jelan s'occupait de Jackson et Fallon restait avec moi. Comme s'il lui semblait injuste que Jackson soit ainsi favorisé par le destin et moi...

Fallon me donnait la sensation de compter. D'exister. J'existais pour elle. D'aussi loin que je me souvienne, elle a toujours eu le réflexe de poser ma main délicate au niveau de mon cœur pour ressentir ses battements frénétiques, elle voulait s'assurer que j'étais vivant, contrairement à ce que disait mon regard.

Fallon m'a rendu vivant.

Et je l'aime tellement que je suis prêt à la laisser être heureuse avec un autre.

Si c'est ce Troy qu'elle choisit... je l'accepterai.

Pas un jour ne passe sans que je songe à ce que ma vie aurait été si on s'était mis ensemble dès le début.

Une bouteille de whisky trône sur ma table basse en verre,

je la saisis et la laisse pendre quelques secondes avant d'en boire une gorgée. Le liquide embrase mon œsophage. Qu'est-ce que c'est bon ! Je suis avachi sur mon canapé avec, en bruit de fond, les voix d'un animé de ma jeunesse qui passe à la télévision, *Les Chevaliers du Zodiaque.*

À l'orphelinat, dès que j'avais accès à la télévision, je regardais des animés : je voyais les épisodes dans le désordre, j'en ratais des tas, mais je restais accroché. Je ne sais pas... ça me donnait l'impression d'être un gamin comme les autres.

Comme je n'avais aucun souvenir de ma vie avant l'orphelinat, j'ai voulu en créer de nouveaux. Visionner les histoires de jeunes garçons de mon âge qui, pleins d'ambition, réalisaient leurs rêves en partant de rien, ça me motivait. Je me voyais en Naruto, j'enviais la force de Goku et je rêvais de la liberté de Luffy.

Je n'ai jamais eu de vrai modèle, de figure paternelle. Je ne savais pas qui j'étais, et encore moins ce que je voulais. C'est pour ça que j'ai commencé à calquer mes émotions sur celles des protagonistes de ces fictions. Je les admirais. Je me sentais grandir à travers leurs aventures. Aujourd'hui, je me dis que ma quête personnelle n'en a été que retardée. J'étais trop jeune, je n'avais pas suffisamment d'expérience. Je fais honneur à leur état d'esprit.

Je les prends pour exemples et je me sens reconnaissant.

Quand j'ai eu l'âge de quitter l'orphelinat, j'ai vécu seul dans un studio que Jelan louait pour moi, le temps de mes études. J'ai revu tous les animés de ma jeunesse, mais j'ai aussi commencé à lire des mangas. Je voue une passion silencieuse à cet art. Si Fallon aime lire des romans, je peux passer une nuit entière à enchaîner les chapitres de mes mangas préférés.

Un manga en particulier m'a touché. *Berserk*. Je crois bien que Guts est devenu mon personnage favori, toutes œuvres confondues, au point que je porte sur la peau de mon cou la même marque maudite que lui. Je me retrouve dans sa quête. Il a tout perdu et erre sur terre en alternant des phases de détermination et d'apathie, alors que dans le fond il se sent simplement brisé et incompris.

Tout comme lui, j'ai l'impression d'être maudit.

Mes doigts effleurent la marque sur mon cou et un faible rire m'échappe. Sacrée vie ! À chercher quelque chose que je ne trouverai peut-être jamais...

L'alcool commence à peine à faire effet. Je me couvre les yeux. Je ne sais même pas quelle heure il est ; dehors le soleil tape encore, ses rayons traversent mes stores et réchauffent ma peau.

— Princesse, je t'aime tellement !

Sobre ou complètement soûl, je n'imagine que son beau visage. Il est affiché en poster dans tous les recoins de ma vieille caboche. Je me plonge dans l'ivresse dans l'espoir de tout oublier : mes émotions effervescentes, mes sentiments ambivalents... et dans ce capharnaüm, il n'y a qu'elle qui résiste.

Je suis à elle. Je ne suis qu'à elle. Je n'ai jamais pu saisir l'instant où ça a commencé. Tout est arrivé si vite, si fort... et pourtant il n'y a jamais eu de bon moment.

Je lutte en mon for intérieur. Une partie de moi veut se convaincre que ce n'est pas de l'amour que Fallon éprouve pour moi, et si elle éprouve bien quelque chose, c'est uniquement parce que j'ai toujours répondu présent quand elle en avait besoin.

Je l'ai déjà vue tomber amoureuse auparavant, ça n'a jamais été comme ça avec moi. Je ne sais pas si je pourrais assumer un autre rôle que celui de meilleur ami en sachant qu'il est possible que ses sentiments pour moi soient factices. Elle finira par s'en rendre compte. Et j'aurai le cœur en morceaux. Son rejet sera le coup de grâce.

Plutôt mourir que prendre le risque de ne plus l'avoir dans ma vie si tout foirait. Je préfère me contenter de ce que nous avons. Mais est-ce vraiment une vie de regarder l'être aimé vivre aux côtés de quelqu'un d'autre ?

L'*ending* des *Chevaliers du Zodiaque* résonne et, en même

temps, on sonne à ma porte. Je me lève difficilement et pousse un grognement quand mon genou cogne contre la table. À travers le judas, je vois que c'est Julia.

— Il y a un problème ? demandé-je en la faisant entrer.

— Tu sais très bien ce que c'est, le problème.

Quand elle découvre l'état de mon salon, et qu'elle comprend que je suis en train de m'enfiler du whisky à 4 heures de l'après-midi, elle me dévisage avec curiosité.

— Tu cherches à noyer ton chagrin ?

Non, à me noyer tout court.

— Fallon ne veut plus me parler, lâche-t-elle en se laissant tomber sur le canapé. J'ai essayé de l'appeler mais elle m'ignore. Quand je veux la voir, elle me dit qu'elle est occupée avec son copain.

— Tu veux que je fasse quoi ? Je n'y peux rien, moi.

— Thomas, t'es la seule personne qu'elle écoutera. Je t'en supplie, raisonne-la.

— Elle n'est pas folle, réponds-je, légèrement agacé.

Je déteste qu'on lui colle une étiquette qui ne lui correspond pas.

— Ce n'est pas ce que je dis, mais je m'inquiète pour elle. Bon sang, pourquoi tu ne réagis pas ?

Julia me fixe, éberluée par mon apathie. Ma dégaine en dit long sur mon désarroi, je me sens dépassé. Ma seule envie : boire comme un trou, jusqu'au coma éthylique.

— Je ne sais pas, je n'ai plus de forces.

C'est vrai. Tout est en train de m'échapper.

— Thomas, elle est en train de se taper ton sosie, est-ce que tu réalises ? Elle projette ce qu'elle aimerait avoir avec toi sur un autre homme.

— Elle n'est pas amoureuse de moi.

— J'espère que tu plaisantes.

— Pas du tout. Et puis, même si je me trompe, être avec elle, c'est prendre le risque de la perdre.

Personne ne comprend mon point de vue. Personne ne

songe aux conséquences. Quand bien même j'aime Fallon, il y a tellement de circonstances… mais c'est plus facile de jouer les aveugles lorsque ce ne sont pas vos propres sentiments qui sont en jeu.

— Sans doute, mais dans votre cas, il s'agit surtout de vivre ce qui est sous vos yeux depuis le début.

— Tu connais très bien mon avis sur la question.

— Thomas, je t'en prie, il faut qu'on fasse quelque chose. Tu es le seul à pouvoir encore l'approcher sans qu'elle pète un câble. Elle a bloqué Jackson, il est furieux. Je l'ai empêché de venir, j'avais peur qu'il défonce sa porte.

Jackson n'est pas du genre à perdre patience mais ce que Fallon lui a craché en pleine figure, ce n'était pas rien. Je pense qu'il attend de se calmer et de trouver les mots adéquats pour parler avec elle, mais… Il s'attend à ce que Fallon revienne en arrière, or elle a été claire : elle ne veut plus le voir. Et si elle accepte de s'expliquer avec lui, cela viendra d'elle.

— Je ferai ce que je peux, OK ?

Julia pousse un profond soupir avant de passer ses mains dans sa chevelure rousse. Quelques larmes perlent à ses yeux verts. Sa peine me touche. Fallon a tant souffert de ne pas avoir une amie fidèle sur qui compter que je suis heureux de voir que quelqu'un d'autre que moi se soucie de ma princesse.

— Je culpabilise… Elle s'est sentie abandonnée et je peux comprendre qu'elle ait craqué. Fallon veut toujours montrer qu'elle va bien mais je crois que cette façade n'a que trop duré.

Fallon n'a jamais cessé d'arborer un sourire trompeur. Ma princesse est sensible, si sensible que le moindre sentiment peut la faire trébucher et lui arracher des larmes d'émotion.

— Elle est très affectée par ce qui s'est passé avec Monica. Et puis je sais qu'elle est constamment en crise existentielle. Je finirai par avoir une discussion avec elle, mais je dois la laisser venir vers moi elle-même, je ne veux pas qu'elle se braque.

Je déteste forcer les choses, encore plus avec elle. Je veux qu'elle vienne à moi, je veux qu'elle me revienne à chaque fois.

— Tu penses quoi de Troy ?

— Rien, pour être honnête.

C'est un connard fini. Mais ai-je mon mot à dire ? Si lui est le roi des salauds, moi, je suis le clown du culot.

— Je reste persuadée qu'elle fait un transfert. Elle n'a jamais ramené un de ses copains à une soirée familiale, m'explique Julia, convaincue par ce qu'elle avance.

— Peut-être, mais si ça se trouve, il se comporte bien avec elle et ça lui plaît.

Au moindre faux pas, je lui briserai les os.

— Et si j'essayais de lui parler ? me propose-t-elle, presque désespérée.

— Je ne te conseille pas de lui rentrer dedans. Avec Fallon, tout est une question de temps.

Je marche dans les rues de New York, me dirigeant vers l'un de mes rendez-vous. Avec la masse humaine qui s'agglutine sur les trottoirs, il n'est pas facile d'avancer. Je sens des mains tirer sur ma veste, et j'ai à peine le temps de réagir que je vois un gamin courir à la vitesse de l'éclair, avec mon portefeuille dans sa main.

— Bordel !

Je bouscule les passants et tente de rattraper cette vermine qui prend des raccourcis pour fuir la marée humaine. Il s'imagine m'avoir semé, avec tout ce monde. Il file vers une ruelle et je le suis en pressant le pas. Putain de merde, il est rapide, ce petit délinquant ! Vu sa taille, je ne lui donne pas plus de quatorze ans. Au loin, je distingue une impasse et je souris. Je vais enfin le coincer. Mais à ma grande surprise, il escalade le grillage jusqu'à un des balcons en brique du bâtiment adjacent.

Et merde !

Il me lance un sourire narquois. Je ne m'arrête pas dans ma course, mon instinct me pousse à le suivre malgré tout. Je prends mon élan et saute. Je m'accroche au grillage et l'escalade rapidement. Je m'agrippe à une échelle ; il est juste au-dessus de moi.

— T'es malin, le vieux ! Mais t'inquiète, t'iras pas plus loin !

En plus, il se fout de ma gueule ! Rien que pour ça, je ne vais pas le laisser filer. Il devrait être en maison de correction.

J'arrive au sommet de l'échelle au moment où, avec un signe de la main victorieux, il se laisse tomber de l'autre côté en riant à gorge déployée.

Je fonce vers l'endroit où il vient de disparaître et tombe sur une zone pleine de buildings : presque un parkour pour un gars comme lui. Il est en bas et me nargue en brandissant mon portefeuille.

Comment il a fait ?

Je vois le voleur retrouver ses potes et je l'entends se vanter de m'avoir semé. Leurs voix s'éloignent et moi, je recule de quelques pas.

Je suis entouré de murets et de corniches. Il a dû sauter en s'y accrochant. J'ai une impression de déjà-vu. J'observe mes mains avec insistance avant de me concentrer sur une des corniches.

En m'accrochant là, puis en me balançant sur le côté pour choper la suivante, j'arriverai à quelques mètres du sol. De là, je pourrai sauter directement depuis le dernier muret.

Des flashs étranges brouillent ma vue. Je me frotte les tempes et tente de me concentrer. Je veux récupérer mon portefeuille et foutre une raclée à ce foutu gosse. Je déteste perdre, putain. Plutôt crever que m'avouer vaincu.

Je ne réfléchis pas. Je cours et saute à pieds joints sur un des murets. Je deviens un automate qui reconnaît son parcours. Très vite, les obstacles deviennent un terrain de jeu.

Je bondis, j'assure souplement mes accroches, et je rattrape le groupe de gamins qui ne se doute de rien.

— *Thomas ! Saute, vas-y ! Ils vont nous attraper !*

Cette voix...

Arrivé à l'aplomb des gamins, je saute dans les airs. Une

sensation inouïe se répand dans mes veines. L'air gonfle mes poumons, je me sens… libre.

Et ce sentiment ne m'est pas étranger, bien au contraire.

J'atterris sans difficulté sur mes pieds et retrousse calmement mes manches, sous le regard ahuri du voleur et de ses potes.

— Je pense que tu as quelque chose qui m'appartient, gamin.

11

L'enquête continue

Thomas

— T'as vraiment fait ça ?

Vernon me dévisage d'un air choqué. Il a du mal à me croire. En même temps... je viens de lui décrire une vraie cascade de cinéma !

— Je te jure, ça me paraissait tellement naturel de poursuivre ce gamin...

— Tu sais que j'ai l'habitude de mettre en garde les gosses qui font ça. C'est très risqué de sauter de toit en toit, de se balancer dans les airs comme ça.

— C'est une sorte de sport, non ?

— Oui, on appelle ça le parkour. C'est très répandu. Mais il y a souvent des blessés.

Je ne me suis pas fait mal. J'ignore si c'est un coup de chance, mais mes gestes me semblaient... familiers. Comme une routine.

— Vernon, c'était tellement étrange, lâché-je en plaquant mes cheveux en arrière.

— Tu as fait ça instinctivement ?

Depuis que je me suis lancé dans mes recherches, c'est la première fois que je le sens... soucieux et intéressé.

— Non… enfin, je n'en sais rien.

Perché là-haut, je me sentais bien. C'est comme si toutes les fibres de mon corps s'étaient connectées pour ne faire qu'un avec mes cellules nerveuses. Pour la première fois de ma vie, pendant les quelques secondes où je volais, je me suis senti entier, j'avais complété le puzzle qu'est mon existence. Tout s'est aligné. Des images ont défilé sous mes paupières. L'adrénaline n'a pas quitté mes veines. C'est tellement étrange, tellement peu rationnel pour mon esprit si mathématique !

— Je crois que j'ai déjà vécu ça, mais je ne sais pas si je peux me fier à mon instinct, admets-je avec une idée derrière la tête.

— Fiston, peut-être que ta mémoire commence à débloquer certaines choses.

— Ce n'est pas logique. Pourquoi maintenant ?

— Tu as été confronté à une situation peu ordinaire. Je te rappelle que tu t'es jeté d'un bâtiment et que ça t'a semblé familier.

— Je veux en avoir le cœur net.

— C'est-à-dire ?

— Je vais recommencer.

— Tu es sûr de ton coup ?

Je suis en haut d'un bâtiment, au téléphone avec Vernon qui m'attend patiemment en bas.

— Ouais.

— C'est vachement haut, mon grand.

Très haut, même. Mon cœur bat aussi vite que les ailes d'un colibri. Étonnamment, cette situation risquée excite quelque chose dans mon ventre, une sorte d'énergie crépitante qui revitalise mes membres.

— Ouais, je sais, et ce n'est que maintenant que je découvre que j'ai le vertige.

Et moi qui croyais n'avoir peur de rien…

— À ce stade-là, fiston, tu ne crains pas la mort.

— Comme je suis brave ! j'ironise.

— Thomas, reste sérieux.

Vernon s'impatiente. J'agis comme un enfant et l'embêter est vraiment amusant.

— Non mais vraiment, j'ai l'impression d'être comme mes héros d'animés.

— Thomas, s'il te plaît, ce n'est pas le moment de penser à Son Goku, rétorque-t-il en me faisant signe de me calmer.

— Erreur. Je pense plutôt à Luffy, là.

— Thomas…

Une fureur de vivre me traverse. L'impression de déjà-vu s'impose, encore plus implacable qu'avant. Je connais ce sentiment. Il est presque assommant.

Saute. Saute. Saute.

Mon regard s'affine, analyse tout ce qui m'entoure pour établir une stratégie. Je suis sur le plus haut des immeubles, ce qui me laisse plein de possibilités, sauf que la plupart soit sont des impasses, soit vraiment dangereuses.

— Fiston, fais attention.

— Si je continue à faire attention où je mets les pieds, je n'avancerai jamais.

Sur ces mots, je range mon téléphone dans ma poche arrière. Je prends mon élan et me mets à courir aussi vite que possible. Arrivé au bout, je saute dans les airs et atterris sur un premier muret. Ma course se poursuit à un rythme effréné, jusqu'à ce que je ne puisse plus avancer et que je me laisse tomber au sol depuis une corniche.

Cette sensation de liberté est extraordinaire, j'ai l'impression que toutes mes idées sombres, les craintes accumulées au fond de moi s'évanouissent. Mon corps réagit comme s'il avait toujours connu cette énergie.

Vernon s'avance vers moi, l'air ahuri, et je lui lance un sourire satisfait : désormais, il est obligé de me croire.

— On dirait que tu as fait ça toute ta vie.

Je me frotte nerveusement la nuque puis fixe le point d'où j'ai sauté. J'ai déjà fait ça, je le sens au plus profond de mes entrailles. C'est viscéral. Et j'ai l'impression que cette adrénaline s'est manifestée dans le passé avec un sentiment d'urgence.

Je fuyais quelqu'un.

Je me souviens.

Je n'étais pas seul. Je courais ; je cherchais à semer quelqu'un. Des garçons m'accompagnaient. Probablement les amis d'une ancienne vie.

— Thomas ! Plus vite ! Ils vont nous attraper !

Mes pieds foulent le sol de plus en plus vite, ma respiration devient saccadée et je puise dans mes dernières réserves pour m'échapper.

J'escalade une échelle, suivi de mes compères, chacun de nous s'arrête à un étage pour disperser les suiveurs.

Je monte jusqu'au sommet et prends le plus grand élan de ma vie pour pouvoir sauter dans le vide. J'entends l'écho des coups de feu au loin et j'atterris sur un autre bâtiment. Je roule sur le sol jusqu'à me retrouver allongé sur le dos.

— Putain, il nous a semés, entends-je à côté de moi.

Mes lèvres s'étirent en un large sourire et mes yeux embrassent le ciel. Je lève la main comme si je pouvais caresser les nuages et je reprends lentement mon souffle. Le bleu des cieux me charme, cette couleur est si belle ; pour moi, c'est le symbole de la liberté.

Je veux être libre.

Aussi libre que l'océan.

Aussi libre que les oiseaux dans le ciel.

Je n'aspire qu'à quitter ce pays.

Bordel de merde.

Des coups de feu ?

Mes mains se collent à mes oreilles et je ferme les yeux. Ces souvenirs... est-ce qu'ils m'appartiennent ?

— Thomas ?

La voix de Vernon me semble lointaine, des cris résonnent dans mon esprit, des échos de pleurs, de souffrance, des armes, du sang...

Du sang.

— Fiston, qu'est-ce qui se passe ?

Je m'adosse au mur et me laisse glisser par terre, presque en boule. Mon cœur bat la chamade, j'ai mal à la poitrine, je respire faiblement... et je ne peux pas expliquer cette crise de panique.

— Thomas, je suis là.

Vernon me tient le visage et tente de me réveiller de ce cauchemar. Du sang, des morts, les horreurs défilent à toute vitesse.

— *Thomas ! Thomas ! Thomas !*

Mort.

Souffrance.

C'est comme si je voyais l'enfer devant moi, sans le comprendre.

— Je... je ne sais pas ce qui se passe, balbutié-je en croisant le regard inquiet de Vernon.

Ce dernier pose sa main sur mon front puis la passe dans mes cheveux, comme si ce contact supplémentaire allait me faire revenir sur terre.

— Je vois des choses, Vernon. Des choses que je ne comprends pas.

Ma voix est brisée par le poids des souvenirs que je ne saisis pas. Je vois tant de visages...

— Thomas, des souvenirs sont en train de remonter d'un coup, tu dois te reposer.

Vernon est inquiet et s'évertue à réconforter le petit garçon qui sommeille en moi.

— Mais... je veux comprendre, maintenant.

Je veux des réponses. J'en ai tant besoin... Qui suis-je ? Ma destinée est-elle de retrouver mes racines ? Et surtout... est-ce que je serai accepté ?

— Thomas, tu n'es plus un enfant. Certaines choses ont besoin de temps.

Je ne suis plus un gamin, mais j'abrite en moi un cœur d'enfant. Il hiberne en attendant que je découvre la vérité. Notre vérité. Quel que soit son degré d'obscurité. J'ai besoin de savoir.

— Justement, je n'ai jamais été un enfant, déclaré-je durement.

Les épaules de Vernon s'affaissent, une once de désespoir apparaît dans son regard marron. Son implication morale me touche mais un fossé semble nous séparer. À ses yeux, je patauge dans l'irrationnel.

— Je sais que c'est difficile pour toi, mais tu dois accepter que dans la vie, on ne saura jamais tout. Tu dois te ménager, avec ces souvenirs qui t'assaillent.

— Je ne lâcherai pas l'affaire.

— Je le sais, et c'est ce qui m'inquiète.

Léonie est passée me voir entre deux rendez-vous, et je n'ai pas voulu lui faire perdre de temps à monter chez moi, alors je l'ai attendue sur le perron. C'est là que je lui raconte brièvement ce qui s'est passé.

— Ce genre de souvenirs est arrivé quand t'as fait ton cascadeur ?

Son regard est moqueur. Elle pense me taquiner, mais je n'en ai strictement rien à faire qu'on me prenne pour un fou.

— Oui, c'est peu conventionnel, je l'admets. Je suis aussi perplexe que toi, je t'assure.

— Faut que tu creuses ça, ou bien que tu voies un psy. Je ne peux pas enquêter sur les bribes de ta mémoire.

Elle et Vernon sont dans le même camp. Celui d'en face. On me perçoit comme un homme entouré de chimères, perdu dans une autre réalité. Alors que dans le fond, ce que je ressens est bien réel. Je n'ai jamais voulu mêler les émotions et la raison, mais je sens que cette fois... j'y suis obligé. Mon instinct est tout ce qui me reste.

— Si j'ai d'autres souvenirs, je te le dirai.

J'insiste pour lui faire comprendre que je ne lâcherai pas l'affaire. Léonie est perplexe.

— Thomas, t'es sûr que tout ça ne vient pas d'un film qui t'aurait marqué ? T'es pas en train de délirer ?

Je roule des yeux, agacé, quand une vision désagréable me pétrifie. Une voiture s'arrête face à nous et je vois Fallon en sortir avec Troy. Mes poings se serrent si fort que je crois que mes jointures ont blanchi. Je la vois enlacer Troy amoureusement avant de l'embrasser.

Troy me remarque et, avec son regard noir fixé sur moi, il approfondit son baiser. *Sale chien !* S'il le pouvait, il la prendrait sur le capot.

— Thomas, je te parle.

Je reporte mon attention sur Léonie que j'ai arrêté d'écouter il y a déjà un moment. Dès que Fallon pénètre dans mon champ de vision, le monde se dépeuple, plus rien n'existe autour, y compris ce connard qui profite de la situation.

— Oh ! Troy, arrête, dit-elle en riant.

Sa voix mélodieuse chante à mes oreilles et me procure un sentiment douloureux au cœur. Il lui embrasse le cou, la serre contre lui, glisse sensuellement ses mains vers son petit cul rebondi et l'empoigne. Mon sang-froid est en train de s'évaporer, j'ai envie de l'attraper et de le projeter sur la route.

— Troy, merci pour cette sortie, s'exclame Fallon.

Elle respire la joie. Je dois me rendre à l'évidence : elle est heureuse avec ce foutu toubib. Cela fait tellement longtemps que je ne l'ai pas vue ainsi ! Depuis l'incident à la soirée de King, elle me fuit comme la peste. J'ai gardé mes distances, de peur de la brusquer. Je sais qu'avec elle il faut être patient. Très patient. Peu importe les obstacles, Fallon revient toujours vers moi.

Mais l'obstacle aujourd'hui est un homme qui cherche à prendre une place qu'une part de moi meurt d'envie de posséder.

Fallon est souriante, rêveuse, insouciante. Quand j'entends l'écho d'une joie tangible, je ne peux m'interposer.

Troy me nargue ouvertement. Il la tripote, il flirte avec elle de façon indécente. Fallon le somme d'arrêter avant de lui offrir un dernier baiser et de s'écarter. Je la remercie intérieurement de mettre fin à cette torture effroyable.

Dès qu'elle se retourne et remarque notre présence, elle se fige comme une statue.

— Bon, t'en as rien à foutre de ce que je dis, constate Léonie. Je me tire.

Je secoue la tête et finis enfin par reporter mon attention sur elle. Léonie fronce les sourcils et jette un regard derrière son épaule. En découvrant Fallon qui se dirige vers nous, elle rigole doucement et murmure :

— Je comprends mieux. Allez, salut, don Juan. Si j'ai des news, je t'appelle. Et arrête les films d'action.

Je souffle, dépité, et je remarque que Fallon la regarde s'éloigner avec des yeux si noirs que c'en est presque comique. Je fais le rapprochement dans ma tête : quand elle m'a reproché d'avoir une copine, elle faisait référence à Léonie. Fallon me connaît très bien, elle sait pertinemment que je ne fais jamais venir de femme chez moi. Je crois bien que ça l'agace d'imaginer qu'une autre puisse être proche de moi.

— Salut, dis-je, mais elle choisit de m'ignorer.

Je baisse la tête tandis qu'elle entre dans la résidence. Troy, au loin, me toise d'un air victorieux depuis sa voiture. Il démarre après m'avoir lancé un sourire narquois. Il attendait de voir comment Fallon allait m'accueillir. Dès qu'il est hors de vue, je cours vers l'intérieur et, avant que l'ascenseur se ferme, je passe un bras dans l'ouverture et je saute dans la cabine.

— Thomas !

Fallon me fixe avec des yeux aussi ronds que des billes. À sa grande consternation, j'appuie sur le bouton d'urgence qui bloque l'ascenseur. Ma main reste comme figée sur le bouton et la sienne la recouvre.

— Tu es complètement fou ! Remets-le en marche !

L'urgence dans sa voix m'arrache un sourire. Je la regarde gigoter comme si elle pouvait m'échapper.

— Pourquoi je ferais ça ?

Fallon est perturbée par ma présence, je ne décèle qu'une lueur de désarroi dans son regard. Comme si elle savait qu'une minute de plus avec moi suffirait à l'acculer dans ses retranchements.

— Parce que je ne veux pas rester coincée ici.

— Vraiment ? Tu es claustrophobe, maintenant ?

— Non, mais je ne veux pas rester enfermée avec...

Son doux regard descend vers mes lèvres, une chaleur se répand en moi. Mon désir pour elle se manifeste avec une violence impossible à refréner. Je lutte intérieurement, mes fibres nerveuses vont rompre si je ne cède pas à la tentation. Si je ne lui cède pas.

— ... avec toi.

Ses yeux plongent dans les miens, pleins d'une supplication silencieuse. Elle me supplie de mettre fin à la torture qu'elle vit. Ses doigts caressent ma main contre le bouton de l'ascenseur. L'incandescence de son toucher me fait frémir, je rassemble toutes mes forces pour lui résister.

Je ne peux pas faire ça.

Je ne peux pas.

Je ne dois pas.

Mon front se pose contre le sien et son souffle se mêle au mien. Son parfum de patchouli chatouille mes narines et mon autre main passe dans ses cheveux châtains. Ses perles roulent sous mes doigts. J'adore ces trucs. Ça lui donne un air encore plus adorable, authentique. Elle est la plus belle, pour moi. Parfaite. Fallon est parfaite.

— Tu n'es jamais de mon côté, souffle-t-elle en posant sa main sur mon cœur.

Fallon a cette manie de poser sa paume contre ma poitrine, là où pulse mon cœur dès qu'elle est là. Elle doit s'imaginer que je souffre d'hypertension, alors qu'elle seule provoque cette accélération.

— Comment ça, mon cœur ?

Je sens ses muscles se crisper et ses doigts s'agripper à mon pull, comme si elle se retenait de flancher.

— Pourquoi tu m'appelles *mon cœur* ? Je croyais que c'était *princesse*, murmure-t-elle en collant son front contre mon épaule.

Je la sens renifler mon odeur. Elle me serre contre elle. Fallon a beau lutter pour garder ses distances, dès que nous sommes face à face, toutes les barrières s'effondrent. Je ne peux pas me résoudre à ne plus l'avoir près de moi, sentir sa chaleur, son doux parfum. Sa présence est vitale pour moi, indispensable. Fallon apaise toutes les tempêtes indomptables au fond de moi.

— Parce que tu es mon cœur, susurré-je au creux de son oreille. Mon petit cœur.

— Petit cœur ? s'exclame-t-elle, amusée.

Le vibrato de son faible rire me fait frissonner. J'esquisse un sourire et me remets à lui caresser les cheveux.

— Oui et mon petit cœur a bien de la rancœur à mon égard.

— Ce n'est pas contre toi... mais tu n'es plus là...

Ce n'est plus comme avant.

Tout est différent.

Notre relation se fissure. Pourtant, rien ne s'estompe. Le problème, c'est que nous tenons tellement l'un à l'autre que malgré les confusions, malgré les non-dits, nos cœurs finissent toujours par se retrouver.

— Tu n'es pas fâché contre moi ? demande-t-elle d'une toute petite voix en se détachant de moi.

— Pourquoi le serais-je ?

— J'ai dit des choses horribles à Jackson, ton meilleur ami... Je n'ai pas été tendre avec Julia non plus.

— Petit cœur, tu sais bien que je ne serai jamais fâché contre toi à cause de ton frère.

— Mais tu n'approuves pas ce que j'ai fait, n'est-ce pas ? Vous êtes d'accord sur tout, tous les deux.

— Ma plus grosse discorde avec ton frère te concernait.

— Moi ? Pourquoi ?

— Parce que j'ai cru que j'allais te perdre à cause de ses conneries, une fois.

— Tu as peur de me perdre, toi...

Fallon baisse la tête, toute timide. Sa bouille cramoisie me fait doucement rire.

— Tu es ma personne préférée sur terre, princesse.

— Alors pourquoi tu n'es plus là ? Et c'est qui, cette fille... ?

Jalouse, ma princesse.

— C'est une amie.

Pas totalement, mais bon.

— Elle te connaît mieux que moi ? Tu te confies à elle ?

Un cocktail d'incertitude et de peine miroite dans son regard. Sa façon de me scruter me fait réaliser l'étendue du problème. Je sais que Fallon a peur d'être remplacée dans le cœur des personnes auxquelles elle tient le plus. Ce sentiment d'être laissée pour compte contrôle facilement les idées sombres qui cognent dans les recoins de sa caboche. Ce sentiment de ne pas suffire, au point qu'on s'imagine facilement jetable. Pourtant... elle est *la* constante que je veux maintenir. Fallon est la seule personne que je veux préserver des monstres qui rôdent, y compris ceux de mon esprit.

— Oh non, nous ne nous sommes pas très proches mais nous nous entendons bien. Disons qu'elle m'aide sur un travail que je ne veux pas négliger.

— C'est tout ?

Sa petite voix me donne envie de sourire. Ses doutes sont palpables et je ne peux m'empêcher d'être en adoration devant son joli minois.

— Pourquoi je te mentirais ?

Techniquement, je ne lui mens pas, j'omets simplement certains détails. *Ouais, bon, de gros détails.*

— Parce que tu me prends pour une idiote, déclare-t-elle en penchant sa tête sur le côté.

Pardon ?

— Qu'est-ce qui te fait penser ça ? demandé-je en arquant un sourcil.

— Je suis naïve, tu n'apprécies pas mes fréquentations et...

— Je t'assure que c'est faux.

La tension dans la cabine s'intensifie, mon cœur bat de plus en plus vite, nourrissant des idées que je ne peux rendre concrètes.

— Je ne te crois pas, Thomas. Entre toi et moi, ce sont les montagnes russes.

— J'aime bien le grand 8, princesse, pour te voir perdre la tête.

— Thomas... qu'est-ce que tu attends de moi ?

L'air presque désespéré, elle me scrute avec attention. Mes doigts se perdent dans ses cheveux et finissent par caresser ses joues. Mes yeux se dirigent instinctivement vers son cou. Elle porte une chemise blanche en soie qui dévoile une partie de son épaule. Incapable de me contrôler, j'approche la main du tissu et je le fais glisser légèrement sur sa peau, révélant les motifs bruns.

Fallon est figée. La surprise lui a coupé le souffle.

— Tu ne les as pas cachées...

Elle est tellement belle ! Bien plus avec ce qu'elle pense être des imperfections.

— Non, pas aujourd'hui, admet-elle doucement sans me quitter des yeux.

Je la contemple avec une envie qui me prend aux tripes. Un nœud se loge au fond de mon ventre et remonte jusqu'à mon cœur. Mon sang est en ébullition. Mais plus je fixe ses taches, plus certaines choses commencent à prendre sens dans ma tête.

— Troy Hamilton en pense quoi ?

Ses yeux s'écarquillent.

— Ne me dis pas que tu l'as rencontré parce que tu voulais les faire retirer !

— Quoi ? Non !

Fallon s'écarte et me tourne le dos, tout à coup craintive.

— Parle-moi, s'il te plaît. Je te connais, Fallon, je connais tes ambitions ainsi que tes doutes.

— Tu me parles comme si je ne savais pas ce que je fais, s'exclame-t-elle en se retournant vers moi.

— Arrête de penser que je te traite comme une enfant, ce n'est pas le cas, m'exclamé-je en levant les bras.

— Je sors avec lui parce qu'il me plaît ! Je n'ai jamais pensé à effacer mes lignes de Blaschko !

Je connais la vérité. Je sais jusqu'où elle peut aller.

— Comment tu l'as rencontré ?

— D'ACCORD ! JE VOULAIS ME REFAIRE LA POITRINE !

Ses poings s'abattent sur mon torse et elle me frappe en répétant qu'elle me déteste, moi qui sais tout d'elle.

— Putain, Fallon...

— Thomas, pourquoi tu n'arrives pas à comprendre ce que je ressens ?

Des larmes coulent de ses yeux, ses sanglots résonnent dans l'ascenseur. Je passe nerveusement la main dans mes cheveux. Les doigts de Fallon s'accrochent à mon pull grenat et son front s'approche de mon torse.

— Thomas, la voix de maman me hante, elle est constamment en moi, je n'arrive pas à m'en défaire. Je ne m'aime pas, je me déteste, je ne pourrai jamais changer mes émotions, mes sentiments ou encore mes perspectives. Je ne vaux rien, Thomas, absolument rien. Il n'y a que mon physique que je peux contrôler et elle me rabaissait sans cesse sur ça... Je n'arriverai jamais à m'en détacher, jamais, jamais, jamais...

Fallon pleure désormais à chaudes larmes dans mes bras. Ses paroles me transpercent l'âme. Toute cette souffrance amassée depuis l'enfance et qui l'anéantit chaque jour un peu plus.

— Mon cœur, tu vaux tellement plus...

— C'est faux...

J'attrape son visage et essuie ses larmes avec la pulpe de

mon pouce. Sa lèvre inférieure tremblote, me donnant l'envie irrésistible de l'embrasser pour la calmer.

— Tout n'est pas parfait, mon cœur. Le monde est froid et cruel, il assène des coups si douloureux que se relever n'est pas évident... mais toi... toi, tu es tout ce qu'il y a de bon dans ce monde.

Je me penche et embrasse la larme qui descend le long de sa joue. Je m'imprègne de la saveur salée de son désarroi, comme si je pouvais l'absorber. Si seulement c'était vrai... alors j'éliminerais toute sa tristesse.

— Fallon, tu es magnifique. Je ne dis pas ça parce que je te connais et que je veux te préserver. Je te le dis parce que je le pense et que c'est vrai. Toutes ces choses en toi que tu n'aimes pas, si tu savais comme moi, je les aime ! Si tu savais à quel point je t'admire et à quel point je suis fier de toi ! Ta mère est un démon. Tout est laid chez elle. Je suis tellement désolé que tu aies eu à vivre cet enfer auprès d'elle. Moi, je serai là. Toujours là. Même si je deviens un obstacle pour toi, ou si tu as la sensation que j'ai disparu...

Je marque une pause, l'embrasse au coin des lèvres. Je pourrais tout lui donner. Absolument tout. Elle est tout ce que je ne suis pas, tout ce que je n'ai jamais été. Elle m'a donné l'amour dont je rêvais quand j'étais plus jeune.

— Tu es la perfection de mon monde imparfait.

12

Prise de décision

Fallon

Les rayons du soleil caressent ma peau. J'ouvre les yeux et constate qu'il est à peine 8 heures. C'est le week-end et je suis dans le lit de Troy. Son bras sur ma taille, son souffle chaud contre ma nuque. Je pousse un long soupir et finis par me redresser discrètement. J'ai faim et j'ai bien envie de préparer un bon petit déjeuner.

Mon pyjama – un shorty et un haut très fluide – laisse voir toutes mes marques. Troy est médecin et ça me rassure de me dire qu'il a dû voir des choses plus marquantes sur le corps des autres.

Ce qui me fait l'apprécier d'autant plus, c'est que je suis très à l'aise, physiquement. Je n'ai pourtant toujours pas sauté le pas afin qu'il puisse me voir entièrement nue pendant nos rapports charnels. Je n'ai pas encore pris de décision quant à l'opération. Troy me dit que ce n'est pas pressé, que je peux prendre mon temps, ce qui me rassure encore plus.

Même si… Thomas a compris.

La cuisine de Troy est très bien équipée. Il m'a expliqué tout son système de rangement, même s'il ne cuisine pas beaucoup.

Il préfère les livraisons à domicile vu qu'il rentre souvent crevé le soir. J'aime cuisiner, et encore plus la pâtisserie. Ce matin, je suis déterminée à me faire plaisir.

Mon téléphone est connecté à l'enceinte de Troy et la voix de Taylor Swift résonne dans toute la pièce. C'est ma chanteuse préférée, je suis fan de ses sons, si profonds et entraînants à la fois. J'aime la poésie de ses paroles. Je suis une grande romantique dans l'âme et ses chansons d'amour me parlent beaucoup.

Don't blame me, love made me crazy/If it doesn't, you ain't doin' it right.

Mon corps se déhanche et je chante à tue-tête. Je tourne sur moi-même entre deux lancers de pancakes.

Lord, save me, my drug is my baby/I'll be usin' for the rest of my life.

Mon téléphone me filme pour que je puisse poster mon mini concert dans ma *story* Insta afin de dire bonjour à ma communauté. Je saute sur la table avec la spatule en guise de micro, je chante si fort que ma gorge me brûle. Je danse comme une folle en continuant de chanter. Je virevolte et sautille comme si j'étais seule au monde. Alors que la chanson tourne encore, je partage ma *story* en dessinant plein de cœurs jaunes. Une poignée de secondes avant de pouvoir consulter les réactions de mes abonnées, je remarque parmi les notifications le pseudo du compte d'Alia et Kat.

Ça fait longtemps que je ne suis pas sortie. Depuis le désastre de la sororité, avec elles justement, je leur parle de moins en moins. Comme je n'ai pas envie qu'elles pensent que je m'éloigne, je tâcherai de prendre de leurs nouvelles aujourd'hui.

Oh Lord, save me, my drug is my baby/I'll be usin' for the rest of my life.

La musique s'interrompt soudainement et ma voix résonne quelques secondes seule. Puis je m'arrête brusquement et me retourne. Troy est dans l'embrasure de la porte, en train de se frotter les yeux.

— Bébé, c'est le week-end… Tu m'as réveillé.

— Oh ! désolée. La porte était fermée, je ne pensais pas que tu pouvais entendre.

Mon visage vire au cramoisi, et je me concentre à nouveau sur ma petite poêle.

— Merci de faire le petit déj', mais Taylor Swift… je m'en serais passé.

— J'aime bien danser le matin, c'est mon rituel quotidien. Et comment ça, tu te passerais de Taylor Swift ?

Il s'agit d'une offense personnelle !

— Je n'aime ni son style ni sa voix. Enfin bref, les goûts et les couleurs ne se discutent pas, répond-il en haussant les épaules.

— C'est clair, articulé-je en soufflant.

— T'es vexée ?

— Non, mais tu critiques facilement les choses que j'aime.

Et ce n'est pas la première fois. Je peux supporter beaucoup, mais il a tendance à dévaloriser ce qui me touche et à me faire passer pour une imbécile. Si on s'en tient à ses avis sur mes goûts, je suis une inculte, et cela renforce la piètre image que j'ai de moi.

— Bébé, j'ai travaillé toute la semaine, excuse-moi de vouloir me réveiller dans le calme. Tu ne sais pas ce que c'est.

Putain. Il insinue une vérité qui ne me plaît pas : je ne fais rien de ma vie. Je ne réponds pas, ravale mes mots et lui souris en lui tendant une assiette de pancakes gorgés de caramel.

— Miam… Merci, ça a l'air délicieux. J'ignorais que tu cuisinais aussi bien.

— Oh ! j'adore ça. J'ai toujours eu l'habitude de faire des petits trucs. Thomas passait souvent chez moi le matin pour qu'on prenne le petit déjeuner ensemble.

Troy fronce les sourcils et je me rends compte que j'ai parlé de Thomas sans raison. Il n'était pas obligé de connaître ce détail.

— Thomas et toi, vous êtes très proches, on dirait, dit-il en prenant une gorgée de café noir.

— C'est mon meilleur ami depuis plus de dix ans.

Et lui au moins s'amusait de me voir chanter et danser pendant que je nous faisais à manger.

— Oh ! ça date, lâche-t-il en arquant un sourcil.

— Oui… Nous sommes juste de bons amis. Même si parfois on s'éloigne, je sais qu'il sera toujours là.

Même si un océan nous sépare, il y aura toujours un moment où nous serons réunis. Quelle que soit la distance, nos cœurs se retrouvent.

— Je vois. Je peux te donner mon avis ?

Aïe. Pas sûr que j'apprécie la suite. Troy est très franc, mais il ignore où sont mes limites et peut blesser facilement avec ses mots tranchants.

— Bien sûr.

— Je trouve qu'il est trop intrusif.

— Comment ça ?

— Ce n'est pas la première fois que tu me parles de lui. Quand tu le fais, c'est toujours pour me dire qu'il intervient dans beaucoup de situations de ta vie. Je pense par exemple à ton envie de chirurgie esthétique. Si ça te tient à cœur, tu n'as qu'à le faire. Pourquoi son avis compterait ?

— Eh bien… je ne sais pas… Nous avons grandi ensemble et il se montre protecteur avec moi. Je ne vois pas ça comme de l'intrusion.

— À ce stade, c'est une relation d'emprise, rétorque-t-il avec un air condescendant, comme s'il savait tout.

— D'emprise ?

— Tu es aveugle, Fallon. Il te contrôle totalement.

Ternir l'image de Thomas ne servira à rien. Il représente beaucoup pour moi. Sa place dans mon cœur est inchangeable.

— Troy, tu ne le connais pas…

— Suffisamment pour juger son comportement. Tu es aveuglée par ce qu'il t'apporte et cela fausse ton jugement. Il te manipule pour mieux te contrôler.

Ses paroles sont rudes et m'écorchent la poitrine.

— Thomas est quelqu'un de bien. Il ne veut que mon bien, dis-je doucement.

— Tu souffres de complexes physiques et il ne t'a jamais soutenue, accuse-t-il durement.

— Tu insinues que je devrais passer sous le bistouri ?

Éberluée, je le fixe en papillotant des paupières.

— Je pense que tu dois prendre une décision pour toi, pour t'émanciper de son contrôle. Je crois que cette opération est ce qu'il te faut pour te libérer de ton entourage. Tu es tellement gentille que tu t'es asservie toute seule au désir de tes proches, alors que personne ne se soucie de ce que TOI, tu veux.

Je ne réponds pas et tape nerveusement la table avec mon doigt. Troy ne me ménage pas, seulement ces propos sont criants de vérité et me poussent à trop de réflexions. J'ai sous-estimé sa capacité d'analyse.

— Tu sais pourquoi tu doutes autant ?

D'un mouvement de tête, je fais non. Ma bouche a décidé de rester silencieuse à cause des pensées qui s'entrechoquent dans mon esprit.

— Tu as envie de le faire mais tu attends l'approbation des autres. En l'occurrence, ton foutu meilleur ami qui te dirige comme un pantin. Tu veux faire ça depuis très longtemps et là, tu es enfin en train de lui échapper, mais tu restes paralysée par ce qu'il pense de toi. Tu veux son autorisation alors que ça ne marche pas comme ça. C'est ton corps.

Bouche bée, je le dévisage en clignant des yeux. Je n'ai jamais vu les choses sous cet angle.

— Ton petit copain est chirurgien, profites-en.

Je nage dans un océan de doutes et de désarroi. Je ne peux pas accepter cette vision. Thomas n'a jamais cherché à me contrôler.

— Thomas ne me contrôle pas, tu te trompes. C'est juste que…

— Que quoi ? Prouve-moi qu'il ne te contrôle pas.

— Ce n'est pas une décision à prendre à la légère, dis-je d'une voix fébrile.

— Quand tu as atterri dans mon cabinet, tu savais ce que tu voulais. Tu retardes l'échéance parce que tu espères qu'il finira par t'approuver, rétorque-t-il d'un ton sévère en me pointant du doigt.

Je baisse la tête, gênée par ses propos. Je ne sais plus quoi penser. Pour moi, Thomas n'a jamais été un frein... ou bien je suis tellement liée à lui que j'ai inconsciemment agi en fonction de ce qu'il voulait pour moi ? Voilà que Troy perturbe l'équilibre sur lequel je me reposais. J'ai toujours tout remis en question quand il s'agissait de moi... mais là, c'est de Thomas qu'il est question.

Je ne me comprends plus. Je ne sais pas ce que je veux.

— Mon premier créneau libre est pour le 15 du mois prochain, je te le bloque.

Tout va d'un coup trop vite pour moi.

— C'est dans trois semaines !

— Tu auras le temps de te décider sur la forme et la taille. Moi, j'arrête de perdre mon temps avec toi, ton corps sera sublime avec ces rondeurs en plus.

Troy prend les devants et je me sens dépassée par les événements.

— Tu préférerais que mon corps soit différent ? demandé-je faiblement.

Je parle doucement depuis tout à l'heure, comme si j'étais sous une emprise invisible. J'ai peur de dire quelque chose de travers, de passer pour une personne si faible qu'elle n'arrive pas à ouvrir les yeux sur son entourage.

— C'est toujours beau, une femme avec de la poitrine. La tienne reste alléchante. Je n'ai pas de préférence, les deux me vont, me répond-il avec une lueur lubrique dans son regard aigue-marine.

Troy me laisse perplexe, il me pousse dans mes retranchements alors que je vacille déjà sur une corde raide.

— Je te donnerai ma réponse cette semaine, dis-je en triturant le pan de mon short.

— Si toi et moi sommes amenés à rester ensemble, je ne supporterai pas l'idée que Thomas soit si proche de toi.

Putain, ce genre de conversation me gêne atrocement. Cette confession est de trop.

— Troy, nous sortons ensemble depuis quelques semaines, on vient à peine d'officialiser, réponds-je en m'évertuant à garder un ton doux pour dissimuler la rudesse du fond de ma pensée.

Troy me scrute avec une lueur de défi.

— Fallon, je ne suis pas le genre d'homme à jeter mon dévolu sur n'importe quelle femme. J'ai trente-cinq ans et j'ai envie que ça marche entre nous. On a une bonne connexion, tous les deux, et l'attirance ne faiblit pas. Je veux continuer d'apprendre à te connaître et il me semble normal de vouloir te préserver du reste. Je tiens beaucoup à toi.

Ces mots devraient me toucher… mais ils me rendent sceptique. Je me contente de sourire et lui prends la main afin de dissimuler mon trouble.

— Quel est ton rêve, Fallon ? demande-t-il en remontant ma main jusqu'à ses lèvres pour l'embrasser.

Mon rêve ? Mes désillusions ont pulvérisé mes rêves.

— Je… je ne sais pas.

Un pli barre son front et ses lèvres continuent à parsemer de baisers le dos de ma main. Une énergie étrange crépite dans mon ventre, elle annihile tous les papillons qu'il pouvait me faire ressentir.

— Pour une femme de vingt-cinq ans, tu manques d'ambition.

Je n'aime pas cette phrase. Pour moi, elle signifie que je suis dans l'incapacité de prendre ma vie en main.

— Pour être honnête, depuis la mort de mon père, j'ai arrêté de rêver.

— Pourquoi ça ?

Un étau me serre la gorge. Je ne me sens pas capable de me confier sur ce sujet. Troy ne me fait pas ressentir l'envie de parler de mon père. Je lui ai déjà confié des choses : qu'il était décédé, que ma mère y était pour quelque chose. Je lui ai dit que mon grand frère était le fils adoptif de mon père et que je ne me sentais pas très soutenue, depuis quelque temps. Troy est persuadé que ma famille me laisse tomber et au vu des circonstances… je finis par le penser moi aussi.

Mais parler de mon père, je ne peux pas.

— Je n'ai pas très envie… d'en parler.

— Je comprends, bébé. Mais sache que je t'écouterai quand tu le voudras. Je ne veux que ton bonheur.

J'apprécie sa bienveillance et cette envie d'une véritable histoire d'amour avec moi. J'aime le fait qu'il soit la personnification de ce que j'attends de la vie.

— Je veux des enfants.

— Quoi ?

— Tu m'as demandé quel était mon rêve. Je sais que je rêve d'avoir une famille un jour. Pas tout de suite, certes, mais je veux avoir mon chez-moi, me sentir aimée et donner la vie.

Pour être la mère que j'aurais tant aimé avoir. Pour combler ma solitude. Et aussi parce que j'ai toujours voulu me marier et avoir des enfants.

Et ça, il n'y a que Thomas qui le sait.

— Je note, rétorque Troy. Moi aussi, j'en veux.

Il se projette avec moi. Il ne me voit pas seulement comme un plan cul. Je suis bien avec lui mais la gêne vrille mes tripes à mesure que nous partageons des moments intimes. L'avenir est incertain de mon côté et c'est la première fois qu'un homme me fait comprendre qu'il veut construire quelque chose avec moi. C'est ce que j'ai toujours voulu. Je suis tellement perturbée, ça ne tourne pas rond dans mon crâne. Et puis, je sens l'animosité entre lui et celui que je considère comme mon meilleur ami.

Et si Thomas était la barrière psychologique à toutes mes aspirations ?

Et si Troy avait raison ?

Alia et Kat me retrouvent au Box for Ashes. Je les ai invitées, histoire d'effacer le souvenir de la dernière fois, quand elles m'ont laissée tomber. Danser me manque et j'ai besoin de me défouler. J'aurais pu choisir n'importe quel club, mais j'ai mes repères au Box for Ashes. Mon frère a un combat ce soir ; donc Julia et lui seront au sous-sol et j'aurai le champ libre ici. Loin de leurs regards.

Mes doigts triturent nerveusement la manche de mon pull et j'entre. J'époussette mon cargo noir, sentant que quelques gouttes d'alcool me sont tombées dessus.

— Wow, c'est génial ! s'extasie Alia.

Les spots passent à vive allure, suivant le rythme endiablé de la musique. Je me mets à danser sur les notes de « Applause » de Lady Gaga. J'ignore pourquoi, mais mon frère exige que cette chanson passe tous les soirs. Alia et Kat rapportent des shots et je bois le mien cul sec. Je n'ai pas une grande tolérance à l'alcool, mais je sais m'arrêter quand il le faut... Enfin...

Ce soir, c'est différent. Je veux me rappeler cette soirée, je veux me rappeler que je m'amuse. Pour ne pas penser à la guerre froide que je mène avec mon propre frère et sa future femme.

Aucun appel. Rien du tout.

Je n'ai pas cherché à les joindre, je garde l'espoir qu'ils viennent à moi par eux-mêmes. C'est égoïste, mais je ne me vois pas faire autrement, je ne suis pas prête à me confronter à eux pour l'instant. Troy me conseille d'attendre. Il trouve que j'ai bien fait de dire ce que je pensais. Que c'est à eux de l'accepter, de se remettre en question, de revenir vers moi. En temps normal, j'aurais pu faire le premier pas, mais selon Troy, tant que je ne suis pas en tort, je n'ai pas à bouger.

Les lumières devenues rouges caressent ma peau. L'ambiance se fait plus sensuelle, les corps se collent et c'est « Under the Influence » de Chris Brown qui résonne dans les enceintes. Kat éclate de rire et colle son torse contre mon dos, je me mets à pouffer et nous dansons toutes les deux, couvées par plusieurs regards masculins excités.

Je lève les yeux et fronce les sourcils en remarquant une véranda là-haut, camouflée par les spots lumineux. On distingue une silhouette derrière la vitre. Kat me fait tourner sur moi-même et Alia nous rejoint, mais je reste concentrée sur la silhouette qui a une vue panoramique sur tout le Box for Ashes.

Ma vision est brouillée par les spots qui changent de couleur. Je mets une main devant moi et tout s'illumine en bleu.

Dès les premières notes de cette nouvelle chanson, mon cœur caracole dans sa cage. Pour éviter que mes acolytes remarquent mon trouble, je me laisse porter par la musique.

There's not a soul out there

No one to hear my prayer

Je ferme les yeux et repense à mon père. C'est comme si des images de lui étaient crochetées sous mes paupières. Chaque note, chaque parole est un souvenir de nos moments ensemble. Le rythme a beau être entraînant, je n'éprouve qu'une douleur lancinante.

Papa danse. Papa me prend la main. Papa me fait tourner sur moi-même.

— *Fallon, ton sourire suffit à me combler.*

Mon sourire… est si factice. Il doit être tellement déçu ! Kat apporte un nouveau plateau de shots et j'en avale trois d'un coup. Je continue à danser, les yeux fermés. J'ai l'impression d'être dans une machine à remonter le temps et qu'elle me ramène à ce souvenir que je chéris tant et qui me brise.

Gimme, Gimme, Gimme a man after midnight

Won't somebody help me chase the shadows away ?

Gimme, Gimme, Gimme a man after midnight

Take me through the darkness to the break of the day.

Plus les secondes défilent, plus l'illusion devient réconfortante. Je me mets à crier les paroles, je lève la main comme si mon père allait l'attraper pour me sauver de cet enfer.

L'enfer d'être ce que je suis.

Mes larmes coulent à flots, je finis par couvrir mon visage et ravale mes sanglots. Mon Dieu... je me sens si faible... si fragile.

Je suis fatiguée.

Fatiguée de vivre.

Papa, je t'en supplie, envoie-moi un signe pour me dire que je vaux la peine.

Des bras entourent ma taille et ma tête se retrouve projetée contre un torse aux muscles fins. Une main me caresse les cheveux et la chaleur familière de ce corps me calme d'un coup. Cette odeur... je la connais, je l'associe à toutes mes peines et pourtant elle est la seule à pouvoir m'en extirper.

— Rentrons, mon cœur.

Je suis en tailleur sur le sol de ma chambre, contre mon lit. Thomas me fixe d'un air bienveillant, dans la même position que moi.

— Tu te sens comment ?

Je hausse les épaules et le scrute avec un sourire timide. Il m'a fait sortir du Box for Ashes et m'a emmenée dans sa voiture, où j'ai pu déverser mes larmes de désarroi. Le souvenir de mon père me pèse de plus en plus.

— Je ferai en sorte que cette chanson ne passe plus, dit-il en poussant un long soupir.

— Oh non... ne fais pas ça, c'est ridicule de priver les gens de cette chanson rien que pour moi, ça ne vaut pas la peine.

— Même si c'est ridicule, tu vaudras toujours la peine pour moi. Plus que les autres.

Mon regard se pose sur lui et il m'offre un sourire qui fait fondre mon cœur.

— Papa et moi, on adorait cette chanson. On dansait sur plein d'autres sons mais cette chanson d'ABBA, c'est celle que j'ai le plus écoutée avec lui. Il était très fan de ce groupe. Mais aussi de Queen, tiens.

— Je me souviens, quand vous dansiez dans le salon tous les deux, s'exclame-t-il, les yeux pleins de nostalgie.

— Tu étais à l'université à l'époque. Tu devais me prendre pour une barge, dis-je, amusée, en me frottant la jambe pardessus mon cargo noir.

Un faible rire s'échappe de sa bouche et je le dévisage en clignant des yeux.

— Non, pas du tout, je te trouvais très mignonne, répond-il en fixant le mur devant lui.

— Vraiment ? demandé-je avec une ridicule pointe d'espoir.

— Tu rayonnais. J'ai toujours trouvé que tu dansais bien, même aujourd'hui.

Ces mots enveloppent mon cœur d'une chaleur qui me procure un réconfort inouï. J'ai tant besoin de ces mots ! Ils sont les seuls à combler les trous béants de mon être.

— C'est dans les gènes des Kingsley, dis-je, amusée, en haussant les épaules.

— Je doute que Jelan ait eu le sens du rythme.

Mon père ne savait pas danser. C'était plus comique qu'autre chose. Après tout, son seul but était de me faire rire et de passer du temps avec moi.

— Pour toi, je rayonnais ?

— Tu rayonnes toujours, déclare-t-il tandis que la commissure de ses lèvres s'étire.

— Pourtant… il n'y a que du venin qui sort de ma bouche, depuis quelque temps.

— Je pense que ce sont toutes les mauvaises choses qu'on a pu te faire ressentir qui t'ont privée de ta voix et qui aujourd'hui s'extériorisent.

— Et tu restes encore là pour moi, malgré tout ?

Peu importe la facette de ma personnalité que je déploie, Thomas demeure, sans jamais me désapprouver.

— Je te vois telle que tu es, Fallon.

Sa main se pose sur mon crâne et il me caresse les cheveux. Je lui souris et m'écarte pour entremêler nos doigts.

— Thomas, tu es mon superhéros.

L'alcool qui reste dans mon sang me donne suffisamment de courage pour me montrer honnête sur mes sentiments.

— Je ne vois pas en quoi, lâche-t-il en arquant un sourcil.

— Moi aussi, je te vois tel que tu es. Même si tu es dans la retenue, même si tu refuses de tout me dire.

Thomas écarquille les yeux et observe ma main qui touche sa peau. Je caresse sa paume tendrement et lui offre un sourire sincère.

— Toi aussi, tu es la perfection de mon monde imparfait.

Je lui susurre ces paroles et sa main remonte vers ma joue. La pulpe de son pouce me caresse et ses lèvres se fendent en un sourire plein de tendresse. Son regard a un éclat particulier, il brille d'affection, d'émotion. Sous le clair de lune qui traverse ma vitre, je jurerais lire de l'amour dans ses yeux.

— Ton père serait fier de toi, tu peux me croire.

Une larme perle au coin de mon œil et il l'essuie de son pouce, avant de se pencher vers moi pour déposer un doux baiser sur ma tempe.

— J'ai si peur d'oublier son visage, le son de sa voix... Je suis terrifiée à cette idée. Tous nos souvenirs me semblent si lointains que j'ai l'impression qu'ils proviennent d'une autre vie.

— Je te promets que tu ne les oublieras jamais, princesse. Tes idées noires engloutissent tout. Un jour, tu finiras par t'en défaire et tu te rendras compte que ton père est présent dans tout ce que tu fais. Ton frère se trimballe avec des bonbons au caramel partout, ça semble être un détail mais ça a beaucoup de sens pour lui.

Je songe à quel point mon père adorait ces bonbons. Il y en avait partout dans la maison, au point que le parfum du caramel envahissait l'atmosphère.

— Je n'ai jamais trop aimé ces bonbons, dis-je, amusée, en posant la tête sur son épaule.

Mes doigts jouent toujours avec les siens.

— Je sais. Toi, tu n'as qu'à déployer ton humour un peu bancal pour penser à lui.

— Hé ! Tu dis toujours que je suis drôle ! Mon humour n'a rien de bancal !

— Tu es drôle malgré toi, Fallon, c'est différent. Jelan aussi avait ça.

Je ris faiblement et continue d'enchevêtrer mes doigts aux siens. Mon cœur bat la chamade. J'aime être proche de lui, j'aime ressentir ce que je ressens actuellement, l'impression qu'on est seuls au monde, tous les deux.

— Fallon, est-ce que tu es heureuse ? Est-ce que tout va bien avec Troy ?

Le nom de Troy me donne des frissons, un ressac d'émotions contradictoires se déverse dans mes veines. Je suis avec lui et pourtant mon cœur ne cesse de tambouriner dans ma poitrine pour un autre. Je veux nous donner une chance. De toute évidence, Thomas ne voit aucunement sa vie avec moi. C'est un amour à sens unique.

Troy est quelqu'un de bien, nous pourrions vraiment construire une vie ensemble. Pourtant, quand je songe à un avenir avec lui, j'ai l'impression de me trahir.

— Il est bon avec moi. Il est plus âgé et plus mature que les autres hommes que j'ai pu fréquenter.

— Je vois, mais rassure-moi, mon cœur, cette histoire de chirurgie... Tu ne comptes pas le faire, si ?

Je m'écarte et lève les yeux vers lui.

— Je l'ignore et je n'ai pas envie d'en parler. Est-ce que ça compte pour toi ? Est-ce que je te décevrais ?

— Fallon, si pendant toutes ces années je t'ai déconseillé de le faire, c'est uniquement parce que tes motivations ne sont pas les bonnes, à mon sens. L'influence de ta mère te hante et fausse ton jugement et ton estime de toi. Sans ça, jamais je ne me permettrais d'intervenir. C'est ton corps, mon cœur.

Ces mots pèsent sur mon esprit. Je n'y vois aucune manipulation, comme le prétend Troy.

— Je… je ne sais pas ce que je veux, bégayé-je en me frottant le front.

— Alors, réfléchis-y. Tu voulais mon avis sincère, je te l'ai donné. Maintenant, à toi de voir ce qu'il y a de mieux pour toi. Quand tu prends une décision, et cela vaut pour tout, ne songe pas au plaisir du moment parce qu'il peut s'avérer éphémère et avoir un goût amer après coup.

Je pousse un long soupir et laisse tomber ma tête contre mon matelas. Il n'a pas tort. Je ne me suis jamais projetée dans une vie avec un corps différent.

— Je verrai. Là, ma tête tangue un peu à cause de l'alcool, admets-je en fixant le plafond.

Sa paume se cale sur mon front avant de glisser sur ma joue. Les yeux clos, je savoure son toucher.

— Je n'arrive pas à croire que j'ai gâché ma soirée… Je voulais tellement danser !

— Tu y retourneras, Fallon.

— Tu sais ce que je me suis dit quand la musique d'ABBA est passée ? J'ai songé à mon père, mais aussi au fait que je ne danserai plus avec qui que ce soit.

Je marque une pause en prenant une profonde inspiration.

— C'était le seul qui m'invitait à danser.

Les hommes qui se collaient à moi en boîte, c'était purement sexuel et limite sans intérêt parce qu'ils faisaient ça avec toutes les filles qu'ils croisaient.

Je ne sens plus Thomas me toucher le visage. Je redresse la tête et je le vois en train de pianoter sur son téléphone. La voix d'Ed Sheeran résonne dans ma chambre.

« Perfect ».

Thomas se lève et me tend sa main, mimant une révérence de prince charmant.

— Ce n'est pas le plus beau des cadres mais…

Ce lien visuel m'enivre inexorablement. Je me noie dans une ivresse plus forte que celle de mes shots de ce soir. Nous

nous détaillons tous les deux, comme si chacun cherchait à débusquer les secrets de l'autre.

— Fallon Kingsley, m'accordes-tu cette danse ?

Les rayons de la lune éclairent son beau visage et une myriade d'émotions brille dans ses pupilles azur. Je me contente d'acquiescer avec un sourire timide. Il saisit mes bras et les enroule autour de son cou. Ses mains glissent jusqu'au creux de ma taille et un feu ardent naît en moi.

— Pourquoi cette chanson ?

Thomas hausse les épaules tout en continuant de danser.

— C'est la première qui me vient en tête quand il s'agit de toi.

Mon cœur caracole dans ma poitrine et mes joues deviennent écarlates.

— Pourtant, tout n'est pas parfait, dis-je pour le taquiner.

— C'est vrai, mais toi, tu es parfaite pour moi.

Baby, I'm dancing in the dark
With you between my arms
Barefoot on the grass
Listening to our favorite song

Ses yeux sont rivés sur moi. Il me contemple comme si j'étais la plus belle femme au monde. Il me voit telle que je suis et ignore tous mes défauts. Je l'aime tellement... Toutes ces choses qu'il me fait ressentir, je ne les ai jamais éprouvées avec qui que ce soit. Thomas me prend la main et me fait tourner sur moi-même avant de plaquer mon dos contre son torse.

When I saw you in that dress, looking so beautiful
I don't deserve this
Darling, you look perfect tonight

— Et pas que ce soir, murmure-t-il au creux de mon oreille.

Son bras enveloppe mon torse et sa tête se loge au creux de mon cou. Il y dépose un tendre baiser qui me fait frissonner.

— Tout n'est pas parfait, mais toi, tu l'es.

Je me tourne vers lui, mes yeux plongent dans l'océan de ses secrets que je ne cherche qu'à découvrir. Je le regarde sans dissimuler ce qu'il anime en moi. Une étincelle scintille dans son regard, l'amour y brûle. Cette lueur reflète ses sentiments, j'en suis persuadée. Thomas est bien trop tendre, bien trop attentionné pour ne rien ressentir. Et à cet instant, il est en train de se trahir. Thomas m'aime. Pour la première fois, je le vois.

Il m'aime de la même façon que je l'aime, lui.

Cette évidence fait déguerpir toutes mes illusions, parce que je comprends qu'elles sont la réalité que je n'ai pas osé espérer.

— Quel est ton rêve, Thomas ? demandé-je doucement.

La musique continue, mais nous ne dansons plus. Intrigué par ma question, il se frotte le menton.

— J'ai arrêté de rêver il y a bien longtemps, Fallon.

— Comment ça ?

— Pour moi, les rêves ne sont que des chimères où l'on puise une certaine motivation. Moi, je n'ai que des objectifs réels.

— Tu es tellement rationnel, dis-je en touchant son nez. Réfléchis, quel est ce rêve inatteignable ?

Thomas se frotte la nuque et baisse la tête avant de verrouiller son regard sur moi.

— Si je te le dis, il risque de ne jamais se réaliser.

Un élan d'adrénaline s'empare de moi. Je saute sur lui et il me prend dans ses bras. J'enroule les jambes autour de sa taille et les bras autour de son cou.

— Je ne connais pas trop mes rêves. Je ne rêve plus, je laisse ma vie défiler, confessé-je en inclinant ma tête sur le côté.

— C'est normal, tu dois dormir pour rêver, Fallon, dit-il sur un ton taquin.

Thomas se dirige vers mon lit et m'y dépose délicatement, mais je ne le lâche pas et le force à s'allonger avec moi.

— Merde, dit-il en se redressant sur ses bras.

Mes jambes le serrent si fort que je sens une protubérance au niveau de son pantalon.

— Fallon...

Je ne dis rien, me contente de le regarder. Il est clairement perturbé. C'est la première fois que je le vois sortir de son carcan de sang-froid. J'esquisse un sourire diabolique et fais un mouvement de sourcils pour le narguer. Thomas me dévisage avec une intensité difficile à dissimuler. Son souffle brûlant se mêle au mien, ma poitrine monte et descend contre la sienne, mes dents mordillent mes lèvres. J'ai envie de goûter à sa bouche. Connaître sa saveur jusqu'à en devenir ivre. C'est fou, je suis accro à cet homme sans y avoir jamais goûté.

La tension va crescendo. Son regard trahit ses efforts pour brider son corps. Il ne bouge pas d'un iota, et pourtant... dans ses iris défilent toutes les choses qu'il souhaite me faire.

Son sexe palpite, je le sens grossir grâce au seul contact de ma fente contre lui. Ma tête se redresse légèrement et ma bouche atterrit sur sa gorge. Je lèche sa peau. J'embrasse le creux de son cou, le mordille.

— Fallon... arrête... tu es bourrée...

Complètement. Et je me fous des conséquences. S'il me faut un peu de liqueur pour exaucer mes envies, alors soit.

— Mmm... je m'en fiche, susurré-je en déposant des baisers mouillés sur sa peau.

Lascivement, je me cambre contre son bassin pour sentir un peu plus son excitation.

— Tu n'as jamais rêvé de baiser ta princesse, Thomas ?

Je sens ses muscles se crisper et je remarque que ses doigts serrent violemment mes draps.

— Pense à toutes ces choses que tu pourrais me faire...

Ma langue remonte jusqu'à son menton tandis que je continue de me frotter contre lui. Je mordille le lobe de son oreille et lui susurre :

— Baise-moi.

Je la lèche et ris faiblement pour le chatouiller avec mon souffle.

— Je te veux en moi. Sur moi. Dans ma bouche. Partout, partout...

Thomas est bloqué par mes paroles obscènes. Il découvre toute la lubricité de mon cerveau.

— Si je suis ta princesse aux yeux du monde... je pourrais être une parfaite soumise rien que pour tes yeux à toi.

Sa respiration se saccade et d'un coup, il se lève, titube et fonce vers la porte de ma chambre. Je me dépêche de le suivre, au bord de l'hilarité. Je le vois ouvrir ma porte pour sortir et il se retourne vers moi, complètement chamboulé, incapable de trouver ses mots.

— Tu finiras par craquer, Thomas. Tu peux toujours essayer de te retenir, mais j'aurai ce que je veux.

13
Drapeau blanc

Fallon

Thomas a des sentiments pour moi. Son regard l'a trahi hier soir. Il érige des barrières autour de lui pour que personne ne puisse l'approcher. Il n'est pas le plus expressif des hommes mais, contrairement à nombre d'entre eux, il a conscience de ce qu'il ressent.

Thomas ne se ment jamais à lui-même. Il étudie toutes ses émotions, et les miennes avec. Il pense peut-être que je ne l'analyse pas quand nous sommes tous les deux. Il se trompe.

Certains détails m'échappent sans doute, pourtant je sais qui il est, au fond. Un homme qui a peur de dévoiler ses sentiments. Peur qu'on sache que, si on gratte sa muraille, on finit par tomber sur ses faiblesses, ses incertitudes. Il veut garder ça pour lui. Préserver cette image d'être inébranlable, inaccessible au doute. Il m'a vue au maximum de ma vulnérabilité, et il n'a jamais dit un mot sur ses propres angoisses. Thomas n'est pas bavard. Il faut l'avoir à l'usure, parce que si on veut le conquérir d'emblée, on se cognera à un mur. J'ai arrêté de compter les fois où j'ai trébuché sur les bords de son cœur imperméable à la moindre émotion.

Une première brèche a fendu sa carapace. Cette étincelle dans son océan de secrets m'a perforé le cœur. J'y ai vu tant de retenue, mais aussi d'autres émotions contradictoires. Un combat permanent brûle dans ses yeux.

J'ai eu un aperçu de sa lutte intérieure et, mieux que ça, je l'ai ressentie. Thomas n'est pas aussi résilient qu'il aimerait le paraître. Et je suis prête à tout pour le faire céder. Il n'est plus question de me bercer d'illusions.

L'espoir est revenu et, cette fois-ci, je m'y accroche. Je ne suis pas folle. J'étais peut-être un peu bourrée hier, mais je n'ai pas rêvé. Thomas a des sentiments plus qu'amicaux pour moi. Et si ça se trouve... il m'aime, comme je l'ai toujours voulu.

Mes lèvres s'étirent en un fin sourire, je lève une main vers mon plafond et j'imagine son beau visage.

— Tout n'est pas parfait, mais toi, tu l'es.

Je croise les bras sur ma petite poitrine qui palpite. J'ai toujours été complexé par mon corps. J'ai toujours voulu avoir l'allure d'une vraie femme. Comme ma mère. Ce qui est fou, c'est que j'ai toujours su que ses remarques étaient toxiques. Je me déteste à cause d'elle. Mon mal-être est profond, peut-être même incurable. Un lien invisible et venimeux subsiste entre nous, où qu'elle se trouve. Monica m'a marquée au fer rouge. Mon père a eu beau essayer de m'extirper de la spirale dans laquelle elle m'a plongée, je finis toujours par y revenir.

C'est tellement plus simple de se détester pour des choses qu'on ne peut pas changer !

Les regrets m'envahissent et la rancœur me consume. Ma vie défile sous mes yeux et je me vois subir encore et encore. Ma mère n'est plus là, mais je la remplace. Je suis devenue mon propre bourreau.

Toutes mes décisions sont influencées par elle, alors qu'elle n'est plus présente dans ma vie. Son emprise psychologique demeure. Sa voix mesquine cogne dans chaque recoin de ma tête.

— *Maman, regarde, j'ai dessiné un paon.*

Fièrement, je lui tends mon dessin coloré. D'un regard froid, elle l'examine avant de me l'arracher et de le déchirer sous mes yeux.

— Il est immonde, recommence.

Tristement, je fixe les morceaux de papier qui tombent à mes pieds.

— Ma fille n'a aucun talent. Heureusement que ton père est riche, car sans son argent tu ne serais rien du tout.

Je crois que si une part de moi reste obnubilée par ses paroles, c'est parce que je suis convaincue qu'elle a raison. Qu'est-ce que je fais de ma vie, à part geindre sur mon physique ?

Superficielle. Je suis tellement superficielle !

Mon apparence, c'est tout ce qui compte. La seule chose que je peux contrôler. J'ai été éduquée dans cette idéologie et elle me poursuit encore aujourd'hui.

— Papa, tu serais si déçu de ta fille… Je n'ai pas honoré les valeurs que tu m'as inculquées.

Jelan Kingsley était un homme juste, un homme de parole. La famille, c'était le plus important pour lui. Il m'a toujours fait comprendre que je devais exprimer ma créativité et que, même si je sentais que je n'avais aucun talent, un jour, je finirais par trouver ma voie. Mon père m'a appris à ne jamais abandonner.

Et pourtant… je rebrousse chemin dès qu'il devient épineux.

Je ne crois pas aux changements, je ne crois pas au fait qu'on puisse changer qui on est. La preuve : j'ai attendu toute ma vie que ma mère change. Ce n'est jamais arrivé.

Pour moi, changer, ce n'est que révéler ce qui sommeille en nous depuis toujours. Je serai toujours la fille crédule, insouciante, qui rêve secrètement du prince charmant. Je serai toujours la fille paumée, qui a peur de se lancer.

Tout ce que je peux faire… c'est me détacher.

Sinon, mes démons me rongeront jusqu'aux os, et il ne restera rien de moi, à part mon cœur brisé par les coups d'un passé impitoyable et d'un amour à sens unique.

Assise en tailleur sur mon tapis, dans le salon, je m'amuse à fabriquer des marque-pages. Tout comme les livres, je les collectionne. J'en ai des tas, que je confectionne moi-même avec différents matériaux. C'est une activité qui m'apaise autant que la lecture.

Je ne pense pas être une grande peintre, mais je me débrouille. J'essaie de reproduire vaguement l'un de mes tableaux préférés de Van Gogh, celui des tournesols. J'aime beaucoup cette fleur, c'est un véritable rayon de soleil, au point que toutes les autres plantes paraissent ternes à côté.

Si on me demandait quelle fleur je serais dans un portrait chinois, je la citerais sans hésiter. En dépit des peines que je cumule, je veux rester souriante, je veux produire l'effet d'un rayon lumineux. Je veux éprouver exactement ce qu'évoque cette fleur à mes yeux.

J'aime créer des trucs. L'autre jour, j'ai réalisé une sorte de tableau à l'aide de tiges d'aluminium accrochées dans un cadre, comme un réseau de veines, et reliées à un cœur que j'ai tricoté.

Ça peut paraître bizarre, mais le rendu m'a plu. Je fais souvent des créations de ce style, juste pour moi. Thomas en a déjà aperçu mais il sait que ça m'embarrasse d'en parler.

Je peaufine mes fleurs d'un dernier coup de pinceau et je laisse sécher. Je finalise toujours mes marque-pages avec une citation. Généralement, elles viennent de mon cher Darcy, héros du grand classique *Orgueil et Préjugés* de Jane Austen. Mon livre préféré, assurément. Le reste est piqué à Heathcliff, des *Hauts de Hurlevent*, ou à des mafieux divers et variés figurant dans les romances contemporaines que je dévore.

Je partage sur Instagram mes dernières publications, ainsi que des vidéos de beau gosse pour montrer comment j'ai imaginé les personnages masculins de mes dernières lectures. Évidemment, pour amuser la galerie, j'entoure d'un cercle la partie qui nous intéresse toutes chez le mâle alpha. Je n'ai pas besoin de me cacher : mes abonnés savent pertinemment que j'ai un côté pervers ahurissant, qui leur arrache souvent des éclats de rire si j'en crois les émojis qu'elles m'envoient.

Des coups frappés à ma porte m'interrompent. Je me lève,

essuie mes mains encore un peu tachées de peinture jaune sur mon vieux haut gris déjà sale, et j'ouvre la porte.

Julia est devant moi.

L'air incertain, presque apeuré.

Je ne l'ai pas revue depuis le désastre du gala. Je pousse un long soupir et me décale pour la faire entrer. Je ne peux pas y échapper. Je dois assumer ce que j'ai dit. Je ne m'attendais pas à ce qu'elle vienne à moi mais c'est fait.

— Fallon, tu me manques et je veux t'aider, déclare-t-elle en se tournant vers moi.

Son teint pâle fait ressortir ses taches de rousseur. Son regard vert exprime une peine qui ne me laisse pas indifférente. Mon cœur se serre et je détourne les yeux puis passe une main dans mes cheveux.

— Ce que j'ai dit l'autre jour, je le pensais.

Nerveuse, je reste le dos tourné, incapable de la regarder, jusqu'à ce que je sente sa main s'accrocher à la mienne.

— Je sais, murmure-t-elle. Je le sais, Fallon. Et c'était mérité.

J'écarquille les yeux et me tourne vers elle.

— Tu es la personne la plus importante pour ton frère et pour moi. Nous retrouver lui et moi nous a fait oublier tout le reste. Tu venais de découvrir la vérité sur ta mère et les véritables raisons du décès de ton père... Tu as encaissé tant de choses... On n'a pas prêté suffisamment attention à toi.

J'ai l'impression d'être victime d'une hallucination auditive. Julia vient tout juste de me souffler tout ce que mes oreilles rêvaient d'entendre.

— J'ai dit des choses... horribles. Et là, tu me dis qu'il peut me pardonner ?

— On a essayé de te joindre plein de fois. Ça ne passait pas. On s'est dit que tu nous avais bloqués.

Je fronce les sourcils. C'est étrange. Je n'ai pas le souvenir de l'avoir fait.

— Fallon, pardonne-moi, je t'aime de tout mon cœur.

Bouleversée, je croise les bras et garde la tête baissée. Des larmes menacent de couler et je m'évertue à les retenir. Un faible sanglot m'échappe. Julia place ses bras autour de moi. Ma tête se cale au creux de son cou et je lui murmure *pardon* une dizaine de fois.

— Pardon, pardon, pardon… je ne voulais pas vous blesser, je parais tellement égoïste avec mes problèmes alors que vous avez une vie… Pardon… J'avais besoin de faire sortir ce que je pensais.

— C'est humain, Fallon. On a tous besoin de craquer, je suis heureuse que tu l'aies fait, que ça t'ait soulagée. On sera là…

J'ai si mal au cœur que je le sens battre dans mon ventre. Tout tremble au fond de moi. L'amertume dans mes veines semble s'atténuer et laisse place à une honte vorace.

— J'ai parfois l'impression que tu n'as plus besoin de moi… Tu as King, ton travail… Tu as tout ce dont une femme a besoin… Je ne vois pas ce que je peux t'offrir… Et tu t'es fait de nouvelles copines…

J'ai senti que je ne méritais plus ma place dans sa vie. J'ai senti que je pouvais être remplacée. Je… je ne suis rien.

— Fallon, tu es ma meilleure amie. Rien ni personne ne prendra ta place.

Ces paroles m'insufflent un espoir lénifiant, mais je ne peux m'empêcher d'être rongée par les voix dans ma tête.

— J'ai si peur d'être remplacée… oubliée…

— Par qui ?

— Toi, Jackson, Thomas… je ne suis pas comme vous, j'en suis très loin… Je me sens différente, mais pas dans le bon sens du terme.

Ma confession adoucit davantage les beaux traits de son visage. Julia pose ses mains sur mes joues et essuie tendrement les larmes qui perlent à mes yeux.

— Fallon, tu es inestimable pour nous. On sera toujours là pour t'aider. Mais il est temps que tu te ressaisisses. Tu te noies dans tes idées noires. Il faut que tu remontes à la surface.

Tu en vaux la peine. Tu dois ouvrir les yeux sur ce que tu es. Libère-toi, Fallon. Libère-toi de toutes ces chaînes.

J'essuie mes yeux humides et offre à ma meilleure amie un sourire sincère avant de la serrer dans mes bras.

— Merci, Julia.

Notre étreinte dure quelques secondes, sa main me caresse le dos et elle me murmure à quel point je suis exceptionnelle pour elle. Je suis profondément touchée, au point que je sens une force inhabituelle réchauffer mes membres refroidis.

— Par contre, ma belle, tu dois me parler de ce Troy.

— Je ne sais pas si ça va durer...

Je repense à mon rapprochement avec Thomas. Je ne veux pas jouer avec Troy, lui donner de faux espoirs alors que je prévois clairement de tourner autour de Thomas.

— Fallon, ce gars ressemble à Thomas comme deux gouttes d'eau. C'est un peu troublant. Tu ne t'en rends même pas compte, dit-elle en levant les mains.

Peu à peu, je laisse la réalité des choses m'apparaître.

— Je suis très attirée par lui, je n'avais pas ressenti ça depuis longtemps. Mais oui, c'est parce qu'il me fait penser à Thomas... Seulement, plus ça avance, plus je réalise qu'ils ne sont pas si semblables que ça...

— Pourquoi ? Je ne crois pas qu'il soit fan de ce côté de ma personnalité.

— Je pense que tu as simplement projeté sur lui ce que tu aimerais avoir avec Thomas.

— Tu crois ?

— Tu aimes Thomas, non ?

— Oui, je l'aime, mais je devais me faire à l'idée que nous n'aurions jamais d'histoire. Et Troy est arrivé. C'est quelqu'un de bien, je te le promets... C'est juste que...

— Il n'est pas Thomas, termine-t-elle en me prenant la main.

— Oui... il n'est pas Thomas, avoué-je en poussant un long soupir.

— Jackson m'a dit que tu comptais lui avouer tes sentiments, tu ne l'as pas fait ?

Je raconte alors à Julia ce qui est arrivé, l'origine de ma peine. Tout est parti de ce point, et tout le reste a été amplifié à cause de la distance que Thomas m'a imposée, avec ses déplacements et sa blonde décolorée.

— Une blonde, tu dis ? Jackson n'est pas au courant, fait-elle, les sourcils froncés.

— Tu sais, ils ne se disent pas tout, ce ne sont pas des fouineuses comme nous, lâché-je, amusée.

— Bon, j'avoue. Tu veux que je mène l'enquête ?

— Pas la peine. Il y a autre chose que je dois te dire.

Mon élan d'audace de la veille laisse Julia bouche bée.

— Fallon, je te l'ai dit mille fois, il est fou amoureux de toi.

Certes, dès l'instant où Julia m'a aperçue avec Thomas la première fois, elle m'a demandé si on était ensemble.

— Alors pourquoi il ne fait rien ?!

— Je me le demande... Je ne veux pas te blesser en disant ça, mais parfois, être amoureux ou avoir des sentiments ne signifie pas forcément vouloir être avec une personne. Il t'aime, c'est clair. Peut-être qu'il sent que ce n'est pas le moment.

— Ou bien... il ne veut tout simplement pas de moi.

— Si j'étais toi, j'écarterais cette hypothèse. Ça fait quinze ans qu'il est à tes côtés. S'il en avait marre, il ne serait pas aussi dévoué.

Quinze ans... Autant d'années qu'il me supporte et il n'est jamais parti.

— Je vais le faire craquer, Julia.

— Pardon ?

— Je vais lui faire cracher le morceau. Notre relation n'est pas normale, elle ne l'a jamais été. Je veux en avoir le cœur net.

— Tu comptes le faire craquer comment ?

— En usant du don que Dieu m'a fait, dis-je en prenant une voix séductrice et en me déhanchant. Je suis une femme, il n'est qu'un homme. Les hommes sont bêtes quand il est question de relations et ils se montrent faibles devant quelques courbes. Je vais en profiter.

Julia explose de rire devant ma fausse assurance. Évidemment que Thomas n'est pas qu'un homme. Il est L'Homme. Sa carapace est ce qu'il y a de plus solide. Le faire quitter sa réserve ne sera pas une mince affaire. Mais je veux savoir. Je veux le fin mot de cette histoire.

De notre histoire.

Celle qui n'a jamais commencé.

Et qui, j'espère, ne connaîtra jamais de fin.

14
Piqûre de rappel

Thomas

Je suis au Texas.

Avec tous mes flash-back, des coups de feu font office d'acouphènes quand j'ai mal à la tête. Je suis constamment replongé dans des souvenirs d'enfance qui me hantent. Je revois de plus en plus la silhouette du jeune garçon aux yeux ambrés. Il m'appelle et me somme de me réveiller à chaque fois.

Ma logique a suivi un cheminement précis : je viens probablement d'un endroit où règnent la criminalité et la corruption. Je n'étais peut-être ni recherché ni séquestré, mais seulement exploité. Je ne conserve pas l'espoir crédule de provenir d'une famille aimante qui m'aurait perdu de vue pendant des années. Ces scénarios, on ne les voit qu'à la télé. J'ai toujours senti que j'étais lié à la misère. Peut-être le Texas ? J'ai décidé de m'y rendre pour voir ce que ça éveille en moi.

Pour être franc, je suis heureux de m'éloigner de New York. Je suis aussi là pour calmer mes ardeurs. Fallon m'a complètement allumé avec des propos plus qu'obscènes et putain, c'était tellement excitant ! Je suis hanté autant par mes souvenirs d'enfance que par la douceur de ses lèvres sur ma peau.

Putain de merde.

J'aurais dû la repousser. Mais mon corps refusait de coopérer avec ma raison. Mon corps désire tellement plus.

Tu finiras par craquer, Thomas. Tu pourras essayer de te retenir autant que tu veux, j'aurai ce que je veux.

Repenser à cette scène fait affluer le sang vers le centre de mon anatomie. Son feu intérieur était ardent, je l'ai vu crépiter au fond de ses iris. Sous moi, je l'ai sentie se raviver. Comme si elle était une flaque de kérosène et moi, l'allumette qui lui tombait dessus.

Mes pieds foulent le bitume tandis que mes pensées s'entrechoquent dans ma tête. Je suis tiraillé entre la joie que me procure son visage et la confusion que ces souvenirs flous provoquent en moi. Cette quête est tellement importante ! Je veux des réponses. Je ne serai jamais tranquille tant que je ne saurai pas qui je suis.

Qui je suis.

Vernon me bombarde de textos, me sommant de lâcher prise, de vivre au présent plutôt qu'au passé. Impossible. Je ne peux pas me détacher du sentiment d'être incomplet, même si la recherche de mes origines est nébuleuse.

Je ne sais pas à quoi m'attendre. Si mon subconscient s'est évertué à supprimer les douze premières années de ma vie, il doit y avoir une raison.

Pour Vernon, il y a des secrets qu'il est préférable de ne jamais déterrer. Ce n'est pas mon cas. Je suis prêt à faire couler le sang pour tout savoir.

Jackson ignore que je suis ici. À mesure que les souvenirs resurgissaient, je me suis isolé. Je supporte de moins en moins cette gêne au fond de mon ventre. Cette sensation qui me donne la nausée.

Mon côté rationnel a peut-être l'ascendant mais je ne néglige pas mes émotions. J'ai toujours su ce que je ressentais. Fallon m'a appris à mettre des mots sur ce que je pouvais éprouver.

Elle ne le sait pas, mais c'est elle qui m'a appris à donner un sens à tout ce qui me traverse.

— Tiens, Thomas.

Fallon a douze ans, elle me tend un carnet noir où il est marqué en blanc Life Note de Thomas. *Je me retiens de rire devant ce clin d'œil à* Death Note, *un animé sorti il n'y a pas longtemps. J'en suis très fan et je lui en parle souvent.*

— Tu m'offres un Life Note pour redonner la vie à qui, princesse ?

Je m'assieds en tailleur sur le sol de sa chambre et elle m'imite en prenant place juste en face de moi.

— Non, je veux que tu te donnes vie à toi. Je veux que tu écrives tout ce que tu ressens, toutes les choses que tu gardes en toi.

J'écarquille les yeux et les baisse vers le présent que je tiens entre mes mains.

— Moi, je t'aime, je veux que tu sois heureux.

Ses paroles font exploser mon cœur, c'est la première fois de ma vie qu'on me dit qu'on m'aime. Et c'est l'être le plus pur que je connaisse qui me l'avoue.

— Tu m'aimes ? Mais pourquoi ?

— Est-ce qu'il doit y avoir une raison ? demande-t-elle en penchant sa tête sur le côté.

— Oui, il y a toujours une raison, c'est le principe de la vie.

— Moi, mon principe, c'est que je suis ce que me dicte mon cœur. Mon cœur me dit que je peux te faire confiance, que je peux tout te dire, et mon cœur t'aime, c'est aussi simple que ça.

Je baisse la tête de nouveau et fixe la couverture. J'ai envie de sourire.

— Tu ressens quoi quand tu es avec moi ? demandé-je doucement. J'aimerais savoir… Je me sens de trop ici, mais je n'ose pas dire non à ton père et à Jackson. Je ne sais pas ce que je peux représenter pour les autres et ça me fait douter de tout…

— Je suis heureuse, je suis heureuse quand tu es là, Thomas, et je me sens seule quand tu n'es plus là.

Mes yeux se posent sur cette enfant qui ne se rend pas compte de la valeur de ses paroles et de l'effet qu'elles exercent sur moi. Je n'ai jamais été désiré par qui que ce soit, je suis partagé entre l'orphelinat et la nouvelle maison de mon meilleur ami où je fais office de second choix, et cette petite de douze ans avec ses pupilles ambrées me regarde d'une façon dont j'ai secrètement rêvé toute ma vie.

Je ne pensais pas qu'une chose pareille pouvait à ce point compter pour moi. Mon cœur bat la chamade. Je le sens battre si fort ; je me sens vivant.

Vivre. Je veux vivre en éprouvant encore et encore ce sentiment.

Nos vies n'ont de sens qu'à travers le regard des autres.

Fallon.

J'ai cette femme dans la peau. Si mes cellules pouvaient parler, elles crieraient inlassablement son nom. Fallon a pansé toutes les plaies de mon cœur, a embrassé toutes mes cicatrices et a éveillé en moi la fureur de vivre. Elle a donné un sens à la vie du gamin paumé que j'étais.

Ce tendre souvenir remonte à bien longtemps et je continue aujourd'hui à me sentir vivant à travers ses yeux. Je sors le fameux carnet noir de la poche intérieure de mon manteau. Le Life Note de Thomas. Je ne l'ai toujours pas terminé, en quinze ans. Il reste quelques pages blanches. Je le noircis de temps à autre, comme un hommage aux mots que Fallon meurt d'envie d'entendre de ma bouche. Tous ces maux qui me privent de ma voix devant elle sont inscrits à l'encre noire.

Je l'emporte partout, un peu comme Light Yagami, sauf que je ne cherche pas à tuer qui que ce soit mais plutôt à étouffer sainement mes idées noires.

À Houston, rien ne me parle. J'ai fait le tour de la ville, comme si à tout moment j'allais trouver une réponse. Tout ça est risible. Je ne sais même pas ce que je cherche.

La nuit commence à tomber. Avant de rentrer à mon hôtel, je m'arrête dans un bar. Mon corps réclame l'ivresse comme un remède.

— Un whisky, s'il vous plaît.

Le barman est un homme d'une cinquantaine d'années, assez musclé pour son âge. Il me sourit et m'offre une tournée. Ce n'est qu'au troisième verre qu'il se poste devant moi.

— Dure journée ?

— Plutôt une journée vide.

Aussi vide que moi.

— Ça ira mieux demain, ne t'en fais pas, mon garçon.

— Pourquoi on part du principe que ça ira toujours mieux demain ?

— Je l'ignore. Je me donne une nouvelle chance d'être meilleur à chaque fois que je me réveille, car j'ai la chance de me réveiller.

— Et si je ne me réveille pas demain ? Comment ça pourra aller mieux ?

— Ça ira mieux, parce que justement tu seras debout, ce qui t'attriste ne t'a pas encore abattu.

Il passe une main dans ses cheveux bruns parsemés de mèches grises et me lance un sourire. Il se sert un verre puis trinque avec moi.

— Aux nouvelles chances que la vie nous offre.

J'acquiesce et bois une gorgée. J'examine mon verre et la nuance ambrée du liquide. Les yeux de Fallon ont cette couleur. La couleur qui me plonge dans l'ivresse. C'est peut-être pour ça que je bois autant, parce que tout revient à elle. Mais ce qui est le plus étrange, c'est que dans mes rêves chaotiques, je vois aussi un jeune homme qui a sûrement dû compter pour moi.

Dans le bar, une bande de bikers fait son entrée en renversant des chaises sur son passage. Des cris de surprise résonnent et une agitation craintive fait trembler le plancher.

— David ! Tu nous as dénoncés, sale fils de pute.

Je fronce les sourcils et remarque que celui qui parle remonte les manches de sa veste en cuir noir. C'est un mec qui ne doit pas avoir trente ans. Il a la dégaine très cliché du motard ivrogne prêt à dévergonder d'innocentes jeunes filles.

— On va s'occuper de toi, et après on ira rendre visite à ta putain de femme.

La plupart des clients du bar s'enfuient en trombe. Certains courageux restent pour suivre la scène d'un œil mauvais. Le gérant, David, s'écarte du bar et s'approche du chef des bikers.

— Sors de chez moi, Chester.

Le dénommé Chester explose de rire avant de se retourner vers sa bande.

— Vous l'avez entendu ?

Mes yeux sont rivés sur les mains de ce dernier. Je le vois tirer de sa ceinture un couteau suisse. Je saute de ma chaise et pousse David si fort qu'il tombe au sol. J'attrape le bras de l'assaillant et lui envoie un coup de poing dans la face.

— T'es qui, toi ? P'tit merdeux.

Je reprends mon souffle et serre les poings, mes jointures deviennent blanches. Ma mâchoire se contracte et je me retrouve entouré par cinq mecs aussi bien bâtis que moi.

— Occupez-vous de lui.

Je reçois un coup en plein dans la jugulaire. Impossible de riposter : on m'immobilise par-derrière et je finis au sol. On me bombarde de coups de pied et mon corps suit le mouvement de chaque attaque. Je suis écrasé dans tous les sens.

— *Thomas, réveille-toi.*

J'ai mal.

Partout.

La douleur traverse mon corps. Je me sens tanguer dans tous les sens. Mes yeux finissent par s'ouvrir. L'endroit est très sombre et je commence à distinguer des voix. Je me redresse sur mes coudes et croise le regard d'enfants de mon âge. Ils sont contre le mur, l'air totalement apeuré.

— *Thomas... je suis si heureux de te voir !*

Je me retourne et reconnais un visage familier.

— *Lukas ? On... on est où ?*

Ses yeux ambrés me scrutent avec une peine évidente. Je m'approche de lui et pose la tête contre son torse, comme si ma présence pouvait lui remonter le moral. Lukas me serre dans ses bras et même si mes blessures me brûlent encore, je me sens apaisé. Être avec Lukas est tout ce qui compte pour moi.

— Ils nous ont attrapés… ils nous ont tous attrapés.

Je me lève d'un bond et je regarde autour de moi. Le sol tangue de plus en plus, comme si… comme si je naviguais.

— On est en mer ?

— Oui… je ne sais pas où ils nous emmènent.

— Alen ? Daniel ? Où sont-ils ?

— A… Alen est mort… Daniel, je ne sais pas.

Nerveusement, je me frotte le visage et me laisse retomber par terre. Que va-t-on devenir ? Personne ne saura jamais où je suis, personne ne saura que j'ai existé. Personne ne m'attend.

Personne ne m'attend.

Personne ne m'attend.

Je me souviens.

15

Illusions rompues

Thomas

Personne ne m'attend. Personne ne m'attend chez moi. Parce que je n'ai jamais eu de chez moi.

Mes yeux s'ouvrent et la lumière m'aveugle. Je détourne la tête et sens un tissu me frotter le front.

— Thomas, vous allez bien ? demande une voix féminine que je ne connais pas.

Mon regard se perd dans le vide, mon esprit chargé de vieux souvenirs, de vieilles émotions. J'éprouve à nouveau tout ce que mon moi enfant a pu éprouver. Cet enfant que j'ai laissé errer dans ma mémoire comme si c'était quelqu'un d'autre.

— J'ai mal, balbutié-je.

Mon être se reconnecte peu à peu à mon corps. La douleur des coups reçus me frappe de plein fouet. Lancinante, elle perfore toutes les zones de ma peau. Mes côtes me brûlent. Je crains que le moindre mouvement me fasse hurler.

Je reconnais la voix de David. Je le cherche du regard. Il s'approche de moi et s'installe à côté de la femme qui éponge mon front.

— Où je suis ?

— Chez moi. Je te présente ma femme, Phoebe. Tu t'es pris une sale dérouillée mais les types du bar sont intervenus. Je t'ai ramené ici pour qu'on s'occupe de toi. Merci, tu m'as sauvé la vie.

Sa voix est pleine de reconnaissance, je sens son émotion.

— Ce n'est rien, dis-je en haussant les épaules.

J'oscille entre la léthargie et l'éveil. Mon esprit divague, perdu quelque part dans une mémoire qui prend un malin plaisir à se jouer de moi. Je ne ressens plus les ecchymoses, plus rien si ce n'est ce ressac qui sévit dans mon crâne.

C'est ça, la vérité ?

Cette gamme d'émotions sombres dans mes veines absorbe toutes les parcelles d'énergie qui auraient pu me rester. Mon essence est totalement pompée. Je suis au fond du trou.

— Il a besoin de manger. J'ai l'impression qu'il peut perdre connaissance à tout moment.

La voix de Phoebe est un bruit de fond.

— *Fuis, Thomas ! Je te protège !*

Perdu. Je suis complètement perdu. Qui suis-je ? D'où je viens ? Pourquoi tout me revient maintenant ? Je dois risquer ma vie pour éveiller mon enfant intérieur. J'ai sauté d'un bâtiment, j'ai été tabassé : pourquoi est-ce que les souvenirs reviennent chaque fois que je frôle la mort ?

— Tu sembles tracassé, mon garçon.

J'entrouvre la bouche mais aucun son ne sort. Ma main se pose sur mon front et je ferme les yeux.

— *Thomas ! Pars ! Ne te retourne pas !*

— Fiston, reste avec moi. Tu es encore trop jeune pour quitter ce monde.

Une pression sur mon épaule. Je lève les yeux vers David. Sa main descend jusqu'à mon cœur où il pose le poing.

— Tu es encore là, ne laisse pas tes démons t'envahir.

Ce n'est que maintenant que je remarque que je suis torse nu. Ma peau est parsemée d'hématomes.

— Merci, dis-je simplement.

— Tu as de drôle de tatouages, lâche-t-il, amusé, les bras croisés.

David parle pour m'empêcher de plonger davantage. Il ne me réclame aucune explication.

— Ils sont spéciaux.

— Celui sur ton cou signifie quoi ?

— C'est une marque maudite, en hommage à mon œuvre préférée. Un manga que je lis depuis des années. *Berserk*.

— Et le second ? Je le trouve très contradictoire avec celui dont tu viens de parler. Une couronne au niveau de ton cœur... Je suis certain qu'il est lié à quelqu'un.

— En effet...

Je n'ai jamais parlé de ce tatouage à qui que ce soit. Je le porte comme un secret.

— Et si tu me racontais ?

David veut me faire parler, ce n'est pas de la curiosité mal placée, je le sais. C'est par pure bonté et surtout pour me maintenir conscient. J'ignore si c'est le désespoir qui délie ma langue, mais je ressens une urgence à parler de ça, pour me forcer à songer à autre chose qu'à la vérité qui vient de me frapper.

— Plus jeune, je n'ai jamais été doué pour comprendre ce que je ressentais, au point où je me disais que j'étais peut-être sans cœur... J'ai rencontré une fille qui, pour je ne sais quelle raison, pose sans arrêt sa main sur mon cœur, comme pour me rappeler que j'en ai un et qu'il bat, qu'il mérite de battre encore. Ça peut paraître risible, mais pour moi ça signifie beaucoup. À ses côtés, je me sens exister. Surtout, je sens que je le mérite.

Fallon rend plus supportables les souffrances silencieuses de mon âme. Son amour m'envahit et chasse la tristesse de l'enfant qui habite en moi.

— C'est parce qu'elle te touche toujours à cet endroit que tu as fait ce tatouage ?

— Je la surnomme *princesse*, c'est la raison de la couronne.

Si mon cœur était un royaume, Fallon en serait la souveraine.

— C'est une histoire touchante. C'est ta copine ?

— Non... nous n'avons jamais été ensemble.

— Pourquoi ça ? Tu sembles l'aimer depuis toujours.

— C'est le cas, mais... c'est compliqué.

— N'as-tu donc pas peur qu'un homme chanceux te la prenne ? me demande-t-il, l'air surpris.

— J'ai arrêté de compter les mecs qui ont voulu essayer avec elle, mais je ne peux m'empêcher de penser que je n'ai pas la capacité de lui offrir ce qu'elle attend d'un homme, réponds-je sur un ton las.

— Pourquoi ça ?

— Je ne peux pas lui donner ce qu'elle souhaite. Je ne veux pas me marier, encore moins avoir d'enfants, je ne veux rien de tout ça. Il y a plein d'autres raisons qui font que ça ne marcherait pas.

— Comment tu peux savoir ce qu'elle souhaite ?

— Je la connais par cœur.

Par âme.

Et je ne rêve que de la connaître par corps.

— Tu l'aimes mais ce n'est peut-être pas le bon moment pour vous.

— Le bon moment ?

— Parfois, la personne faite pour nous est sous nos yeux depuis le début, mais le destin prend un malin plaisir à retarder l'inévitable. Le bon moment n'est pas venu pour vous.

— Elle est avec quelqu'un d'autre.

— Crois-moi, une femme amoureuse revient toujours, même si elle essaie de t'oublier avec un autre. Ça ne marche jamais, ce genre d'entourloupe. Rien ne sert de fuir ce qu'on ressent. Si on ne le confronte pas, tout finit par revenir.

— Et si, dans l'histoire, c'était moi qui fuyais ?

— Eh bien, la vie te rappellera à l'ordre. Le temps n'estompe pas nos chagrins, il nous apprend juste à les accepter. Si tu ne réagis pas au bon moment, tu pourrais la perdre. Et ça, mon garçon, tu le regretteras toute ta vie, s'exclame-t-il en me regardant avec compassion.

— Tu parles en connaissance de cause, on dirait. Pourtant, tu as ta femme avec toi.

David esquisse un sourire en coin.

— J'ai eu ton âge et j'ai fait beaucoup d'erreurs, moi aussi.

Je pousse un long soupir et pose la main sur mon torse. Mes émotions débordent et je ne comprends plus rien. Je ne sais pas quoi faire de tous ces souvenirs. Ça ne mène à rien, et pourtant rien ne m'a jamais semblé aussi réel.

Je ne suis pas d'ici.

J'ai traversé tout un océan.

J'ai été piégé dans un réseau de trafic d'enfants.

Voilà la vérité.

J'ai pu m'enfuir, j'ignore ce qui s'est passé, mais Vernon m'a trouvé et c'est là que ma vie a débuté.

Une nouvelle vie, après l'enfer.

Je suis revenu des enfers. J'étais seul au monde. Au début de cette enquête, j'espérais trouver une explication à ma solitude permanente. Je me disais que j'avais peut-être vécu la première partie de ma vie dans un parfait amour familial et que tout m'avait été arraché pour rétablir un équilibre. Mais plus ma quête avançait, plus je m'éloignais de cette idée. L'espoir s'est évaporé, laissant place à la soif de réponse.

Les espérances sont faites pour être brisées, tout comme les illusions. Je n'ai jamais vécu en rêvant. Je me suis toujours dit que si je voulais quelque chose, je devais travailler avec acharnement pour l'avoir.

Je ne crois pas en la chance du débutant, encore moins à l'aide du destin pour remonter la pente. J'ai toujours été livré à moi-même, scellant au fond de moi, comme un mauvais sort, toute cette rancœur et cette haine.

Mensonge. Mensonge. Mensonge.

Ma haine vient de quelque part. Elle vient de cet enfant abandonné. Aucune attache, aucune identité.

Lyna Reys

J'ai un cœur d'enfant, dans le corps d'un adulte. Je le sens battre, hurler sa peine. Léonie et Vernon ont raison... je ne suis pas prêt à faire face à cette réalité.

Je me sens vaciller entre folie et désarroi, ma lucidité s'effrite. Tout ce que je veux, c'est maudire à mon tour le sort qu'on m'a fait.

Toute ambition a un prix, la mienne m'a mené à ma destruction.

16

Réalité difficile

Fallon

Ce que je fais est mal.

Troy m'embrasse le cou tandis que je mélange la pâte à gâteau, dans ma cuisine. Mon esprit est ailleurs, il gravite dans une constellation pleine d'idées, des plus claires aux plus sombres.

— Tu sens bon.

— On ne peut pas en dire autant de toi.

La blague est peut-être rude mais elle me fait sourire. Troy se détache de moi et pousse un long soupir.

— Tes petites piques ne sont pas très drôles, ma belle.

Je roule des yeux et continue mon mélange. Troy peut se montrer marrant quand il veut mais, parfois, il change du tout au tout.

— Tu ne les trouves jamais drôles, marmonné-je en me tournant vers lui, les bras croisés.

Il arbore un air confiant puis enfonce les mains dans ses poches.

— Ce n'est pas ta qualité première.

— Mon père me trouvait très marrante, dis-je en haussant les épaules.

— Quel père ne dirait pas une chose à sa fille pour lui faire plaisir ?

— Il était très honnête.

— Ton père était ton héros, je le vois dans tes yeux.

Mes épaules s'affaissent. Parler de lui me gêne toujours, à part avec Thomas.

— J'aimerais être ton nouveau héros.

Je mesure les implications de cette réponse mais cela ne me procure aucune émotion. Je suis indifférente.

Plus je le regarde, plus je me rends compte que Julia a raison. De loin, on pourrait le confondre avec Thomas. Seulement… Thomas est mille fois plus beau que lui.

— Troy… je… je crois que je ne suis pas prête pour une relation, dis-je subitement.

Il s'écarte d'un pas et ne répond pas, attendant la suite.

— Je n'ai pas envie de me refaire la poitrine. Mes raisons ne sont pas bonnes et je crois que je suis bien trop amochée intérieurement pour foutre le bazar dans ta vie.

Je me montre honnête, je ne veux pas lui mentir.

— Donc, non seulement tu me largues, mais en plus tu m'as fait perdre du temps au travail.

Aïe… je me sens un peu mal à cet instant. Je n'ai pas envie de le blesser mais la lueur que je décèle dans son regard accentue ma culpabilité.

— Je t'assure que je voulais que ça marche, j'ai vraiment flashé sur toi… mais…

— Tu penses à un autre.

Troy n'est pas bête. Il sait qui est l'autre homme. Il sait que la bataille était perdue d'avance. Il sait que je suis instable émotionnellement et que je souffle le chaud et le froid avec Thomas.

— Très bien, Fallon. Au moins, tu auras été honnête.

— Je te promets que ce n'est pas contre toi… Tu es vraiment génial mais je pense qu'on n'est pas sur la même longueur d'onde. Je ne suis pas la femme qu'il te faut.

Troy baisse légèrement la tête et un rictus narquois fend ses lèvres. Une sorte de rictus qui me met mal à l'aise, comme s'il avait une longueur d'avance sur moi.

— Je pense que je sais ce qu'il me faut. Pour moi, il n'y a pas de doute : c'est toi qui te berces d'illusions.

— Qu'est-ce que tu veux dire ?

Ces propos expriment mes pires craintes, j'attends qu'il développe, le ventre crispé.

— Tu t'accroches au passé sans arrêt, alors que je pourrais t'offrir un avenir confortable.

— Un avenir confortable ? Je ne suis pas sur la paille, réponds-je, agacée.

— Il faudra bien que tu trouves ta voie un jour. L'argent de ton héritage ne va pas durer toute ta vie.

— J'ai les mêmes revenus que mon frère.

— Tu dépends de lui, Fallon. Personne n'acceptera ça : l'un qui fait tout le travail pendant que l'autre se tourne les pouces. Et à ce que je vois, tu es en conflit permanent avec lui, avec plein de non-dits et une jalousie mal placée.

— Il ne le fait pas contre son gré ! Et on finira par s'expliquer, lui et moi !

Troy hausse les épaules et lève les deux mains comme s'il ne disait rien de grave.

— Si ça te plaît de rester sous la coupe de ton frère et de son ami, à ta guise. Avec moi, tu aurais été détachée de tout ça. Tu aurais été heureuse. Personne ne t'aurait aimée et respectée comme moi. À chercher l'inaccessible, tu vas juste te briser le cœur.

Troy enflamme mes incertitudes et les renforce à la fois. Je n'ai plus rien à lui dire. Je lui demande de s'en aller. Je ne veux pas aller sur ce terrain-là. Ces phrases sont blessantes et je refuse de les laisser s'infiltrer dans mes neurones.

— Tu as fait ton choix, Fallon. Pas le meilleur, mais tu finiras par ouvrir les yeux. Je te laisse du temps pour ça.

— Comment ça ?

— Tu te rendras compte que ce n'est pas un hasard si tu as débarqué chez moi. J'ai été le seul à te donner la chaleur que tu voulais, le seul à voir ta détresse. Quand tu comprendras que personne d'autre que moi ne pourra t'offrir ça, tu reviendras.

Sur ces dernières paroles, il claque la porte derrière lui. Je me sens plus légère mais l'appréhension m'envahit. J'ai un mauvais pressentiment. Son départ laisse quelque chose d'amer au fond de moi, il semblait différent... de d'habitude. Je ne saurais définir l'éclat que j'ai perçu dans son regard. Une folie indescriptible. Je chasse ces pensées avant qu'elles prennent trop de place. C'est bien que ce soit terminé avec Troy. C'est mieux comme ça. Pour lui et surtout pour moi.

— Fallon, tu nous entends ?

Je sors de ma léthargie. Je m'étais perdue dans mes pensées tandis que Kat et Alia cancanent sur une autrice qui ne les a pas invitées à la soirée de lancement de son livre.

— De toute façon, son nouveau bouquin ne marchera pas, cette fantasy, c'est du vu et du revu. En plus, la couverture n'est vraiment pas terrible, déclare Kat en sirotant sa boisson.

Je roule des yeux. Je n'arrive plus à faire semblant avec elles. Plus le temps passe, plus je me rapproche de mon seuil de tolérance. J'ai l'impression que ça fait des mois que je me contiens auprès d'elles. Je repense sans cesse aux choses désagréables qu'elles ont sorties à mon sujet.

Je me suis toujours pliée en quatre pour plaire à tout le monde, mais je me rends compte que cela signifie en fait plaire à n'importe qui. Que je sois présente ou pas, cela ne changera rien et l'admettre me fait d'autant plus mal.

— Moi, je suis invitée, dis-je en coinçant ma paille entre mes lèvres.

Les deux me fusillent du regard, choquées que j'aie un tel honneur et pas elles.

— Pardon ? Pourquoi elle t'a invité et pas nous ? m'interroge Alia, l'air rembruni.

— Peut-être parce que je fais des retours sur ses livres et que j'apprécie beaucoup son univers, réponds-je en haussant les épaules.

— Tu comptes y aller ?

— Bien sûr, pourquoi je n'irais pas ?

— Par solidarité envers nous.

— Pardon ? Si les rôles étaient inversés, vous seriez parties sans m'en parler. Et puis je croyais que ça vous arrangeait. Depuis qu'on est là, vous ne faites que cracher sur elle, leur rappelé-je, estomaquée par leur culot.

— De toute manière, y a d'autres soirées bien mieux que celle-ci. Ce n'est pas non plus la plus grande des maisons d'édition qui l'organise, dit Kat en faisant comme si elle s'en fichait, alors que ce n'est absolument pas le cas.

— Je t'en prie ! Les livres, à la base, ce n'était que du plaisir, et maintenant c'est devenu une usine à produire toujours plus d'images de vous. Si vous voulez participer à ces événements, c'est juste pour paraître. Et faire semblant de vous entendre avec tout le monde alors que vous ne pouvez blairer personne.

Mes mots sont sortis sans aucun contrôle, exprimant le fond de la pensée que j'ensevelis depuis si longtemps.

— Tu parles comme si tu étais une sainte !

— Par pitié ! Je suis cordiale, évidemment, mais ma passion principale, c'est la lecture, pas faire mine d'avoir lu cent bouquins dans la semaine. Vous n'avez pas été invitées à la soirée tout simplement parce que l'autrice ne voulait pas de vous et c'est son droit.

— Fallon, tu es infecte aujourd'hui. Troy t'a mal baisée ou quoi ? lance Kat pour me piquer.

— C'est fini, lui et moi, il n'a rien à voir là-dedans.

— Visiblement, tu retiens ton venin depuis longtemps.

Leur tentative de retourner la situation ne fonctionne pas, mais je dois avouer que, l'espace d'un instant, une pointe de culpabilité m'a saisie. Je choisis toujours le mauvais moment pour dire ce que je pense. J'attends d'être au bord de l'explosion, et il suffit d'un petit truc pour que je laisse échapper les vérités les plus crues.

— Au moins, je te le crache en face, rétorqué-je en me levant et en frappant la table de mes deux mains.

J'attrape mon sac et sors du café sans me retourner. J'ai dû beaucoup les surprendre avec cette agressivité. Je suis complètement blasée. Leurs propos m'ont enragée et… l'absence de Thomas me frustre. Il n'est pas rentré. Cela fait trois jours que je ne l'ai pas vu, depuis que je lui ai sauté dessus.

Peut-être qu'il me fuit… Non ! Je reste persuadée que deux aimants sont logés dans nos cœurs. Peu importe la distance, nous nous retrouverons.

— Fallon !

Je me retourne et reconnais devant moi Michael Fox, le sans-abri rencontré quelques mois plus tôt.

— Oh, monsieur Fox ! dis-je en souriant.

— Vous vous rappelez mon nom ?

Il paraît étonné et porte la main à son cœur.

Il semble différent, plus propre sur lui. Son visage a l'air moins fatigué aussi, plus plein.

— Évidemment, comment allez-vous ?

— Je vais bien, j'espérais tomber sur vous un jour, pour vous remercier.

— Comment ça ?

— Un de vos amis m'a aidé à trouver du travail. Il m'a logé et nourri. À présent, je réalise la paperasse d'un commissariat, sous la direction de Vernon Carter. Votre ami m'a sauvé, et vous aussi.

Vernon est un père lointain aux yeux de Thomas, sans lien de sang. Je n'arrive pas à y croire.

— Thomas… vous a aidé ? Quand ça ?

— Cela remonte à un petit moment, il m'a aidé à remonter

la pente et Vernon a suivi en me prenant sous son aile. Tout ça, c'est grâce à vous, vous êtes ma bonne fée.

Son sourire chaleureux efface l'aigreur que mes anciennes copines ont éveillée en moi.

— Je n'ai rien fait... Tout le mérite leur revient.

— Vous m'avez souhaité du bien. Je suis croyant. Votre souhait a été entendu comme une prière. Sans vous sur mon chemin, rien de tout cela ne se serait produit. Alors merci, Fallon, me dit-il en posant sa main sur son cœur.

Je me sens bien, terriblement bien parce qu'un homme comme lui a pu quitter les méandres de son ancienne vie.

— Je suis très heureuse pour vous, monsieur Fox, réponds-je avec joie.

— Laissez-moi vous offrir un café, c'est la moindre des choses.

— Avec plaisir.

Ma petite escapade avec M. Fox a été très agréable. Il s'est montré poli, avenant, j'ai presque eu l'impression de retrouver mon père. Ils ne se ressemblent pas physiquement. Michael est plus menu et un peu plus petit. Il est plus abîmé aussi. C'est plutôt dans leur façon de parler, dans la sérénité qu'ils dégagent en toute circonstance qu'ils s'apparentent. Une franchise que l'on décèle au premier regard.

Cette vague de nostalgie me plonge dans une douce mélancolie. Pas de celles qui arrachent des larmes silencieuses, plus une brise caressant ma peau, comme si une présence, celle de mon père, tournait autour de moi. Comme s'il ne m'avait jamais quittée.

Si le diable te force à ressasser le passé, c'est qu'il y a quelque chose dans le futur qu'il ne veut pas que tu voies.

J'ai l'impression que ce n'est qu'aujourd'hui que je comprends cet adage. J'ai toujours été obnubilée par mon apparence à cause de ma mère. Je me suis vue à travers son regard, je vivais à travers elle.

Pas assez belle.

Pas assez intelligente.

Pas assez débrouillarde.

Pas assez. Pas assez. Pas assez.

Mais la personne qu'elle pensait connaître ne faisait que répondre à ses attentes à elle. Je ne me suis jamais définie par moi-même. Je n'ai jamais été moi.

Monica m'a brisée en mille morceaux. J'entreprends à peine le projet de les recoller, et je vais avoir besoin de beaucoup de glue pour me reconstruire. J'avance à tout petits pas, honteuse de mon retard dans la vie, luttant contre le sentiment d'être une incapable, découragée. Et plus j'y pense, plus je sens qu'un processus est à l'œuvre en moi. Une rage croissante qui pourrait consumer le monde. Une revanche sur la vie. Thomas m'a toujours dit que je n'étais pas qu'une apparence, mais bien plus. Je veux découvrir ce que peut représenter ce « plus ». Ma rancœur et ma haine silencieuses n'ont été qu'un refuge pour ne pas affronter mes souffrances. Je veux me libérer de mes chaînes, de ce poids qui me brise le dos, de cette emprise maternelle. Je veux recoller les morceaux de mon cœur brisé. Je veux cette rédemption qui me semble si lointaine.

La convoiter reviendrait à me fixer un objectif. Et cela fait si longtemps que je n'ai pas fait ça. Pour la première fois, je sens que cela ne dépend que de moi.

Pour une fois, je sens que je peux me protéger.

De grosses gouttes se mettent à tomber du ciel. J'accélère le pas. Je suis à deux rues de chez moi. Je cours aussi vite que je peux, manquant presque de tomber.

Bon. Je tombe. Évidemment.

Je me suis cassé la gueule devant ma résidence. Le choc sur les fesses a été violent. Je gémis de douleur tandis que la pluie continue de s'abattre sur moi. Mes vêtements sont totalement trempés, je rouspète toute seule et m'évertue à me lever mais je trébuche une nouvelle fois.

— Putain !

Toujours à terre, je lève la tête vers le ciel, avec la sensation de l'eau sur mon visage. Le murmure des clapotis sur le sol me rend euphorique. J'ouvre ma paume pour accueillir la douce caresse de la pluie.

— Au point où j'en suis...

Je reste quelques minutes sur les marches, frôlant sûrement la pneumonie, mais peu importe. Les gouttelettes glissent sur mon visage, à la place des larmes que je ne parviens pas à verser.

— Papa, je ferai des efforts.

Un long soupir sort de ma bouche, accompagné d'une fine buée. Mes cheveux sont en train de boucler et l'eau s'infiltre presque dans mes os. Je me redresse et me décide enfin à rentrer avant de vraiment tomber malade.

Dos à la rue, je me concentre pour taper le code. Je suis tellement étourdie qu'il m'arrive encore de me tromper, après toutes ces années. Alertée par un bruit de pas derrière moi, je regarde par-dessus mon épaule et croise les yeux azur de Thomas.

... ou plutôt d'une version de Thomas que je ne connais pas.

17
Un océan de secrets

Fallon

Le regard vide, le teint hâve. On dirait qu'il revient d'un champ de bataille, que la guerre a défilé devant ses yeux, aspirant toutes ses forces. Thomas passe devant moi sans piper mot. Que veut-dire cette indifférence ? Mon estomac est crispé par la tension. C'est la première fois que je le vois dans un état pareil.

— Thomas ?

Il s'arrête. Lentement je m'avance vers lui, mais il me jette un regard qui m'immobilise.

— Je suis fatigué, Fallon.

Ses iris azur emportent un petit bout de mon âme avant que je parvienne à détourner les yeux. Thomas s'éloigne, entre dans l'ascenseur et se retourne face à moi sans jamais croiser mon regard.

La tête baissée, ses mèches foncées étalées sur son front, il a l'air si triste que mon cœur se brise. Je dois faire quelque chose… mais quoi ? Ce terrain-là est miné.

Thomas ne me laissera jamais farfouiller dans les recoins de son esprit. Je ne peux pas être avec lui, mais cela ne m'empêche pas de faire quelque chose pour lui.

Je cours chez moi, me douche pour me réchauffer après mon séjour sous la pluie, et je m'empresse de préparer à manger. Il va se laisser mourir de faim, je le sais, il va rester dans son salon toute la soirée à réfléchir, avec un animé en bruit de fond.

Thomas a une relation particulière avec l'univers des mangas. Il en lit beaucoup, mais n'en parle pas. Il évoque parfois sa passion quand on discute tous les deux, j'ai même déjà regardé des épisodes de ses animés préférés avec lui, mais on finit toujours par discuter plutôt que se concentrer sur l'écran. Thomas est celui qui m'a fait découvrir *Le Voyage de Chihiro*, mon film préféré.

Je tire de mes placards tout ce dont j'ai besoin et prépare des pâtes bolognaise et un fondant au chocolat. Je me dis que s'il a devant lui ses plats préférés, il sera forcément tenté de s'alimenter. Je prends un panier de pique-nique et dispose le tout dedans, en ajoutant une tablette de chocolat noir. Mes placards, c'est la caverne d'Ali Baba, je ne manque jamais de rien.

Une dernière attention dans mon panier repas : une courte lettre, et je m'en vais devant sa porte. J'espère qu'il est toujours chez lui, ça doit faire trois heures que je l'ai croisé.

Avant de sonner, je remarque que la porte n'est pas fermée. J'entre, un peu inquiète, et entends des voix japonaises provenant de l'écran. Thomas est affalé sur le dos, sur son canapé, un bras dissimulant son visage. Je m'avance. Il dort à poings fermés, sa respiration est calme.

Une bouteille de whisky bientôt vide trône sur la table. Putain, il l'a bue à lui tout seul. Je pousse un long soupir et m'empresse de la ranger dans la cuisine. Je place une nappe sur la table basse du salon et installe le repas.

Je fais ce que je peux pour ne pas le réveiller. Ça m'embêterait d'interrompre son sommeil, je sais qu'il est parfois sujet aux insomnies.

Assise sur le sol, entre la table et le canapé, je ne peux m'empêcher de l'observer tendrement. J'abaisse son bras pour regarder son beau visage et prends sa main dans la mienne.

Mes lèvres déposent un doux baiser sur sa paume et je la colle contre ma joue.

— Si tu savais comme je t'aime, soufflé-je en embrassant chacune de ses articulations.

Je colle sa main contre mon cœur et scrute son visage. Il a quelques hématomes, la lèvre un peu fendue et l'arcade sourcilière amochée. Ça me surprend qu'il se soit battu, ce n'est pas son genre. Même s'il organise des combats avec mon frère au Box for Ashes, ce n'est qu'un divertissement pour lui. Je me rapproche et caresse doucement son visage, relevant un peu ses cheveux. Mon corps vacille malencontreusement vers lui et, par réflexe, ma main s'appuie sur son torse pour ne pas tomber. Il gémit de douleur.

— Putain de merde !

— Oh mon Dieu ! Pardon, pardon ! Je t'ai fait mal ?

Thomas se redresse sur le canapé et frotte son torse comme si cela pouvait anesthésier sa douleur.

— Tu veux que je fasse quelque chose ? demandé-je, la voix tremblante.

Un pli barre son front, comme s'il venait de se reconnecter à la réalité et de remarquer ma présence.

— F... Fallon ? Pourquoi tu es là ? Comment t'es entrée ?

Sa voix est presque inquisitrice. Je me frotte le bras nerveusement.

— Ta porte était ouverte, je t'ai apporté à manger...

Il pose le regard derrière moi et observe tout ce que je lui ai apporté. Il s'en désintéresse rapidement et traîne les pieds jusque dans sa cuisine.

— Je n'ai pas faim.

Je le regarde fouiller ses placards pratiquement vides.

— Qu'est-ce que tu fais ?

Il ne me répond pas et continue à refermer ses placards de plus en plus fort ses placards, me faisant sursauter à chaque fois. C'est comme un résidu du passé, quand ma mère annonçait sa venue en faisant crier les portes. Les mouvements de Thomas sont mécaniques, acharnés. C'est presque inquiétant.

— Thomas...

— Je veux boire. Où est ma bouteille ?

Sa voix est rude et me fait tressaillir.

— Je... je l'ai mise près de la poubelle.

Il s'arrête net et se tourne vers moi.

— Ne touche plus à mes affaires.

— Thomas, elle était presque vide, tu as trop bu, réponds-je, préoccupée.

— Peu importe. Ça ne te regarde pas.

— Tu te mêles constamment de ma vie, pourquoi je ne pourrais pas te donner mon avis ? dis-je en calant mes mains sur ma taille.

— Parce que ce n'est pas la même chose. Moi, je suis responsable de toi.

— Responsable de moi ? Depuis quand ? Tu n'es pas mon père, Thomas.

— Fallon, c'est bon. Ne fais pas comme si je n'étais pas celui que tu appelles au moindre problème. Ton propre frère ne connaît pas ta vie aussi bien que moi.

— Et c'est un fardeau pour toi ?

Thomas attrape sa bouteille et daigne enfin poser ses yeux azur sur moi. Une étincelle scintille à l'intérieur.

— Non, ça ne l'est pas. Ça ne l'a jamais été.

Je l'admets, je craignais qu'il me crache à la figure qu'il n'en peut plus de moi et de mes idioties.

— Je donnerais ma vie pour toi.

Un silence plein de non-dits s'installe entre nous. L'atmosphère est chargée et mon cœur tambourine dans ma poitrine.

— Je ne veux pas que tu donnes ta vie pour moi.

Thomas boit au goulot quelques gorgées et pousse un soupir en s'essuyant la bouche.

— Je me fous de ce que tu dis, Fallon. Je n'écoute que ce que ma raison me dicte.

— C'est ta raison ou ton cœur qui te dicte ça ?

— Je ne marche qu'à la raison, tu le sais bien, princesse.

— Mais ton cœur, il te dit quoi ?

Il est bourré, je peux lui faire cracher le morceau. Il est là, face à moi, oscillant entre l'ivresse et la conscience. Il tient très bien l'alcool, surtout comparé à moi. Je ne pensais pas qu'il pouvait boire autant et cela ne fait qu'aggraver mon inquiétude. Thomas me scrute si intensément que j'ai la sensation qu'il dissèque toutes mes sensations.

— Tu ne me feras pas dire ce que tu veux entendre.

Oh.

— Qu'est-ce que je veux entendre, Thomas ?

— Princesse, tu cherches à abuser de mon ébriété ?

Un rictus narquois étire ses lèvres. Il se moque ouvertement de moi. Thomas sait très bien où je veux en venir. J'endure son regard insistant. Le saphir qu'il contient semble se cristalliser. Je ne perçois aucune émotion sous cet air presque condescendant.

— Tu abuses bien de ma bonne conduite.

Il rit faiblement. Une distance infime sépare nos deux corps. Il penche le visage vers moi. Son parfum est puissant, avec une pointe de danger enivrante. Son souffle caresse mes lèvres, avides des siennes. Je le regarde sans sourciller, prête à ne pas céder.

— Tu es très belle ce soir, princesse.

Sa phrase paraît ridicule : je ne suis pas maquillée, mes cheveux sont mouillés et ma tenue n'est pas ce qu'il y a de plus habillé. Je porte un short et un gros sweat à capuche, qui est à lui, d'ailleurs.

— Tu es bourré, Thomas.

— Ouais, complètement torché. Et t'es magnifique. Quand je serai sobre, tu seras toujours magnifique.

Je rougis tandis que sa main remonte le long de mon bras. Je me mords la lèvre et détourne les yeux. Ses doigts se posent sur mon menton et il relève mon visage vers lui.

— Je n'aime pas que tu baisses les yeux quand je te fais des compliments.

— Tu empestes l'alcool.

— Toi, tu sens bon.

— Thomas, réponds à ma question. Qu'est-ce que ton cœur te dit ?

Thomas me scrute. Il fait courir ses doigts glacés sur mon visage et je le fixe patiemment. J'ai l'impression que le temps s'est figé.

— J'ai un cœur d'enfant, Fallon, qui ne cherche que de la chaleur.

Un cœur d'enfant ?

— Parle-moi, s'il te plaît, je veux t'aider.

— Tu ne peux pas m'aider, princesse.

— Mon cœur veut t'aider.

— Ton cœur est trop bon, tout en toi est bon, mais tu ne peux pas tout réparer. Rentre chez toi, s'il te plaît.

— Je ne veux pas que tu boives davantage.

— C'est mal me connaître.

C'est bien ça, le problème.

— Tu bois souvent, c'est ça ?

Thomas ne répond pas. Il me contourne et repart vers le salon. Ombre fidèle, je le suis comme un petit chien.

— Pourquoi tu es blessé ? Qu'est-ce qui t'est arrivé ?

— T'es de la police, maintenant ?

— Thomas, arrête de m'éviter.

Je l'entends pousser un long soupir exaspéré.

— Sinon quoi ? Tu m'agaces. Je ne veux pas répondre à tes questions. Je n'ai rien à te dire, répond-il d'un ton las.

Il s'affale sur son canapé comme un ivrogne et remonte le son de la télé pour se replonger dans *Dragon Ball*.

— Tu es ridicule, lâché-je.

— Ouais, je sais. Pitoyable, aussi, me nargue-t-il en croisant ses deux mains derrière sa tête.

— Putain de merde, Thomas !

— C'est bon, Fallon, tu n'es pas ma mère. Je t'ai demandé de t'en aller. Merci pour la bouffe, mais je n'ai pas faim.

— Espèce d'ivrogne ! Tu vas te tuer si tu continues !

— Je ne manquerai à personne.

C'est trop pour moi. Je tire brusquement le coussin sous sa tête et le frappe avec de toutes mes forces.

— Va te faire foutre ! Moi, je ne compte pas ? Je ne suis rien pour toi ?

Je fracasse sa bouteille en verre contre le mur. L'alcool gicle partout. Thomas ne réagit pas. Il reste prostré dans son apathie. La fureur se déverse dans mes veines. Je le fusille du regard alors qu'il se redresse, et je le repousse sur le canapé.

— Tu te comportes comme un gamin ! Tu parles comme si toutes ces choses que tu as bâties avec Jackson ne comptaient pas, comme si je ne représentais rien à tes yeux. C'est ça, ta vie ! C'est le présent ! Je ne sais pas quel est ton problème, mais arrête d'agir comme si rien n'avait d'importance. Tu comptes pour moi, il n'y a personne qui compte plus que toi, et si ta vie a si peu d'importance à tes yeux, alors dégage de la mienne, car tu ne feras que me causer de la peine !

J'ai trop mal au cœur pour rester. J'ai dit ce que j'avais à dire. Je le laisse dans son désarroi et claque très fort la porte de son appartement pour voir quel effet mes mots produiront sur lui.

Si ça se trouve... tout ce que je viens de lui cracher à la figure n'en aura aucun.

Thomas

Je suis partagé entre l'envie de la plaquer contre le mur pour lui faire toutes ces choses dont je m'empêche et l'envie de l'éviter encore davantage.

Ma main tremble. Si je descends chez elle, plus rien ne sera pareil. Je changerai l'histoire. Le cours des choses ne sera plus le même.

Fallon a laissé tomber sa retenue. Le combat dans ses yeux a cessé. Elle me veut dans son lit. Elle me veut et ne cherche plus à le dissimuler.

Mon corps entier bouillonne. Un volcan au bord de l'éruption. Mon alcoolémie n'aide pas, elle empire les choses en dirigeant toutes mes pensées vers une image caricaturale du corps nu de Fallon sous moi.

Je ne peux pas faire ça.

Je ne peux pas céder.

Je ne peux pas être avec elle.

Tout ça n'est qu'un jeu. Notre relation est devenue bien trop ambiguë pour rester dans le cadre de l'amitié. Mais est-ce que c'était vraiment de l'amitié, depuis le début ?

Je pourrais bouillonner de rage, vu tous les dégâts qu'elle a causés chez moi. Briser ma bouteille, salir mes murs, me priver d'alcool. N'importe qui serait furieux.

Sauf moi.

Parce que c'est elle.

Je ne peux pas ressentir de la haine envers elle.

La haine conduit à davantage de haine, et je la cumule ces derniers jours. À Houston, mes flash-back m'ont détraqué le cerveau. Je suis complètement dépassé. Et ce plateau-repas qu'elle a préparé rien que pour moi…

Je m'évertue à canaliser ce que je ressens et finit par remporter ma lutte contre le désir charnel. J'attrape la lettre qu'elle a laissée pour moi.

Tommy,

Voici des petites choses qui te feront plaisir. Je m'inquiète pour toi, j'aimerais que tu me parles de ce qui te tracasse. Laisse-moi t'aider à porter ce poids que tu as sur les épaules. C'est vrai que je ne suis pas très forte, mais tu me sous-estimes beaucoup. Je peux tout supporter.

Pour toi, je pourrais tout supporter.
En attendant, mange, s'il te plaît, et fais-moi signe si ça ne va pas.
Ta princesse.

Comment pourrais-je me défaire d'elle un jour ?

Je suis pitoyable. Je devrais aller la retrouver, lui parler de tous les secrets qui sont en train de nous consumer. Mais je n'y arrive pas.

Ce soir, Fallon, je ne peux rien te donner.

La peur est l'émotion la plus primitive de l'homme... Elle déclenche chez moi une succession d'hallucinations que je tente d'étouffer.

Ma lâcheté en dit long. Je suis incapable de la désamorcer. Quelque chose dans mon ventre se tord, j'ai les cordes vocales nouées. J'emprisonne ma tête entre mes mains. Le mal de crâne martèle mes tempes et des paroles résonnent en boucle.

Fuis, Thomas ! Pars, pars et ne reviens jamais !

Thomas ! ATTENTION !

Des coups de feu.

Des bombes.

Des cris, encore des cris. Des pleurs. La peur.

Je crains quelque chose. Mon cœur est suspendu à mes lèvres. Des corps ensanglantés, des visages explosés sur le bitume. Du sang partout.

Je suis en enfer. Et cet enfer est bleu, blanc et rouge.

Je vois mes pieds sur des bandes de ces couleurs. J'ignore où je suis, je ne comprends plus rien.

— Thomas, sauve-toi ! Vis pour nous !

Des larmes coulent sur mes joues. Je les effleure du bout des doigts. Je n'arrive pas à extérioriser toute cette souffrance.

Qu'est-ce qui ne va pas chez moi ?

Pourquoi est-ce que je dois me sauver ? D'où je viens ? Qu'est-ce que je suis censé faire avec tout ça ?

D'un revers de manche, j'essuie mes larmes et prends une

profonde inspiration avant d'éteindre la télévision. J'ai besoin de me plonger dans le silence absolu. Je suis pollué de l'intérieur par une obscurité venimeuse.

Un malaise se diffuse dans mes membres et les refroidit. Les flashs ont disparu. Les souffrances endurées par cet enfant que je ne reconnais pas me frappent comme un boomerang. Et qui est Lukas... ?

Tu voulais des réponses ? Voilà, sale enculé !

Tout se retourne contre moi. Ce ne sont que les conséquences de ma curiosité. Et encore... je n'ai pas toutes les pièces du puzzle que je reconstitue lentement. Ma quête d'identité est pernicieuse. Au lieu de me soulager, elle me rend fou.

Mon corps est ankylosé par tous ces hématomes sur ma peau. Ces coups violents ont réveillé tout ce que j'avais pu enterrer au fond de moi. Le danger et l'adrénaline parlent à mon être, leurs échos me font vibrer jusqu'à l'os.

Et si au final... c'était de ça que j'ai besoin ?

18
Fallon Games

Fallon

Cela fait longtemps que je n'ai pas mis les pieds ici.

Jelan.

Le père rêvé pour tout enfant.

La dernière fois que je suis venue, j'ai avoué à Jackson ce que je ressentais pour Thomas. Je lui ai dit que je lui parlerais.

Rien ne s'est passé comme prévu.

Ma vie est délicieusement drôle.

C'est toujours dur pour moi de venir ici. Le souvenir de mon père me hante constamment et être face à sa tombe ravive les ecchymoses sur mon cœur.

Papa, ma vie est un véritable fiasco.

Ma relation avec mon frère est au point mort. Je n'ose pas le confronter. Je le connais bien, il ne fera pas le premier pas. Je sais que Jackson est juste en train d'attendre. Il sait faire preuve de patience, surtout avec moi. Il sait qu'il peut parfois être cru dans ses propos et préfère se terrer dans le silence, le temps que son interlocuteur soit prêt à l'entendre.

Jackson est très calme, mais il ne mâche pas ses mots et

ne cède jamais à la pression. Je n'ai jamais vu quelqu'un faire preuve d'un sang-froid pareil (hormis Thomas).

Mon père n'aurait sans doute pas supporté que je sois en froid avec son fils adoré. La vérité est qu'il vaut mieux ne pas s'opposer à King.

Je m'installe juste en face de la pierre tombale, sur le gazon fraîchement coupé. Assise en tailleur, je fixe chacune des lettres de l'épitaphe qui rend hommage à mon père. Je me rappelle les traits de son visage, son sourire quand il rentrait à la maison, sa passion pour les bonbons au caramel. Je n'ai jamais vraiment aimé ça... mais j'en garde secrètement quelques poignées dans le second tiroir de ma table de chevet. Quand j'arrache l'emballage, une fine odeur se répand et me rappelle sa présence. La mort est un concept si flou... Jamais je n'ai senti mon père aussi vivant que dans ma mémoire. Il n'y a pas un jour où je n'ai pas une pensée pour lui. Quand il était là, je n'y pensais pas forcément à ce point, ou du moins pas comme ça.

J'étais toujours excitée à l'idée de le voir, quand je rentrais à la maison. J'aimais lui parler, de tout et n'importe quoi, même si avec le temps je me suis persuadée, sans jamais rien en dire, que sa relation avec l'enfant adopté était plus forte que la nôtre.

Heureusement, quand Thomas sortait de l'ombre de Jackson, je ne ressentais plus ce manque viscéral. Même si je n'étais pas assez pour les autres, j'avais l'impression de suffire aux yeux de Thomas.

Papa, je l'aime... Il n'y a que lui qui sache me faire oublier les hématomes que j'ai sur le cœur.

C'est comme si papa était devant moi. Je lui confie des choses que je n'aurais jamais osé lui dire auparavant. Mon amour pour Thomas était un secret inavouable, même à moi-même.

Quoi qu'il en soit, avant Thomas, je dois réparer ce que j'ai cassé avec Jackson. Je dois faire face à l'avenir. Penser à demain et à ce que je compte faire de ma vie. Mes bras sont restés croisés bien trop longtemps. Je ne sais pas par où commencer. Je n'ai aucune vocation, aucun talent, aucune ambition.

Les faux-semblants ont eu raison de moi, je me suis perdue dans tant de visages que je ne sais plus quel est le mien.

Papa, j'ai tant de choses à arranger !

Reprendre de zéro ? Comment ? Ma vie file devant mes yeux et je ne prends aucune initiative. Comment changer ?

Peut-on modifier des choses aussi profondes et ancrées en nous ? Chassez le naturel, il reviendra au galop. Je ne veux pas entamer une quête impossible et surtout perdue d'avance.

Papa, pardonne-moi de te décevoir autant.

Dans un autre contexte, je me serais confiée à Thomas. Sa bienveillance m'aurait enveloppée dans une bulle, m'aurait préservée des rires amers qui se font écho dans mon crâne. Mais je ne peux pas me cacher indéfiniment derrière lui.

Cette dépendance n'a rien de malsain mais elle m'empêche d'essayer de m'en sortir seule. Thomas est la main qui me rattrape à chaque chute.

Cette fois-ci, le cours de l'histoire change.

Mes yeux sont ouverts, les siens sont fermés.

Les rôles sont inversés, pour la première fois.

C'est Thomas qui a besoin d'être sauvé.

Je ne me suis pas annoncée avant de débarquer ici. Sur le lieu de travail de mon frère. Se cacher ne sert plus à rien. Julia est venue vers moi, à mon tour d'aller vers Jackson. Dans l'ascenseur, je ressens une étrange énergie. Contrairement à d'habitude, elle ne me gêne pas. Je suis tiraillée entre l'excitation et l'appréhension.

Parfois, le cours des choses est bizarre : je vis dans la même ville que lui et pourtant on se voit peu. Nous n'avons pas le lien fraternel le plus exemplaire.

Ma rancœur a hiberné trop longtemps et le cercle vicieux de la culpabilité me frappe de plein fouet. Plus rien ne sera jamais comme avant. Mon père était le seul dans notre famille à exprimer ses sentiments. Jackson a toujours été hermétique à la moindre émotion, une muraille en métal qu'on ne peut transpercer. Seules deux personnes ont su aller au-delà : Julia et Jelan. Ce sont les deux points sensibles de mon frère, les deux brèches qui le tiennent sans jamais l'affaiblir. Il les a transformés en une force titanesque. Seulement, parler de Jelan demeure sensible. Je l'ai vu dans ses yeux quand j'ai craché le venin que je retenais depuis toutes ces années.

La tristesse dans son regard l'a trahi, puis elle s'est fondue dans une rage destructrice. De toute évidence, la mort de notre père a fait ressortir le pire en nous. Jackson a plongé dans une quête de pouvoir qui a eu des conséquences sur Julia, la femme de sa vie. Maintenant, il se repent tous les jours, s'évertuant à ne pas se laisser consumer comme autrefois par le besoin de venger Jelan. Cet homme qui lui a tout appris, tout donné… Jelan a fait de mon frère un homme.

Jackson Kingsley est quelqu'un de bien, d'une force déroutante.

Il ne s'est jamais attaqué à moi, n'a jamais tenté de m'écarter de mon héritage, bien au contraire. À ce jour, je reçois la moitié de tout ce que Jackson gagne. Sa reconnaissance envers Jelan s'est reportée sur moi. Jackson fait son maximum tandis que moi… je suis la pire des ingrates.

D'une main tremblante, je toque à sa porte et ouvre avant qu'il ait le temps de répondre. Jackson est en train de taper sur le clavier de son ordinateur portable. Un pli barre son front. Il doit sans doute être contrarié que quelqu'un débarque ainsi, sans se présenter à l'accueil.

Son expression change du tout au tout dès que ses yeux marron se posent sur moi. Je ferme la porte et m'approche de son bureau, les deux mains jointes, comme une petite fille qui a fait une bêtise.

— Salut, Jackson.

Il ne répond pas. Ses mains ont quitté le clavier et elles se glissent maintenant dans ses cheveux.

— Je te dérange ? demandé-je timidement.

— Non, installe-toi... Je suis juste étonné de te voir.

Je me dirige vers le fauteuil du fond de la pièce et il me rejoint. Un espace important nous sépare. Nous sommes chacun d'un côté du canapé. La gêne sature mes poumons. Je colle une main sur ma poitrine et prends une profonde inspiration.

— Jack...

— Pardonne-moi.

On parle pile en même temps, avant de se regarder un long moment dans le blanc des yeux. La souffrance apparaît clairement dans ses iris.

— Pardonne-moi, pour tout.

Un sourcil arqué, je le dévisage sans comprendre. Mon frère pousse un long soupir.

— À l'instant où Jelan m'a adopté, tout a changé pour toi.

Mon cœur rate un battement. L'appréhension qui me vrillait les tripes avant de franchir le pas de la porte se transforme en quelque chose de plus virulent, de plus dérangeant.

— Je ne me suis jamais mis à ta place, murmure-t-il. Tu as vu un enfant arriver dans ton foyer, prendre la même place que toi. Jelan passait plus de temps avec moi. Et ta mère... elle ne t'a jamais traitée comme tu le méritais.

Je ne le quitte pas des yeux. Il semble tellement triste avec son regard perdu, ses muscles crispés... Je suis dans le même état.

— Je suis resté dans le déni, sans me demander une seule fois si tu acceptais une telle situation. Le pire, dans tout ça, c'est que sa mort sera toujours liée à mon existence.

Une larme coule le long de ma joue. Ma poitrine me brûle. Chacun de ses mots perfore quelque chose en moi. Du jour au lendemain, Jackson a pris une place similaire à la mienne dans notre famille. J'étais ravie d'avoir un grand frère, mais l'enfant que j'étais ne pouvait s'empêcher de se poser des questions difficiles.

Je ne suffis pas ?

— Tu es l'enfant qu'il a toujours voulu avoir, dis-je doucement.

Je pleure silencieusement. En signe de paix, je tends la main et la pose sur la sienne.

— Tu es le grand frère que toute fille rêve d'avoir. Je t'ai dit des choses monstrueuses, je ne mérite pas que tu t'en veuilles pour ça.

— Je pense que chacun de nous a une part de responsabilité. Dans toute cette histoire, Fallon, tu as été un dommage collatéral. Tu as tout pris, malgré toi. Je ne peux pas t'en vouloir pour ce que tu as dit.

Il se rapproche de moi, gardant ma main dans la sienne.

— Je veux veiller sur toi, je veux le meilleur pour toi.

La culpabilité me ronge jusqu'aux os. Je me sens fautive de tellement de choses. Je n'aime pas le voir souffrir ainsi. Jackson garde pour lui ce qu'il éprouve, par pudeur, mais percevoir sa peine ne fait qu'accentuer ma culpabilité.

— Je suis désolée de m'être montrée si égoïste. Je n'ai pensé qu'à moi. C'est compliqué, dans ma tête. Parfois, j'ai l'impression que tout le monde est contre moi, que personne ne s'intéresse à moi. Je me sens seule...

Mes larmes redoublent et je me cache le visage, bien trop honteuse que mes faiblesses prennent de nouveau l'ascendant sur le reste.

— J'ai si peur d'être seule !

La solitude me tétanise. Je suis prête à traîner avec n'importe qui seulement pour ne pas éprouver ce sentiment. Être exclue est mon pire cauchemar. Je me plie en quatre pour qu'on me remarque, pour faire plaisir. On m'a tellement abandonnée...

— Je suis là, Fallon. Tu n'es pas seule. Pardonne-moi de t'avoir fait sentir le contraire.

— Je te promets... que je suis heureuse que tu sois avec Julia, tu mérites le bonheur absolu... mais parfois je ne comprends pas pourquoi cela ne m'arrive pas...

— Tu ne m'as jamais reparlé de Thomas depuis que tu m'as avoué que tu voulais lui déclarer tes sentiments.

— Je ne l'ai pas fait, admets-je en m'essuyant les joues.

Il était avec une autre fille à ce moment-là. Apparemment, ce n'était pas vraiment sa copine. Et puis... on s'est moins fréquentés. Tout est différent... il a changé.

— Je l'ai remarqué. Il semble perdu dans son monde, dit-il, l'air pensif.

— Jackson, je peux te poser une question ?

Il passe sa main dans mes cheveux, ce contact allège presque le poids des mots qui s'apprêtent à sortir de ma bouche.

— Est-ce qu'il m'aime ?

Jackson écarquille les yeux puis se racle la gorge en posant sa main contre sa bouche. Thomas est son meilleur ami, mais je doute qu'ils aient eu cette conversation. Ils sont si pudiques, surtout Jackson.

— Pourquoi tu me demandes ça à moi ?

— Parce que je ne sais plus sur quel pied danser avec lui. Je m'inquiète. Hier, il allait très mal. Je veux être là pour lui mais il ne veut pas me laisser entrer dans son cœur.

— Fallon, tu es la seule qui détient la clé de son cœur.

Un liquide chaud se répand dans ma poitrine, dans tout mon sang.

— Alors pourquoi... pourquoi il ne s'est jamais rien passé ? Pourquoi se retient-il autant ? dis-je en clignant des yeux.

— Je l'ignore, Fallon. Je ne l'ai jamais su. Il est rongé par quelque chose dont il refuse de parler. Je pense que toute sa vie, il a ruminé une peine secrète qui le dirige comme un pantin. En ce moment, ça le ronge. Cela dure depuis des mois. Je ne peux pas le forcer à parler. Quand il sera prêt, il viendra vers moi. Mais toi, c'est différent.

— Hier soir, on s'est un peu disputés. Il n'a rien voulu me dire.

— Fallon, je pense que cette *amitié* que vous entretenez a ses limites et qu'elles ont été franchies il y a bien longtemps. Tu as fréquenté un homme qui lui ressemble étrangement et il a abhorré chaque seconde où il t'a vue avec lui.

Le souvenir de Troy me donne des frissons. Je me suis jetée dans ses bras, pilotée par une vulnérabilité scandaleuse. Je suis tellement stupide ! Mes émotions prennent sans cesse l'ascendant sur mon jugement.

Ma colère me fait perdre la raison. La profondeur de mes angoisses me tire vers le fond. La tristesse qui coule dans mes veines ne fait que nourrir mes idées noires.

Pour Thomas, je suis prête à mettre tout ça de côté. À oublier la mélodie anarchique de mes sombres élucubrations pour lui prendre la main et l'extraire du trou noir dans lequel il s'embourbe. Lui montrer qu'il est la plus belle des étoiles filantes, celle qui m'indique la bonne direction depuis toujours.

— Je ne le lâcherai pas, Jackson. Jamais.

— Je sais, dit-il en esquissant un sourire timide. J'essaierai tout de même de faire quelque chose.

Nous nous levons et, du dos de la main, il effleure ma joue et efface mes dernières larmes.

— Je suis heureuse que tu aies trouvé le bonheur. Je ne t'ai jamais considéré comme responsable de mes malheurs. J'étais le bouc émissaire de ma mère, voilà tout. J'aurais juste aimé que papa voie en moi un potentiel, comme il l'a vu en toi.

Je marque une pause, prends sa main et la serre.

— Mais je crois que dans la vie… on a tous un rôle à jouer. Le mien n'était pas celui auquel mon père aspirait pour moi.

— Tu es très bien à ta façon, Fallon.

J'acquiesce et je m'apprête à le laisser quand il ajoute tout bas :

— Dans les dernières minutes de sa vie, il ne pensait qu'à toi. À quel point tu comptais pour lui. Il est mort pour toi, avant tout le reste.

Ses mots ricochent dans tout mon corps, réchauffant mon cœur ankylosé et mes membres gelés par l'angoisse.

— Fallon, puisses-tu un jour ouvrir les yeux sur ce que tu représentes pour nous. Tu as sauvé Julia de sa solitude, moi de mes angoisses d'orphelin désabusé, et tu sauves chaque jour Thomas avec un amour que toi seule as su lui donner.

Je cligne des yeux, comme pour me réveiller d'une hallucination. Jackson ne m'a jamais parlé ainsi.

— Je sais qu'il y a des choses en toi que tu aimerais changer, mais peu importe ce qui se passe, tout a un prix dans la vie. Les épreuves nous rendent plus forts, les souffrances nous font ouvrir les yeux et les difficultés nous font grandir. Ne vois pas le passé comme un fardeau, mais comme une bataille. Ta bataille. Sois-en fière. Quels que soient tes choix, Jelan sera toujours fier de toi. Tu es son rayon de soleil sur terre, j'en suis certain.

Jackson me prend dans ses bras. Il n'est pas démonstratif, encore moins sentimental. Ses paroles ont de la valeur. Il pense ce qu'il dit. Qu'un homme de son acabit voie de telles choses en moi me touche profondément.

— Merci... merci pour tout.

Je ne peux m'empêcher de pleurer encore un peu dans ses bras avant de m'en aller.

Je me sens délivrée de certaines chaînes rouillées de mon existence. J'en garde les séquelles mais, pour une fois, je vois dans mes plaies la beauté du combat intérieur que j'ai mené jusque-là.

En ouvrant la porte, je lui jette un dernier coup d'œil. Il affiche une mine intriguée, attendant que je parle, et m'adresse un petit sourire.

— Je n'ai jamais été seule, tu as toujours été dans les parages, même si tu ne parles pas, King.

Le soir même, Julia et moi sommes au Box for Ashes. Je reprends goût à la vie, retrouvant cette vivacité qui me manquait tant. Dans les enceintes pulse « Industry Baby » de Lil Nas X. Julia se déhanche près de moi mais mes yeux sont comme des radars.

Je n'ai qu'une personne en tête et je sais très bien qu'elle se cache quelque part ici.

— J'adore ce son ! m'écrié-je en levant les bras vers le ciel.

— Moi aussi !!!

Mon regard se braque sur l'espèce de véranda que j'ai

découverte autrefois. Un lieu secret. Je connais mon frère et, surtout, je connais le Box for Ashes par cœur. Les spots stroboscopiques colorés illuminent la boîte. Mon corps bouge en rythme tandis que mes yeux ne lâchent pas cette vitre fumée, ce bouclier qui dissimule sûrement son lot de secrets. Seulement deux personnes doivent y avoir accès, j'en suis certaine. En l'occurrence, une de ces deux personnes se prépare pour son combat, cette nuit.

Je suis convaincue qu'il est là.

Je me suis fait une promesse.

Thomas, j'en fais une affaire personnelle.

Une poussée d'adrénaline consume mon corps. Mes mouvements se font plus sensuels, plus libres. Je respire enfin. Julia me suit dans mon délire. Nous repoussons tous les hommes qui veulent nous approcher. Mon regard reste fixé sur la vitre teintée.

J'esquisse un sourire coquin quand j'entrevois une silhouette, illuminée par un des spots. Je la reconnais. Quand il s'agit de Thomas, je ne me trompe jamais.

— Fallon, je vais retrouver Jackson en bas, son combat commence bientôt. Tu me suis ?

— Je reprends un verre et j'arrive.

Julia opine du chef et m'embrasse sur la joue avant d'aller retrouver son homme. Je me dirige vers le bar et demande un shot de tequila au serveur, mon premier de la soirée. « Can't Hold us » de Macklemore pulse dans les enceintes. Je me mets à danser en buvant un deuxième shot et poursuis le mouvement en m'écartant du comptoir pour me diriger vers la porte menant au sous-sol.

Dans le couloir, les basses sont moins fortes. Toute seule, je me mets à tourner sur moi-même, euphorique. La musique s'arrête subitement et j'entends le refrain de « Don't Blame me » de Taylor Swift. Mon cœur fait des loopings. Je me mets à crier les paroles, j'aime tellement cette chanson !

Je bouge dans tous les sens, me retenant presque d'éclater

de rire. Cela fait si longtemps que je ne me suis pas sentie aussi bien. J'ai conscience que l'alcool amplifie ma joie mais je m'en fiche.

J'aime me sentir ainsi. Ne penser à rien d'autre qu'à danser.

Lord, save me, my drug is my baby/I'll be usin' for the rest of my life (oh)

Ma voix épouse celle de Taylor sur la note la plus haute. Je ris tellement que je suis un peu ridicule, mais *The show must go on*, comme disait papa.

Don't blame me, love made me crazy (ooh)/If it doesn't, you ain't doin' it right (you ain't doin' it right)

La musique se termine, mais je continue à danser. Seule dans ce couloir destiné aux membres, je me déhanche comme si personne ne me voyait.

Oh, Lord, save me, my drug is my baby/I'll be usin' for (I'll be usin') the rest of my life (I'll be usin')

Je fredonne encore les paroles même si le registre a changé. Quand je me retourne, je m'arrête net. Thomas. Son épaule contre le mur, les bras croisés, il me dévisage. Pour la première fois, je sens qu'il me regarde différemment. L'alcool que j'ai dans le sang me donne du courage, je suis aux aguets, prête à jouer la louve qui va lui sauter dessus, ou bien la biche qui bat des cils.

— Depuis combien de temps tu me regardes ?

— Suffisamment pour admirer ton corps qui bouge librement.

— C'est toi qui as mis cette chanson, pas vrai ?

Il se contente de hausser les épaules et de passer devant moi.

— Je voulais effacer le désastre de « Gimme Gimme » de la dernière fois, dit-il d'un ton détaché en continuant son chemin. Tu me suis ?

— Dans mes souvenirs, ça s'est bien fini, ce soir-là.

Cette référence à notre rapprochement physique le stoppe net. J'esquisse un sourire. Il est dos à moi, les poings serrés.

— Fallon, je ne sais pas ce que tu as en tête, mais ce n'est pas la peine de jouer avec moi.

— Je ne joue pas, c'est bien le problème.

Son faible rire résonne jusque dans les crevasses de mon cœur. Je me rapproche lentement de lui.

— Je ne suis plus avec Troy.

— Pourquoi ? demande-t-il sans se retourner.

Quelques mètres nous séparent. Je prends une profonde inspiration et m'arrête. Mon désir gonfle au même rythme que ce ballon de baudruche dans mon ventre, prêt à imploser en un millier de papillons.

— Parce qu'il n'est pas ce qu'il me faut.

— Tu as raison, tu mérites beaucoup mieux. Il ne t'a rien fait de mal, j'espère ?

J'ai les cordes vocales nouées. Mes doigts s'accrochent au tissu noir de son pull, je me rapproche et dépose un baiser sur sa nuque, près du tatouage de malédiction qu'il a fait en s'inspirant de son manga préféré, *Berserk*.

— Rien, c'est juste qu'il n'est pas toi.

Thomas ne bouge pas d'un iota. Ses muscles sont crispés et cela me fait sourire. Subitement, il se tourne et attrape mon poignet.

— Arrête ça.

— Arrête quoi ?

— De me donner des idées.

— Je pense justement que ces idées, tu les as depuis toujours mais que tu ne veux pas les rendre réelles.

Il écarquille les yeux. Ce soir, je suis bien trop audacieuse. Merci aux shots.

— Fallon, cesse ce jeu-là… Tu pourrais le regretter.

— Regretter que tu me baises ? Oh ça, jamais, Tommy. J'en rêve chaque soir, lâché-je d'un air faussement innocent.

La musique est devenue un bruit de fond pour moi. Je préfère me délecter du son de la respiration de Thomas qui se saccade, de la composition parfaite de son désir mêlée à son hésitation.

La limite est franchie, je viens de la fendre en deux d'un coup de talon tranchant.

Je décèle une lueur d'excitation dans ses yeux, je savoure presque la mèche de tentation qui s'enflamme au fond de lui. Je le dépasse en bougeant le cul de façon suggestive. Je sais que je suis dans son viseur. Le son me donne envie de tourner sur moi-même.

— Si tu fuis... je te poursuivrai.

Je le regarde en dansant sensuellement. Je passe mes mains dans mes cheveux et joue avec le jupon de ma robe lilas. Je m'approche de lui, me mets sur la pointe des pieds. Même avec mes talons, il reste toujours un peu plus grand que moi.

— Si tu luttes... je te ferai céder.

Ces mots sont susurrés au creux de son oreille, que je lèche.

Avant que je puisse m'écarter, il me saisit par le poignet, me plaque contre le mur le plus proche et se colle à moi. Sa main sur le bas de ma joue et la pulpe de son pouce sur ma lèvre inférieure. C'est plus fort que moi, je lui offre mon sourire le plus diabolique avant de lécher son pouce et de le prendre dans ma bouche. Une myriade d'étoiles explose dans son regard.

À cet instant, je sais qu'il ne peut plus tenir.

Moi non plus.

Nous ne pouvons pas lutter contre ce qui nous consume depuis toujours, pas plus lui que moi. Pourtant, aucun ne veut être le premier à céder. Surtout pas lui.

— Ce jeu te plaît, Thomas. Mais tu es la proie et c'est moi le chasseur.

Sa respiration se saccade, son souffle mentholé se mêle au mien. Son parfum viril chatouille mes narines. Nos regards sont en collision permanente. On ne pourrait pas se détacher, même si la fin du monde venait à frapper à cet instant.

Le bleu givré de ses yeux scintille, plein de lubricité. L'effet que j'ai sur lui se manifeste par une légère pression contre mon bas-ventre. Je me mords la lèvre, me cambre, juste de quoi le rendre fou (et moi avec). Je sais que je gagne. Il sait qu'il perd.

— Joyeux Fallon Games, et puisse le sort t'être favorable.

19

La couleur des souvenirs est rouge sang

Fallon

Thomas laisse courir ses doigts glacés sur mon visage. Mes mains sont sur son torse, puis elles passent dans son dos et se dirigent vers ses fesses bien musclées.

C'est si naturel de le toucher. Comme si j'étais faite pour ça.

— J'aime quand tu portes cette couleur. Le lilas, sur toi, c'est très sexy.

J'aspire ma lèvre inférieure. Sa voix rauque est chargée de désir et de promesses qui attisent un feu ardent au creux de mes reins. *Putain, j'aime tellement ses compliments !*

— Mais tu sais ce qui serait mieux ?

Je me contente d'un simple « Mmmh » en guise de réponse, avant que sa main se faufile entre mes cuisses et remonte le tissu de ma robe jusqu'à ma culotte.

— Toi, sans.

Je gémis en sentant son doigt sur ma culotte. Je jette ma tête en arrière, lui offrant l'accès parfait à mon cou. Sa bouche se presse sur cette zone érogène de mon corps. Ses dents mordillent mon menton, il aspire la peau de mon cou.

— Thomas...

J'empoigne ses fesses pour le rapprocher de moi. Je veux le sentir plus près, c'est viscéral. Je perds le souffle rien qu'à sentir sa paume frotter mon sexe humide.

Les manches de ma robe glissent, dévoilant un peu ma poitrine.

— Thomas... rentrons, pitié.

Sa bouche descend jusqu'à mes clavicules qu'il embrasse avec passion. Je le sens s'attarder sur toutes les lignes de mon corps, celles que je dissimule avec du fond de teint. Mon sexe palpite sous la pression de son contact. Il me pince l'intérieur des cuisses avant de faufiler ses doigts dans ma culotte.

— Putain ! Ah...

Je m'accroche à ses épaules pour ne pas défaillir et enroule une jambe autour de sa taille, lui offrant un meilleur accès.

— Ne t'arrête jamais, susurré-je, à la lisière de l'extase.

Ma respiration se saccade. Ma fente est de plus en plus humide, ma poitrine est totalement révélée. Il y a un temps de pause. Thomas me scrute avec attention. Il me regarde comme si c'était la première fois. Mon corps à lui seul est une niche à complexes. Je ne révèle jamais ma nudité à la lumière. Or, en dépit de la faible luminosité du corridor, il perçoit les ombres de chaque courbe.

Je le veux, au point où mes vulnérabilités n'ont plus d'importance. Mes sentiments pour lui occultent toutes mes souffrances. Thomas me sauve de tout quand il est là, près de moi, il me sauve de moi.

— Embrasse-moi.

L'intensité de son regard me fait frémir. Mes épaules s'affaissent, sa tête se penche vers moi. Son front contre le mien. Ses lèvres à quelques centimètres de ma bouche. Mon cœur est comme piétiné par des chevaux lancés au galop. Nos souffles se mêlent. Le bleu givré de ses iris me fait penser à un iceberg sur lequel je me heurte systématiquement.

— Si j'embrasse ta bouche de pécheresse, je risque de ne plus jamais m'arrêter.

Lentement, je me hisse sur la pointe des pieds et mordille sa lèvre inférieure.

— Ma bouche de pécheresse ne veut pas que tu arrêtes.

Thomas rit près de mon visage et le prend en coupe. Il secoue la tête et dépose un baiser sur mon front.

— Pourtant, cette bouche prétend que tu ne représentes rien pour moi.

Un rappel amer de notre incartade de la veille. Mes mains se posent sur les siennes, toujours collées à mes joues.

— J'ai peur qu'un jour, tu réalises que je ne vaux rien et que tu t'en ailles.

Un pli barre son front. J'ai l'impression que je viens de faire éclater la bulle pleine d'excitation dans laquelle nous étions. Ses mains glissent jusqu'à mes épaules, remontent tendrement le haut de ma robe.

— Tu es inestimable, pour moi, princesse.

Je rougis, mon pouce effleure sa bouche. J'efface tendrement les traces de mon gloss sur sa lèvre, il dépose un baiser sur la pulpe de mon doigt et je souris.

— Thomas…

Au même moment, la porte s'ouvre et King se dirige vers nous d'un pas rapide.

— Mec, c'est le moment. Tu voulais voir ton adversaire avant.

Je fronce les sourcils et fixe Thomas, ahurie.

— Comment ça, ton adversaire ?

Il se tourne vers moi et pousse un long soupir.

— Merci pour ce moment, princesse. Je le voulais autant que toi parce qu'après cela, j'aurai besoin de me rappeler quelque chose que j'aime.

Jackson frotte sa barbe de trois jours et inspire profondément. Thomas s'écarte de moi et fait signe à mon frère de le suivre.

— Tu vas combattre ?

Thomas ne répond pas. Il franchit la porte sans se retourner. Mon cœur se serre et je fixe mon frère qui maintient la porte.

— Pire que ça.

J'accours vers lui et je pénètre dans le sous-sol, où se trouve le ring. Dans la cage en fer du Box for Ashes, deux mecs. Thomas marche vers eux. Sur le chemin, il retire son pull, dévoilant sa musculature saillante. Il ne porte que son jogging et ses baskets noires. Quelques personnes sont autour du ring.

— Il… il veut être seul contre eux ?

— C'est ce qu'il m'a demandé tout à l'heure, me répond mon frère en soufflant.

— Jackson ! Je refuse ! C'est de la folie ! Il va se tuer. Deux putains de mecs ?

— Fallon, je suis navré. Il a insisté.

Je ne l'écoute plus. Je fonce vers Thomas juste avant qu'il pénètre dans la cage de la mort. J'enroule les bras autour de sa taille.

— Pitié, n'y va pas. Reste avec moi, rentrons. Je te parlerai de mes livres. Je ferai tout ce que tu voudras.

Je sens ses muscles frémir à mon contact. Sa peau est glacée. Je me sens si mal qu'il en arrive là alors que j'ignore tout de ses motivations et de ses véritables intentions.

— Princesse, ma vérité pique autant que ta couronne.

Je me sens défaillir. J'accentue mon étreinte et frotte ma joue contre son dos.

— Thomas, tu vas te faire du mal. Laisse-moi t'aider. Repose-toi sur moi, je t'en supplie, dis-je d'une voix tremblante.

Le contact de sa main sur la mienne, contre ses abdos, m'offre une lueur d'espoir. Je déchante très vite quand il la retire.

— Fallon, tu es la paix dans toute cette révolte qui rugit en moi.

Il se retourne, appuie sa main sur ma tête et me souris une dernière fois avant de refermer le grillage derrière lui. Mes doigts s'y accrochent et il fait de même. Il plonge ses yeux dans les miens.

— Reviens-moi en un seul morceau.

Il esquisse un sourire facétieux. Après une profonde inspiration, il s'avance vers le centre du ring, où les deux mecs baraqués l'attendent.

Une main se presse sur mon épaule. C'est Julia, qui semble partager mon désarroi. Elle me serre dans ses bras, puis c'est Jackson qui nous rejoint, l'air soucieux.

— Pourquoi il veut faire un truc pareil ? lui demande Julia en me prenant la main.

Mes yeux sont rivés sur mon frère. L'expression qu'il affiche en dit long : il est en pleine réflexion. Il hésite entre plusieurs théories. Mon cœur ne tient plus. Il tombe dans le vide. Je ne peux pas voir ça. Voir Thomas souffrir, volontairement.

— Il cherche des sensations fortes pour se pousser à bout. Je vois les choses ainsi. Il cherche à déclencher quelque chose en lui.

— Pourquoi contre deux hommes ? s'exclame Julia.

— Je ne sais pas, mon ange. Ce qui est sûr, c'est que Thomas ne se contente pas de mentir sans raison.

J'ai le cœur au bord des lèvres. Quand il reçoit le premier coup, j'ai l'impression que c'est moi qu'on attaque. Il ne riposte même pas. Il ne se défend pas. Il passe sa vie à ériger des barrières autour de lui, mais quand il s'agit de se faire rosser, là, il fait tomber le pont-levis.

Je lui en veux.

Je lui veux de choisir les méthodes les plus rudes pour aller mieux.

Je lui en veux de m'avoir approchée charnellement parce qu'il savait qu'il allait faire une connerie juste après.

Je lui en veux de ne pas faire de lui et de moi un nous.

Et je m'en veux de ne pas avoir la force de rester ici.

Thomas

Un bruit de bombe.

Je me réveille sur le bruit des bombes. Mes mains plaquées sur mes oreilles. Je retiens ma respiration comme si ça pouvait canaliser l'énergie qui crépite dans mon ventre.

— Thomas, on doit y aller.

La voix de Lukas résonne dans la cave où nous nous cachons. Je me redresse et le regarde, apeuré.

— Ils vont nous trouver.

— Non, je te le promets.

Lukas est plus âgé que moi. Il a des yeux ambrés, les cheveux très blonds et une force mentale sans pareille. Un comble, quand on sait que ce pays en guerre ne veut que notre mort.

— Où allons-nous ? demandé-je en me redressant difficilement.

Mon ventre émet un gargouillement tonitruant. Je m'empresse de poser mes mains dessus et je baisse la tête.

— Chercher quelque chose à manger, tu ne vas pas tenir sinon.

— Mais toi non plus, tu n'as rien mangé…

— Ne t'en fais pas pour moi.

Je m'en veux… Il m'a donné la moitié de son dernier repas, en plus de ce que j'avais. Sa main se pose sur ma tête et il m'offre un sourire sincère.

— C'est toi et moi, Thomas.

Lukas pousse la porte du sous-sol et nous sortons sous le ciel gris, dans les rues pleines de soldats. Des familles courent dans tous les sens à la recherche d'un refuge. J'entends des cris de bébé, des pleurs d'enfants, mon cœur se serre de douleur puis Lukas me prend la main pour partir.

— Lukas, dis-je en l'arrêtant.

Il me jette un coup d'œil par-dessus son épaule, l'air soucieux.

— Je ne manquerai à personne, pourquoi tu t'obstines à me protéger ? Nous allons tous mourir ! Regarde autour de toi !

Il presse sa main sur mon épaule.

— Tout n'est pas parfait, Thomas. Mais dans ce monde cruel, c'est important de s'accrocher à quelque chose. Tu ne peux pas m'en vouloir de m'accrocher à la vie, sinon je n'ai qu'à me jeter de ce pont tout de suite. Tu es comme mon petit frère, je t'aime et je veux que tu sois à mes côtés.

Mes larmes m'échappent, je pleure devant lui en cachant mon visage plein de poussière derrière mes mains sales. Il me prend dans ses bras et me caresse les cheveux.

— Tout n'est pas parfait, ne l'oublie jamais. Mais là où il y a des ombres, c'est que la lumière n'est pas très loin.

— Je ne veux pas mourir, dis-je en pleurant dans ses bras. Je veux que tu restes avec moi.

— Je ne te laisserai pas mourir. Je serai toujours là.

J'ouvre faiblement les yeux, une lueur blanche m'aveugle et durant un instant le visage de Lukas surgit devant moi. Son sourire confiant, presque insolent, me replonge dans des souvenirs rouge sang.

Le mirage s'évapore. Je retiens mon souffle et croise le regard soucieux de Jackson.

— Est-ce que ça va ?

Les dernières minutes me reviennent, je me suis fait cogner comme jamais. Ma défense n'a pas dû être terrible. Cela m'a ramené aux coups que j'ai reçus, enfant.

Lentement, je me redresse et me frotte le visage. Nous sommes seuls. Jackson a dû virer tout le monde après ma défaite.

— Je ne sais pas, admets-je en poussant un soupir.

Je ressens la brûlure des hématomes sur ma poitrine. Ugh ! De plus, ce n'est pas comme si on ne m'avait pas tabassé il y a à peine cinq jours, quand j'étais au Texas.

— Ils ne t'ont pas loupé. Quand t'étais inconscient, j'ai ramené une des infirmières du staff pour panser tes plaies qui suintaient le sang. Si t'avais besoin qu'on te frappe, t'aurais dû me le demander, s'exclame-t-il en s'asseyant par terre à côté de moi.

Mon regard se baisse vers mon torse. J'ai un bandage autour du bras et un en diagonale sur le torse.

— Je n'aurais pas accepté de perdre face à toi, lui dis-je pour le narguer tout en passant la main sur mon torse.

— Oui, justement. Tes choix sont excessifs. J'ai accepté parce que je sais que tu aurais cherché ailleurs sinon, loin de moi. Je voulais garder un œil sur toi.

— Merci pour ta sollicitude, dis-je avec sarcasme.

Mes muscles hurlent de douleur mais j'ignore leur cri. Il n'y a que celui de mon cœur qui m'importe.

— Thomas, je m'inquiète pour toi. Je m'inquiète énormément.

Je tourne la tête vers lui et le dévisage avec curiosité.

— Tu n'as pas à t'inquiéter pour moi, laisse ça à ta sœur.

D'ailleurs... où est-elle ? Putain, j'ai merdé avec elle.

— Elle n'a pas supporté. J'ai demandé à Julia de la raccompagner. Tu lui fais du mal en agissant de la sorte...

Avant que je puisse répondre, il reprend :

— ... et à moi aussi, ça me fait du mal de te voir ainsi.

On se regarde dans le blanc des yeux, notre amitié est bien trop forte pour y placer des mots. Ma bouche esquisse un rictus et j'appuie la main sur son épaule.

— Mon ami, j'ai besoin d'encore un peu de temps. Pardonne-moi.

— Je sais qu'on ne se dit pas tout, mais Thomas, toi aussi, tu m'as sauvé de ma solitude, à l'orphelinat.

Un jour, je lui ai dit la même chose. Il n'avait pas répondu. C'est chose faite. Je me contente d'acquiescer en souriant.

— Je vais rentrer, dis-je en me levant difficilement.

— Je te dépose.

Après que j'ai pris une douche et enfilé des vêtements propres au Box for Ashes, on a changé mes bandages. Je ne me sens pas mieux. Un sentiment de vide m'habite. Mes pensées s'entrechoquent. Toutes tournent autour de ce Lukas. J'ai souvent fait des rêves où rôdait un garçon blond, mais il était sans visage. Je ne voyais que sa silhouette qui me tendait la main. Ses yeux ambrés qui me scrutaient. Là, je vois enfin un visage.

Lors du trajet jusque chez moi, ni Jackson ni moi ne rompons le silence. Il sait que j'ai besoin de temps, que quand je serai prêt, je lui dirais tout. Je redoute sa réaction. J'ai tellement honte. Près de trente ans d'existence et je ne vois que le passé, tandis que lui n'aspire qu'à un futur plus ambitieux.

Arrivé à ma résidence, je prends l'ascenseur et m'arrête machinalement à l'étage de Fallon. J'ai mal partout, mais la douleur la plus forte est dans mon cœur. Un vide sidéral.

J'ai besoin de la voir…

J'ai besoin d'elle.

L'être humain a besoin de s'accrocher à quelque chose. Elle est l'ancre qui m'empêche de me noyer dans les ténèbres.

Mon poing toque à sa porte. Au bout d'une minute, elle est devant moi, les yeux pleins de larmes. Je n'ai pas le temps de placer un mot qu'elle plonge dans mes bras et me serre contre elle.

— Reste, murmure-t-elle.

20

Les murs ont des yeux

Fallon

Je suis assise sur le tapis au centre de mon salon, le dos contre le canapé. Je scrute les moindres faits et gestes de Thomas qui tourne en rond. Près de mes jambes : un livre et une tasse de thé tiède. Je tapote nerveusement la couverture reliée. Un silence hérissé de non-dits et de tension tapisse l'atmosphère.

— Thomas, je t'en prie.

Il se frotte le menton sans me regarder. Je soupire et stoppe mes tapotements. À la place, je me mets à triturer la manche de mon pull.

— Tu n'es pas obligé de parler, dis-je. Je veux simplement que tu sois bien.

Thomas s'immobilise face à moi et daigne enfin lever ses yeux aigue-marine. Ma lampe tamisée ombre les traits de son visage.

— Approche-toi, s'il te plaît.

Il pousse un long soupir de soulagement et s'avance vers moi. Il s'allonge sur la surface moelleuse de mon tapis gris, sa tête sur mes jambes. Ses yeux me scrutent avec curiosité. Je lui souris tendrement et effleure du bout des doigts ses cheveux sombres. Il s'abandonne à la douceur de mes gestes, les paupières closes.

Je détaille son beau visage. C'est comme contempler une statue sculptée dans la glace. Thomas a la mélancolie dans le sang. Je le sens si triste, si désorienté. Devant moi, il a toujours préservé une image inébranlable. La puissance familière de ses bras m'a protégée de tant de malheurs. Pourtant, ce soir... il baisse les armes.

Son corps est dans la défaite, sa bouche scellée, et je le vois brisé en mille morceaux. Une part de moi s'est toujours accrochée à la force de Thomas, mais découvrir cette facette de lui ne me fait que l'aimer davantage.

— Tu es douce, murmure-t-il en attrapant ma main.

Mes lèvres s'étirent en un léger sourire, il ouvre les yeux et croise mon regard, épris de tout son être.

— Je suis contente que tu sois là, avec moi.

Pour unique réponse, il dirige ma main vers sa bouche et y dépose un baiser.

— Tu es la paix de mon existence, Fallon.

Son visage est un putain de champ de bataille. Ses émotions luttent pour avoir le contrôle. Ses yeux bleus nagent dans des rêves brisés, dans un avenir sans espoir.

— J'ignore ce qui te tracasse, Thomas, mais peu importe quelle est ta vérité, je serai toujours prête à l'écouter.

Ses doigts s'enchevêtrent aux miens. Ce contact chaud m'est familier, pourtant ce soir il rime avec quelque chose de plus puissant que d'habitude.

— Je ne suis pas prêt, Fallon. Je ne suis prêt à rien pour cette vie.

La rudesse de cet aveu est comme un coup à la jugulaire. Je prends sur moi et me contente de lui sourire.

— Moi, je suis prête pour toi et suffisamment pour nous deux. Alors j'attendrai.

Thomas écarquille les yeux. Je lui fais une promesse. La promesse d'être à lui, la promesse qu'il n'y a que lui et cela, même s'il ne se sent pas prêt. Tout semble différent à présent. Je voyais en lui tout ce que je n'étais pas, tout ce que je voulais devenir. Il était une armure inébranlable qui me protégeait.

Ce soir, sans s'en rendre compte, il s'ouvre un peu à moi, dévoilant le petit garçon qui a besoin de réconfort et de chaleur. La vérité est qu'il ne se plaint jamais des épreuves qui lui labourent le cerveau. On oublie à force qu'il n'est qu'un être humain, dans le fond.

— Tu es la plus belle femme que j'ai jamais vue, murmure-t-il en levant la main pour frôler mon visage.

— Je ne comprendrai jamais ce que tu vois en moi, admets-je avec une pointe de tristesse dans la voix.

Un pli barre son front. Il se redresse avant de s'adosser comme moi contre le canapé.

— Tu sais très bien ce que je pense de toi, princesse.

— Je pense que je devrais m'émanciper de ton regard sur moi.

Thomas se tourne vers moi et appuie son bras sur mon canapé. Nous nous fixons avec une intensité croissante.

— Je ne vis qu'à travers le regard des autres... Je n'ai rien à offrir. Parfois, je me demande si tu ne m'idéalises pas.

Il cligne des paupières comme s'il était victime d'une hallucination auditive.

— Moi ? T'idéaliser ?

Sa mine outrée me fait rire. Il est si mignon, malgré sa joue enflée, sa lèvre fendue et le pansement sur son nez.

— Tu as ce qu'on appelle une kalopsie, dis-je en passant un doigt sur son visage.

Je suis les contours de sa mâchoire, taillée dans de la pierre, en me rapprochant.

— C'est avoir l'illusion que les choses sont plus belles qu'en réalité, susurré-je en louchant sur ses lèvres.

— La seule personne susceptible d'avoir des désillusions sur l'autre, c'est toi, mon cœur.

— Pourquoi tu penses ça ?

Sa main passe dans mes cheveux, il enroule une de mes mèches claires dans son index et joue avec.

— Je te l'ai déjà dit, tu es la seule perfection de mon monde imparfait.

Mon pouls s'accélère. Notre proximité réveille l'état dans lequel il m'a plongée juste avant son combat. Ma respiration se saccade lorsque je me remémore la sensation de ses doigts sur moi.

— N'y pense plus, susurre-t-il comme s'il savait très bien à quoi je songe.

Une myriade d'émotions miroite dans ses yeux. Je soupire et plonge ma tête au creux de son cou. Je laisse son odeur virile m'envahir. Je veux qu'il m'envahisse tout entière.

— Tu me tues, Thomas, tu me tues lentement et c'est douloureusement bon, c'est ça, le pire.

J'ai à peine goûté à la luxure avec lui que je veux déjà recommencer. Je sais que cela ne viendra pas de sitôt. Thomas s'est juste autorisé ce moment pour oublier la douleur qui viendrait par la suite.

— Pardonne-moi, Fallon, mais... je ne suis vraiment pas prêt. Tout à l'heure... je me suis égaré...

— Tu ne t'es pas égaré, Tommy. Tu as écouté ton cœur.

Ma main se colle sur le moteur de ses battements. Je ressens le rythme frénétique de son existence. Je souris contre la peau de son cou que je parsème de tendres baisers. L'idée de me détacher de lui m'est insupportable. Je ne veux pas être séparée de lui. Je veux qu'il soit à moi, autant que je suis à lui depuis toujours.

— J'ai aimé chaque seconde de ce moment, admets-je au creux de son oreille avant de lui mordiller le lobe.

Sa main se cale au creux de mes reins. Son souffle chaud sur ma peau me fait frissonner. Il me serre dans ses bras. Son front se pose sur mon épaule et il m'embrasse un peu au-dessus de la clavicule.

— Fallon, tu es bien plus qu'un corps à mes yeux.

Je me crispe et il s'écarte pour me regarder. Je suis l'étoile ardente qui fend le ciel nocturne. Mon cœur palpite, tous mes sentiments échauffent mon sang, une adrénaline qui me donne des pulsions charnelles.

— Pour moi aussi, tu vaux plus que tu ne le crois.

Il y a tant de choses que j'aimerais lui dire, mais il ne sera jamais prêt à les entendre. J'aimerais lui laisser en mémoire les mots suivants : *Mon amour, montre-moi tes cicatrices et toutes les brèches que tu sais si bien cacher aux yeux du monde. Montre-moi tes pensées martyrisées. Montre-moi tout et laisse-moi les aimer.* C'est exactement ça que j'aimerais lui dire. Mais je suis tétanisée à l'idée qu'il prenne peur et s'en aille. Je suis tétanisée à l'idée d'éprouver ce sentiment de rejet. Alors je me tais. Ce n'est pas le bon moment. Mes lèvres se pressent au coin de sa bouche, sur sa nouvelle plaie. Ma main encore sur son cœur, je fixe cette zone de son torse recouverte de son pull noir. Je souris tristement et l'embrasse aussi là. C'est comme une promesse : je parviendrai à panser tous ses hématomes.

Thomas est mon héros. Il m'a sauvée tant de fois que j'ai une dette envers lui. Tout ce que je demande, c'est de devenir à mon tour son héroïne.

Sa main passe dans mes cheveux. Il me contemple d'un air complètement désorienté, avant de caresser ma joue droite de la pulpe de son pouce.

— Tu es incroyable. Et je ne parle pas que de cette couleur qui fait ressortir tout ce que j'aime chez toi.

Un faible rire s'échappe de ma bouche. Nous sommes si proches, à nous dévorer des yeux. Une guerre mondiale pourrait éclater dehors que notre bulle resterait intacte.

— Tu es le plus bel homme, l'homme le plus fort que je connaisse, dis-je joyeusement.

— Le plus fort ? Tu es sûre de ça, Pinocchio ?

Il me pince le nez et je me retiens d'éclater de rire en aspirant mes lèvres.

— Mon père était impressionné par ta force mentale. Il t'admirait, il aimait ta façon d'être.

— Vraiment ? Je me suis toujours dit qu'il ne voyait que Jackson, dit-il en soupirant.

— Qu'est-ce qui te fait dire ça ? Il te voyait aussi, tu ne t'en rendais juste pas compte.

Je fronce les sourcils, ne supportant pas l'idée qu'il sous-estime sa valeur aux yeux de notre famille.

— J'étais bien trop occupée à te contempler, lâche-t-il en me faisant un clin d'œil avec un rictus taquin.

— Oh… Thomas… Je n'étais vraiment pas jolie.

Adolescente, j'étais tout sauf belle. Ma mère me le faisait bien savoir et quand je revois les photos de l'époque, eh bien… elle avait raison.

— Mm… insinues-tu que j'ai mauvais goût ?

— Totalement !

Thomas roule des yeux, sa main taquine le bas de ma jupe. Il a beau me dire qu'il ne se sent pas prêt, il n'arrive pas à se tenir à son pacte. Le feu dans ses yeux trahit ses intentions. Il ne peut pas s'empêcher de me frôler, de me caresser. Et j'aime tellement ça… Lui, hors de contrôle et à ma portée.

— Tu veux savoir ce que je vois en toi ?

— Oh non, ne me dis rien, déclaré-je en appuyant mon index sur ses lèvres. Je te l'ai dit, je ne veux plus me voir à travers ton regard.

— Ne te méprends pas : je listerai tout autant tes défauts, me taquine-t-il en embrassant mon doigt.

— Je le sais, je suis trop sensible pour cette vérité…

— Ton père serait fier de toi, déclare-t-il en me fixant intensément.

— Qu'est-ce qui te fait dire ça ?

— Tu as un grand cœur. Il serait heureux de voir qu'en dépit des brimades et des humiliations venant de ta mère, tu n'as pas fini comme elle.

— Tu le penses vraiment ? J'ai l'impression d'avoir raté ma vie… À vingt-cinq ans, je ne sais rien faire.

— Peut-être que tu devrais te lancer dans un projet qui te fait vibrer. Tu en as les moyens, profites-en.

Ces mots font naître de l'espoir au fond de moi.

— Tu seras là pour m'épauler ?

— Bien sûr. Je serai toujours là.

— Moi aussi, je serai toujours là, Thomas, peu importe ce que tu peux penser. Je peux encaisser tout ce que tu as à me dire, ça me tient à cœur que tu en sois conscient.

Thomas poursuit ses caresses sur ma taille et j'enroule mes bras autour de son cou pour lui embrasser la joue. Il rompt notre étreinte et se met sur ses jambes. Je l'imite et l'accompagne jusqu'à la porte. Ma main prend la sienne et mon pouce caresse le dos de la sienne. Il me tire vers lui et dépose un baiser sur mon front.

— Merci d'apaiser ma douleur, il n'y a que toi dans ce monde cruel qui y parvienne, mon cœur.

Le livre que je suis en train de dévorer est incroyable. Le garçon est fou amoureux d'une fille qui ne fait que l'ignorer. Elle refuse de sortir avec lui parce qu'elle considère qu'un mec avec un *body count* considérable est un *red flag*. Mais il est tellement attachant que ça devient de plus en plus difficile de résister. Je suis tout excitée à l'idée de poursuivre ma lecture, sauf qu'on toque à ma porte. Je souffle et me dirige vers l'entrée, enroulée dans mon plaid comme un burrito et ma Kindle en main. Dès que Julia m'aperçoit, elle éclate de rire.

— Je te dérange, je crois, dit-elle en entrant.

— Bah… oui. Qu'est-ce que tu fais là ? Je croyais que tu avais une réunion avec l'équipe marketing pour ton prochain roman.

— Oh… je leur ai demandé si on pouvait décaler.

— Pourquoi ?

Je me jette sur le canapé et la regarde s'installer près de mes pieds.

— Je voulais te voir. Hier soir, je suppose que Thomas est passé ici après son combat.

— Il est venu, dis-je en me frottant la jambe par-dessus le plaid.

— Et ? Il s'est passé quelque chose ?

— On était très proches, mais... pas forcément physiquement. Du moins, pas comme un homme et une femme peuvent l'être. Et encore moins comme j'aurais aimé l'être.

— Ça viendra. Peut-être qu'il a besoin de se libérer de ce qui le ronge avant de se consacrer à toi, me dit-elle avec un air empli de compassion.

— Le problème, Julia, c'est que je le vois dans ses yeux. Il lutte constamment et je ne sais pas contre quoi. Il a des soucis, je ne suis pas bête. Il refuse d'en parler et parfois je me dis que même s'il finissait par se produire quelque chose entre nous, eh bien... ce sera toujours lui qui aura l'ascendant. Il ne me donnera rien de lui. C'est très frustrant de me reposer sur lui alors que lui ne le fait jamais. C'est censé signifier quoi, à ton avis ?

— Fallon, tu te prends trop la tête...

— Ne me dis pas ça ! Je suis réaliste. Thomas ne voit pas en moi une potentielle partenaire sur qui il pourrait compter. Il a tellement eu l'habitude de me protéger qu'il ne m'imagine pas capable d'encaisser ses secrets.

Je ne me suis pas rendu compte que, en débitant ma pensée profonde, je me suis levée et je tourne sur moi-même toujours en mode burrito.

— Et que comptes-tu faire, si c'est le cas ?

— Tout ce que je veux, c'est qu'il me donne une chance. Rien qu'une chance. À quoi bon être avec lui s'il me refuse l'accès à son cœur ?

— Tu es déterminée, on dirait.

— Tu n'as pas idée. Je ne veux pas continuer de vivre en me

demandant ce que ça aurait pu être... On a perdu tellement de temps ! Je veux le comprendre, je le veux tout simplement, Julia, m'exclamé-je en me mettant sur le sol, près de ses jambes.

— Il a besoin que tu lui éclaires cette voie-là. C'est toujours lui qui t'a guidée, peut-être que c'est comme ça que tu pourras lui prouver tes motivations.

— Tu as sans doute raison. Je me sens bien, tu sais ? Le fait de réaliser que je ne me faisais pas de films, ces derniers mois.

— Fallon, je t'ai toujours dit qu'il ressentait quelque chose pour toi. Même un aveugle le verrait.

— Oui, bah... excuse-moi d'avoir douté de ton expertise.

— Quand est-ce que tu as compris ce que tu ressentais ?

— Je ne sais pas... Je le voyais comme un ami, jusqu'à ce que je réalise que, de mon côté, c'était de l'amour. Une partie de moi m'a empêchée de laisser s'épanouir mes sentiments, car je pensais qu'il ne me regarderait jamais.

— Et pourtant... il n'a jamais cessé de te regarder.

Mes lèvres s'étirent en un sourire timide. Je sens mes joues rosir.

— Je l'aime, Julia. Je l'aime de tout mon être.

Julia pose délicatement sa main sur ma joue et la caresse avant de déposer un baiser sur mon front.

— Je suis certaine que ton tour arrivera. Tu trouveras le bonheur. Tu le mérites plus que quiconque.

Ces mots m'arrachent quelques larmes, que j'essuie discrètement. Je pousse un long soupir.

— Je devrais me réjouir de ce que j'ai déjà. Je me sens si égoïste, parfois... Je me plains alors que des personnes n'ont pas le quart de ce que j'ai, dis-je en poussant un long soupir.

— Je peux peut-être te demander quelque chose, dans ce cas.

— Dis-moi.

— Je veux que tu sois mon témoin. Et ma demoiselle d'honneur.

Je me redresse d'un coup et la fixe, l'air ahuri. Elle me scrute avec un amusement peu dissimulé.

— Oh mon Dieu ! Vous vous êtes enfin décidés !

— Oui, ça s'est fait assez naturellement. Sa bague est toujours à mon annulaire et, il y a quelques jours, il m'a soufflé que peut-être il était temps pour nous… de passer le cap, si je me sentais prête. Tout dépendait de moi. Avec King, j'ai toujours été prête. S'il me l'avait demandé avant, j'aurais dit oui aussi.

Julia a le regard pétillant. Elle regarde l'anneau à son doigt et son sourire n'en devient que plus que radieux.

— Alors, je peux compter sur toi ?

— Évidemment ! C'est pour quand ?

— Le 30 du mois prochain. Je tiens à le préciser : je ne veux pas d'enterrement de vie de jeune fille. J'aimerais juste qu'on se fasse une soirée, toi et moi.

— De toute façon, tu n'as pas d'autres amies, dis-je en haussant les épaules. On pourrait aller dans un strip club ?

— Fallon !

— Bah quoi ? Faut bien que tu étudies différents corps pour t'inspirer. Pour tes livres.

— Ne t'en fais pas, avec ton frère, je me rince suffisamment l'œil.

— Alors, prière de ne jamais mentionner mon frère devant moi dans ce genre de contexte, fais-je avec une grimace de pur dédain.

Julia s'esclaffe.

— Oh mon Dieu ! Ta tête est ICONIQUE !

— Ouais, je sais, je sais. Je suis hilarante. C'est pour quand, les essayages ? Je te tue si tu me fais mettre une robe bouffante qui me fera ressembler à un champignon ! Notre amitié cessera, ce sera irrévocable, déclaré-je avec une voix menaçante.

— Ne t'en fais pas pour ta robe, ma belle. Je choisirai ce qui ira le mieux avec tes yeux, dit-elle en souriant.

— Je préfère ça.

— Ma mère et mes sœurs viennent la semaine prochaine pour les préparatifs. Évidemment, tu es la bienvenue. Pour les essayages, j'ai repéré pas mal de boutiques et j'ai une idée de ce que je veux.

— J'ai tellement hâte ! Et pour la salle, tu as des idées ? Je connais une Bookstagrameuse qui s'est mariée ici. Elle a partagé sur son compte le nom de son agence de *wedding planner*. Franchement, son mariage était sublime.

— Avec Jackson, on veut quelque chose de simple et de beau et je sais qu'il veut me faire plaisir. Il n'y aura pas beaucoup d'invités, de toute manière.

— Compte sur moi pour t'aider.

— Avant que je vienne t'importuner, tu avais prévu quoi ?

— Lire un livre de cul pour nourrir mes fantasmes, puis passer voir Thomas dans la soirée.

Sans pouvoir assouvir mes fantasmes, malheureusement.

— Je peux bosser ici ? Je suis en plein travail éditorial sur mon roman. Si tu veux, plus tard, on sortira prendre l'air.

— Non, tu ne peux pas rester. Ta présence va intimider mes pensées lubriques.

Face à mon air sérieux, Julia se tord de rire et je la frappe avec mon coussin.

— Évidemment que tu peux rester, idiote ! On commande des sushis. Je veux des Salmon Rolls Cheese. Pour le goûter, il y a un salon de thé qui vient d'ouvrir à côté, les photos des viennoiseries ont éveillé ma gourmandise.

— C'est parfait pour moi. Et pour Thomas, c'est quoi, le plan ?

— Je le laisse tourner en rond jusqu'à ce qu'il comprenne que je suis celle qu'il lui faut.

— J'aime ta persévérance. Les hommes ont toujours du retard, de toute façon.

— Oui, ils sont bêtes. Ce n'est pas étonnant.

Julia bosse sur son manuscrit, assise à même le sol, son dos contre mon canapé. Moi, je suis avachie dessus et pousse toutes les cinq minutes de petits cris qui font sursauter ma meilleure amie.

— Il l'a baisée, c'est bon ?

— Non ! C'est un chien ! Il ne fait que la faire languir ! Je vais péter un câble !

— Calme-toi, s'exclame-t-elle en pouffant. Il reste combien de pages ?

— Moins de trois cents, je suis à la moitié. S'il ne la baise pas bientôt dans tous les sens, j'envoie un mail à l'auteur pour lui faire payer la facture de ma future thérapie.

— Quelle obsédée !

— Julia, je ne suis pas une obsédée, ça me canalise.

— Je me demande en quoi. Tu rumines depuis une demi-heure.

— C'est le processus ! Tu n'es pas aussi expressive quand tu lis ?

— Cela fait très longtemps que je n'ai pas lu. Je n'ai pas le temps, avec l'écriture, mais ça me manque.

— Il te reste beaucoup à corriger ?

— Oui... Je ne suis qu'au début, et j'ai l'impression que la trame ne vaut pas le coup, que les thématiques abordées sont bidon. Ça me déprime.

Je descends de ma place pour m'installer en tailleur à côté d'elle. Je pose ma tête sur son épaule et lis les passages qui sont affichés sur son écran. Julia me raconte les points essentiels de son histoire et les propositions que son éditrice lui a faites. Je lis au moins les dix premiers chapitres qu'elle m'a envoyés par mail sur mon téléphone, tandis qu'elle essaie d'améliorer comme elle peut ses idées.

— Je pense que tu devrais ajouter un chapitre entre le 3 et le 4.

— Pour y mettre quoi ? demande-t-elle avec du désespoir dans la voix.

— Tu n'as pas assez développé la relation entre les deux frères. En plus, ça te permettrait de donner plus de relief à la personnalité du protagoniste. Tu m'as dit qu'il avait vécu un drame familial. Tu pourrais approfondir le sujet.

Julia fixe son écran en faisant la moue. Elle se frotte le menton et je ris face à sa tête adorable.

— Et s'il se contentait de revoir les albums de famille ? ajouté-je. Ou sinon, fais en sorte que, dans son travail, on le pousse à songer aux souvenirs qu'il ne cesse d'ensevelir au fond de lui. Ou sinon, il a un *date* avec une meuf lambda et...

— Wow, Fallon, t'as tellement d'idées ! J'aime bien la deuxième, je pense que je vais faire ça.

Je lis le reste de son manuscrit, allongée par terre sur le tapis, tandis qu'elle rédige son nouveau chapitre.

— Je m'en veux d'interrompre ta lecture, dit-elle, gênée.

— La tension entre le mâle alpha de ton histoire et la meuf me ravit, donc je ne t'en veux pas. En revanche, j'ai des remarques à faire, en plus de celles de ton éditrice.

— Je t'écoute ?

— POURQUOI LES SCÈNES DE CUL TARDENT ?

Julia se tord en deux, manquant de faire tomber son MacBook. Elle s'attendait sans doute à une remarque sérieuse. Mais c'est sérieux, pour moi !

— T'es une connasse, dit-elle en essuyant ses larmes. Arrête de faire cette tête ! C'est pour me tuer ?

— C'est ce que tu mérites. Il allait l'embrasser, sa bouche à elle était ouverte ET IL RECULE ? Non, mais on est où, là ? C'est *so* 2016, ça.

— Pourquoi tu n'écrirais pas ? demande-t-elle, tout d'un coup très sérieuse.

— Moi ? Écrire ?

— Oui, tu as plein d'idées. Ton imagination est débordante. Et tu lis bien plus que moi.

— Je ne suis pas douée pour écrire.

C'est le cas. Lire suffit amplement à mon épanouissement.

— Ce n'est pas la première fois que tu m'aides. Peut-être que tu es bonne pour aider les autres à écrire.

— Comment ça ?

— Tes remarques sont pertinentes, et tu me reprends sur mes phrases avec des propositions intéressantes. Tu as un vocabulaire très riche. Tu pourrais te former à l'édition.

— Devenir éditrice ?

— Tu n'y as jamais pensé ? Tu me dis souvent que tu n'as aucune compétence, que tout ce que tu sais faire, c'est lire. Peut-être que tu devrais exploiter ça, suggère-t-elle sérieusement.

— Mais je n'ai aucune expérience, aucune formation. Il faut faire des études pour ça.

— Mm, je sais, mais… tu pourrais y réfléchir.

— Allez, viens, sortons prendre l'air, tu as assez travaillé pour aujourd'hui, dis-je rapidement pour changer de sujet, tandis qu'elle soupire et accepte.

Julia et moi avons fini dans le salon de thé que je voulais tester. Cela dit, je ne me sens pas très à l'aise depuis que je suis sortie de chez moi. Je ne sais pas comment l'expliquer, mais j'ai l'impression qu'on m'observe. Ma parano n'a pas échappé à mon amie, car je tourne souvent la tête pour vérifier s'il y a quelqu'un derrière moi.

— Fallon, tu es une jeune fille splendide, plein d'hommes te matent.

L'argument de Julia pour que j'arrête de stresser.

— Ouais, mais vérifie qu'on ne nous suit pas. Je ne suis pas tranquille et ça m'énerve.

— Personne ne nous suit ! Par contre, je dois rentrer. Il faut que je me remette au travail.

— On se voit bientôt ?

— Oui ! Je t'appellerai pour les essayages. Et si ça te dit qu'on retourne danser au Box for Ashes cette semaine, dis-le-moi !

— Je vais voir où j'en suis avec Thomas, je te tiendrai au courant.

— Très bien, fais attention à toi, je t'aime !

Julia me serre dans ses bras et m'embrasse la joue.

— Si ça ne va pas, appelle-moi, à n'importe quelle heure, je viendrai, me susurre-t-elle au creux de l'oreille.

— Je t'aime aussi, lui dis-je avec un sourire sincère.

Une fois que Julia est loin de moi, la gêne revient. Mon

estomac est crispé par la tension tandis que je marche pour rentrer. Arrivée dans mon quartier, près de mon immeuble, je remarque une silhouette de l'autre côté de la rue. Je fronce les sourcils et finis par réaliser que ce n'était qu'un homme qui courait après son petit garçon. Je pousse un long soupir de soulagement. Julia a raison, je me fais juste des idées.

Enfin dans ma résidence, j'ouvre ma boîte aux lettres dans le vestibule en saluant le concierge de la main.

Mes services de presse sont arrivés. J'avais tellement hâte ! Je vais me dépêcher de faire des photos pour les montrer à mes abonnés. Une feuille pliée en quatre, glissée entre deux colis, tombe à mes pieds. Je me penche pour la ramasser.

Un jour, tu ouvriras les yeux et tu comprendras ce qu'il te faut.

21

Suis-moi, je ne te fuirai plus

Thomas

— Tu es complètement fou !

Vernon me gronde aussitôt qu'il découvre l'état dans lequel je me suis mis.

— Cesse ces conneries, maintenant ! Tu sautes des toits, tu te bats ! Qui es-tu, putain de merde ? Je ne te reconnais plus !

Ses veines saillent dans son cou et le front de Vernon suinte. Ouais, je le mets hors de lui, visiblement.

— Avant de t'enflammer, laisse-moi te raconter...

— Me raconter quoi ? Tu as vu ta tête ? Tu agis sans réfléchir. C'est tellement décevant venant de toi.

Je ne calcule même plus ce qu'il dit. Ses mots n'ont aucun impact sur moi, je me moque de ce qu'il pense. Je lui explique ce que je crois avoir découvert en explorant ma propre mémoire.

— Tu penses que tu as vécu un trafic d'êtres humains ? demande Vernon ébahi.

— Ouais. Je me souviens avoir été malmené physiquement. Je me vois lutter pour ma survie. Et il y a ce garçon. Il s'appelle Lukas. Il me tend la main. J'ai déjà tout raconté à Léonie.

Vernon me dévisage désormais avec curiosité. Un orage

gronde à l'horizon, projetant une lumière violette dans le ciel, et je ne peux m'empêcher de penser à Fallon. Elle aime l'orage, probablement parce que sa symphonie masquait les insultes de sa mère, autrefois.

— Thomas… tu devrais arrêter cette quête.

— Quoi ? Mais pourquoi ?

Vernon se frotte le visage et pousse un soupir plein de désarroi. Une myriade d'incertitudes plane dans son regard, puis une ombre. Il se durcit soudainement.

— Je pense que tu te berces d'illusions.

— Des illusions ? Tu te fous de moi ? Rien ne m'a jamais semblé aussi réel !

— Thomas, tu t'accroches à des chimères. Tu es un homme maintenant. Tu as la vie devant toi. Tu travailles, tu es riche et une femme sublime est amoureuse de toi. Pourquoi n'arrives-tu pas à te contenter de ce que Dieu t'a donné ?

J'en ai plus qu'assez de ce genre de discours.

— Tu ne sais pas ce que c'est d'être moi, Vernon. Tu ne sais rien du tout. Tu es la seule personne à qui je raconte tout ça, et voilà ce que tu fais de mes confessions ? Tu les écartes, sous prétexte qu'à tes yeux je ne manque de rien ?

— Je n'écarte rien du tout, je t'écoute et je cherche à te faire entendre raison, dit-il, au bord du désespoir.

— Je ne manque de rien, c'est vrai. Pourtant, ce que je possède n'a jamais réussi à combler le vide que je ressens au fond de moi. Dans mes rêves, je suis coincé dans une pièce tapissée de bandes bleues, rouges et blanches. Parfois, je vois Lukas et je cours vers lui, mais sans jamais l'atteindre. Qu'est-ce que c'est censé signifier ?

Vernon secoue la tête de gauche à droite. Il se lève de sa chaise et enfile sa veste.

— Je tiens beaucoup à toi, Thomas. Mais cette ambition ne te causera que du malheur.

— Le malheur ? Je crois qu'au contraire j'ouvrirai les yeux sur tout ce qui m'entoure.

Ses yeux sont emplis de chagrin. Je sens que Vernon est épuisé ; épuisé par sa vie et toutes les affaires auxquelles il se retrouve mêlé. Il n'est pas mon père, mais notre lien est particulier. Une part de moi aurait aimé que je sois son fils. J'ai rarement vu une force mentale comme la sienne. Il n'est peut-être pas aussi impressionnant que Jelan, mais la vie simple de Vernon m'a toujours fait envie.

Cela fait des mois qu'il cherche à m'inculquer ce principe. Mais rien ne rentre dans ma caboche. Mon ambition fait office d'œillères. Je le sens au plus profond de moi : je suis tout près de mon objectif.

Je sens mon cœur d'enfant palpiter. Cette adrénaline qui fait disjoncter mes veines est malsaine, je le sais. Elle me fera couler et rien ne m'empêchera de sombrer.

Mais je m'en fiche. Je n'ai plus rien à perdre.

Ma secrétaire m'a programmé un voyage pour Miami demain. Je dois rencontrer un investisseur. Je préviens mon ami et, juste avant de sortir, je reçois un appel de Léonie.

— Toujours vivant, Carter ?

— Ouais, hélas. T'as du nouveau ? Est-ce que je maintiens mon déplacement pour Miami ?

— Oui. J'ai du nouveau. Je préfère passer te voir pour te montrer ce que j'ai trouvé. Et pour ton déplacement... je crois que tu vas avoir besoin de vacances au soleil.

Je ne sais pas comment réagir.

J'ai une boule au ventre. Elle ne doit pas imploser. J'ai prétendu être prêt à encaisser n'importe quelle vérité.

Après tout ce que j'ai dit à Vernon, je n'ai pas le droit de me laisser aller.

Je rentre chez moi, harassé. L'estomac crispé, l'envie tenace de frapper quelque chose pour extérioriser cette rage. Je me laisse tomber sur mon canapé et mets *Dragon Ball* en bruit de fond pour remplir l'atmosphère de bruits familiers.

Alors... c'est ça, la vérité ?

Le poids de ma découverte s'installe difficilement dans mon esprit. Je ne suis pas encore prêt à la comprendre. Je me sens... vide.

— Thomas !!!

La voix de Fallon à travers ma porte me fait sursauter. Je me lève et me dirige vers l'entrée. À peine la porte ouverte, elle fonce sur moi et plonge dans mes bras. Je retiens un gémissement de douleur parce qu'elle me serre un peu trop fort et je ferme la porte derrière elle.

— Elle est revenue... Monica est revenue.

Le cours de mes pensées s'accélère et j'évacue tout ce qui peut me concerner pour diriger mon attention uniquement sur Fallon, qui lève la tête vers moi. Je décèle dans son regard un mélange d'effroi et d'urgence. L'urgence d'être réconfortée, de se sentir protégée.

— Mon cœur, qu'est-ce qui te fait dire ça ?

Je la soulève dans mes bras et l'emmène dans ma chambre, la pose délicatement sur mon lit. Je m'assieds près de ses jambes et les pose sur les miennes pour les caresser.

— J'ai reçu une sorte de lettre.

Fallon me tend un bout de papier. Je m'efforce de garder mon calme devant elle. Si je cède à cette colère pernicieuse, je ne ferai que l'effrayer davantage. J'ai promis à Jackson de ne pas me mêler du cas Monica. Il en fait une affaire personnelle. Putain de merde ! Si elle revient, si elle touche à un cheveu de Fallon, je ne donne pas cher de sa peau.

Je dois en toucher deux mots à King.

Fallon tremble sur mon lit. Ses bras serrés autour d'elle, sa tête baissée, ses épaules affaissées. Sa respiration hachée. Elle fait une crise d'angoisse.

— Princesse, je suis là. Elle ne t'approchera, je t'en fais la promesse.

— Je... je pensais... pouvoir me défaire de son emprise, mais même sans la voir... Elle me possède encore... Je suis si faible...

— Ne dis pas ça, Fallon. Cette femme t'a fait du mal plus qu'autre chose. C'est normal que tu la craignes.

Mes doigts effleurent sa cuisse et remontent jusqu'au creux de sa taille. Je la rapproche de moi et sa tête se niche au creux de mon cou.

— Tu n'es pas faible, mon cœur. Après tout ce que tu as enduré, tu es encore là.

— Je ne veux plus avoir peur d'elle… mais je n'y arrive pas. Elle a orchestré la mort de mon père… Je m'en veux de ne pas avoir la force de la confronter.

Le haut de mon pull s'humidifie de ses larmes. J'ai tant de peine pour elle… Si seulement je pouvais la lui arracher et porter ce fardeau à sa place… Si seulement !

— Fallon, dis-je en prenant sa main.

Je l'entends renifler contre ma peau. Elle finit par redresser la tête pour croiser mon regard. Une gamme d'émotions défile sur son joli minois. Quand elle pleure, je ne peux m'empêcher de la trouver encore plus belle. La couleur ambrée de ses yeux n'en est que plus intense, pleine d'ombres, d'incertitude et de souffrance.

— Tout le monde a peur, tu n'es pas seule. Tout le monde a peur de se battre, même si c'est pour la bonne cause. Le plus important dans tout ça, ce n'est pas l'issue du combat, mais de s'y engager.

Mes doigts glacés courent sur sa joue. D'un geste, j'efface ses larmes.

— Je sais à quel point c'est difficile pour toi. Je le vois. Tu luttes sans arrêt pour ne pas montrer ce que tu ressens. Tu te flagelles pour des choses que tu ne peux pas contrôler.

Je marque une pause et prends une profonde inspiration.

— Ce n'est pas ta faute si ta mère est ainsi. Les gens sont mauvais, un point c'est tout. Parfois, ce n'est pas seulement une question de point de vue. Les ambitions des uns font le malheur des autres. Ta mère était très belle, mais vois comment sa beauté t'a aveuglée.

Je prends son visage en coupe et la pulpe de mon pouce trace des cercles sur sa pommette.

— La beauté a toujours été une malédiction. Un subterfuge qui nous illusionne et nous empêche de reconnaître les véritables monstres. Tu n'aurais rien pu faire pour elle, Fallon. Les apparences sont trompeuses, ouvre les yeux.

Ses épaules s'affaissent et elle baisse la tête.

— Mon cœur, tout ce qu'elle a pu te faire, c'est devenu ta force aujourd'hui. Ton sourire est un rayon de soleil pour ceux qui t'entourent.

Fallon sanglote doucement, le visage dans ses mains.

— Le monde est cruel, mon cœur. Il est impitoyable, mais... dans cet enfer, peu importe où je suis, le paradis est un endroit sur terre avec toi.

— Tu ne devrais pas me dire toutes ces choses, souffle-t-elle tristement.

Fallon ne me regarde toujours pas. Un poids écrase mon cœur, il m'étouffe.

— Je sais que tu doutes de toi, de tes capacités. Que tu sens que tu n'es qu'une bonne à rien. Tu te trompes. Tu es très dure envers toi-même. Les pensées ne sont pas la réalité. Elles ne sont que des chimères qui n'ont que deux objectifs : nous nuire, ou bien nous acculer dans nos retranchements. Tu es une femme formidable, très intelligente, avec un grand cœur. Nous avons tous nos failles ; ne laisse pas les tiennes prendre l'ascendant sur tout le reste.

J'ai envie de la serrer contre moi, d'absorber son malheur, lui donner de ma chaleur, lui offrir tout ce que je peux pour qu'elle voie à quel point elle est exceptionnelle.

— Tu es tellement plus qu'une apparence, Fallon. Tu peux faire de grandes choses, princesse. Ta seule limite est dans ta tête.

Fallon redresse la tête vers moi, un mince sourire fendille la commissure de ses lèvres. Sa main se colle à mon cœur, comme à chaque fois, et un frisson court sur mon échine, comme à chaque fois.

— Je ne sais pas ce que je ferais sans toi, Thomas.

— Beaucoup de choses, probablement.

— Non... Sans toi, je serais perdue, totalement perdue. Tu es comme les astres qui guident le navire dans la nuit. Tu es mon étoile dans l'obscurité.

Ses paroles me font sourire et je penche la tête pour déposer un baiser sur son front. J'agis comme un lâche alors que mes doigts se sont frayé un chemin tout droit vers sa culotte l'autre jour. Je la voulais. Je voulais un moment intime avec elle, ressentir sa chaleur partout sur moi. Et là, je suis incapable... d'agir, de prendre les devants. Alors que son regard m'implore dans le silence.

— Et toi, mon rayon de soleil, lui dis-je.

Ses yeux balaient rapidement ma chambre et elle fronce les sourcils.

— Pourquoi ta valise est encore ouverte et pleine ? Tu n'as toujours pas rangé tes fringues ?

— Non, parce que je savais que je repartirais. Je devais aller à Miami demain, mais je viens de décider d'annuler.

— Pourquoi ça ?

— Parce que tu as besoin de moi.

Ses yeux s'écarquillent, puis elle fronce les sourcils et exerce une pression sur mon épaule.

— Mais non, vas-y ! Je ne veux pas interférer avec ton travail.

— Ce n'est pas grave, je peux toujours reporter. Je ne suis pas à l'aise avec l'idée que tu restes ici toute seule.

Les traits de son visage s'adoucissent, et son index effleure mon nez. Je décèle dans ses iris une lueur qui frôle la malice.

— Alors, emmène-moi.

22

Petits coups montés

Fallon

Me voilà à Miami.

Thomas a cédé plus facilement que je ne l'aurais cru. Ce n'était peut-être pas la meilleure des idées de le suivre, mais j'étais tellement triste qu'il n'a pas pu me le refuser. Ma poitrine est comme comprimée. Parmi toutes ces émotions qui me tenaillent, je ne sais pas ce qui me dévore le plus. Je suis loin de mon appartement, loin de New York et de l'ombre de ma mère. Oui, je suis loin de tout, sauf de Thomas.

Et c'est là que je comprends quel sentiment doit être mis en avant dans le maelstrom qui sévit en moi depuis des années.

Thomas. Thomas. Thomas.

Je repense à toutes les choses qu'il m'a dites hier soir. Il est le seul à savoir comment guérir les plaies de mon âme. Thomas est ma bonne étoile. Parfois, je me demande comment j'aurais fait sans lui. Depuis près de dix ans, il est dans ma vie quotidiennement, à me supporter, à m'écouter et me réconforter.

Mon père m'offrait toujours de jolis cadeaux, mais je crois que le plus inestimable à mes yeux, c'est ce jeune garçon qu'il a ramené. Un regard bleu givré évoquant les plus froids des icebergs, mais qui renferme toute la douceur du monde. Un jeune garçon un peu paumé qui ne parlait à personne, attendant patiemment son meilleur ami. Un jeune garçon qui a suscité mon intérêt. Sa solitude m'attristait, parce qu'elle me faisait penser à la mienne.

En fin de compte, nous ne sommes pas si différents. Thomas a ses secrets, ensevelis si profondément que même ses iris ne peuvent pas les refléter. Il n'a jamais laissé quiconque voir les affres de son âme. J'ai bien conscience que je ne le connais pas aussi bien que lui me connaît. Rien n'est équitable dans notre relation. Il donne, donne, et donne tellement pour moi, sans jamais rien demander en retour. Et je sais qu'il a la même ligne de conduite avec Jackson.

Ressent-il inconsciemment le besoin d'être utile pour les autres parce qu'il n'a pas su le faire dans son ancienne vie ?

Thomas a un passé nébuleux. Sa vie débute à l'orphelinat de New York. Je ne peux m'empêcher de songer qu'un vide glacial doit l'habiter. N'avoir aucune racine. J'ose espérer que Jelan, mon frère et moi avons pu combler un tant soit peu ce manque. Le sentiment d'avoir une famille. Jackson et lui n'ont pas le même sang, mais au final, les vrais liens passent-ils par le sang ?

Ma propre mère a cherché à me nuire, alors vous imaginez bien qu'un simple lien de sang ne suffit pas à faire naître la confiance.

La solitude de Thomas est mélancolique. Quand nous étions jeunes, je le voyais toujours seul. Thomas était une âme esseulée qui faisait vœu de silence, craignant que sa voix ne vaille pas la peine d'être écoutée.

Pourtant, moi, j'aimais le son de sa voix. J'aimais tout ce qu'il était. Quelque chose en lui m'a interpellée. J'ignore encore ce qui a attisé ma curiosité. Je n'étais qu'une enfant et je l'ai approché comme si je le connaissais déjà. Comme si tout ce qu'il était faisait écho en moi. Nous avons toujours eu ce lien particulier, ce lien inexplicable. Une énergie crépite dans mon ventre quand il est près de moi. Un sentiment viscéral.

Thomas a ravivé la flamme que ma mère cherchait constamment à éteindre. Il n'a jamais cessé de me protéger des démons qui pouvaient rôder autour de moi.

Je n'avais pas vraiment d'ami, Thomas a été le premier. Mon premier ami. Mon meilleur ami. Et mon premier véritable amour.

Je l'ai aimé avant même de savoir ce qu'était l'amour. J'ai envie de le voir, d'être proche de lui. Je veux qu'il s'ouvre à moi et me donne enfin cette confiance qu'il m'a refusée pour des raisons que j'ai peur de découvrir. Ce morceau de puzzle manquant pourrait expliquer tous nos empêchements. Je commence à me dire que s'il n'a jamais partagé ses secrets avec moi, c'est uniquement pour préserver cette dernière limite entre nous.

Je referme mon livre et pousse un profond soupir. Songer à cet homme ne fait qu'accroître mon désir pour lui. Je me sens si seule dans cette pièce froide, incomplète, n'aspirant qu'à combler le trou béant de mon cœur.

Si, au final, Thomas ne voulait pas de moi... je ne pense pas que je serais capable de tourner la page.

Je me lève de mon lit et sors de ma chambre, dans l'espoir de le trouver dans la sienne pour lui proposer d'aller manger dehors. Je sais qu'il avait une réunion, mais peut-être est-ce fini.

— Fallon ?

Thomas apparaît dans le couloir avant que j'aie le temps de toquer, l'air étonné de me trouver là.

— Oh ! Je venais te voir, dis-je en croisant les bras, gênée.

Il est si beau dans sa chemise blanche, ses manches retroussées sur ses muscles et son rictus coquin au coin des lèvres.

— Il y a un problème, princesse ?

— Disons que je commence à avoir faim. J'aimerais bien qu'on déjeune ensemble, si tu as le temps.

Il grimace et se frotte la nuque.

— Je n'ai pas encore terminé... Je suis monté chercher mon chargeur de téléphone parce que je n'ai plus de batterie, et aussi un document que j'avais oublié. Nous sommes installés dans une salle de réunion au rez-de-chaussée.

— Oh ! dis-je, légèrement déçue. Je vais aller profiter du buffet toute seule, dans ce cas.

— On se fera quelque chose plus tard, toi et moi, d'accord ? Profite du beau temps pour bouquiner au bord de la piscine, je t'appellerai une fois que je serai libre.

J'acquiesce et j'attends qu'il récupère ses affaires. Il m'invite à le suivre en posant la main au creux de mes reins et nous nous dirigeons vers l'ascenseur.

— Tu te sens comment ? demande-t-il en posant son épaule contre la paroi.

J'imite sa position et lui souris en collant ma main sur son cœur. Je ne sais pas pourquoi je fais toujours ça.

— Je me sens mieux. Je sais que je ne suis pas à l'abri d'une rechute, mais pour le moment, ça va, je ne veux penser à rien d'autre.

À part à toi.

— Ce pull te va bien. Cette couleur fait ressortir tes yeux.

J'ai un haut en maille vert clair qui m'arrive au nombril et dévoile mes taches brunes. Pour la première fois, je ne les ai pas couvertes. Tout le monde va les voir, et tout le monde s'en foutra.

Tous, sauf un.

Thomas a les yeux rivés sur les fines lignes dans mon cou.

— J'aime le fait que plus le temps passe, moins tu les masques.

Lentement, Thomas lève la main vers mon épaule. Ses doigts tremblent. Je me contente de lui sourire et d'acquiescer.

— Tu as touché bien plus que ça, lâché-je en arquant un sourcil.

Thomas roule des yeux et ses doigts finissent par m'effleurer avant de cajoler ma peau. Une multitude de frissons me parcourent. Je prends feu quand il me regarde comme ça.

— Ouais… j'en ai conscience, c'est… c'est nouveau pour moi.

— Nouveau ?

— Oui, nouveau… On n'en a jamais reparlé…

C'est vrai, nous n'avons plus jamais évoqué le sujet, mais dans tout ce silence, notre relation a pris une tournure différente, ou plutôt, elle a évolué vers l'inéluctable.

Thomas a toujours gardé une image irréprochable. Pourtant, à cet instant, on dirait que son aura destructrice s'est muée en de l'incertitude. Il me regarde et la myriade de doutes qui planent dans ses iris me donne l'irrésistible envie de céder à toutes mes pulsions.

— C'est nouveau pour toi, parce que tu n'as pas l'habitude de céder à tes désirs, lâché-je en pointant son cœur du doigt.

L'ascenseur finit par arriver au rez-de-chaussée.

— Parce que tu as toujours eu peur d'écouter ce qu'il y a réellement ici, dis-je, le doigt appuyé sur sa poitrine.

Sur la pointe des pieds, mes lèvres effleurent les siennes avant de se diriger vers le creux de son oreille.

— Tu me dois un orgasme, pour te dégonfler comme ça.

Je m'écarte et il m'attrape le bras, me plaque contre la cabine de l'ascenseur et bloque les portes.

— Je ne me dégonfle pas ! Si ça ne tenait qu'à moi, je…

— Tu quoi ? Fais-le, putain de merde ! Paroles, paroles, paroles !

Thomas ferme les paupières comme si cette nouvelle barrière l'aidait à contenir l'inéluctable explosion.

— Fallon, j'ai envie de toi, mais…

— Mais quoi ? Tu vois ? T'es qu'un dégonflé. C'est presque vexant. Je ne te connaissais pas comme ça.

Je le repousse et échappe à son emprise. Je veux le pousser dans ses retranchements. Je veux qu'il réalise qu'il ne sert à rien de lutter. Il n'est plus question de jouer avec le feu, on est déjà dévorés par les flammes de nos plus sombres désirs.

En allant vers le restaurant de l'hôtel, je remarque que la salle où Thomas tient sa réunion est juste en face de la piscine.

J'arque un sourcil et une idée traverse mon esprit. Il aura beau vouloir empêcher l'implosion de la grenade qu'il a dans le corps, je serai celle qui allumera la mèche.

Le Fallon Games continue.

Je me suis régalée au buffet. J'ai pris un plat de lasagnes qui m'a rempli l'estomac. Mon ventre est un peu gonflé et ça m'amuse de le voir ainsi. De toute façon, il n'est pas si plat que ça. Quand je m'assieds, j'ai ce petit bourrelet en dessous du nombril qui m'a longtemps dérangée. Le complexe portant sur ma poitrine a pris de telles proportions qu'il a occulté tout le reste.

Aujourd'hui, ça va. Je n'ai pas un rapport idéal à mon corps, mais je me concentre sur autre chose : Thomas.

Parfois, je rêve d'être différente. J'envie tant de choses chez les autres. Pas assez, je ne suis jamais assez. La sensation de flotter au-dessus de mon corps est permanente, je me regarde agir, parler, et je déteste ce que je vois.

Sur un transat, je retire mon haut de maille, libérant ma poitrine. Je ne suis pas fan de bronzage. Généralement, j'évite de m'exposer au soleil. Je ne veux pas me coltiner des rides. Je ne sors jamais sans écran total. Néanmoins, pour mettre mon plan à exécution, une cure de vitamine D ne me fera pas de mal.

Derrière la baie vitrée, face à moi : Thomas. Il peut me voir, je distingue sa silhouette. Je soupire et attrape ma crème solaire en posant soigneusement ma Kindle près de moi.

Quelques regards sont dirigés vers moi. Je croise celui d'un brun bien bâti. Il voit dans mon sourire une forme d'invitation et se dirige vers moi.

— Bonjour, mademoiselle, vous venez d'arriver à l'hôtel ?

— Tôt ce matin. Je m'appelle Fallon.

— Et moi, Harry. Je suis en vacances avec mon équipe de football américain, m'explique-t-il en pointant du doigt l'autre bout de la piscine où se trouvent quelques hommes aussi baraqués que lui.

— Oh ! je vois. Je suis en vacances, moi aussi. Pour m'éloigner de tout.

— Mm... Si tu veux profiter, tu peux sortir avec nous, ce soir. On sera nombreux, ça va être sympa.

Harry est plutôt entreprenant. Il se pose sur mon transat, juste à côté de moi, et me reluque ouvertement. Ses yeux détaillent les motifs de mon corps.

C'est le moment de flirter.

— Je ne sais pas trop... Vous êtes un gros groupe, ce n'est pas trop mon truc.

— Si tu préfères un peu plus d'intimité, il n'y a pas de problème. Je ne compte pas te lâcher de la soirée si tu nous accompagnes. Ces taches de rousseur sur ton corps sont sublimes.

Ah la la, des taches de rousseur, si ce n'était que ça.

— Merci beaucoup, je ne suis pas habituée à les exposer.

— Il faut que tu mettes de la crème. Tu veux que je t'aide ?

Je me mords la lèvre inférieure et repousse mes cheveux sur le côté, en lui présentant mon dos. Il est assis juste derrière moi. Je sens son souffle chaud contre ma peau. Seulement... ça ne me fait rien. Et quand ses mains étalent la crème sur le haut de mon dos, toujours rien.

Je soupire. Il s'imagine que c'est parce qu'il me fait de l'effet, alors que c'est plutôt un soupir de dépit. Je penche la tête de côté, le laissant masser ma nuque et tentant de savourer ce contact. Rien à faire...

Je me retiens presque de rire. Mon corps ne réagit qu'au toucher de Thomas.

Est-ce qu'il me regarde ?

Mon téléphone vibre. C'est lui.

Thomas : Arrête de jouer à ça.
Moi : Ce n'est pas ma faute si tu ne sais pas jouer.
Thomas : Ne t'en fais pas, ma belle, je sais très bien me servir de mes doigts.
Moi : Paroles, paroles, paroles.

Je fixe la baie vitrée, sachant pertinemment que lui me regarde. Mes lèvres se fendent en un sourire diabolique, puis je tourne mon attention vers Harry.

— Tu as des doigts de fée, mens-je effrontément.

Harry me fait un clin d'œil, avant de relever et de me proposer que nous échangions nos numéros afin que je le prévienne pour ce soir.

— À très vite, j'espère, Fallon.

Mon téléphone vibre à nouveau.

Thomas : Gentille fille.
Moi : Je sors avec lui ce soir.

OK. Je pimente le jeu.

Thomas : Pardon ?
Moi : T'es pas censé être en réunion, toi ? Pas très sérieux tout ça.
Thomas : Tu vas vraiment sortir avec lui ce soir ?

Je ne réponds pas, me contentant de lancer un doigt d'honneur en direction de la baie vitrée en face de moi.

Thomas : T'es en train de me rendre fou.

Je souris et tire la langue. On doit me prendre pour une folle, alors que je sais très bien que le regard océan de l'homme que j'aime est rivé sur moi.

Thomas : Princesse, tu me fais courir à ma perte.
Moi : C'est bon pour le cardio, avant que tu fasses des choses plus ambitieuses à mon corps.

J'ai franchi toutes les frontières de notre relation. C'est tellement jouissif de ne plus me retenir, de libérer une part de mes idées salaces.

Je passe l'après-midi à bronzer et à lire. Cela fait longtemps que je n'ai pas ressenti une telle paix. La lecture apaise les voix dans ma tête. Je lis une *dark* romance de mafieux, et la tension est à son paroxysme ! Les scènes *spicy* sont terriblement excitantes et nourrissent davantage mes fantasmes.

— Qu'est-ce que tu lis ?

Je remonte mes lunettes de soleil sur mon nez et redresse la tête. Thomas est face à moi, les mains enfoncées dans les poches de son pantalon bleu marine.

— Un livre de cul.

Il roule des yeux et prend place à mes pieds, me fixant avec une intensité brûlante.

— Ton but est de me faire sortir de mes gonds, c'est ça ?

— Oh oui… ça devrait être intéressant de te voir perdre le contrôle.

— Même pas en rêve. Je t'ai dit que…

— Que tu avais envie de moi. D'ailleurs, répète-le. J'ai été prise par surprise et je n'ai pas assez savouré ta voix quand tu l'as dit.

Ses yeux s'écarquillent et il se frotte le visage en déployant un rire rauque, puis il se racle la gorge et me sonde à nouveau en plissant les yeux, comme pour mieux capter la myriade d'émotions qui luit à travers mes lunettes de soleil.

— Fallon, tu t'introduis sur un terrain miné.

— Oui, je veux bien être introduite.

C'est plus fort que lui, il explose de rire et tire subitement sur mes chevilles pour me rapprocher de lui. Mes jambes sont pliées par-dessus les siennes et mon visage, tout près du sien.

— Rappelle-moi de museler cette jolie bouche à l'occasion.

— Je peux te proposer une manière qui te ravirait sans doute. Ça nous conviendrait à tous les deux.

— Tu es salement perverse.

— Je peux me le permettre, maintenant.

— Et moi qui croyais connaître toutes les couleurs de ton arc-en-ciel.

— Je te laisse le meilleur pour la fin, dis-je sensuellement en posant mon index sur son nez.

Je me lève, ramasse mes affaires et m'éloigne de lui en me

déhanchant. Je sens son regard comme un contact brûlant sur ma peau tout aussi incandescente. En pénétrant dans l'hôtel, je m'arrête devant le tableau des activités. Il y a une soirée cocktails. Intéressant.

— Voulez-vous vous joindre à nous ? s'exclame une voix derrière moi.

Un homme qui a au moins la quarantaine me reluque effrontément. J'arque un sourcil et jette un coup d'œil à l'annonce. Il est précisé que tous les résidents de l'hôtel peuvent participer.

— Ça dépend, y aura des jeunes de mon âge ?

Je dis ça histoire de le refroidir un peu, mais il se contente de rire dans sa barbe.

— Je suppose que oui.

Brusquement, un bras me tire un peu vers l'arrière et mon dos rencontre un torse musclé.

— Monsieur Diaz, tonne une voix grave.

Thomas.

— Monsieur Carter, j'ignorais que vous étiez accompagné, dit-il sur un ton amusé en nous regardant tous les deux. Si vous veniez à cette soirée, nous pourrions discuter de notre accord.

Je lève les yeux vers Thomas. Il ne lâche pas ce Diaz des yeux.

— Cette charmante mademoiselle semblait intéressée par l'idée de s'y rendre et rencontrer des jeunes de son âge.

Oups.

Un pli barre le front de Thomas et son regard descend vers moi. Je lui offre mon sourire le plus candide.

— Et si on y allait ?

Thomas pousse un long soupir et jette un coup d'œil à M. Diaz. Ses mains remontent jusqu'à mes épaules, faisant caracoler mon cœur dans ma poitrine. Une multitude de frissons court sur ma colonne vertébrale et je retiens mon souffle. Ses deux pouces, près de ma nuque, exercent une faible pression que je trouve presque sensuelle. Je détourne légèrement la tête pour qu'il puisse me toucher davantage et je sens son souffle effleurer ma peau.

— On se retrouve ce soir, mademoiselle ?

— Appelez-moi Fallon.

Quand il part, je me laisse tomber contre le torse de Thomas et lève ma tête vers lui.

— Et toi qui doutes de ta beauté… Tous les hommes viennent te parler, ronchonne-t-il.

— Ce n'est pas de la beauté, c'est savoir user de ses charmes.

— Mais il faut une certaine confiance en soi pour faire ça, tu ne crois pas ?

— Je joue simplement un rôle. Cela m'amuse, autant que ça les amuse. Rien de sérieux. Rien de concret.

— Ça ne change pas le fait que tu es belle.

— Tu es jaloux, pas vrai ?

Thomas entrouvre la bouche puis la referme avant d'esquisser un faible rictus qui me pince le cœur.

— Répondre à cette question me causerait du tort, je préfère m'abstenir.

— Mm, je te pensais plus joueur que ça, Tommy. Arrête de faire semblant.

— Je ne fais pas semblant.

— J'avoue, tu fais pire. Je suis là devant toi, pourquoi tu ne cèdes pas ?

— Fallon…

— Ne dis rien, soufflé-je en me détachant de lui, je crois que je ne veux pas le savoir pour le moment. Je vais monter, finir mon livre de cul et aller à cette soirée cocktails.

— Diaz est un pervers, évite de lui tourner autour.

— Qu'est-ce que ça peut te faire ?

— Tu le sais très bien.

— Comme ta réponse ne me satisfait pas, je vais lui tourner autour.

Sur ces belles paroles, je le laisse en plan dans le couloir et prends l'ascenseur pour rejoindre ma chambre et sans doute hurler dans mon oreiller toute la frustration que suscite Thomas en moi.

23

Sentiments factices

Fallon

Je le savais.

Je savais qu'il viendrait.

Dans ma longue robe verte, fendue sur la jambe, je le regarde sortir de l'ascenseur et détailler la foule du regard, à ma recherche. L'après-midi, je suis sortie dans le centre-ville pour m'acheter cette jolie robe du soir et des talons vertigineux.

Et pour la première fois dans ce genre d'événement, je n'ai pas recouvert les motifs brun clair qui habillent ma peau. Exposés à la vue de tous. Un serveur me tend un plateau avec des coupes de champagne. Au même moment, les opales aigue-marine de Thomas se bloquent sur moi. Je lève mon verre vers lui et bois une gorgée en souriant fièrement : bingo, il m'a trouvée.

Il s'approche en essayant de ne pas se faire bousculer par les convives qui déambulent dans la grande salle. Je lui tourne le dos et bois une nouvelle gorgée de champagne.

Sa chaleur irradie dans mon corps, je le sens derrière moi, son parfum viril mentholé me chatouille les narines et je ne peux retenir un sourire narquois.

— Princesse, tu es magnifique, tu fais tourner plein de têtes ce soir. Je risque d'user mes poings.

— Tant que je fais tourner la tienne, lâché-je en le regardant par-dessus mon épaule.

Thomas arque un sourcil et un sourire machiavélique se dessine sur ses lèvres que je rêve d'embrasser.

— Tu me fais rire, mon cœur.

— Homme qui rit, à moitié dans mon lit.

— C'est l'humour, ton arme secrète pour les faire tomber à tes pieds ?

— Non, ce sont les pipes, mon point fort. Après ça, j'en fais ce que j'en veux.

— Putain... Fallon.

La lueur de désir que je décèle dans ses iris est une victoire pour moi. Je lui fais face et pose la main sur son cœur.

— Thomas, tu es très beau, ce soir.

Un serveur passe devant nous et je pose mon verre sur son plateau. Perchée sur mes talons, j'atteins presque son visage, mais je me mets quand même sur la pointe des pieds et passe les mains dans ses cheveux bruns.

— Mm, comme ça, c'est encore mieux.

Un peu ébouriffé, il a un côté sauvage que j'adore. Ses mains puissantes se plaquent au creux de ma taille. Mes doigts jouent avec ses mèches alors que je sens son regard brûlant sur mon corps.

— À quel moment tout a changé ? demande-t-il doucement.

Quand je croise son regard, j'ai l'impression de m'être jetée dans l'océan. Je plonge dans la tourmente qui habite ses iris. Le désir s'y mêle à de l'incertitude et au chagrin. Ces yeux-là me perforent la poitrine.

— Depuis que j'ai compris que mon rôle est de t'ouvrir les yeux.

— Ils sont ouverts, Fallon. Ils n'ont jamais cessé de te regarder.

— Tu aimes ce que tu regardes et ce que tu as ? Où tu aimerais plus ? Dis-le-moi, j'ai besoin de savoir.

Il ne répond pas. Il baisse les bras et détourne le visage.

— Thomas...

Il passe la main sur son front puis se frotte la nuque, troublé. La situation lui échappe, les ficelles de son existence ne tiennent plus entre ses doigts, je les ai arrachées.

— Fallon, vous êtes sublime !

La voix de M. Diaz interrompt cet instant, j'ai l'impression qu'une bulle vient d'éclater violemment. Mes oreilles perçoivent à nouveau le babillage qui nous entoure. M. Diaz prend ma main pour l'embrasser, en gentleman. Thomas observe la scène avec dédain, sans le camoufler.

— Merci beaucoup, monsieur.

Un petit groupe d'hommes d'affaires et leurs compagnes s'approchent de nous. Je n'ai pas le temps de fuir qu'on me mêle déjà à des conversations auxquelles je ne veux pas participer. Mon regard cherche Thomas.

— Vous êtes la fiancée de M. Carter ? demande Diaz.

— Non... nous sommes des amis de longue date.

— Je vois. Au départ, j'ai cru que vous étiez son escorte, et son arme secrète pour me faire céder à son offre d'investissement dans le Box for Ashes.

Je ne sais pas quoi dire, perturbée qu'il parle de moi de la sorte et ce, devant plein de personnes avides de potins.

— Thomas n'a pas besoin de ce genre de choses pour avoir ce qu'il veut.

— Pourtant, je n'ai toujours pas cédé. Il n'est pas le meilleur, apparemment. Plutôt le larbin de Kingsley.

Mes poings se serrent, mon sang bouillonne dans mes veines. Comment ose-t-il ?

— Kingsley est bien plus convaincant, je suis même déçu qu'il ait envoyé son chien pour régler une telle affaire.

— Kingsley ? Le bâtard du Lower Bayside ? s'exclame un homme assez âgé près de lui. Vous voulez rire, j'espère ? Négocier avec de la racaille, plutôt crever.

— Il me semble que Carter aussi est un bâtard. Mais à la différence de Kingsley, il n'a pas eu la chance d'être adopté.

— Mais pour qui vous vous prenez ? rétorqué-je.

Je les pointe du doigt avec dédain.

— Sous prétexte qu'ils n'ont pas les mêmes origines que vous, ils ne vaudraient rien ? Jackson Kingsley est mon grand frère et c'est un modèle de détermination. Si vous pensez qu'il y perdrait si vous refusiez une collaboration, vous planez en plein rêve. C'est vous, le perdant.

Je marque une pause et les fusille du regard, tandis qu'ils écarquillent les yeux.

— Je vous interdis de traiter Thomas de « larbin ». Il vaut mille fois mieux que vous. C'est un homme d'une intelligence rare. Et cessez de prétendre que, sans famille, il n'a rien à offrir. Il est tout pour moi et JE suis sa famille !

M. Diaz a le teint presque blême, les yeux braqués sur quelque chose derrière moi. Je roule des yeux et me retourne pour m'écarter d'eux. Thomas est là.

Une boule dans la gorge m'empêche de parler, je me sens terriblement mal à l'idée qu'il ait pu entendre ce qui a été dit sur lui, mais à ma grande surprise, c'est moi qu'il fixe avec un regard d'un bleu plus vif que les rives d'une île paradisiaque. Un liquide chaud coule derrière ma poitrine face à la douceur de son regard. Un mince sourire étire la commissure de ses lèvres, comme s'il m'était reconnaissant d'exister.

— Mon cœur, tu veux danser ?

Un long soupir s'échappe de ma bouche, je lui souris et accepte la main qu'il me tend. Il me tire vers lui avec force et je manque presque de me cogner contre son torse. Sa paume se cale au creux de mes reins et je vois qu'il toise amèrement M. Diaz.

— Finalement, je ne veux pas travailler avec vous. Kingsley et moi avions des soupçons à votre sujet, mais nous voulions vous laisser le bénéfice du doute. Je viens d'avoir une confirmation.

Vos actions frauduleuses, notamment les trafics de drogue, ne nous intéressent pas.

Un brouhaha engloutit M. Diaz. La scène prend une tournure si dramatique que je jubile dans les bras de Thomas. L'orchestre se met à jouer « Until I Found You » de Stephen Sanchez. J'aime beaucoup cette chanson et Thomas me fait enrouler les bras autour de son cou.

— Alors comme ça, tu es mon avocate, dit-il en me serrant contre lui.

La sensation de ses doigts sur ma peau me fait frémir et une multitude de frissons court sur mon échine.

— Bah oui, il n'y a pas que toi pour me défendre, tu sais ?

— Mm, je vois ça, répond-il en secouant la tête.

— J'espère que tu ne t'attardes pas sur ce genre de remarques...

Thomas ne répond pas et se contente d'arrimer son front au mien.

— Toi, comment tu me vois ?

— Je ne t'ai jamais vu de la façon dont ils t'ont décrit.

— Un sale bâtard, sans famille ?

— Tu n'es pas sans famille, rétorqué-je en fronçant les sourcils. Je suis ta famille.

J'ai l'impression que le temps est figé. Il ne danse plus et je ne suis pas sûre de comprendre ce qui se passe. Ai-je dit quelque chose qui l'a vexé ? La crainte m'envahit et diffuse un malaise qui refroidit mes membres. Mes moments avec lui sont si peu nombreux que j'ai toujours peur de dire ou faire un truc qui l'éloigne de moi.

Thomas prend mon visage en coupe et fixe avidement mes lèvres. La tension est palpable et, même si nous sommes au centre de la piste, le monde pourrait s'effondrer que je ne bougerais pas.

— Tu es parfaite, parfaite. La plus belle chose de mon monde, Fallon.

Ma main se pose contre la sienne et je lui souris tendrement.

— Toi aussi, tu es la plus belle chose de mon monde, Thomas.

La chanson se termine et rompt notre bulle. Thomas se détache de moi et je soupire, encore plus frustrée, mais sans comprendre ce qui se passe. Thomas me prend par la main et avance vers l'ascenseur.

— Je ne veux plus rester ici, ça me dégoûte.

— Moi aussi, même si je n'ai pas goûté suffisamment de cocktails.

Me bourrer la gueule m'aurait permis de tourner le dos à ma frustration. Mais avant qu'on ait atteint l'ascenseur, Thomas s'arrête et se retourne pour épouser la salle du regard, sans lâcher ma main. Il chope un serveur par le bras.

— Tenez, s'exclame-t-il en lui tendant un billet. Il est pour vous si vous renversez l'entièreté de votre plateau sur la gueule de ce monsieur, là-bas.

Il montre Diaz du doigt. Le serveur sourit méchamment et saisit le billet.

— De toute façon, je suis étudiant et on m'a déjà payé. En plus, ça me travaille depuis tout à l'heure, il m'a gavé.

Je chope une coupe sur le plateau du serveur allié.

— Faut pas gâcher, quand même, dis-je en levant mon verre.

Thomas me regarde en roulant des yeux : je ne manque aucune occasion de boire un verre.

Dans l'ascenseur, nous sommes chacun à une extrémité de l'habitacle. Je me noie dans l'océan de son regard, déchaîné par des vagues de souffrances. Je le sens tiraillé et à la fois... serein. Pourquoi ces signaux contradictoires ? Je ne sais jamais sur quel pied danser avec lui. Un sourire malicieux étire mes lèvres tandis que je bois une nouvelle gorgée de mon délicieux champagne.

— Tu sais, Thomas, je crois bien que DiCaprio aurait peur pour sa carrière à côté de toi.

Thomas arque un sourcil, puis pousse un soupir.

— Fallon, c'était une rude soirée.

— On se fout de ce que les autres pensent, déclaré-je en posant mon verre vide au sol.

— Ce n'est pas eux, le problème.

Là, c'est moi qui ne comprends pas. Les sourcils froncés, je le dévisage en attendant qu'il me donne plus d'explications, mais une piqûre de rappel se fait sentir, tel un retour de boomerang : il ne me dit jamais rien.

— Le problème, c'est toi.

Lentement, Thomas réduit la distance entre nous. Je le scrute, toujours dans l'incompréhension.

— Quoi ? Comment ça ?

— Le problème, c'est toi, Fallon. Tu me mènes constamment la vie dure, tu veux à tout prix me pousser dans mes retranchements. Tu ne peux pas arriver et dire aux yeux du monde que je suis tout pour toi.

Mon dos se colle au mur, la crainte mêlée au désir échauffe mon sang. Le rythme de mon cœur s'accélère. Il fait si chaud dans cet ascenseur !

— Le problème, c'est toi dans cette putain de robe que je rêve de déchirer en morceaux.

La main de Thomas s'écrase contre le mur, tout près de mon visage, tandis que l'autre se cale sur ma gorge, l'enserrant légèrement, sensuellement.

— Le problème, ce sont tes yeux qui me rendent complètement accro. Ils m'implorent d'assouvir toutes les envies de luxure qui existent.

Ma respiration se saccade. Son corps est presque arrimé au mien. La protubérance sous son pantalon m'effleure et fait palpiter mon sexe. Ses doigts frôlent davantage ma peau, s'arrêtant sur ma clavicule et mes lignes de Blaschko.

— Le problème, c'est tout ce qui te complexe, que tu détestes, et que moi, pourtant, j'aime plus que tout au monde.

La pulpe de son pouce effleure ma lèvre inférieure et la taquine sans que ses yeux décrochent des miens.

— Le problème… c'est cette bouche d'où sortent tes souffrances viciées, mais aussi les répliques qui me font le plus rire.

Tendrement, je dépose un baiser sur son pouce.

— Alors, Fallon... quand cesseras-tu de me tourmenter ?

Son pouce libère ma bouche.

— La véritable question, Thomas, c'est...

Mes mains remontent le long de sa chemise et je m'accroche au tissu, le tirant légèrement vers moi.

— ... est-ce que toi, tu veux que j'arrête de te tourmenter ?

Nos souffles s'emmêlent. Je ne sens plus mon pouls, il bat si vite qu'il est devenu un bruit de fond dans mon organisme. Brusquement, Thomas m'appuie sur le mur et sa bouche se presse contre la mienne.

Je goûte enfin à sa rage, à son désir, à toutes ses peines. Il y a tant de hargne dans ce baiser que je manque de m'étouffer, mais putain de merde, je ne me suis jamais sentie aussi vivante. Sa langue titille langoureusement la mienne et je m'accroche à son cou avant d'entortiller ses mèches brunes entre mes doigts.

Thomas m'embrasse, relâchant la retenue de toute une vie. Ses mains empoignent mes fesses et, grâce à la fente de ma robe, je parviens à lever la jambe pour l'enrouler autour de sa taille.

J'ai tellement envie de lui.

Notre baiser s'intensifie et mes mains descendent à la rencontre de son membre en érection. Thomas me tire brusquement les cheveux en arrière pour accéder à mon cou qu'il s'empresse de prendre d'assaut avec des baisers passionnés.

Je suis en transe, je ne vois pas le temps passer.

— Merde !

Thomas s'écarte brusquement et me poste juste devant lui comme pour se cacher. Ce n'est que lorsque les portes de l'ascenseur coulissent que je comprends que des gens l'ont réclamé pour monter aussi.

Au moins cinq personnes entrent et nous saluent. Je couvre ma bouche avec ma paume, m'évertuant comme je peux à retenir un rire. Heureusement que les nouveaux arrivants parlent entre eux.

Ceci dit, d'humeur taquine, je recule d'un pas, sachant

pertinemment ce que je cherche : l'excitation de Thomas. Je l'effleure et dandine des fesses contre elle à travers nos vêtements. Je lui décoche un sourire machiavélique.

Thomas aspire sa lèvre inférieure et me regarde comme s'il n'en pouvait déjà plus de moi. Sa main s'abat sur mon cou, sa poigne chaude me fait presque gémir et il m'embrasse sauvagement en me collant d'autant plus à son membre.

— T'as vu ce que tu fais, susurre-t-il près de ma bouche.

— Mm... oui... encore.

Thomas rit doucement et passe sa langue sur mes lèvres puis embrasse mon cou et remonte à mon oreille dont il mordille le lobe.

— T'es une vilaine fille, chuchote-t-il.

C'est fou, nous n'avons aucune gêne vis-à-vis des personnes qui sont devant nous. On a attendu des années pour ça, et ces quelques minutes semblent être de trop. Heureusement que ces gens semblent n'en avoir rien à faire, heureusement qu'ils descendent un étage avant le nôtre. Dès que nous sommes seuls, je pouffe.

— On n'a aucune honte, dis-je sans m'arrêter de rire.

Il me regarde avec plein de tendresse et nous arrivons enfin à notre étage. Il s'approche de moi et me soulève dans ses bras. J'enroule les jambes autour de sa taille et je crois que c'est la première fois depuis longtemps que je me sens aussi sereine. Contre la porte de sa chambre, je l'embrasse avidement tandis qu'il cherche dans ses poches la carte pour ouvrir.

— Mon cœur... tu me déconcentres.

— Oui, c'est toujours moi, le problème, soufflé-je en l'embrassant après chaque mot.

Une fois dans sa chambre, il pousse tout ce qu'il y a sur la table qui lui sert de bureau et je finis dessus. Je l'embrasse comme si c'était mon premier baiser. Je l'embrasse en oubliant tous ceux qui ont pu passer avant lui.

Ses mains trouvent la fente de ma robe et la déchirent davantage pour que je puisse écarter plus facilement les jambes. Je ne connaissais pas cet aspect de lui, sauvage. Ça se voit que Thomas est du genre… intense. Bestial. Oui, bestial, c'est le terme exact.

Je gémis quand il plaque son érection contre moi.

Mes doigts s'empressent de déboutonner sa chemise et son pantalon. Son torse sculpté dans le marbre me fait mouiller et je me retiens presque de jouir quand il baisse le haut de ma robe pour libérer mes seins. Il en prend un en coupe et le lèche.

— Oh… oui… Thomas.

Mon bassin se cambre contre le sien et mes ongles se plantent dans son dos après que je lui ai retiré sa chemise. Il malaxe mes mamelons, me torturant délicieusement. Il joue de sa langue avec un de mes tétons tandis que son pouce divertit le second. Mon sexe palpite dans ma culotte de plus en plus humide.

La chambre empeste la débauche, cette tension sexuelle a fini par faire exploser toute sa retenue et ma frustration. Je vis un rêve, mes gémissements s'intensifient et avant que je pousse un cri… Thomas me retourne sur la table.

Mon torse nu repose sur la surface froide, mais la chaleur de son corps derrière moi pulvérise l'effet de fraîcheur. La bouche de Thomas s'appuie contre mon épaule, puis son front.

— Putain, je… je ne peux pas faire ça…

Attends, quoi ?

Il s'écarte brusquement. Je le suis du regard, ébahie. Je me redresse et remonte ma robe tandis qu'il tourne en rond dans la pièce. Il fait les cent pas en se frottant énergiquement le visage.

— Thomas.

— Je ne peux pas. Je ne peux pas.

Il répète cette phrase et plus il la répète, plus je fulmine. J'enlève un de mes talons et le jette violemment sur lui, ce qui le stoppe net.

— Comment ça, tu ne peux pas ?

Je retire le second et le lance tout droit vers sa figure. Il l'esquive de justesse.

— Tu te fous de ma gueule ? Pourquoi tu ne veux pas

admettre que t'es amoureux de moi ? Que tu veux me baiser ! QUE TU ME VEUX TOUT COURT !

Thomas pousse un grognement et manque de s'arracher les cheveux. La respiration saccadée, je colle ma main contre mon cœur et ferme les yeux.

— Je… je ne peux pas te donner ce que tu veux, Fallon.

— Comment ça ?

Son visage est un champ de bataille. Il lutte pour reprendre le contrôle sur ses émotions, mais tout ce que je perçois, c'est de la colère sous un voile de peine. Je l'observe pendant de longues secondes. Il semble capituler, baissant la tête. Mon cœur bat la chamade, je ne peux m'empêcher de songer à tout ce qui l'envahit, à tout ce qu'il ensevelit, tout ce qu'il me cache. Je ne l'ai jamais vu aussi abattu, aussi tiraillé.

Thomas est en chute libre et il ne voit pas ma main tendue.

— Fallon… tout ce dont tu rêves… je ne peux pas te l'offrir. Ton jugement sur moi est biaisé.

Je me plante devant lui, le cœur serré.

— Je suis complètement instable… Je ne pourrai pas te rendre heureuse comme tu le mérites. Le… le passé… je ne vois que le passé. Tu n'as pas d'avenir avec moi.

Thomas me regarde et le chagrin dans les vagues de son océan de secrets ne faiblit pas.

— Je me fiche de l'avenir, je veux le présent. Et mon présent, c'est toi, chuchoté-je, la voix brisée.

C'est plus fort que moi, je pleure facilement, et à le sentir si démuni, si blessé par la vie… J'aimerais absorber ses démons, j'aimerais le voir sourire… que ma présence suffise à le rendre heureux.

Thomas cache subitement son visage avec ses mains et s'assied sur le siège près de lui. Je m'empresse de me mettre à genoux sur le sol pour être à sa hauteur.

— Thomas, je t'aime, je t'aime comme si c'était ma mission sur terre.

Les larmes coulent le long de mes joues. Je prends ses

poignets pour les écarter et qu'il puisse me voir, qu'il puisse voir à quel point je suis éprise de lui. Depuis toujours.

— Fallon... tu ignores tout de moi...

— Alors, dis-moi. Dis-moi tout ce que je dois savoir. Je veux tout savoir.

L'urgence dans ma voix lui fait esquisser un triste sourire et sa main caresse ma joue.

— Fallon, je pense que depuis toutes ces années, tu t'es accrochée à ce que je pouvais faire pour toi. Tu n'es pas amoureuse de moi. Tu aimes ce que je te donne parce que personne ne te traite comme tu le voudrais, dans le fond. Tu m'as trouvé par dépit, et par habitude.

Pense-t-il vraiment... que mes sentiments sont factices ? Que c'est parce qu'il est là pour moi depuis le début... que je l'aime ?

— Princesse... une fois que tu sauras ce que je suis vraiment, est-ce que tu m'aimeras quand même ?

24

Rien qu'une chance

Thomas

— Thomas, réveille-toi.

La voix de Lukas me fait sortir de mes songes. Ma tête était sur ses cuisses. Nous sommes passagers clandestins dans un train, cachés dans un wagon, derrière des marchandises.

— On nous a trouvés ? demandé-je, inquiet.

Lukas sourit faiblement et pose sa main sur mon crâne.

— Mais non, petite tête. Je te l'ai dit, on les a semés, mais faut qu'on trouve une solution. Regarde où on est.

Je me redresse et pose les mains sur le rebord de la fenêtre.

— C'est un champ ? Comme ceux que tu m'as montrés dans les livres.

— Oui, exactement. Et tu vois la bâtisse là-bas ? C'est une ferme.

— Oh ! Allons-y ! Je veux voir des animaux.

Lukas me sourit et me prend dans ses bras, en nichant sa tête au creux de mon cou.

— Merci d'être là. Je ne supporterai pas un monde sans toi.

Il m'embrasse sur le front et s'empresse d'ouvrir la porte du wagon, faisant pénétrer un violent courant d'air. Il me prend subitement la main, comme s'il avait peur que cette tempête m'emporte loin de lui.

— À trois, on saute, OK ?

J'acquiesce. Sauter dans le vide ne nous fait pas peur. On a l'habitude de bondir de toit en toit, sans se soucier de ce qu'il y a sous nos pieds.

On a connu la guerre. La famine. La violence, physique ou psychologique. On a affronté la mort.

— Un.

Qu'est-ce que ça peut faire qu'on saute d'un train ?

— Deux.

La vie n'a plus de sens à nos yeux.

La vie n'a pas la saveur de la vie, mais celle de la survie.

— Trois !

Dans les airs, le temps s'arrête. Mon regard se verrouille sur Lukas qui sourit presque avec émotion. Un goût de liberté s'offre à nous, comme si on volait et que, le temps de cet instant, on ne pouvait pas nous arracher nos ailes.

On roule sur l'herbe fraîche, jusqu'à être allongés sur le dos, fixant un ciel bleu comme nous n'en avons jamais vu.

Un ciel bleu sans fumée blanche, si ce n'est celle des nuages. Je lève le doigt vers cette immensité azur et éclate de rire.

— Lukas, c'est comme dans les images des livres !

J'entends le rire de celui que je vois comme mon grand frère. Il semble aussi émerveillé que moi par le décor.

Des arbres, des fleurs, un lac et une odeur agréable flottant dans la chaleur supportable.

Nous avons atterri au paradis, après l'enfer.

— Eh, vous !

Une voix grave nous fait sursauter. Effrayé, je me cache derrière Lukas qui se poste face à l'homme. Il est accompagné d'une femme.

— Daniel, ce sont des enfants. Regarde l'état dans lequel ils sont.

— Ils sont dégueulasses, Nicole.

Je ne comprends pas ce qu'ils disent, je lève les yeux vers mon grand frère qui pose sa main sur son cœur.

— Moi. Besoin. Aide.

La femme pose sa main sur sa bouche et accourt vers nous, en ignorant les protestations du dénommé Daniel.

— Des enfants réfugiés qui ne parlent pas notre langue. Daniel, il faut les aider.

La dame se met à genoux juste devant nous et Lukas l'imite en se laissant tomber au sol. Je dévisage mon grand frère, ahuri de voir tant d'émotions dans son regard.

— Mes pauvres enfants ! s'exclame la dame, au bord des larmes. D'où venez-vous ?

Je ne comprends rien et recule d'un pas, mal à l'aise. J'ai une confiance aveugle en Lukas. Mon grand frère baisse la tête avant de tirer son carnet de sa poche. À la première page, un dessin coloré attire mon attention.

Le drapeau de notre pays.

— Kosovo.

Je suis un rescapé de la guerre des Balkans.

Lukas et moi avons assisté aux pires horreurs. Nous avions une cachette rien qu'à nous, mais nous avons été kidnappés par un réseau de trafic d'enfants. J'ai terminé aux États-Unis. Léonie a trouvé des témoignages de personnes de mon âge qui ont vécu la même chose que moi, à la différence qu'ils ont été vendus à des familles adoptives.

Léonie a voulu organiser des rencontres, mais aucun n'a souhaité remuer davantage le couteau dans la plaie. Mon visage apparaît dans des archives locales, confirmant tous mes flash-back. Après la guerre, une flopée d'enfants kosovars ou serbes ont envahi les USA. Plein de réfugiés, pour servir les plus riches.

Léonie a joué de ses relations et trouvé le nom du foyer dans lequel j'ai grandi. Je suis né sous X à Prizren, le 17 novembre 1991, ce qui colle avec mon âge actuel vu que nous sommes en 2021. Ceci dit, ma date d'anniversaire a été modifiée. J'ai été placé dans une institution de protection de l'enfance où on m'a donné le prénom de Thomas. J'ai chargé Léonie de faire des recherches sur Lukas, mais elle n'a pas trouvé grand-chose. Il est arrivé au sein de l'institution à ses trois ans et, si on le présume encore en vie à ce jour, il doit avoir trente-cinq ans.

Après ça… j'ai des bribes de souvenirs de notre kidnapping, notre arrivée aux États-Unis avec plein d'autres enfants et ma fuite avec Lukas loin de ce réseau destructeur.

Plus le temps passe, plus je vois des choses perturbantes. Je n'arrive pas à exprimer ce que je ressens depuis cette découverte. Je crois qu'à l'heure actuelle, je suis encore bouleversé. Je vois une ferme dans mes rêves, où pour la première fois j'ai ressenti une paix intérieure. Lukas aussi était heureux.

Lukas.

C'est lui que je dois retrouver.

Mais comment ? Comment avons-nous pu être séparés ? Que lui est-il arrivé ? Et surtout… comment ai-je fini seul dans le froid new-yorkais… alors que nous avions toujours été inséparables, lui et moi ?

Je suis tiraillé par tant d'émotions. J'avais à peine découvert tout ça quand Fallon est venue vers moi en me demandant de l'aide. Puis elle m'a suivie ici, à Miami. Je ne peux rien lui refuser, mais je suis épuisé, incapable de la moindre réflexion. Je suis en train de perdre les pédales.

Dans toute cette débâcle, au fond de mon âme, la voix de Fallon perce la noirceur, elle me dit qu'elle m'aime et m'éveille à une réalité que je n'aurais jamais pu imaginer.

Seulement… Fallon est irrationnelle. Ses émotions empiètent sur ses actes, depuis toujours.

Pour vous, Fallon m'aime.

Pour moi, ce n'est qu'une projection de ses attentes, que j'exauce sans faillir. Je la connais par cœur, par âme… et même si je ne demande qu'à la connaître par corps, j'ai compris que ce que je représentais pour elle n'est qu'une illusion.

Fallon m'idéalise. Toutes ces années, je ne lui ai jamais donné le moindre bout de moi. Comment pourrait-elle m'aimer si elle ignore tout de mon obscurité ? Comment pourrait-elle m'aimer alors qu'elle ne supporterait pas le poids de mon passé ? Le sien pèse suffisamment sur ses épaules, à lui en courber l'échine. Je ne peux pas lui infliger davantage, elle mérite tellement mieux.

— Tu penses… que mes sentiments ne sont pas réels.

La voix de Fallon perce le silence comme un couperet. Elle est au bord des larmes. Je déteste voir ce chagrin dans ses yeux, mais je ne peux plus me défiler.

— Fallon, j'ai vécu beaucoup de choses ces derniers temps… Je… je ne suis plus capable de supporter tout ça.

Fallon prend une de mes mains et l'enveloppe dans les siennes en la collant contre son cœur. Je le sens battre et ça me fait frémir.

— Thomas, j'ignore ce qui te hante, mais je suis là… Tu n'es pas tout seul. Tu le vois, mais tu ne l'acceptes pas. Repose-toi sur mon épaule, pour une fois dans ta vie.

Sa ténacité m'ébranle, je ne sais pas quoi dire et me contente de la scruter. Le feu dans ses yeux me réchauffe, j'y vois un brin de détermination mêlé à une passion dévorante.

— C'est ton droit de penser que ce que je ressens pour toi est faussé, mais je reste ton amie. Depuis des semaines, je te vois au bord de l'agonie. Laisse-moi être là pour toi.

Sa ferveur anesthésie ma peine et, lentement, mes doigts effleurent son visage.

— Thomas, donne-nous une chance.

Je reste silencieux tandis que sa langue exprime ses souhaits les plus enfouis. Je le sais, car ils ne sont que le reflet de mes désirs les plus secrets.

— Rien qu'une chance, Thomas. Ça ne dépend que de toi. Je panserai tes plaies, je t'écouterai, je veux être là pour toi, comme tu l'as toujours été pour moi. Je le fais parce que je le souhaite, de tout mon être.

Rien qu'une chance…

— Une chance, Thomas.

Sa voix suppliante et les larmes dans ses yeux me tuent. Ma tête se cale au creux de son cou et je renifle son odeur de patchouli que j'aime tant.

J'ai si peur de céder et qu'elle finisse par être déçue… Fallon découvrira que je ne suis pas celui que je prétends être, que je ne suis pas si fort, que je ne suis qu'un leurre, un vulgaire imposteur.

— Parle-moi, Tommy, je suis là. Je serai toujours là. Rien ne changera le fait que tu as su rendre mon monde meilleur.

Ces paroles résonnent en moi comme un leitmotiv. Mon cœur bat aussi vite que les ailes d'un colibri. Plus je ressens la chaleur de son corps près du mien, plus ma douleur s'amenuise… au même titre que ma retenue.

— Princesse, pourras-tu supporter le poids de mon passé ?

Mes remparts se fêlent. J'ai envie de libérer mon âme de ses chaînes. Ma barrière en métal fond et c'est le visage de ma belle Fallon qui est devant moi. Son sourire illumine l'obscurité dans laquelle je suis enfermé depuis trop longtemps.

— Je supporterai tout pour toi, Thomas.

Rien qu'une chance.

Mon moi intérieur a toujours attendu ce moment. Une chance. Elle et moi. J'ai toujours su qu'à l'instant où je lui confierais mes souvenirs, nous aurons atteint une proximité dont je ne pourrais pas me détourner. Ce n'est plus comme avant et j'ignore à quel instant cette déviation a eu lieu.

— Thomas… rien qu'une chance, répète-t-elle en me serrant dans ses bras.

Cette chance, je la saisis entre mes doigts en prenant le risque que Fallon puisse partir, pour toujours.

Fallon

Thomas est un rescapé de guerre.

Il m'a tout dit, tout raconté. L'enquête sur ses origines. Ses recherches avec Léonie. Il m'a servi sa vérité sur un plateau d'argent, bien trop lourd pour qu'il puisse le porter seul. Sa tête repose sur mes cuisses. Nous sommes assis au sol, mon dos contre le sommier, lui étalé sur le tapis.

Mes doigts cajolent ses mèches brunes tandis que ses yeux sont perdus dans le vide.

— Je vois en permanence des choses. Je vois Lukas toutes les nuits dans mon sommeil et ça m'angoisse. Je suis épuisé, harassé. Tout me tombe dessus d'un coup.

Je l'écoute attentivement tout en continuant mes caresses pour tenter de l'apaiser, ne serait-ce qu'un peu.

— Tous ces traumatismes silencieux… Je comprends pourquoi à présent… Peut-être qu'il aurait fallu que je ne sache jamais, dit-il en fermant les yeux.

Il prend une profonde inspiration et tourne la tête sur le côté.

— Vernon avait raison. Certaines vérités ne sont pas bonnes à déterrer.

— Ne dis pas ça.

Thomas ouvre les paupières et m'observe de ses grands yeux bleus. Mon index suit le contour de sa mâchoire et je lui souris affectueusement.

— Tu n'aurais pas supporté de ne jamais connaître le fin mot de l'histoire. Tu y es parvenu. Une telle quête n'est jamais facile, tu en avais conscience. Mais Thomas, après ce choc, tu ne repars pas de zéro. Regarde-toi aujourd'hui : tu as réussi ta vie, tu t'es vengé des coups impitoyables que le passé t'a assénés.

Peut-être que pour lui, ce n'est rien, mais Thomas est une force de la nature. En dépit de l'horreur que ses yeux d'enfant ont pu voir, il s'est forgé dans de l'acier. Le bleu vif de son regard semble se cristalliser. J'y vois de la douceur et du désarroi. J'y vois de la souffrance et un désir de rédemption.

— Fallon, j'ai un cœur d'enfant dans le corps d'un adulte, dit-il d'un ton calme.

— Oui, un grand cœur en or et plein de force, réponds-je en faisant descendre ma main sur sa joue.

— Alors pourquoi… j'ai si peur ? Je ne suis pas fort. Un

cœur qui a peur est un cœur faible. Je… je suis terrorisé… mais j'ignore par quoi.

La vulnérabilité qui irradie de lui me laboure le cœur.

— Peut-être que ce sont les frayeurs de ton enfant intérieur qui resurgissent. Tout redevient familier, tu es en connexion avec ton passé et tes émotions remontent à la surface.

— Tu crois ? Ça me paraît si… irréaliste.

— Le cerveau humain recèle des milliers de secrets, Thomas. Les plus grands médecins n'ont pas élucidé tous ses mystères.

— Je me sens impuissant, déclare-t-il tristement.

Je ne suis pas sûre de comprendre où il veut en venir. Avec son air innocent, il a tout l'air d'un enfant. J'ai envie de le serrer dans mes bras et de le protéger de tous ses démons.

— Pourquoi impuissant ?

— Je ne sais pas… Je me sens inutile… comme si je ne valais rien.

— Mais c'est faux, Tommy.

Il pousse un soupir et se redresse. Il prend la même position que moi en s'adossant au sommier.

— Alors, pourquoi on n'a jamais voulu de moi ?

Sa question est comme un coup de poignard. Je ne me doutais pas que Thomas pouvait remuer dans son esprit de telles interrogations existentielles.

— Je n'ai jamais été adopté. Dans mon ancienne vie, je n'avais pas de famille non plus… et même ton père n'a pas voulu de moi.

Oh mon Dieu !

— Je ne vais pas te mentir, Fallon, j'ai longtemps ressenti de la rancœur envers Jelan. Je me déteste d'éprouver de telles choses, mais, depuis que je suis adolescent, j'ai cette colère de l'enfant abandonné. Je ne comprends pas pourquoi je n'ai jamais été choisi. Qu'est-ce que j'avais de moins que les autres ?

Ces aveux sont faits sur un ton calme, je vois qu'il a réellement appris à vivre malgré ces ressentiments.

— Ne te méprends pas, princesse. Je suis très heureux pour

Jackson qui a trouvé une famille... Je n'ai rien contre ton défunt père non plus, c'est grâce à lui que j'en suis là aujourd'hui. Mais pour être honnête... ce n'est rien de matériel, encore moins de l'argent que je désirais.

Sa main prend la mienne et il la porte à ses lèvres.

— J'aspirais... à la chaleur d'un foyer.

Mon cœur est meurtri. Comment a-t-il pu supporter de telles pensées sans jamais exploser ?

— J'ai trop parlé... Je me sens pitoyable à raconter ce que je ressens, je ne le supporte pas. De plus, je n'ai pas eu le temps d'encaisser tout ça calmement, depuis que Léonie m'a tout dit.

Le jour où il a eu les réponses à ses questions, j'ai reçu la lettre de Monica et j'ai débarqué chez lui.

— Je suis venue te déranger, comme d'habitude... Je m'en veux, pardonne-moi d'avoir interrompu tout ça.

Même quand je ne le fais pas exprès, je suis égoïste.

Thomas perçoit le regret dans ma voix. Il garde ma main et la caresse avec tendresse pour me rassurer alors qu'il en a bien plus besoin que moi.

— Pour être franc, si tu n'avais pas été là, j'aurais bu comme un trou. Ce n'est pas plus mal que tu aies débarqué. Avec toi... tout semble moins difficile.

— Pourtant, je te mène la vie dure, non ?

Thomas sourit puis tourne la tête vers moi.

— J'ai appris à faire avec, mon cœur, au point où je ne pense pas pouvoir m'en passer.

Ma tête se niche au creux de son cou et je me colle davantage à lui. Je pose la main sur mon cœur et lui susurre :

— Tu n'es pas pitoyable et tu n'as pas à avoir honte de ces sentiments. Tout ce que tu ressens est légitime et je le comprends.

Nous restons dans cette position de longues minutes. Nos respirations bercent le silence jusqu'à ce que Thomas finisse par se lever. Il me prend dans ses bras et me jette sur son lit. Je pousse un cri et lui balance l'oreiller.

— Tu sais, Fallon, tu commences à me faire peur avec tes déclarations.

Je sais ce qu'il fait. Il tente de détendre l'atmosphère afin de s'extraire de cette bulle dans laquelle il s'est caché pour exposer les maux de son enfant intérieur.

— T'es un imbécile, c'est pour ça, lâché-je en m'étirant sur le matelas telle une étoile de mer.

— Il est temps de dormir, princesse. Je pense que ce soir, bien trop de choses ont été dites.

Je me mets debout sur le matelas et m'approche de lui.

— Tu regrettes ?

— Quoi ?

— De m'avoir livré ton passé.

— Non, je ne le regrette pas, princesse.

S'il le pouvait, mon cœur serait en train de sourire. Mes bras s'enroulent autour de son cou.

— Merci. Merci, Tommy.

Je saute du lit pour sortir de sa chambre afin d'aller chercher de quoi me démaquiller, mais il m'arrête.

— Merci de quoi ?

Il ne semble pas comprendre où je veux en venir. Par-dessus mon épaule, je lui jette un dernier coup d'œil en lui offrant mon sourire le plus joyeux.

— Merci de nous donner une chance. Merci de me laisser te prouver que mes sentiments sont tout ce qu'il y a de plus vrai.

25

Le premier rendez-vous n'est jamais parfait

Thomas

Je finis de me déshabiller. Sur le col de ma chemise claire, des traces de rouge à lèvres. La tension brûlante a laissé des marques mais ma retenue a fini par reprendre le dessus.

Fallon sait tout à présent. J'ignore ce qu'elle pense, mais j'espère que mes émotions ne vont pas écraser les siennes. Elle est du genre à s'imprégner de ce que ses proches ressentent quand ils vont mal et à se mettre en tête qu'elle doit les sauver. Sauf que moi… je n'ai pas besoin de l'être. J'ai la sensation que je ne sais pas tout. Les souvenirs de ce pays hantent mes rêves. Je me vois courir dans les champs au côté de Lukas.

Où est-il aujourd'hui ?

Il me manque des morceaux du puzzle. Le mystère de mon existence n'est pas encore élucidé. Qu'est-il arrivé dans cette ferme pour que j'atterrisse à New York ?

Alors que je m'apprête à entrer dans mon lit, la porte de la pièce s'ouvre à nouveau. Fallon ne porte qu'un pull qui lui arrive à mi-cuisse. Un de mes pulls, que je cherchais depuis un moment. Je fronce les sourcils pour essayer de me rappeler quand j'ai pu le lui passer et elle sautille jusqu'au pied de mon lit avant de plonger dessus comme si elle était à la mer.

— Petite voleuse, tu me l'as pris quand ?

— Il y a longtemps, Tommy ! s'exclame-t-elle en se faufilant entre les draps.

Je roule des yeux et glisse à mon tour sous les draps.

— Tu en as plein d'autres, de toute façon, dit-elle en jouant avec ses doigts.

— Ouais, mais celui-là était mon préféré.

— Je comprends, il est si confortable, me nargue-t-elle en remontant le col sur son nez. En plus, il garde ton odeur même après plusieurs lavages. Mm… ça sent bon.

Je ne peux réprimer un sourire. Son joli minois est adorable avec ses petites taches de rousseur.

— Tu te moques de moi en plus.

— Oui, tout à fait. C'est tout ce que tu mérites.

— Et pourquoi ça, mademoiselle Kingsley ?

— Tu me dois une thérapie pour toute la frustration que tu m'as causée.

Je pouffe de rire et l'attire dans mes bras. Ses mains s'étalent sur mon torse et ses doigts s'accrochent à mon T-shirt.

— Pardonne-moi, mon cœur. Si ça peut te rassurer, tu ne seras pas seule à entreprendre une telle thérapie.

— Vraiment ? Tu me désires depuis longtemps ?

Son franc-parler est rafraîchissant. Je la connais bien, mais je ne me doutais pas qu'une véritable perverse sommeillait en elle. Ça aussi, c'est rafraîchissant.

— En effet, Fallon. Je te désire depuis très longtemps.

Ses yeux ambrés me scrutent avec une douce passion. Ses lèvres pulpeuses s'étirent en un sourire timide et ses doigts frôlent délicatement mon visage.

— À propos de cette chance que tu nous donnes… quand tu seras sûr de ta décision, dis-le-moi.

Tout ce qu'elle souhaite, c'est que nous soyons un couple. Et ce serait mentir que de ne pas admettre que je veux la même chose… mais c'est tellement compliqué. Je me trouve presque égoïste de prendre une telle direction, je lui fais perdre son temps.

Sur le moment, ce sera bon, même très bon. Mais sur le long terme… je ne serai jamais le meilleur choix pour elle.

— Et toi ? Tu penses que tu seras toujours sûre de toi ?

— La question ne se pose même pas, dit-elle avec un amusement perceptible.

Perplexe, je fronce les sourcils et elle me fait une grimace en tirant la langue.

— Un jour, je te le dirai.

— Y a-t-il encore des choses que j'ignore de toi ? demandé-je.

— Attendons notre premier rendez-vous galant pour parler de ça, veux-tu ?

Un premier rendez-vous ?

— Oh ! Demain ? proposé-je subitement.

— J'aime bien l'idée que ce soit si rapide, mais je suis déjà dans ton lit, ça compte ?

— Techniquement, il ne s'est rien passé, lui rappelé-je en lui pinçant le nez.

— Je ne couche jamais lors du premier rendez-vous, déclare-t-elle en me fixant avec un air faussement innocent.

— Ouais, t'étais prête à le faire avant, marmonné-je.

Elle éclate de rire et repousse mon torse.

— Demain, on couchera ensemble, affirme-t-elle en me regardant droit dans les yeux.

— Mon cœur, ça rompt le charme. Arrête.

— Bah quoi ? Thomas, si tu ne me baises pas demain, tu me payes les séances chez le thérapeute et je rejoins le club des frustrés du cul anonymes.

J'ai provoqué un monstre de frustration.

— Tu m'épuises. Dors, maintenant, par pitié.

— Mais euhhhh ! Tu travailles demain ?

— La journée, je serai occupé. Je rentrerai en fin d'après-midi. Ça te va si on sort le soir ?

— Oui !

Fallon, tout excitée par cette idée, se blottit dans mes bras.

— J'ai hâte, murmure-t-elle.

— On se demande pourquoi, sale perverse.

— Non, pas pour ça, s'exclame-t-elle avec un faible rire qui vibre sur ma peau. J'ai hâte de vivre ça avec toi, j'en ai toujours rêvé.

— Mon cœur, on est souvent sortis ensemble, pourtant, dis-je en lui embrassant la tempe.

— Ce n'est pas la même chose.

Sa voix est si douce. Je sens son émoi, sa sincérité, et c'est si fort que ça me perfore la poitrine. Je ne pouvais pas imaginer qu'une telle envie l'animait secrètement.

De longues respirations plus tard, j'ai de plus en plus sommeil et je sens le souffle calme de Fallon qui me berce. Cette plénitude est enivrante. C'est apaisant. J'ai l'impression que tout le poids qui m'est tombé dessus s'allège.

— Bonne nuit, princesse.

Je ferme les yeux avec un sentiment de légèreté.

— Bonne nuit, mon prince.

Des baisers tendres semés sur ma joue et jusqu'à mon front m'éveillent, puis deux fins bras m'enserrent. Je finis par ouvrir les paupières. Fallon me regarde amoureusement.

— Je n'ai jamais eu un réveil aussi doux, dis-je, la voix rauque.

— Heureusement que je suis là, alors.

Avant qu'elle s'éloigne de moi, je lui attrape le bras et la colle brusquement contre mon torse. J'écarte délicatement ses mèches de cheveux de la courbe de son cou et y niche ma tête en respirant son odeur exquise. Mes lèvres déposent une pluie de baisers jusqu'à son épaule et je l'entends soupirer de la plus sensuelle des façons.

— Thomas, arrête, on a dit ce soir.

Je ris contre sa peau et la serre contre moi.

— Si tu t'obstines, je vais me jeter sur toi, ajoute-t-elle en entortillant ses doigts dans mes cheveux.

— Ravi d'entendre tes allusions cochonnes de bon matin.

— Toujours ! s'exclame-t-elle fièrement.

Mes yeux plongent dans la tourmente ambrée de son regard et mon pouls s'accélère. Je me sens… vivant.

— Je dois y aller, dis-je en jetant un coup d'œil à l'horloge murale.

— On se voit ce soir ?

Ses yeux sont pleins d'étincelles, je reconnais ses émotions. Une douce passion enchevêtrée à une excitation affolante. Je fais courir mes doigts sur sa joue puis les fais remonter jusqu'à ses cheveux châtains.

— Oui, on se voit ce soir.

Voilà, c'est dit. Notre relation change. J'ai si peur que ce voyage vire au crash, qu'elle me laisse, ou – pire encore – qu'elle découvre qu'en fin de compte je ne suis qu'une contrefaçon. Après tout ce que j'ai pu faire pour elle. J'ai été son confident, son meilleur ami, son protecteur. La peur de ne pas lui suffire me fait mal à la poitrine.

Fallon est ma joie de vivre. Son sourire illumine mes sombres idées. Fallon est ce qu'il y a de plus beau dans mon monde. Me déclarer n'a jamais fait partie de mes plans. Tout le monde savait que j'étais amoureux d'elle.

L'amour est comme une équation mathématique pour moi. Fallon ne connaît de moi que ce que j'ai bien voulu lui montrer. Je ne doute pas qu'elle soit très attachée à moi, cependant… ses sentiments… Je ne suis pas sûr que ce soit de l'amour. De l'adoration, de la gratitude. Plein de personnes restent pour ce qu'on leur donne, parce qu'elles se sentent importantes.

Fallon a été fragilisée par une mère tyrannique, et mise à l'écart par un père aveuglé par la beauté de sa femme.

Je n'ai aucun mérite.

Dans son malheur intérieur, elle s'est dirigée vers moi. J'étais seul et laissé pour compte, tout comme elle. Au début, je pensais que nous étions pareils. Cela me réconfortait et je me sentais moins seul. Mais contrairement à moi, elle n'éprouvait pas d'amertume en réponse à ce qu'on lui infligeait. Sa rage ne semblait même pas exister. Moi qui n'avais pas de famille, j'avais déjà tant de haine en moi. Tandis qu'elle...

Fallon a toujours su se taire. Cependant, à force de tout ensevelir, les non-dits sont souillés par nos démons intérieurs et ils s'échappent de la plus virulente et venimeuse des manières. Cette colère ravalée rend fou. Tout ce qu'il nous reste après ça, c'est un vide glacial, intersidéral.

— Thomas, j'ai hâte d'être à ce soir.

Son sourire chaleureux tempère mes incertitudes. Pour être honnête, en me lançant sur ce chemin épineux, mon unique crainte est que Fallon découvre en moi tout ce que je redoute, tout ce que je n'aime pas.

Toute la journée, je n'ai fait qu'à songer à ce rendez-vous. J'ai réservé une table pour deux dans un restaurant luxueux, j'ai commandé un bouquet de fleurs que je passerai récupérer sur le chemin du retour. J'ai en tête le rendez-vous parfait pour elle. Fallon n'a jamais été jamais satisfaite de ses premiers rencards. Il y a toujours eu quelque chose qui la dérangeait. Parfois, je pouvais comprendre. Entre celui qui s'est avéré être marié, l'autre qui avait menti sur son identité, ceux qui étaient en couple, mais avaient eu le coup de foudre pour elle rien qu'en voyant sa photo de profil...

Bref, une panoplie de ringards.

En l'ayant côtoyée toutes ces années, on peut dire que je pars avec un sacré avantage. Je connais ses goûts, ses passions, les sujets qui l'animent. Je tiens à lui offrir le premier rendez-vous parfait.

— Thomas, je suis maudite !

Fallon vient à peine de faire son entrée dans mon appartement qu'elle se jette sur mon canapé en tirant de son sac un paquet de bonbons.

— Ça s'est mal passé, princesse ?

Je prends place à ses côtés et croise les bras derrière ma tête en la regardant.

— Oui ! Bon sang, le gars n'a fait que me parler de son ex, c'était insupportable. Horrible.

Elle vide son sac en faisant de grands gestes et je me retiens de rire quand elle mime son rencard foireux en prenant une voix grave pour imiter des sanglots.

— « Elle était tout pour moi, je ne retrouverai jamais une connexion charnelle comme ça. »

J'explose de rire et elle me jette une guimauve en plein visage.

— Arrête ! C'était tellement gênant !

— Un jour, tu l'auras, ton rendez-vous parfait, la taquiné-je en lui embrassant la joue.

— Sers-moi un verre, je veux noyer mes souvenirs, là, tout de suite.

— Et si tu me parlais plutôt de ta dernière lecture ?

— Oh mon Dieu ! Oui, je vais le chercher pour te le montrer !

Par chance, je n'ai pas d'ex, je ne risque pas d'en parler, c'est déjà ça.

Je me mets à sourire comme un débile alors que mon client me cause depuis une bonne dizaine de minutes.

Malgré ce maelstrom d'émotions ambivalentes, j'ai hâte d'être à ce soir. Et surtout, j'ai hâte... d'elle.

Il n'y a pas qu'elle qui attend cet instant. Fallon a beau étaler sa frustration et son désir charnel, le mien est tout aussi brûlant, planant dans un silence déconcertant pour mieux exploser comme un volcan.

Fallon

— Résumons la situation : je t'ai vu il y a tout juste trois jours et, là, tu te retrouves à Miami avec Thomas et tu as rendez-vous avec lui ce soir, en mode relation amoureuse.

— Oui.

Je viens de tout raconter à Julia, en omettant le détail de la menace épistolaire de ma mère.

— OK. Et il est prêt à vous donner une chance ?

— Je l'ai supplié, il en crève d'envie, mais il a trop de retenue. J'ai envie de l'immoler, sa foutue retenue.

— Je vois. Je connais ta détermination, tu vas le remettre sur le droit chemin.

Je sens son sourire dans ses paroles.

— J'ai peur, Julia.

— Toi ? Peur de séduire un homme ? Laisse-moi rire.

— Ce n'est pas n'importe quel homme.

— Reste toi-même, meuf. Il est déjà fou de toi… Et puis votre relation est ambiguë. Il y manque juste le cul. Vous verrez bien comment ça évolue, je ne me fais pas de soucis. Ça va marcher, vous vous complétez parfaitement.

— Tu crois ?

— C'est une évidence.

Le discours de Julia parvient à m'insuffler un brin de courage.

— J'imagine que tu lui as dévoilé l'aspect lubrique de ta personnalité ?

— Je lui ai demandé de me baiser, oui.

— C'est pas possible, pouffe-t-elle. Tu es incorrigible !

— Il n'a encore rien vu, ma chère.

— Tu me raconteras, mais ça me fait plaisir de sentir cette joie dans ta voix.

— Oh ! Julia, quand il me regarde, j'ai l'impression d'être la plus belle femme sur terre, et je sens que je compte pour lui. J'ai constamment envie de l'embrasser et de me coller contre lui.

Je suis inconditionnellement amoureuse. Je veux le crier sur tous les toits !

— Fallon, tu es magnifique ! Et même si Thomas te réconforte, tu dois mesurer ta valeur par toi-même.

— Oui, oui, parlons de ton livre.

— Je suis au fond du gouffre.

— Tant que ça ?

— Je suis en train de réécrire mes chapitres pour les soumettre à nouveau. J'en ai terminé une dizaine.

— Tu veux de l'aide ?

— J'aimerais bien, oui. Je t'envoie quelques pages et tu me dis ce que t'en penses ? N'hésite pas à faire des commentaires sincères.

— Pas de soucis, envoie la sauce.

On reste au téléphone toute la journée. Pendant qu'elle écrit, je la relis et reviens sur certains passages. Le fait qu'elle me demande mon aide dans son travail me donne l'impression que je ne suis pas totalement incompétente. J'aime lui être utile. Il est 17 heures. Je me dis que c'est le moment de me préparer. Thomas rentre vers 18 heures. Toujours en ligne avec Julia, je me maquille et enfile mes perles à cheveux.

— Tu es sublime ! Il va craquer ! s'exclame-t-elle quand je lui montre mon visage via la caméra.

— Merci, Juju. Je te laisse, il ne va pas tarder à revenir. Je t'enverrai un message plus tard. Tu me diras ce que tu penses de mes suggestions.

— D'accord ! Amuse-toi bien. Bisous. Je t'aime, dit-elle avant de raccrocher.

Seulement, Thomas n'arrive pas. Une heure, puis deux… toujours pas là. Je lui laisse des messages, mais aucune réponse. Cette attente me serre le cœur, j'imagine les pires scénarios.

Et s'il avait changé d'avis ?

Non, il ne m'aurait jamais laissée ainsi.

C'est alors que la porte s'ouvre et que Thomas entre en trombe avec un énorme bouquet de fleurs.

— Mon cœur désolé, j'ai trop tardé.

Il est tout essoufflé. Je me lève de ma chaise et m'approche de lui, perplexe. L'horloge murale affiche près de 20 heures. En effet, il est en retard, mais ce n'est pas bien grave. Il est là, maintenant.

— L'essentiel, c'est que tu sois là, lui dis-je sans pouvoir cacher ma joie.

— Le problème, c'est que c'est mort pour la réservation. On a une heure de retard, fait-il, dépité.

— Mais ce n'est pas grave, Thomas. Il y en a plein, des restaurants.

— Ouais, mais je préfère qu'on décale à demain.

— Pourquoi ? Ce restaurant propose de l'eau de jouvence ?

— Je voulais que ce soit une soirée parfaite, souffle-t-il en me montrant son bouquet de fleurs et en se frottant la tête nerveusement.

Je ne m'attarde pas sur le bouquet, bien trop intriguée par son discours.

— Parfaite ?

— Oui, parfaite pour toi. Je voulais un truc luxueux, avec la nourriture que tu aimes et une vue sur la baie de Miami. Ça m'importait que tu vives un rendez-vous idéal, pour une fois.

Oh, mon Dieu ! C'est si romantique !

Thomas affiche une mine tiraillée entre la nervosité et la déception, alors que mon sang ne fait qu'un tour dans mon corps.

— Thomas, les autres n'étaient pas parfaits parce que ce n'était pas avec toi, dis-je doucement.

Je me noie dans le bleu givré de ses yeux et lui prends la main pour y déposer un baiser.

— Je n'ai pas besoin que tu m'emmènes dans un restaurant

luxueux ou que tu me couvres de cadeaux. Tout ce que je veux… c'est toi.

Thomas pousse un long soupir de soulagement et m'attire contre son torse pour me serrer dans ses bras.

— C'est vrai que toi, on ne t'achète qu'avec des livres, souffle-t-il au creux de mon oreille avec un faible rire qui me fait vibrer.

— Donc, t'as pas à t'en faire, tu m'en as déjà offert plein.

J'avoue, Thomas m'offre souvent des bouquins, faisant de moi la femme la plus heureuse du monde. J'ai beau en avoir des tonnes, je ressens toujours la même folle excitation quand j'ajoute un livre à ma considérable collection.

— Ça me touche beaucoup que tu aies voulu faire tout ça.

Un sourire se dessine sur son beau visage et il me tend le bouquet de lys blancs et de bleuets. Je le serre contre moi avant de le sentir. Son doux parfum me chatouille les narines.

— Il est superbe, merci beaucoup, Tommy.

— Ravi qu'il te plaise, mon cœur.

Ses mains prennent en coupe mon visage dont il détaille chaque trait.

— J'aime que tu aies mis tes petites perles dans les cheveux.

— Rien que pour toi, murmuré-je en lui faisant un clin d'œil aguicheur.

Je porte une robe mauve avec plein de marguerites qui m'arrive au genou et une encolure carrée.

— Tu es magnifique.

Je ne peux m'empêcher de rougir.

— Tu as des préférences pour ce soir ?

— On pourrait se prendre quelque chose à manger et se poser sur la plage. C'est bientôt le coucher du soleil, en plus. Ce serait cool, tu ne crois pas ?

— Bonne idée, princesse.

Nous commandons à emporter dans un restaurant à sushis proche de la plage. Je ne peux m'empêcher de sautiller.

— Je veux des Salmon Rolls Cheese, dis-je sérieusement en fixant Thomas.

— OK, alors dix Salmon Rolls Cheese…

— DIX ? Dix, c'est ce que tu manges, toi ! J'en veux au moins dix pour moi, ce sont mes préférés.

Le serveur rit discrètement de ma tirade et de voir Thomas totalement blasé.

— OK, vingt Salmon Rolls Cheese et…

— DU WAKAMÉ ! J'adore le wakamé, le coupé-je brusquement dès que je vois ce mot dans le menu.

— Bon, mon cœur, je te laisse prendre la commande, dit-il en me prenant par les épaules pour me poster devant lui.

Je pouffe de rire et fais une gigantesque commande. Dans tous les cas, même si je ne finis pas, il en restera pour demain, on a un mini frigo dans la chambre d'hôtel.

— Même si je te donne une semaine, tu ne finiras pas, s'exclame-t-il en payant.

— Je suis vexée que tu doutes de mon estomac. Je mangerai tout, t'inquiète.

— Fallon, depuis le temps… Tu me fais toujours ce coup-là. Je le sais parce que c'est moi qui finis tes assiettes.

Ce n'est qu'un détail.

— Tu m'embêtes.

Le ciel se couvre d'une palette de nuances orangées, digne d'une toile des plus poétiques. J'avance devant lui, en trépignant d'excitation.

— Marche droit, mon cœur. Tu vas tomber. Tu aurais dû mettre des baskets.

— Je voulais rentabiliser ces talons, ils m'ont coûté un bras et c'est joli avec ma petite robe.

Je fais une pirouette sur moi-même, mais je manque de trébucher et Thomas s'approche pour me rattraper, mais je tends les deux bras pour lui montrer que je maîtrise mon équilibre.

— C'est bon, prince charmant, nul besoin de me sauver, je suis encore debout.

Thomas pousse un soupir désespéré et son air ronchon me fait jubiler. Il m'attrape subitement la main et ses doigts s'enchevêtrent aux miens.

— Bonne fille, dit-il, amusé, en comprenant que je suis troublée par son geste soudain.

Je fais la moue et, visiblement, ça ne fait que renforcer son amusement. Arrivée sur la plage, je retire mes talons et laisse mes pieds s'enfoncer dans le sable tiède. La surface de l'eau est agitée par de petites vagues. Le soleil plonge dans l'immensité de l'océan, coupé à l'horizon par un ciel à la teinte or.

— Tu veux qu'on se mette par là ? propose-t-il en pointant du doigt un coin isolé.

J'opine du chef et nous nous y rendons, les mains liées. Je suis là, avec lui. Ma poitrine se gonfle d'un sentiment d'apaisement qui arrive à faire taire tous mes démons le temps d'une soirée.

J'étale une serviette et dispose notre nourriture, Thomas se laisse tomber et s'assied à mes côtés.

— J'ai faim, dis-je en le regardant.

— Je t'ai fait trop attendre, apparemment, se moque-t-il en entortillant une de mes mèches autour de son index.

— Un peu, mais ça en vaut la peine. Surtout que tu m'as acheté des Cinnamon Rolls, m'exclamé-je en lui embrassant le bout du nez.

— Je sais que tu aimes finir sur une note sucrée.

— Oui, très bon choix de dessert. Mais ce sera toi, mon dessert, Thomas.

Il baisse la tête, se retenant d'éclater de rire.

— J'aime beaucoup cet aspect de toi, lâche-t-il en tirant une paire de baguettes.

— Ah oui ?

Je mets le premier sushi dans ma bouche et pousse un gémissement douteux tellement c'est bon.

— Oui, ça trahit cet air candide que tu affiches quand tu as besoin de moi.

— J'ai tout le temps besoin de toi.

Une ombre passe dans son regard, il me contemple avec intensité. Une énergie crépite au fond de mon ventre.

— Est-ce qu'on est censés faire comme si on ne se connaissait pas ? demandé-je timidement.

Au moment où je porte un nouveau sushi à ma bouche, il tombe sur la serviette et quelques grains de sable se collent au riz.

— Tu es la personne la plus maladroite que j'aie jamais rencontrée, déclare-t-il avec un brin d'amusement dans la voix.

— Bah, tu vois, tu ne me connaissais pas tant que ça, lâché-je en soupirant.

— Alors, faisons comme si c'était la première fois.

— Thomas Carter, c'est ça ? demandé-je, pleine d'entrain.

— Oui, enchanté, Fallon Kingsley.

— Tu as quel âge ? Tu fais quoi dans la vie ?

— J'ai vingt-neuf ans et je fais de la gestion financière pour différentes entreprises. Disons que je suis un pilier important de la société de mon meilleur ami. Et toi ?

— Je suis loin d'avoir un tel palmarès, pour être honnête. J'ai fait trois ans de droit qui m'ont traumatisée et j'ai arrêté pour vivre grâce à mon héritage. Rien de glorieux.

— Je pense qu'on prend tous des chemins différents et que tu n'as pas à douter de tes capacités seulement parce que tu as arrêté tes études, ou bien que tu n'es pas au même stade que tes amis.

— Tu le crois ? J'en ai honte. Je suis même capable de mentir quand on me pose la question, avoué-je nerveusement.

— Tu es du genre à avoir peur qu'on te juge, dit-il d'un air plein d'empathie.

— Oui, j'ai peur de ce qu'on peut penser de moi, admets-je tristement.

— Quelle est selon toi la pire chose qu'on pourrait penser de toi ? demande-t-il en me regardant avec curiosité.

J'aspire ma lèvre inférieure et laisse sa question faire cogiter mes neurones. Il y a tellement de choses qui me blesseraient.

— Qu'on trouve que je suis une fille pourrie gâtée et fainéante me froisserait beaucoup.

— Mais est-ce que tu es vraiment comme ça, selon toi ?

— C'est à travers les yeux des autres que j'ai la confirmation de ce que je ne suis pas, réponds-je en fixant l'horizon.

Sa main enveloppe ma joue et il tourne mon visage vers lui pour que je me noie dans l'océan de ses yeux.

— Tu sais, les autres ne voient que ce qui les arrange.

— Et toi ? Qu'est-ce que tu vois ? murmuré-je timidement.

— Un cœur débordant d'amour et de gentillesse, et plein d'autres choses.

Mon visage vire au cramoisi, ce qui amène sur le sien un sourire malicieux.

— Tu peux te détacher des autres, Fallon. Ne leur donne pas le pouvoir d'exercer sur toi une telle pression.

— Mon meilleur ami me dit souvent ça, dis-je, amusée.

— Ça doit être quelqu'un de bien.

— Oui, il est génial. Bon, à toi de me dire des choses à ton sujet.

— Pose-moi tes questions, je te répondrai.

— En dehors du travail, quelles sont tes passions ?

— Je n'en parle pas souvent, mais j'aime beaucoup les mangas, j'en lis depuis que je suis ado.

— Quel est ton préféré ?

— Sans hésitation, *Berserk*. C'est l'histoire que j'ai le plus aimé lire, même si l'œuvre n'est pas encore finie. Elle met en avant tellement de thématiques : la guerre, la quête de soi, la vengeance, la religion... Mais le fil conducteur de l'histoire est la causalité. Pourquoi les choses arrivent-elles ? L'antagoniste, Griffith, a reçu une sorte de pouvoir qui a scellé le sort du protagoniste, Guts, le plongeant dans une tourmente incessante et si vorace qu'il ne voit que haine et destruction autour de lui.

Il marque une pause et son expression devient presque nostalgique, comme si c'était lui qui avait vécu cette histoire.

— Guts subit cette causalité, essaie de s'en détacher. Il la combat constamment pour ne plus souffrir. Tout ce qu'il souhaite, c'est avoir un rêve, être libre. Mais tant que la causalité de Griffith existe, parce qu'elle est étroitement liée à lui, il demeure captif.

L'éclat dans son regard me fait chavirer. Il parle de sa passion pour cette histoire avec une vraie ferveur.

— C'est la première fois que tu m'en parles comme ça.

Thomas n'est pas du genre à s'exposer ainsi.

— Je pense qu'inconsciemment je me suis projeté dans cette histoire. Parfois, je me dis que, comme Guts, je me suis retrouvé sans rien à un moment donné dans ma vie.

— Ton attachement à ce personnage est bien représenté par le tatouage que tu as sur le cou.

— Disons que c'est un petit hommage, réplique-t-il en effleurant son tatouage.

— Je ne me suis jamais dit que je me ferais tatouer un truc en rapport avec mon livre préféré, mais je trouve ça très poétique de graver sur sa peau l'œuvre qui a su toucher notre cœur et notre esprit.

— Si tu devais le faire, ce serait quel livre ?

— Je suppose... que c'est un livre que je n'ai pas encore lu vu que rien ne me vient en tête après ta question.

— T'as dû en lire des milliers et il n'y en a aucun qui t'ait donné cette envie ? Même pas un tatouage lié à M. Darcy ?

— Cela ne m'a jamais traversé l'esprit. Je ne me vois pas me faire tatouer une citation de lui. Je ne sais pas. C'est vrai que je lis énormément, mais rien ne m'a marquée au point de vouloir en garder la trace sur ma peau.

— Je trouve impressionnant que tu lises autant, tu dois avoir beaucoup d'imagination.

— J'ai besoin de ça, murmuré-je en fixant l'horizon.

— Je sais, c'est ton exutoire.

— Tu sais, Thomas, tu es le premier homme à ne pas te moquer du genre littéraire que je préfère.

— Comment ça ?

— Troy me disait que ce n'était pas vraiment de la littérature. C'est loin d'être le premier. Certains faisaient des allusions, disant que c'était du porno en version écrite.

— Ce genre de réflexion te vexe ?

— Oui, c'est comme si c'étaient des livres stupides. J'ai l'impression que ça renforce l'idée que je suis débile aux yeux des autres. En plus de cela, je trouve que c'est insultant pour les auteurs de les réduire à ça. Je ne dis pas ces mots seulement parce que ma meilleure amie écrit des romances érotiques.

Je marque une pause, sentant son regard comme un toucher sur moi, et plonge mes yeux dans les siens.

— Ce sont des histoires romantiques qui font rêver. Des histoires tragiques qui font pleurer. Des histoires qui, l'espace d'un instant, nous permettent de nous évader dans des univers merveilleux. Alors non, ce ne sont pas des histoires de cul dénuées de sens.

— Je n'ai jamais pensé ça.

— J'espère bien, parce que cela va faire dix ans que je te fais des débriefs sur tous ces romans, dis-je, amusée, en pressant ma main sur son épaule. Tu me l'aurais dit, si ça te faisait chier, pas vrai ?

Thomas rit doucement avant de déposer un baiser sur ma main.

— J'adore t'écouter me parler de ce qui te fait vibrer. Cette passion qui se mêle à ta joie déborde dans ton regard, à chaque fois. Et j'aime ça. J'aime ça plus que tu ne peux l'imaginer.

Ces mots font caracoler mon cœur.

— Je peux te poser une question ?

— Je t'écoute, princesse.

— Pourquoi tu es si gentil avec moi ? Depuis toujours.

Un pli barre son front, je m'attendais à une telle réaction. Je poursuis :

— Je veux dire que… même si je fais des erreurs, tu ne perds jamais patience, j'ai l'impression de ne jamais te gaver avec mes histoires. Je me disais que tu devais me voir comme une petite fille, et cette seule pensée m'énerve.

— Ce n'est pas le cas, dit-il de sa voix grave.

Notre contact visuel perdure. La tension entre nous est aussi palpable que l'eau salée toute proche.

— Je ne t'ai jamais vue comme une petite fille. Je suis de nature patiente. Et je te connais depuis toujours, Fallon. Je sais comment tu es. Je sais comment tu réfléchis. Je sais ce que tu as dans le cœur. Toutes ces choses font ressortir en moi cette envie d'être ainsi avec toi. Je ne peux pas faire autrement, c'est normal pour moi d'être comme ça avec toi. On reflète ce que l'on nous fait ressentir.

Sa sincérité me touche profondément. Je pose la tête contre son épaule et scrute les petites vagues qui clapotent sur le rivage.

— Parfois, j'ai peur qu'on se lasse de moi, qu'on ne perçoive plus en moi l'étincelle de la première rencontre, parce que toutes les personnes qui entrent dans ma vie ont d'abord l'impression que je suis quelqu'un de solaire. J'ai peur qu'on me laisse ensuite, en découvrant que je ne suis pas si intéressante que ça et que je n'ai pas grand-chose à offrir.

Je prends une profonde inspiration et enfouis davantage mon visage au creux de son cou.

— J'ai peur d'être seule. J'ai peur d'être rejetée ou abandonnée. C'est irrationnel chez moi, tout ce que je ressens prend des proportions aberrantes. Je déteste ce que je suis à cause de ça.

Une larme perle à mon œil et je mets fin à notre étreinte. Thomas caresse le bout de mon nez avec le sien, je ferme les yeux, nos fronts s'arriment et son souffle mentholé frôle mes lèvres dans une chaleur sensuelle.

— Ça vaut ce que ça vaut, Fallon, mais moi, je ne me lasserai jamais de toi.

Mes joues surchauffent. Thomas embrasse tendrement ma joue et je pose ma tête sur son épaule, enroulant les bras autour de lui.

— Parle-moi de toi, Thomas. De tes craintes, de tes rêves. Il y a tant de questions que je ne te pose pas, par peur de me confronter à ton silence.

Je sens le roulement de ses muscles sous sa peau, je perçois chaque vibration, chaque respiration. Délicatement, j'enchevêtre mes doigts aux siens et les serre.

— Pour être honnête, Fallon, il n'y a eu que ces interrogations sur mon identité qui m'ont poursuivi toute ma vie.

Je lève la tête vers lui. Son regard est perdu dans le vide, figé sur l'océan mêlé au ciel nocturne. La peine qui émane de son corps me griffe la peau. Je retiens mon souffle et colle mon front à son épaule.

— Vernon me répète souvent de passer à autre chose, qu'à partir du moment où j'ai réussi ma vie, le passé ne devrait plus me hanter autant. Seulement, malgré tout ça... je me sens incomplet. Je ne peux pas expliquer ce sentiment et je ne demande pas à ce qu'on le comprenne. Je n'en ai parlé à personne parce que je savais pertinemment qu'on aurait tenté de me raisonner. Vernon en est la preuve.

— Je ne l'aurais pas fait.

Thomas détourne le regard de l'horizon et le pose sur moi. Sa beauté virile me fait frémir. Ses yeux bleus sont envoûtants et recèlent tant de souffrances et de tourments... Si je pouvais les effacer... J'aimerais le rendre heureux et qu'il parvienne à oublier tout ça.

— Tu ne te serais pas opposée, mais tu te serais inquiétée de mon état et de ce qui pourrait me traverser la tête à cause de mes découvertes. Je n'avais pas envie de ça.

— Tu n'avais pas envie que je sois là pour toi ?

— Je n'avais pas envie que tu te fasses du souci pour moi, pour des chimères qui n'en valent pas la peine.

— Thomas, tu en vaux la peine. Et tes chimères aussi.

Le clair de lune se reflète dans ses iris et je décèle un éclat d'espoir dans son regard.

— Princesse, ma vie est déjà un champ de bataille. Ne me laisse pas faire exploser la grenade qui te sert de cœur.

— Mon cœur est aussi un champ de bataille et, si tu veux tout savoir, on peut le faire exploser autant de fois que nécessaire, tu finis toujours par recoller les morceaux.

Thomas me sonde avec une passion brûlante dans les yeux. J'ai l'impression que plus rien n'existe autour de nous.

Un sourire fend ses lèvres avant qu'il les scelle aux miennes. Il m'embrasse comme si c'était la première fois. Je me laisse porter par le maelstrom d'émotions qui échauffe mon sang. L'amour déborde de mon corps. Je le sens sourire contre moi et il me mordille la lèvre inférieure. Je laisse échapper un faible rire avant d'intensifier notre baiser.

Mon corps chevauche le sien et ses doigts s'ancrent sur ma taille. Il m'embrasse à s'en couper le souffle. Je romps notre baiser en collant mon front contre le sien.

— J'ai une question… importante lors d'un rendez-vous.

— Dis-moi tout, Fallon.

Cette question me brûle les lèvres depuis longtemps et même si une partie de moi connaît déjà la réponse, je veux en être sûre.

— Il y en a eu beaucoup avant moi ?

Thomas esquisse un rictus et fait « non » de la tête.

— Je n'ai jamais partagé ma vie avec qui que ce soit, Fallon.

— Tu m'as vu fréquenter beaucoup d'hommes… Est-ce que tu étais jaloux ? Autant que moi quand j'ai cru qu'il y avait quelque chose entre Léonie et toi ?

— Terriblement jaloux.

— Pourquoi tu ne me l'as jamais dit ?

— J'enviais leur confiance en eux. Ils estimaient qu'ils pouvaient t'avoir, contrairement à moi.

— Pourtant, Thomas… je suis à toi depuis le début.

J'embrasse chaque parcelle de son visage. Son front, son

nez, ses joues… puis sa bouche. Ses mains me caressent le dos et j'enroule les bras autour de son cou. La tension va crescendo. Le renflement de son pantalon effleure l'intérieur de mes jambes, je me frotte timidement contre lui et soupire de plaisir quand ses mains empoignent mon cul.

— Mon cœur, je ne crois pas que ce soit une bonne idée de faire ça ici.

Il m'embrasse le cou avant de me jeter un regard, en quête de mon approbation.

— Tu as raison, le faire sur le sable, ça donne des mycoses, évitons ça pour notre première fois.

Thomas s'esclaffe et je finis par me mettre debout. Je le vois ajuster son pantalon en se levant, ce qui me fait rire.

— Avoue, c'est le mot « mycose » qui t'a excité.

— Bien sûr, j'adore les pustules, lâche-t-il en roulant des yeux.

Amusée, je range notre nourriture, ravie de savoir qu'il me restera des sushis ainsi que mes Cinnamon Rolls demain.

— Et si on rentrait ? propose-t-il en m'aidant à ranger.

— J'ai cru que tu ne le dirais jamais.

Dans sa chambre, je range la nourriture dans le mini-frigo et à peine ai-je pu me redresser que son bras s'enroule autour de ma taille. Ses dents mordillent mon lobe d'oreille. Je tourne ma tête vers lui et il presse la bouche contre la mienne. Il me retourne et m'embrasse avidement.

J'attends ce moment depuis si longtemps.

Ses mains baladeuses me touchent le corps, chaque contact est incandescent et suffit à raviver toutes les flammes éteintes par le passé.

Cette intimité nous est enfin autorisée. Elle m'emporte dans les affres d'un désir saisissant. Thomas me fait me sentir vivante.

Seulement…

La lumière est allumée.

Et quand je sens ses doigts effleurer la fermeture de ma robe, un vent de panique me gifle.

— Attends ! m'écrié-je en faisant barrage avec mes mains.

Thomas se fige. Une panoplie d'émotions se bouscule dans ses yeux. La peur de m'avoir brusquée, d'être allé trop vite… Je le vois en lui.

— Je… je préfère que la lumière soit éteinte.

— Quoi ? Mais pourquoi ?

— Je… je sais que j'ai fait la meuf qui voulait à tout prix baiser… mais je ne le fais que dans le noir… Je n'aime pas qu'on découvre mon corps nu, entièrement.

Thomas est étonné, les mots semblent lui manquer. J'ai si peur de le décevoir pour cette première fois qu'on attend depuis longtemps. Mais c'est malgré moi… J'appréhende de me dévoiler, ça rendrait mes complexes encore plus réels.

— Fallon…

— Mes premiers rapports sexuels ont été désastreux. Je pensais que me sentir désirée atténuerait les traumas causés par Monica, mais plein d'hommes ont pu voir les marques sur ma peau. À la fac, il y en a même un qui m'a balancé que j'étais une sorte de zèbre humain. Depuis… je ne le fais que dans le noir.

Sa mâchoire taillée dans de la pierre se contracte.

— Pardonne-moi… je gâche toujours tout…

Mes mains couvrent mon visage. Quel désastre… L'euphorie de cette nouvelle relation m'a fait oublier tout ce qui pourrait en découler.

— Non, mon cœur, tu ne gâches rien.

— Je… j'ai envie de toi, tu ne peux pas savoir à quel point, mais j'ai si peur de lire dans tes yeux qu'ils avaient raison… Avec toi, je ne pourrai pas le supporter, admets-je en baissant les bras pour le regarder tristement.

— J'apprécie ton honnêteté, j'apprécie le fait que tu m'en parles. Ce n'est pas grave, répond-il, sans la moindre déception.

Je pousse un soupir de soulagement et colle ma tête contre son torse, ma main sur son cœur.

— Ceci dit, Fallon… pour moi, tu n'as pas à te cacher du

jugement des autres. Je te l'ai déjà dit... tu n'es pas une apparence à mes yeux, tu es bien plus que ça. Mais si je devais parler de ton corps...

Je ferme les yeux et laisse ses paroles faire gonfler mon cœur.

— ... tu es la plus belle femme que j'ai jamais vue, tes yeux m'ont longtemps guidé dans mes cauchemars. Ton sourire suffit à me rendre heureux. Ces fines taches de rousseur sur ton nez te donnent un air innocent dont je suis fou, et encore plus quand tu me parles des choses que tu aimes.

Mes doigts s'accrochent au tissu de sa chemise, ma respiration se saccade.

— J'aimerais te prêter mes yeux pour que tu puisses te voir comme moi je te vois.

Il prend mon visage en coupe, me poussant à plonger dans la tendresse bleutée de son regard.

— Tu es belle, Fallon, bien plus que tu ne peux l'imaginer. Ta mère était jalouse. Délivre-toi de ce carcan démoniaque. Délivre-toi, mon cœur, et accepte de te regarder comme tu es vraiment. Accepte de te regarder, comme moi je te contemple.

Légèrement, j'entrouvre la bouche pour répondre, mais l'étau dans ma gorge se resserre et me prive de ma voix. Au même moment, son téléphone sonne et il pousse un soupir de frustration.

— Excuse-moi, je vais l'éteindre. Et je ferai pareil avec la lumière, OK ?

J'acquiesce silencieusement et l'examine tandis qu'il s'écarte. Il est si beau, si confiant, si fort. Toutes ces choses qu'il me souffle m'insufflent tant de nouvelles perspectives.

Il pose son téléphone sur la table au centre de sa vaste chambre, puis s'approche des interrupteurs à la tête du lit pour nous plonger dans l'obscurité.

— Attends.

Il se retourne vers moi en arquant un sourcil. Mes mains réagissent tels deux automates. Je dois me délivrer de l'emprise de Monica. Je dois me séparer du jugement que les autres ont sur moi. Je prends une profonde inspiration qui gonfle ma poitrine et je baisse ma robe sous les yeux écarquillés de Thomas. Je dois me libérer de ces chaînes, et si c'est dans son regard que je trouverai la réponse, alors je veux bien lâcher prise et accepter de tomber dans le vide. Seulement si c'est avec lui.

Ce brin de courage me réchauffe les membres tout en me pétrifiant. Même si Troy m'a déjà vue les seins à l'air, dans un contexte médical, je n'ai couché avec lui que dans le noir. Il réclamait de me voir totalement nue, mais je ne l'ai jamais permis.

Thomas est immobile. Je suis en sous-vêtements de dentelles noires devant lui.

Sentant mon tiraillement intérieur, il comble la distance entre nous en quelques pas. Les lignes sur mon ventre forment une spirale claire autour de mon nombril, celles sur le haut de mes cuisses sont elles aussi à découvert, et il suffira de retirer mon soutien-gorge pour dévoiler les motifs sur mes seins sensibles.

— Tu es magnifique.

Au début, je croyais qu'il allait m'embrasser, mais il tombe à genoux, son visage tout près de mon abdomen. Son souffle chaud sur ma peau me donne la chair de poule. Sa bouche embrasse mon ventre, elle embrasse tous les motifs sur ma chair.

— Thomas...

Sa bouche descend plus bas. Délicatement, il m'écarte un peu les cuisses et embrasse les traits qui zèbrent cette partie. Je gémis et mes doigts se glissent dans ses mèches brunes.

— Thomas... s'il te plaît.

Ses doigts s'ancrent sur ma taille, son souffle chaud flirte avec ma culotte, l'humidifiant davantage. Un baiser à travers le tissu me fait jeter la tête en arrière. Il embrasse mon sexe, déclenchant un brasier au fond de moi.

— Tu me mets à terre, Fallon, comment te résister ? Dis-le-moi.

— Je… je ne sais pas…, soufflé-je, encore sous l'effet de sa chaleur.

— Moi, je vais te le dire.

Il conclut cette phrase en se redressant. Notre proximité est telle qu'elle me fait presque défaillir, le sol pourrait se dérober sous mes pieds. Thomas passe sensuellement un doigt sous la bretelle de mon soutien-gorge et le baisse le long de mon épaule.

— Je ne vais plus te résister.

Sa bouche embrasse mon sein gauche à travers la dentelle, mes tétons pointent et je m'accroche à ses épaules. Thomas me soulève dans ses bras et m'allonge sur le lit. Mes jambes s'enroulent autour de sa taille et je me mets sur les coudes pour me défaire de mon soutif.

— Bordel de merde, lâche-t-il devant la nudité de mes seins.

Thomas déboutonne sa chemise, l'enlève et la jette derrière lui. Je remarque la petite couronne sur son cœur. Je n'ai jamais su ce qu'elle signifiait, mais je la vois comme une sorte de talisman. Une couronne, parce qu'il est le souverain de mon cœur.

Il se met sur moi et me regarde avec tant d'intensité que mon cœur va exploser.

— Je veux m'imprégner de chaque seconde de ce moment, princesse.

Sa langue lèche mon sein puis il suce avec ferveur mon téton. Sa main épouse la forme de mon autre sein, lui infligeant la même torture avec son pouce.

— Ils ne sont pas petits, ils sont parfaits. Ils sont faits pour moi, voilà tout.

Oh, mon Dieu !

Thomas joue avec ma poitrine, intensifiant mon excitation, et je sens ma culotte devenir de plus en plus mouillée. Il m'embrasse, me lèche, suce mes seins gonflés de désir. Ses baisers sur mes marques de naissance. Il ne néglige aucun morceau de chair.

— Tu es une putain d'œuvre d'art, tu le sais ?

C'est plus fort que moi : en plus de la luxure qui échauffe mes veines, cette déferlante d'émotions me fait pleurer silencieusement, entre mes gémissements. Je ne me rendais pas compte à quel point... j'avais besoin d'entendre ça. Thomas embrasse tous mes complexes.

— Tu es tellement belle, Fallon.

Ses lèvres déposent de tendres baisers sur tout mon corps. Quand il revient au niveau de ma culotte, je retiens presque ma respiration erratique. Je le sens me la retirer délicatement.

— Putain, t'es complètement mouillée.

— Tu me fais mouiller, gémis-je, le corps tremblant.

Il souffle sur ma fente, sa bouche lèche l'intérieur de mes cuisses, avant d'embrasser une ligne invisible qui le mène jusqu'à mon sexe. Sa langue encercle mon clitoris, exerçant une pression qui fait basculer mon bassin vers lui. Mes doigts se tordent et se plantent dans ses cheveux.

— Oh... oui.

Mes hanches se cambrent. Je veux ressentir plus, encore plus. Je le veux en moi. Le plaisir me fait chavirer et perdre la tête, un désir insatiable vient d'éclore. Je suis totalement sous son emprise.

— Thomas...

Mon corps savoure cette chaleur sensuelle qui se propage dans mes veines et se déchaîne avec fulgurance. Il me fait jouir avec violence. Mon cœur fait des loopings, mon corps est en osmose avec mon rythme cardiaque, je suis aspirée par le désir. Mon entrejambe pulse. Thomas me lèche, se délectant de mon goût comme s'il le voulait rien que pour lui.

Il relève la tête, entre mes jambes, et je m'appuie sur mes coudes pour mieux le voir. Un sourire machiavélique étire ses lèvres. Il remonte vers moi et je le regarde défaire son pantalon. Il le retire sans me lâcher des yeux, me communiquant silencieusement l'ampleur de ses pensées.

Je me mords la lèvre en découvrant son érection. Je me

redresse et tends les mains vers sa queue, mais il m'attrape les poignets et me plaque contre le matelas.

— Pour ce soir, princesse, c'est moi qui donne.

Sa queue gonflée de désir éveille mon côté pervers. Je le vois tirer de son tiroir un préservatif. Je me cambre et écarte les cuisses, montrant mon impatience.

Son rictus coquin m'enflamme, il se place sur moi et sa bouche prend la mienne avec passion. Je me frotte contre son bassin, resserrant l'emprise de mes jambes autour de sa taille.

Thomas se positionne et entre en moi. Il rompt notre baiser et pousse un grognement guttural. Une fine pellicule de sueur recouvre son torse, se mêlant à celle qui couvre ma poitrine encore rougie par ses assauts. Il est si beau, je n'ai jamais autant été attirée par un homme.

— Baise-moi, Thomas, lâché-je, amusée, en me rappelant la première fois que je lui ai dit ça.

— Et après ça, mon cœur ? Qu'est-ce qui se passera ? souffle-t-il en enchevêtrant ses doigts aux miens au-dessus de ma tête.

— Après, c'est moi qui te baiserai.

Son regard s'est durci, il s'enfonce davantage en moi et je pousse un gémissement puissant. Il me pénètre avec vigueur, d'abord à coups de reins lents et profonds, et au fur et à mesure que j'en redemande, il intensifie ses va-et-vient.

— Thomas, Thomas... oui, encore.

Furieusement, il me pilonne, au point que la tête de lit se met à marteler le mur avec force. Son corps puissant me baise avec férocité, je suis à la lisière d'une extase indescriptible, un peu plus et je tombe dans le précipice. Sa respiration se saccade et il lâche une de mes mains pour s'appuyer sur le matelas. Il est tellement sexy ! J'aime le contempler à cet instant. Son regard assombri par le désir, sa mâchoire contractée et sa bouche qui lâche des grognements presque imperceptibles.

— Thomas... je vais jouir, dis-je presque dans un cri.

Mes ongles se plantent sur ses épaules et ses coups de bassin deviennent de plus en plus vifs.

— Je sais, mon cœur.

La puissance de mon orgasme est démultipliée. Je plonge dans la torpeur. Un tourbillon de sensations m'emporte alors que mon corps bouge au rythme du sien et là…

… toute la frustration que j'ai pu éprouver s'évapore, cédant place au plus puissant orgasme de ma vie.

26

Et si ça en valait la peine ?

Thomas

— *Thomas, réveille-toi !*

Encore cette voix. Elle résonne inlassablement dans tous les recoins de ma caboche. Je l'entends m'appeler, me tirer des cauchemars que la guerre m'a laissés. Des bribes de souvenirs s'imbriquent peu à peu, reformant le puzzle de ma mémoire.

J'ouvre les yeux en sentant un petit corps chaud contre le mien. Fallon dort encore, allongée sur le côté, ses deux mains sous son joli minois. Doucement, je m'approche et effleure sa joue avec mes doigts. Je cale une de ses mèches rebelles derrière son oreille. Son insouciance me bouleverse, je la vois dormir et je songe à tout ce qu'elle a pu me confier hier soir.

Elle frémit à mon toucher, sa chair tellement réceptive à moi. Ses paupières papillotent et elle finit par les ouvrir complètement.

— Salut, toi.

Elle se frotte les yeux puis croise mon regard avant de m'offrir un sourire radieux. Sa main est sur mon torse et elle se cale contre mon corps nu.

— C'était trop bien, hier soir, dit-elle. On est doués, hein ?

Je me retiens de rire et me frotte le visage. Ses doigts dessinent des arabesques au niveau de mon cœur et elle se redresse pour plonger ses iris ambrés dans mes yeux.

— Je peux te poser une question ?

— Tu le fais déjà.

— C'est quoi, cette couronne ? Qu'est-ce qu'il signifie, ce tatouage ?

Sa douce voix chantante me chatouille les oreilles, mes doigts se mêlent à ses cheveux clairs et caressent les perles accrochées à ses mèches.

— Un jour, je te le dirai.

Elle fait la moue, toujours curieuse, mais je fais « non » de l'index et elle capitule en roulant des yeux puis laisse tomber sa tête sur mon torse.

— J'ai envie qu'on reste ici pour toujours, susurre-t-elle en déposant un baiser sur ma peau.

— Ce n'est pas possible, mon cœur. Le mariage de ta meilleure amie est bientôt et tu es le témoin.

— Ouais, bon... c'est vrai que ce n'est pas raisonnable.

— On rentre demain.

— Tu as prévu de longues réunions aujourd'hui ?

— Oui, des longues réunions avec ce que tu as entre les jambes.

Elle se redresse brusquement, des étoiles plein les yeux.

— Oh ! Tu vois ? Tu es pareil que moi !

— Tu m'as contaminé, petite perverse.

— Dis-moi encore des trucs salaces, demande-t-elle en feignant un gémissement.

Tandis que nous pouffons de rire, elle grimpe sur moi et niche la tête dans mon cou. Sa poitrine nue est contre moi et je ressens toutes les vibrations de son cœur. J'enroule les bras autour d'elle et la serre contre moi comme si je craignais que sa chaleur disparaisse.

— Fallon, je vais continuer mes recherches. Je veux retrouver Lukas.

Mon regard est rivé sur le plafond, je me suis perdu dans mes pensées en lui avouant ce que je compte faire, mais je la sens se crisper dans mes bras.

— Ça veut dire que je te verrai plus ? demande-t-elle doucement.

— Mais si, tu me verras, je ne compte pas faire autant de déplacements que ces derniers mois. Ça m'a complètement épuisé, je t'avoue.

— Il est temps que quelqu'un s'occupe de toi, et ça tombe bien : je suis le quelqu'un idéal.

— J'en ai, de la chance, dis-je avec ironie.

Je l'entends ricaner et lui embrasse le haut du crâne.

— J'ai besoin de retrouver Lukas. J'ai l'impression qu'il n'est pas loin. Il est dans tous mes souvenirs.

— Je te souhaite de le retrouver, Thomas. Et, quelle que soit l'issue de ta quête, je serai là pour toi.

— Merci, princesse.

— Tu seras avec Léonie ? demande-t-elle avec une petite voix.

— Mm... jalouse, princesse ? la taquiné-je.

— Oui, souffle-t-elle en levant la tête vers moi pour me scruter avec ses grands yeux ambrés. Je suis jalouse et je ne compte pas m'en cacher.

— Tu sors les griffes ?

— Je n'ai pas peur.

L'étincelle qui scintille dans ses yeux me réchauffe le cœur. Je ne me rendais pas compte que la sentir près de moi m'était indispensable.

— Tu n'es pas obligé de vivre tout ça seul, Thomas. Je pense que tu devrais aussi en parler à Jackson.

— Je n'ai pas envie de vous embêter avec mes histoires, Fallon.

— On est ta famille. Rien de ce qui te concerne ne nous embêtera.

Lorsqu'elle emploie le mot « famille » en m'incluant, un liquide chaud s'écoule derrière ma poitrine. J'ignore quelle magie elle exerce sur moi, ce dont je suis sûr, c'est que, depuis le début, je suis captif de ses sortilèges. Fallon tempère le chaos à l'intérieur de moi. Fallon a les mots pour apaiser mes souffrances. Fallon est comme ma bonne fée, ou peut-être l'ange gardien que j'espérais avoir avant de la rencontrer.

Une brève image m'assaille. Je me vois, enfant, courir dans les bras de la personne qu'elle est aujourd'hui. Ses lèvres m'embrassent le front et elle efface tendrement les larmes sur mon visage. Fallon me serre contre elle et me murmure que tout ira bien.

Je me rends compte que Lukas a des yeux de la même couleur d'ambre. Peut-être est-ce pour cela que, inconsciemment, mon âme a trouvé un refuge en Fallon. C'était comme si je la connaissais déjà. Elle a dû être un rappel de l'existence de Lukas pour mon subconscient.

— Qu'est-ce qui te fait sourire ? demande-t-elle en me regardant.

— Toi.

La couleur de ses yeux m'envoûte. Je suis tombé sous son charme dès le premier instant. Je ne veux pas penser à l'avenir. Je veux y croire. Je veux cette chance.

— Thomas, j'aimerais que tu te reposes sur moi.

Elle ne se doute pas une seule seconde que si j'ai tenu jusque-là, c'est justement parce que je m'accroche à elle comme du lierre.

— C'est déjà le cas, princesse.

Tu ne le sais juste pas.

Fallon

Thomas est parti chercher le petit déjeuner depuis un petit moment. Je sors du lit, nue comme un ver, et fonce sous la douche. L'eau brûlante caresse ma peau, ça me fait un bien fou ! Mes muscles sont encore un peu engourdis après cette nuit torride avec mon adonis. Rien qu'à cette idée, je souris comme une débile.

Je bouge les épaules en chantonnant du Taylor Swift. Plongée dans les paroles de « Love Story », je n'ai que Thomas en tête. J'ai conscience que dès que je reviendrai à New York, le retour de bâton sera violent. Ma mère est quelque part, prête à se venger de Jackson et probablement à déverser sa haine inconditionnelle sur moi. Je savonne mon cœur tandis que des pensées amères s'agglomèrent.

Putain, je n'aurais pas dû penser à elle.

Je me remémore ses inlassables brimades, ses humiliations. Mon silence face à tout ça. Mon envie d'être une bonne fille, de gagner un peu de son affection. Je m'écrasais devant elle.

— Fallon, tu pleures ?

— Maman a dit que j'étais nulle. J'ai raté mon devoir d'histoire, Thomas. Je ne suis qu'une idiote.

— Princesse, tu n'es pas une idiote, on ne peut pas toujours réussir.

— Pourquoi je ne réussis rien ?

Mes sanglots étouffés me font mal au cœur. Du haut de mes treize ans, je n'ai aucune confiance en moi et encore moins d'estime. Thomas me serre dans ses bras et je continue de pleurer, humidifiant son pull gris.

— Je vais t'aider, princesse. Tu vas avoir une bonne note au prochain.

— Mais tu as des devoirs, toi aussi, murmuré-je en me calmant.

— Ne t'en fais pas pour moi.

J'avais réussi mon devoir suivant, mais rien ne suffisait à combler ma mère. Thomas, lui, était fier de moi et m'avait offert un livre de fantasy pour me féliciter.

Il m'a toujours protégée, plus que quiconque.

Subitement, je sens des mains sur moi et une tête qui se cale au creux de mon cou.

— À quoi tu penses, mon cœur ?

— Je pensais à toi, dis-je en me retournant vers lui.

Le jet d'eau l'éclabousse et il passe la main dans ses cheveux pour les frotter un peu avant d'y mettre une noisette de shampoing.

— À moi ? Et je faisais quoi, dans tes pensées ?

Je me contente de sourire et lui savonne le corps silencieusement. Il me laisse faire en me scrutant avec curiosité tandis que mes lèvres affichent ce sempiternel sourire joyeux.

— La pensée que, même avec une mère tyrannique, j'ai pu vivre de bons moments quand j'étais jeune. Avec toi.

— Pour ta mère, tu n'as pas à t'en faire. Je voulais me charger de son cas, mais ton frère m'en a empêché.

— Tu comptes lui dire que j'ai reçu une lettre ? Je ne veux pas qu'il s'inquiète.

— Il doit le savoir, Fallon.

Mes épaules s'affaissent et ses mains prennent les miennes pour les porter à ses lèvres.

— Je ne laisserai rien t'arriver, encore moins à cause de cette femme.

— Tu l'as toujours détestée, murmuré-je.

— Je l'ai détestée dès le premier jour. Sa façon de te regarder, de se comporter avec toi… Parfois, je me demande comment Jelan a pu être aussi aveugle.

— Il n'était pas souvent là… et puis il l'aimait tellement…

— Il a fini par ouvrir les yeux, mais c'était trop tard.

— On ne peut pas revenir en arrière, Thomas. Le passé est derrière nous… Je dois avancer. Nous devons avancer.

— Si Monica te prend pour cible, je m'en chargerai.

La rage dans son regard semble vouloir consumer le monde entier. Thomas n'a jamais pu supporter Monica. Pourtant, jamais il ne m'a dit du mal d'elle quand j'étais enfant. Il se contentait de s'interposer dès qu'une remarque acerbe m'était destinée, pour la faire taire.

Thomas était souvent à la maison. Nous faisions nos devoirs

ensemble et il m'aidait. Il savait que je n'avais pas d'amis, alors il est devenu mon meilleur ami. On sortait, au cinéma, au bowling, au restaurant, et même faire du shopping. On faisait tout ensemble.

— Je ne veux pas que tu fasses quelque chose que tu regretteras. Monica peut t'envoyer en prison, elle a le bras long.

Ses traits s'adoucissent et ses mains prennent mon visage en coupe. Il me fait reculer délicatement jusqu'à la paroi mouillée de la douche.

— Je n'ai pas peur d'elle, Fallon. Je n'ai pas peur qu'elle me blesse, tant que ça ne te touche pas, toi.

— Tu veux rire, j'espère ? Si ça te touche, toi, alors ça me touche, moi aussi.

Ma mère a toujours su que j'avais le béguin pour lui. Elle ne se gênait pas pour me rappeler qu'un laideron comme moi ne pourrait jamais sortir avec un homme. J'ai tout fait pour la détromper depuis. J'aime plaire, ça me réconforte. Mais plaire à Thomas, ça n'a rien à voir.

— Ma belle Fallon, fais-moi confiance.

— Je te fais confiance, mais je ne veux pas que tu risques quoi que ce soit pour moi.

— Tu vaux la peine que je risque ma vie pour toi, dit-il avec le plus grand des sérieux.

— Arrête !

— Je brûlerai le monde entier pour toi, de la même façon que tu me fais brûler de désir.

— Tu es complètement fou !

— Ce n'est que maintenant que tu le comprends ?

Son sourire ravageur fait faire des loopings à mon cœur. Je n'ai pas le temps de protester qu'il presse brusquement sa bouche contre la mienne. Ma main se pose sur sa joue et je romps notre baiser. Mon souffle est court, ma poitrine monte et descend. Le son de l'eau qui coule n'est qu'un insignifiant bruit de fond.

— Thomas, je t'en prie... ne fais rien qui puisse te mettre en danger.

Je le sonde avec appréhension et toute la tendresse du monde miroite dans ses prunelles aigue-marine.

— Je reviendrai toujours, princesse. Je suis toujours revenu.

— Je veux que ça continue, dis-je en pressant le front contre le sien. J'ai déjà perdu mon père, si je te perds... je ne me relèverai jamais.

Thomas me soulève et m'appuie le dos contre la paroi. Mes jambes s'enroulent autour de sa taille et mes bras s'accrochent à son cou.

— Tu ne me perdras pas. Je croyais qu'on se donnait une chance, non ?

— Oui, rien qu'une chance.

— Dans ce cas, on doit tout se dire. Ne me cache rien. Et si tu te sens en danger, que tu reçois d'autres lettres, préviens-moi immédiatement.

J'acquiesce, tout près de son visage, et il scelle nos lèvres. Sa langue cherche la mienne et s'enroule autour d'elle, je gémis faiblement et il continue de m'embrasser langoureusement. Mes veines s'échauffent, je me sens flotter dans ses bras que je ne veux plus quitter. Ma mère est peut-être tapie dehors, menaçante, mais aux côtés de Thomas j'oublie son existence.

— Dis-le-moi, Fallon. Dis-moi la phrase que tu aimes tant répéter.

Un rire manque de m'échapper, mais je joue le jeu. Mes doigts s'accrochent à sa nuque. Mes lèvres sont à quelques millimètres de sa bouche, je passe la langue dessus sensuellement et lui susurre tout près de l'oreille :

— Baise-moi, Thomas.

De retour à New York. Retour irrémédiable à la réalité.

Nous sommes arrivés dans la matinée. Thomas m'a déposée chez moi avant de filer au travail. Nous avons vérifié ma boîte aux lettres : rien. D'un côté, ça me soulage, mais d'un autre, je me dis... que ce n'est que le début. J'ai prévenu Julia de mon retour ; une heure plus tard, elle est chez moi.

Des cernes ombrent ses beaux yeux verts. Elle tient dans ses bras son ordinateur portable et un sac de pâtisseries.

— Nuit blanche ? demandé-je en la faisant entrer.

— Pratiquement, lâche-t-elle en se posant sur mon canapé.

— Ta réécriture n'avance pas ? Tu veux que je t'aide ?

— Pitié, oui ! Je veux finir avant le mariage, sinon je ne me marie pas.

— Sympa pour mon frère. Son mariage qui repose sur un livre ! dis-je, sarcastique.

— Il le sait très bien. Bref, je t'ai apporté des Cinnamon Rolls pour te corrompre, et aussi parce les Reels que tu m'envoies sur Instagram ne montrent que des boutiques qui en vendent.

— Tu as compris le message caché. C'est bien, tu es une bonne meilleure amie.

J'en dévore un en m'asseyant à côté d'elle et je consulte son écran pour découvrir les passages qu'elle est censée revoir et ceux dont elle doute. Sur mon ordinateur, j'essaie de l'aider sur les parties qu'elle veut envoyer à son éditrice.

— Je ne sais pas à quel moment tu as pu penser que moi, j'allais t'aider pour ton livre.

— Ton avis m'importe ! Et puis, je te trouve très forte. Je ne veux rien envoyer sans être sûre de moi. Avec toi, je me sens rassurée.

— Pas de soucis, je n'ai rien à faire de toute façon.

— De plus, ce sera l'occasion pour toi de me raconter ces quelques jours passés avec ton homme.

— On ne va pas crier victoire trop vite, ce n'est pas encore mon homme.

— Mm, il cédera. Les hommes mettent du temps à faire face à la réalité. Nous sommes très différentes d'eux.

— Je sais, mais j'espère que lui et moi, ça donnera quelque

chose. Il a peur de s'engager, il ne se sent pas capable de m'offrir ce que je veux sur le long terme.

Julia pianote sur son clavier en m'écoutant tandis que, sur mon écran, je la relis.

— Il ne veut pas se marier ni avoir d'enfants, poursuis-je en soupirant.

— Et toi qui ne désires que ça ! s'exclame-t-elle, presque abattue.

— L'avenir m'effraie, Julia. Tout ce que je souhaite, c'est être avec lui.

— Tu crois qu'il pourrait changer d'avis ?

— Je ne sais pas... Pour être franche, il est très taciturne quand il s'agit de son avenir.

— Thomas est brisé. Il se retient trop pour réfléchir à ce qu'il y a de mieux pour lui.

— Il est très rationnel, il n'écoute pas son cœur.

— Contrairement à toi.

— C'est un sacré contraste, non ?

— Je pense que c'est ce qu'il lui faut. Une personne comme toi.

Je hausse les épaules.

Nous passons la moitié de la journée à travailler sur son manuscrit et l'autre moitié à parler au téléphone avec la *wedding planner* pour fixer des rendez-vous de visites en vue du mariage. En fin de journée, tandis que je fais la vaisselle, Julia est assise sur le plan de travail. Nous discutons du menu qu'elle aimerait pour son grand jour.

— Fallon, je dois te parler de quelque chose, dit-elle subitement.

— Oui ?

— Je sais que tu te poses beaucoup de questions sur ce que tu pourrais faire de ta vie... Tu te souviens quand je t'ai dit que tu pourrais envisager une carrière dans l'édition ?

— Euh... oui.

— J'ai parlé de toi à mon éditrice.

Mon esprit n'a pas le temps de réagir que la porte de chez moi s'ouvre. Je sais que c'est Thomas, il a les clés et il m'a dit qu'il passerait après le boulot. Dès qu'il entre dans la cuisine, j'accours vers lui et saute dans ses bras.

Oui, je suis amoureuse.

Et oui, je vais profiter de chaque putain de seconde de cette pseudo-relation.

Son sourire fait chavirer mon cœur et je l'embrasse amoureusement avant de me retourner vers Julia.

— Salut, Julia ! s'exclame Thomas derrière moi.

— Thomas, dis à cette demoiselle ici présente de tenter sa chance dans l'édition.

— Comment ça ? demande-t-il en arquant un sourcil.

Il nous fixe toutes les deux à tour de rôle.

— Elle délire, laisse, réponds-je avec un geste las de la main.

— Je ne délire pas du tout, tu es douée et tu as l'œil.

— Et donc ? Tu veux que je fasse quoi ? Que je postule ? Laisse-moi te rappeler que je n'ai aucun diplôme.

Julia roule des yeux et se lève. Elle s'approche de nous en s'adressant à Thomas.

— Elle m'a aidée sur la moitié de mon manuscrit. Je propose que tu fasses un essai de travail éditorial. Mon éditrice jugera et elle veut bien voir ce que tu sais faire.

— Tu es complètement folle ! J'en suis parfaitement incapable !

Thomas intervient.

— Arrête de douter de toi, mon cœur.

Sa main exerce une faible pression sur mon épaule. Je lève les yeux vers lui, dévoilant toutes mes incertitudes.

— Mais... je n'ai aucune expérience...

— Tu as beaucoup de vocabulaire, tu fais d'excellentes critiques. Ce n'est pas pour rien que tu es la plus influente dans ton domaine, déclare Julia en prenant ma main.

— Pitié, on s'abonne à moi parce que je me ridiculise avec mon obsession pour les scènes de *smut* et mes anecdotes foireuses sur mes *dates*.

— Non, tes retours sont toujours très bons. Tu analyses l'intrigue, le développement psychologique, tu es vraiment douée.

— Elle a raison, tes critiques sont pertinentes et bien construites. Tu me racontes la plupart des livres que tu lis et tes retours sont vraiment fouillés.

— Rien qu'un essai, Fallon. Si ça peut te rassurer, je le lirai avant de le soumettre à l'éditrice, me supplie presque Julia.

— Et après, ça mènera à quoi ? Imagine qu'elle n'aime pas. Je serai... mal à l'aise.

— Mais imagine qu'elle aime ! dit Thomas en passant la main sur mon visage. Mon cœur, ça pourrait te guider dans ta réflexion sur ce que tu veux faire. Le milieu de l'édition t'a toujours intéressée.

Mes yeux sont comme une balle de ping-pong qui passe de Julia à Thomas. Je ne sais pas quoi penser. Je n'y ai jamais réfléchi, mais c'est sûr que j'ai toujours aimé le domaine des livres. J'ai juste peur de nourrir de faux espoirs si je tente ma chance et que... je me casse la gueule.

— Est-ce que je peux y réfléchir un peu ? dis-je doucement en fuyant leur regard. Je te donnerai une réponse demain.

— D'accord, Fallon.

Je sens la déception dans la voix de Julia et je m'en veux. Elle ramasse ses affaires et nous souhaite une bonne soirée. Je soupire et me laisse tomber sur le canapé. Les mains enfoncées dans les poches, Thomas s'approche de moi. Sa carrure envahit mon appartement. Quand il s'assied près de moi, je n'ose pas le regarder.

— Je n'ai pas envie qu'on me dise que je suis nulle, si je le fais, admets-je en poussant un long soupir.

— Je comprends tes craintes, mais c'est au moment où on a peur de sauter qu'il faut le faire.

Je ferme les paupières.

— Tu aimes ça ? demande-t-il en rompant le silence.

— Quoi ?

— Tu as aimé aider Julia sur son manuscrit, non ? Corriger ses fautes ? Travailler ses phrases, revoir ses incohérences ?

— Je...

— Réponds par oui ou non, me coupe-t-il en me scrutant.

— Oui, j'ai aimé, finis-je par admettre.

— Alors, si tu ne tentes pas, tu vas le regretter. Si l'éditrice n'aime pas, ce n'est pas grave : tu t'amélioras. Les gens qui réussissent n'ont pas tous un talent inné, il faut du travail et de la volonté. Sans ça, Fallon, tu n'arriveras à rien. C'est beau de rêver, mais si tu ne fais rien, tes rêves ne se réaliseront jamais.

Thomas a raison. Une opportunité se présente à moi. Je dois la saisir.

— D'accord. Je vais le faire.

— Tant mieux, me dit-il fièrement. Et quoi que tu penses, je crois en tes capacités. Tu vas réussir.

Sa main passe dans mes cheveux et les caresse.

— Il ne s'est rien passé de spécial aujourd'hui ? demande-t-il en s'approchant de moi.

— Non, j'ai passé ma journée ici, avec Julia. Je ne suis pas sortie. Et toi ?

— J'ai travaillé, puis j'ai pris un café avec Léonie. Je lui ai dit que je voulais poursuivre les recherches sur Lukas.

Thomas s'est mis en tête de retrouver le garçon qui hante ses souvenirs. Seulement... avec son passif, il est possible que celui-ci ne soit plus de ce monde... et je ne sais pas s'il a songé une seconde à cette éventualité.

Je préfère ne pas le brusquer en partageant mon point de vue, il est déjà assez sensible sur le sujet. Sa recherche personnelle prend tellement de place que j'ai peur qu'elle éclipse le reste. Je ne parle pas de moi, évidemment.

À trop se focaliser sur le passé, on finit par oublier l'avenir. Je ne veux pas que Thomas s'accroche à des chimères, j'ai peur pour sa santé mentale. Je l'ai vu vider une bouteille entière de vodka, l'autre fois, sans broncher. Comme s'il avait l'habitude.

Je dois faire attention à lui et surtout ne pas m'opposer

à ses souhaits. Je marche déjà sur des orties quand il s'agit d'obtenir sa confiance. Pendant longtemps, je me suis sentie inutile auprès de lui et là, pour la première fois, il me parle à cœur ouvert. Je ne veux pas que ça s'arrête.

Pour une fois, je lui suffis. Pour une fois, il a besoin de moi.

— Tu te sens comment ?

Thomas me tire vers lui et je pose la tête sur ses genoux. Sa main passe dans mes cheveux et je tourne le visage pour le regarder.

— Là, comme ça, je me sens bien, ne t'arrête pas.

Thomas esquisse un sourire malicieux et se penche pour m'embrasser le nez.

— Je stresse déjà à propos du travail éditorial que je suis sur le point de commencer, mais j'ai envie de me dire que je peux le faire.

— Bien sûr que tu peux le faire. Tu ne t'es jamais dit que ce domaine pourrait être fait pour toi ?

— Je ne m'y suis jamais projetée, non. Je ne suis qu'une lectrice qui partage ses avis et qui jouit d'un peu de notoriété.

— Peut-être que tu devrais voir cela sous un autre angle, un angle plus professionnel.

— Et tu me conseilles quoi ?

— Pourquoi ne pas monter ta propre maison d'édition ?

— Thomas, un truc un peu moins ambitieux, peut-être, dis-je avec un rire nerveux.

— Pas tout de suite, mais plus tard. Le temps que tu apprennes tout ce qu'il faut savoir. Tu as les ressources, tu dois juste avoir plus confiance en toi.

— C'est stressant de m'imaginer dans une telle position.

— C'est en se responsabilisant qu'on apprend le plus.

Ses doigts glissent dans mes cheveux, mes yeux sont rivés aux siens. Je ne me lasserai jamais de lui, de sa beauté virile, des saphirs dans son regard, de la tendresse de son toucher.

— Si je fais ça, tu me suis ?

J'ai toujours eu du mal à rêver, toujours manqué de réelle

ambition, d'une force intérieure qui m'aurait poussée à avoir de nouvelles perspectives sur l'avenir. J'ai toujours été intéressée par l'édition, mais apporter ma pierre à l'édifice, ça, je n'y avais jamais songé.

Il serait peut-être temps.

— Je serai là, oui.

Une véritable routine s'est installée depuis quelques jours. La journée, je travaille avec Julia ; puis Thomas et moi passons la soirée ensemble. J'aime le fait qu'il soit chez moi. Qu'il me prenne dans ses bras quand nous regardons un film, qu'il se colle à moi pendant que je cuisine.

J'aime l'idée d'un nous.

Je n'ai pas reçu de nouveau message dans ma boîte aux lettres. Ceci dit... quand je sors seule pour faire mes courses ou seulement pour prendre l'air, je me sens observée. Je n'en ai pas parlé à Thomas parce que je crains que ce soit juste une forme de paranoïa. L'idée que ma mère soit quelque part m'angoisse. Une angoisse que Thomas fait disparaître chaque soir quand nous sommes tous les deux.

D'ailleurs... il y a quelque chose qui me turlupine depuis un petit moment.

Il est là, chez moi, en train de lire un nouveau chapitre de son manga sur son ordinateur. Je l'observe par-dessus le livre que j'ai entre les mains et le ferme d'un coup, attirant son attention. Il me détaille et pose l'ordinateur sur la table devant lui.

— Tu veux me parler de quelque chose, mon cœur ?

— Oui, j'ai une question de la plus haute importance.

Il fronce les sourcils tout en souriant. Je me lève du canapé qui fait face à celui où il est assis.

— Notre première fois... je veux dire, la veille de notre première fois. Juste après la soirée cocktails à Miami.

— Mm ?

Je tourne un peu en rond.

— Bon, je ne vais pas y aller par quatre chemins. Tu étais plus... sauvage.

Je me remémore la façon dont il m'a retournée sur la table, la férocité dans ses gestes... et que c'est à ce moment-là qu'il s'est arrêté.

— Je n'ai pas envie que tu te retiennes avec moi, dis-je en haussant les épaules.

Thomas étouffe un rire et baisse la tête en passant sa main dans ses cheveux. Une idée me vient et je sais pertinemment qu'il va entrer dans mon petit jeu. Je m'assieds face à lui, sur la table.

— Si tu as des goûts particuliers, comme Christian Grey, cela ne m'effraie pas.

Thomas pouffe en jetant sa tête en arrière et me tire subitement vers lui. Je le chevauche et enroule les bras autour de son cou.

— Je n'ai pas de goûts particuliers, mon cœur. Seulement du goût pour toi.

— C'est intéressant, ça.

— Tu as fini ton livre ?

— Non, je le finirai demain, susurré-je avant de déposer un baiser rapide sur ses lèvres.

— Mm... j'aurais plutôt dû demander si tu as fini de lire mes instructions.

J'émets un faible rire et le serre dans mes bras. Mon cœur est gonflé d'amour. Je me sens si bien avec lui.

— Oui, je vais maintenant te les dicter.

Sans crier gare, il me soulève comme si j'étais un poids plume et m'embarque dans ma chambre. Sur mon lit, il me dévêtit totalement, concentré sur sa tâche. Je suis en sous-vêtements, devant son regard dévorant, où des flammes dansent.

— Je ne t'ai encore donné aucune instruction, dis-je, en manquant de défaillir quand il m'allonge entièrement.

Thomas esquisse un sourire insolent, avant de retirer sa ceinture noire.

— Tu voulais que je sois sauvage, non ?

Je le regarde tirer sur sa ceinture, puis ses mains font remonter sensuellement mes bras vers la tête de lit.

— Si tu protestes, princesse, je te ferai souffrir en te privant d'orgasme.

Je ravale la boule que j'ai dans la gorge. C'est la première fois que je manque de répartie dans le domaine sexuel et il le mesure parfaitement puisqu'il affiche un sourire victorieux.

Le cuir froid m'enlace, je me retrouve attachée à mon lit. Mon silence commence à devenir gênant, tandis qu'une tension incandescente flotte dans l'atmosphère de ma chambre.

— Si tu me prives d'orgasme, je ferai la même chose quand j'aurai ta queue dans ma bouche.

— C'est avec elle que je vais te faire taire.

Je suis attachée, je bouge par réflexe, comme si ça allait me libérer. La folle excitation au creux de mes reins souhaite seulement qu'il me pénètre pour me faire monter au septième ciel.

— Tu aimes avoir le contrôle, Tommy, n'est-ce pas ? dis-je d'une voix aguicheuse.

Son sourire ravageur me fait mouiller. Il m'arrache mon soutien-gorge bustier avant de lécher mes tétons.

— Oh... Thomas, gémis-je en me cambrant.

Mon Dieu ! J'ai envie de le toucher, mais je ne peux rien faire ! C'est la première fois que je me retrouve attachée et putain, c'est dur d'être à sa merci.

— Dis-le encore... Je ne me rendais pas compte à quel point j'aime quand tu gémis mon prénom, susurre-t-il avant de passer un coup de langue sur mes mamelons gonflés.

— Thomas... je veux te toucher... pitié...

— Je croyais que tu voulais que je te traite comme une soumise, dit-il durement en remontant vers mon visage.

Son utilisation de mes propres paroles me fait doucement rire. Il esquisse un sourire machiavélique tandis qu'un désir brûlant consume son regard.

Sa bouche écrase la mienne, et ses doigts descendent jusqu'à ma culotte entièrement trempée à cause de ses assauts. Il y glisse la main et frôle mon sexe qui a faim de lui.

— Ma petite perverse est mouillée pour moi, souffle-t-il contre ma bouche avant de me lécher les lèvres.

— Je te veux... putain...

Mes yeux sont clos, je me délecte de son toucher et je m'arcboute contre ses doigts dans l'espoir qu'il me pénètre enfin alors qu'il me fait languir effrontément.

— Mm, tu veux quoi, princesse ?

Je halète alors que son doigt entre en moi et fait des mouvements circulaires. Thomas avale mon petit cri en m'embrassant férocement.

— Je te veux, toi.

Ma respiration erratique résonne et résonne en écho contre les murs, échauffant davantage l'atmosphère.

— Sois plus précise, Fallon.

Mon corps se cambre sous la délicieuse torture que me font subir ses doigts.

— Je veux ta queue, putain de merde !

J'ouvre les yeux et le fixe, le souffle saccadé, des gouttelettes de sueur perlant dans mon dos.

— Tu n'es pas très patiente, princesse.

Thomas retire ma culotte, il m'écarte les cuisses et se niche entre elles. Ma respiration se coupe quand je sens sa langue me lécher.

— Thomas, Thomas...

Il s'enfonce à l'intérieur de moi, sensuellement, à m'en faire perdre la tête... C'est si bon ! Le cuir de la ceinture commence à me faire mal aux poignets. Mes ongles s'enfoncent dans mes paumes, j'ai besoin de m'accrocher à lui, de le toucher, de le sentir encore.

— Putain, j'aime tellement te voir perdre le contrôle comme ça.

Mon bassin bouge à mesure que les assauts de sa langue se poursuivent.

— T'es tellement bonne, princesse.

Je n'arrive pas à parler, je ne fais que haleter et pousser des petits cris énamourés. Ses doigts sont appuyés contre la chair de mes cuisses et je lâche prise, soumise au pouvoir de sa langue. Mon plaisir se déploie et Thomas ne s'arrête pas là. Il me retourne sur le côté, laissant sa main baladeuse taquiner mes fesses.

— Les marques sur ce petit cul sont si sexy… T'es tellement sexy, Fallon…

Il empoigne mes fesses et embrasse les motifs bruns de mes marques de naissance. Je suis au bord de l'extase quand je sens ses lèvres sur cette zone. Je manque toujours de défaillir quand ce sont mes complexes qu'il embrasse.

— J'aime ton corps. Il est parfait. Il est parfait pour moi.

Thomas remonte jusqu'à mon visage, le caresse tendrement alors que les émotions qu'il éveille en moi me laissent sans voix.

— Tu es parfaite.

Je le sonde, émerveillée par ses déclarations. Thomas retire ses vêtements et se positionne entre mes jambes qu'il enroule autour de sa taille.

— Pourquoi la frustration de ne pas te toucher m'excite autant ? dis-je dans une plainte.

Une lueur d'excitation voile son regard.

— La prochaine fois, je t'attacherai autrement.

Je resserre l'emprise de mes jambes et sens son sexe qui palpite. Thomas grimace en grognant avant de serrer le drap près de mon visage.

— Et à chaque protestation, je ferai rougir ton joli cul.

Putain… j'aime tellement quand il me parle comme ça.

— Et après, c'est moi, la perverse ?

— Tu n'as pas idée de ce que tu fais naître en moi.

Thomas s'enfonce au fond de moi et nous poussons à l'unisson un gémissement de soulagement.

— Tu feras quoi ensuite ? soufflé-je en me retenant de geindre de plaisir.

— Je te baiserai, jusqu'à ce que tu ne puisses plus marcher.

Thomas se lance dans des va-et-vient rapides et profonds. Je suis au bord du précipice. Ses coups de boutoir me rendent dingue et me font planer dans une ivresse que je n'ai jamais connue par le passé.

— Thomas ! crié-je.

Les pieds du lit grincent, ils tremblent sur le sol.

— Ne t'arrête pas ! J'aime quand tu me baises comme ça !

Je débite des paroles sans m'en rendre compte, totalement sous l'emprise du désir. J'ai l'impression de voler loin de tout ce qui a pu exister. Chacun des coups de reins de Thomas m'éloigne de ce qui peut m'effrayer et me ramène dans une réalité que je ne partage qu'avec lui.

— C'est tellement bon, putain..., grogne-t-il en me pilonnant de plus en plus fort.

J'aime cet aspect de lui, j'aime toutes les nuances de son existence. De la plus claire à la plus sombre. De la plus terne à la plus colorée. Je l'aime à en mourir. Cet homme... je l'ai dans l'âme, dans le cœur et le corps.

À la lisière de l'extase, mes lèvres tremblent, retenant les mots fatidiques, les mots que je n'ai jamais dits à aucun homme, parce qu'ils ne sont destinés qu'à lui.

Je jouis dans un gémissement puissant en même temps que Thomas. Il s'écroule sur moi et pose la tête contre mon épaule. Ses lèvres parsèment ma peau de tendres baisers.

— Tu es parfaite pour moi, Fallon.

Je scelle nos bouches, aspirant la déclaration que j'avais au bout de la langue. Je ne peux pas le dire maintenant. Mais j'aime le fait d'être la perfection de son monde imparfait.

— Je suis parfaitement tienne, Thomas.

27

Déchirure au cœur

Thomas

— Tu en as vécu, des choses, fiston.

Vernon me dévisage avec empathie. J'ai l'impression d'avoir vécu plusieurs vies différentes sans pouvoir les relier entre elles. Je ne sais pas ce que ça me fait vraiment, de savoir que je suis un rescapé de guerre des années quatre-vingt-dix. Quand des milliers de personnes ont trouvé la mort.

Je devrais me sentir chanceux d'être encore en vie, d'avoir eu une seconde chance pour me reconstruire. Seulement je ressens en permanence une gêne indescriptible au cœur. Je n'arrive pas à m'en défaire. Je me sens toujours incomplet. J'ai l'impression d'être au-dessus du vide, en quête d'un moyen de garder l'équilibre sur la corde raide.

Lukas.

La réponse, c'est Lukas.

Mes souvenirs sont flous. Je revois les bombardements, les effondrements, mais il me manque l'état de choc que je devrais éprouver. Je ne comprends pas ce qui se passe au fond de moi et je ne peux m'empêcher de ressentir une culpabilité amère.

Je ne fais pas honneur à toutes ces personnes qui ont perdu

la vie. Tout ce qui m'importe, c'est retrouver le jeune homme qui semblait me protéger de tout.

En dépit du conflit dans lequel on se trouvait... j'ai la sensation que Lukas a tout fait pour me rendre la vie supportable.

Il faisait barrière à l'enfer qui sévissait autour de nous.

Lukas était le barrage entre les ténèbres et moi.

Je me revois, enfant, couvrant mes oreilles pour étouffer le bruit des bombardements. Il me serrait fort contre lui et je me sentais en sécurité.

Je dois retrouver Lukas.

Je lui dois la vie.

— Je crois qu'on a fui et qu'on s'est retrouvés dans une ferme.

Vernon me lance un regard inquisiteur et pousse un profond soupir.

— Tu ne lâches vraiment pas l'affaire, toi.

— Je retrace mon périple, expliqué-je en dessinant une ligne sur la table.

— Thomas... ces découvertes ne semblent même pas t'atteindre. Repose-toi, profite de ta vie. Tu sais d'où tu viens, que veux-tu de plus ?

— Retrouver Lukas.

— Quoi ?

— Quand tu m'as trouvé, il n'y avait pas un autre garçon qui avait été signalé aussi ? Juste après, par exemple ?

Vernon me sonde avec froideur, comme pour me décourager dans mes recherches. Je ne comprends pas sa réserve.

— Non, Thomas. Il n'y avait que toi ce jour-là.

— Il ne devait pas être loin de moi. Peut-être qu'on l'a découvert dans une autre partie de New York. C'est une grande ville.

— Thomas... et si tu ne le retrouvais pas ?

— C'est impossible. On a vécu ce périple ensemble. Un concours de circonstances a dû nous séparer. Peut-être que lui aussi a tout oublié. Il m'a sauvé la vie, je lui dois bien ça.

— Pourquoi tu ne m'écoutes jamais ?

— Et tu es qui pour moi, pour que je t'écoute ? Mon père ? Non. Tu n'as pas ton mot à dire, c'est mon choix.

Vernon demeure silencieux pendant un moment. D'un coup, il tape sur la table d'un air sombre.

— Alors pourquoi tu m'en parles ? Pourquoi tu me racontes tout ça si mon avis ne t'importe pas ?

Ma mâchoire se contracte et je détourne la tête. Je n'arrive pas à répondre et même si je le voulais… les mots sont cadenassés dans ma gorge. Je me redresse et le fixe avec dédain.

— Pourquoi tu es incapable de me soutenir ? De me comprendre ? De tous ceux qui savent dans quoi je me suis lancé, tu es l'unique personne qui devrait me comprendre, Vernon.

Il semble se radoucir ; ses traits expriment un mélange de peine et de désespoir. Il couvre son visage et marmonne quelque chose d'inaudible avant que ses yeux se verrouillent à nouveau sur moi avec un sentiment que je ne peux déchiffrer.

— Thomas, je sais que tu aurais voulu que j'en fasse plus pour toi, mais je ne pouvais pas t'adopter. Et ta vie aurait été complètement différente de celle d'aujourd'hui.

— Tu te trompes.

— Tu n'aurais jamais rencontré Fallon, Jelan… Tu n'aurais rien eu de tout ça.

J'aimerais lui dire ce que je pense réellement. J'aimerais qu'il sache que tout serait différent s'il avait pris cette décision.

— Tu te trompes, Vernon. Toute ma vie, je n'ai aspiré qu'à ressentir la chaleur d'un foyer. C'est ce que je me rappellerais aujourd'hui, plutôt que d'avoir le sentiment constant que mon enfant intérieur n'a jamais été désiré.

L'impact de mes paroles se reflète sur son visage. La rancœur que j'éprouve à son égard est changeante, elle ne tient jamais en place. Il y a des jours où je chasse ces pensées amères et d'autres où elles me consument jusqu'aux os. Je peux lire la peine dans son regard. La vieillesse a durci ses traits. À mesure que le temps passe, j'ai l'impression qu'il réussit de moins en moins à dissimuler ses sentiments. Comme s'il cédait et rejetait la retenue avec laquelle il s'était armé toute sa vie.

— Une dernière chose…

Vernon est quelqu'un de bien. Je suis tiraillé et une part de moi me hurle de ne pas tenir des propos aussi durs. Au fond, je ne suis qu'un ingrat.

— Dans n'importe quelle autre réalité, je serais tombé amoureux de Fallon.

Sur ces mots, je quitte le café où Vernon et moi nous retrouvons plusieurs matins par semaine, avant de commencer notre journée. Je me dirige vers mon bureau. Une fois installé, je reçois un appel de Léonie.

— Thomas, je ne trouve rien sur Lukas.

— Ce n'est pas possible.

— Tu as été retrouvé le 5 août 2003, n'est-ce pas ? C'est ce que Vernon t'a dit ?

— Oui, le 5 août 2003, dans un coin paumé à deux kilomètres de Penn Station, inconscient, mes vêtements en lambeaux. Il ne devait pas être loin, Léonie.

— J'ai cherché aussi les jours suivants, dit-elle en soufflant.

— Jusqu'à quelle date ?

— La mi-juin.

— Et s'il avait changé de nom ?

— Thomas…

— C'est ton métier, putain de merde. Cherche encore.

Je raccroche sans lui laisser le temps d'ajouter quoi que ce soit. Je dois retrouver Lukas.

Cette frustration me pousse à bout. Mes poings se serrent et je ressens le besoin de taper dans quelque chose pour me soulager. Je n'ai jamais été du genre à me battre, pourtant. Mais il a fallu que je me retrouve à terre pour que mes souvenirs resurgissent.

J'ai une réunion avec Jackson et d'autres membres du personnel. Je n'écoute rien de ce qu'ils disent, moulinant dans ma tête ce que Léonie m'a dit. Que Lukas demeure introuvable me tape sur les nerfs. Mon pied frappe le sol inlassablement et je gigote sur mon siège. Mon ami m'épie du coin de l'œil. Il prend la parole quand c'est moi qui suis censé l'avoir.

— Mec, à quoi tu joues ? me dit-il une fois que nous sommes seuls dans son bureau.

— Je n'étais pas concentré.

— C'était comment, la Floride, hein ? demande-t-il avec un sourire sardonique.

Je jette un regard froid à King et passe la main dans mes cheveux.

— On a décidé de se donner une chance.

Jackson acquiesce avant de se frotter le menton, l'air songeur.

— C'est ce que tu veux ? Ou bien tu as cédé pour lui faire plaisir ?

— Je n'ai pas cédé pour lui faire plaisir. J'ai cédé parce que j'en avais envie. J'en ai toujours eu envie.

— Tu as peur, Thomas. Je le vois bien. Laisse-toi guider par ce que tu ressens. Pour une fois dans ta vie, écoute la voix de ton cœur, dit-il, la voix grave.

— Et c'est toi qui me dis ça ?

— Je te le dis parce que tu as besoin de l'entendre. Je ne te vois pas vivre, Thomas. Je te vois subir ta vie. Et plus le temps passe, plus je me rends compte que cette solitude dans laquelle tu t'enfonces ne fait qu'obscurcir tes pensées.

Ces paroles animent une énergie méconnue en moi. J'entends ce qu'il dit, mais mon esprit se braque.

— Cela fait plusieurs mois que j'ai commencé à chercher mes origines.

King arque un sourcil. Je lui raconte tout. La guerre, mes souvenirs, jusqu'où j'ai dû aller pour réveiller ma mémoire.

— Putain.

C'est la réaction de mon meilleur ami, abasourdi par mon récit.

— Thomas, je suis désolé de tout ce que tu as dû vivre… Tu l'as dit à Fallon ?

— Oui.

— Pourquoi tu nous as caché ça ? Tu as besoin de soutien, Thomas. Personne ne peut vivre avec un tel fardeau.

— Je veux retrouver Lukas.

— Quoi ?

— Le garçon qui était avec moi tout ce temps, qui m'a sauvé. Je dois le retrouver.

— Tu ne penses pas que tu devrais faire une pause ? Ça fait quoi ? Même pas une semaine que tu as découvert la vérité ? Prends du recul, je t'en prie.

Comme d'habitude, j'écoute mais je refuse de comprendre.

— Ne me dis pas ce que je suis censé faire. Je ne te demande pas de te joindre à moi dans cette quête. En t'en parlant, tout ce que je souhaite, c'est que tu l'acceptes.

King hoche la tête et me dévisage avec curiosité.

— Quel a été le déclic ?

Je vois bien qu'il tente de farfouiller dans le fond de mes yeux, se demandant ce qui peut me pousser à faire tout ça.

— Nous sommes différents, toi et moi. Tu n'as jamais eu de questionnement existentiel, tu ne t'es jamais demandé pourquoi ou comment ta vie a viré ainsi.

— Je suis le bâtard du Lower Bayside. On m'a retrouvé dans une poubelle. Je suis indifférent à ce qui a pu m'arriver. Il y a des choses qui se produisent et c'est comme ça.

— L'issue de tout ça, c'est que tu as pu trouver une famille. C'est pour ça que tu es détaché, c'est pour ça que tu as plus de facilités à accepter ton passé.

On se regarde droit dans les yeux. Mes paroles ont un effet sur lui. Je le vois bien.

— Thomas... je ne savais pas que...

— Tu ne sais pas que ça me hante littéralement. J'ai vu tous les autres partir, les uns après les autres, de ce foutu orphelinat. Il a fallu que j'aie dix-huit ans pour pouvoir me barrer.

Une montée d'adrénaline me submerge. La haine explose

en moi. Je sens qu'elle est perceptible dans mon regard. Un marasme d'obscurité. Envahi. Je suis complètement envahi.

— Pourquoi Jelan ne m'a pas adopté ? Pourquoi il n'a pas voulu de moi ?

Mon enfant intérieur, tapi dans la cage que je lui ai bâtie, s'en extrait et prend l'ascendant sur toutes mes pensées. Ma clairvoyance décampe et me couvre le visage.

— Il y a des choses que je ne sais pas, Thomas.

Sa voix s'insinue faiblement dans mes oreilles. L'étau dans ma gorge se resserre. Mes pensées se bousculent.

La réalité me revient tel un boomerang lorsqu'une pression s'exerce sur mon épaule.

— Même Vernon n'a pas voulu de moi… alors que nous étions proches et qu'il venait me voir chaque semaine. Cela ne faisait que nourrir mes faux espoirs, confié-je en baissant la tête, rongé par la honte.

Toute ma détresse me quitte pour se répandre dans la pièce et se faufiler jusqu'aux oreilles de Jackson. Je me sens pathétique.

— Thomas, je ne suis pas doué pour les grands discours. Tu en as bavé, je le sais, mais je ne me rendais pas compte que toutes ces choses te bouleversaient. Tu cherches une famille, alors que tu en as une sous les yeux. Je suis ta famille. Fallon est ta famille. Nous avons été à tes côtés depuis le début. Je ne t'ai jamais lâché. Je ne te lâcherai jamais. Tu es mon frère. Et je n'ai pas besoin de liens de sang pour le ressentir.

Ma respiration se saccade, mes souvenirs s'enchevêtrent en un nœud impossible à démêler. Je veux me délester de ces réminiscences néfastes. Pourtant, je m'y accroche parce qu'elles me maintiennent sur cette ligne semée d'embûches. La quête de mon identité.

Je ne peux pas me libérer.

— J'aimerais comprendre…

Ma vulnérabilité éclate au grand jour et le témoin de mon laisser-aller n'est autre que mon meilleur ami.

— Thomas, tout a un prix, cette ambition a un prix. Accepte ton sort, mon ami, accepte-le, car tu n'as pas d'autre choix.

Accepter mon sort… J'ai l'impression que je n'en ai pas les moyens. Je reste accroché comme une moule à son rocher. Quel sale hypocrite je fais…, répétant inlassablement à Fallon de se délivrer de ses chaînes alors que je porte des menottes rouillées liées à mon passé.

— Tu sais, ce qui est fou dans tout ça, c'est que malgré le trauma de cette guerre qui m'a fait tout oublier, le visage de Lukas m'apparaît clairement, dis-je en poussant un long soupir.

— Il t'a sauvé, il savait que tu en valais la peine. Tu es fort, Thomas. Sans doute l'homme le plus fort que je connaisse.

Je ne dis rien. Les pieds de la chaise à ma droite crissent contre le sol. King s'assied à côté de moi, sa main toujours sur mon épaule.

— Et peu importe ce que tu finiras par trouver, je serai là pour t'épauler.

Je hoche la tête et tourne le regard vers lui.

— Fallon a reçu un message anonyme quelque peu menaçant.

Je préfère changer de sujet et mon seul moyen de retrouver ma lucidité, c'est de penser à elle.

— Je crois que c'est Monica, déclaré-je avec une pointe de colère.

Un pli barre son front. Il est à la fois perplexe et inquiet.

— Tu m'as dit que tu te chargeais d'elle. Pourquoi en a-t-elle encore après Fallon ?

— Ce n'est pas Monica.

— Comment tu peux en être sûr ?

— Un de mes hommes la surveille. Elle est en Europe.

Je me frotte nerveusement le menton. L'idée qu'elle puisse débarquer pour hanter ma Fallon me perturbe.

— Jackson, si ça se trouve, elle aussi a des yeux sur ce qui se passe ici.

Mon ami semble désorienté, il doute que ce soit elle mais il n'écarte pas la possibilité. Qui d'autre peut s'attaquer à Fallon ?

— C'est ce qui m'inquiète. Je vais prendre mes précautions, dit-il en me lançant un regard déterminé.

— Qu'est-ce qu'on fait ? Je refuse que tu me mettes de côté sur cette affaire.

— Contente-toi de veiller sur Fallon, je me charge du reste. Fais-moi confiance.

Fallon

J'ai passé la journée à travailler avec Julia sur son manuscrit. C'était éreintant, mais sa présence chez moi me fait du bien. J'ai l'impression que je risque moins de recevoir une nouvelle lettre de ma mère si quelqu'un est auprès de moi.

En récompense pour mon fructueux travail, nous avons fini au restaurant en compagnie de Jackson et de Thomas. Ce dernier est assis juste en face de moi, le regard perdu dans le vague. Il ne parle pas et se contente de me sourire quand nos regards se croisent. J'ai beau lui faire du pied sous la table, il ne m'adresse qu'un clin d'œil malicieux.

— Comme vous êtes nos témoins, on se disait que vous pourriez faire un discours durant le mariage, nous dit gaiement Julia.

— Oh oui ! J'en ferai un digne de ce nom.

— Tu me le feras lire avant, s'exclame Jackson en me fixant d'un air blasé.

— Pourquoi ? Ce n'est pas censé être une surprise ?

— Ah ouais ! La surprise d'avoir des réflexions salaces ? Hors de question !

— Mais... je ne comptais pas en faire, affirmé-je en faisant la moue.

— Fallon, pas à nous, se moque Julia.

— Vous êtes d'un ennui ! lâché-je en roulant des yeux.

Thomas demeure prostré dans son mutisme. Quand on lui parle directement, il se contente de répondre de façon brève et concise. Il m'inquiète. J'ai beau tenter de farfouiller les secrets que recèlent ses iris bleutés, il est toujours fermé, évitant mon regard pour que je ne puisse pas l'analyser.

— J'ai un appel à passer, s'exclame-t-il subitement en se levant.

— Moi aussi, dit Julia. Un appel de dame Nature, ajoute-t-elle en se dirigeant vers les toilettes.

Je me retrouve seule avec mon frère qui m'envoie un sourire, comme pour s'assurer que tout va bien.

— Thomas m'a raconté ce qui lui est arrivé, me dit-il.

— J'avais envie de t'en parler, mais je ne voulais pas le trahir. Je ne veux pas risquer de perdre sa confiance.

— Tu espérais que je te donne des conseils ?

— Je... je ne sais pas... J'ai peur, Jackson.

— De quoi ?

— De ne pas être à la hauteur.

Les traits de son visage s'adoucissent et il pose la main sur la mienne.

— Le fait qu'il t'en ait parlé veut tout dire.

— Peut-être, mais... Je ne sais pas. Je ne le sens pas en confiance avec moi. Je ne sais pas comment gérer la situation, je ne saurai pas quoi lui dire si toutes ces choses persistent en lui... Je ne veux pas le perdre.

En parler ouvertement me fait mal au cœur, je ne me rendais pas compte que je portais une telle charge émotionnelle. Une charge qui me fait sentir comme une incapable, vu son état.

— Fallon, tout ce dont il a besoin, c'est de soutien. Il doit accepter la situation. Il a un blocage et s'obstine à vouloir retrouver ce Lukas.

— Je ne sais pas si c'est une bonne chose.

— Pourquoi cela ?

— Il a plongé dans un cercle vicieux. Il n'arrive pas à se contenter de ce qu'il a découvert. Vernon le supplie d'abandonner, mais Thomas ne veut rien entendre.

— C'est lui qui te l'a dit ?

— Oui, il m'a dit que ça le faisait chier que Vernon ne le soutienne pas comme il le souhaiterait.

— On devrait attendre, je pense. On verra bien. Soyons là pour lui, c'est tout ce que nous pouvons faire.

Un peu plus tard dans la soirée, je suis avec Julia sur la terrasse du restaurant. Les garçons ont croisé un client et ça parle affaires ; nous avons préféré nous éclipser pour papoter.

— Tu sais ce que Thomas a ce soir ? Il est très taciturne. Vous vous êtes disputés ?

— Oh non... Je pense qu'il ne va pas très bien, c'est tout.

On sent mon inquiétude dans ma voix. Le sentiment de ne pas parvenir à lui prouver que je peux être là pour lui m'assassine.

— Comment ça, tu penses ? Tu ne comptes pas lui demander ?

— Julia... S'il voulait me le dire, il le ferait.

— Cela semble te perturber. Qu'est-ce qui se passe ?

Visiblement, mes émotions dansent dans mes yeux. Je ne peux rien cacher de mon trouble.

— Il se passe que j'aime cet homme plus que tout au monde, mais que je me berce d'illusions à propos de la chance que je l'ai supplié de nous donner.

— Pourquoi tu dis ça ?

— Il ne va pas bien, et il ne me dira rien. Il ne me raconte rien de ses secrets, ses sentiments, ce qu'il peut éprouver. Il ne fait rien. Il y a des choses qu'il m'a avouées à son sujet, récemment. Parfois, je me dis qu'il regrette, qu'il ne recommencera pas de sitôt.

Julia me scrute avec un mélange de peine et de compassion. Je m'adosse à la rambarde, les bras croisés, les yeux rivés sur mes pieds.

— Tu sais... il ne l'admettra jamais, mais je sais ce qu'il voit en moi : une femme qui manque cruellement de discernement, qu'on ne peut pas prendre au sérieux. Je me demande ce qu'il me trouve, au fond. Je ne suis qu'une idiote, pas vrai ?

Julia me prend dans ses bras en remarquant les larmes qui perlent à mes yeux.

— Je suis si triste, Julia. Je l'aime depuis tellement longtemps et, pourtant, il est incapable de voir en moi la confidente dont il a besoin.

Mes sanglots s'intensifient. Je me laisse aller dans les bras de ma meilleure amie. Elle me murmure des mots doux pour anesthésier cette souffrance tenace.

— J'aimerais être là pour lui... Si tu savais comme je l'aime !

Je l'aime, oui... et je m'ouvre pour la première fois à la possibilité d'avoir embarqué dans un avion qui me mènera au crash.

28

Accomplissement et récompense

Fallon

Pour débuter mes journées intensives de travail éditorial, je me lève tôt et mets en pratique une thérapie musicale bien rodée : Taylor Swift à fond dans ma cuisine.

Comme Thomas dort encore dans ma chambre, je n'ai pas mis le son très fort et j'ai bien fermé la porte de la cuisine.

« Love Story » résonne dans la pièce pendant que je remue ma pâte à pancakes. Je fais ça presque tous les matins, ça me met de bonne humeur de savoir que je vais manger quelque chose de gourmand avec plein de caramel.

Je chante à tue-tête, je connais les paroles sur le bout des doigts. Je prends ma cuillère en bois et m'imagine au Lincoln Center.

— J'en connais une qui est de bonne humeur, aujourd'hui.

La voix de Thomas me fait sursauter et je me retourne, cramoisie.

— Je t'ai réveillé ?

— Oui, mais ce n'est pas grave.

— Oh ! désolée, je baisserai la prochaine fois.

— Pourquoi tu t'excuses ? J'aime t'écouter chanter.

J'écarquille les yeux et ma poitrine se gonfle d'amour.

— Et puis Fallon sans Taylor Swift ne serait pas Fallon...

Je pouffe et décide de me lâcher en montant le volume. La chanson suivante est « Style ».

— Celle-là est pour toi.

Je saute sur la table, ma cuillère toujours en main. Thomas se met à rire et prend place sur une chaise en me dévorant des yeux.

Cause you got that James Dean daydream look in your eye
And I got that red lip classic thing that you like
And when we go crashing down, we come back every time
'Cause we never go out of style, we never go out of style

Mon index rivé sur lui, je danse comme Taylor Swift lors de ses concerts. Quand j'étais plus jeune, il m'y avait même accompagnée, sans jamais se plaindre.

Thomas lève les bras comme s'il était réellement à un concert. Son regard est rempli d'étincelles. Je tourne sur moi-même puis saute à pieds joints en tapant une pose dans les airs avant d'atterrir au sol. Je lui tends la main pour l'inviter à danser avec moi sur le dernier couplet.

You got that long hair, slicked back, white T-shirt
And I got that good girl faith and a tight little skirt
And when we go crashing down, we come back every time
'Cause we never go out of style, we never go out of style

Il me fait tourner sur moi-même alors que je continue à chanter en le visant avec mon doigt pour lui faire comprendre que cette chanson parle de lui. Mon dos se love contre son torse et il enroule son bras autour de mes épaules. Sa tête se niche au creux de mon cou.

— Je veux assister à ça tous les matins, susurre-t-il tout près de mon oreille.

Thomas dépose un doux baiser sur ma tempe et je me tourne vers lui, le sourire aux lèvres.

— Demain, au programme, tu auras du Michael Jackson. Tu verras mon Moonwalk et mon « heheee ».

Il se met à rire et m'attrape dans ses bras pour m'installer sur le plan de travail.

— C'est parfait.

— Je fais ça tous les matins, mais en général tu es déjà parti. Comment ça se fait que tu sois encore là ?

— Ma première réunion n'est pas avant midi et j'avais envie de passer du temps avec toi.

— Oh ! Alors, assieds-toi, je vais te servir les meilleurs pancakes du monde !

— Tu me les servais déjà avant, me taquine-t-il en prenant place

— Oui, mais j'ai progressé et la pâte à tartiner est faite maison.

— À quand un livre de cuisine, mon cœur ?

— Laisse-moi finir les corrections de Julia, puis j'y songerai, je réponds, amusée, en lançant la cuisson des premiers pancakes.

— Tu es très créative. Tu n'as jamais songé à écrire, comme Julia ?

— Non, jamais. Je ne me vois pas ainsi, admets-je en retournant ma première fournée.

— Qu'est-ce qui te fait dire ça ?

— À mes yeux, être auteur, c'est savoir puiser dans son âme et faire face à ce qui se trame au fond de soi. Je ne pense pas en être capable. Et puis, je ne sais pas... C'est vrai que je lis beaucoup, mais je n'ai jamais eu d'idées assez précises pour construire une histoire.

— Tout auteur débute en écrivant sur ce qu'il connaît le mieux. Ce sera toujours indirectement lié à lui, mais avec l'expérience, un détachement se fait et il a un œil plus affûté et objectif sur son récit.

— Je ne m'imagine pas en auteur... En plus, écrire limiterait mon temps de lecture et ça, je ne peux pas l'accepter. J'ai besoin de lire.

— Je comprends.

J'ai préparé à Thomas une belle assiette de pancakes. J'ai

tout donné dans le dressage, avec quelques fruits par-dessus et ma pâte à tartiner aux noisettes entre chaque étage.

— Voilà, mon chéri !

Thomas esquisse un sourire et prépare un café noir pour lui et une tasse de thé vert pour moi.

— Tu ne manges pas ? demande-t-il en me voyant encore devant la poêle.

— J'ai commencé par toi. Je vais me faire une assiette, mais ne m'attends pas, je t'en prie, commence à manger.

— Non, je t'attends, affirme-t-il en s'adossant au plan de travail juste à côté de moi, les bras croisés.

— Qu'est-ce que tu n'aimes pas, Thomas ?

— Comment ça ?

— Est-ce qu'il y a des choses qui t'insupportent ?

— Mm, tous les hommes que tu as fréquentés ?

Je me retiens de rire et lui lance un regard amusé.

— Ils n'ont aucune importance à mes yeux.

— Encore heureux. Et toi ? Qu'est-ce qui t'insupporte ? Ne réponds pas « Léonie », s'il te plaît.

— Alors moi, je suis très vite agacée par la *hype* qu'il peut y avoir autour de certains livres. Ça ne me donne pas du tout envie de les acheter. Je dois vraiment attendre longtemps avant de m'y intéresser.

— Et c'est la Bookstagrameuse connue qui dit ça ?

— Oh ! arrête, je ne suis pas connue. Je ne fais que me ridiculiser en *story*.

— Tu es hilarante.

— Ah, parce que tu les regardes ? dis-je, étonnée.

— Oui, c'est mon rituel du soir. Tu fais des mimiques vraiment marrantes.

— Tu ne me l'as jamais dit !

— Ça change quoi ? Tu te ridiculises déjà devant moi... La seule différence, c'est que je te vois sur un écran et que tu ne m'entends pas rire.

— Je vais te bloquer et tu rigoleras moins.

— Bien sûr... Mais pour revenir à ce que tu disais, j'avoue que moi aussi, j'ai du mal quand il y a une *hype* de malade autour d'un livre, d'un film et même des animés.

— Ah ouais ?

— Les meufs sur les réseaux qui mettent le nom de famille d'un personnage dans leur bio, ça me fascine. J'espère que tu n'as jamais fait ça, je te jugerais très mal.

Je pouffe de rire et fais tomber mes myrtilles sur mes pancakes.

— Non, jamais.

— T'es certaine ? Je vais vérifier dans tes archives... Si par malheur tu me mens, je ne te verrai plus de la même manière.

— Mais je n'ai jamais fait ça !

— Même pas avec Darcy ? Heathcliff ? Quatre ?

— NON !

— Bonne fille. Je trouve ça ridicule. Bref...

— T'es aigri, Thomas, ricané-je en finissant la présentation de mon assiette.

— Oui, ça me démange, ce genre de choses.

— Moi aussi, tu n'es pas tout seul.

Nous nous installons à table face à face.

— Je sais qu'une aigrie se cache en toi, tu es juste trop solaire et ça éclipse ce côté de toi, me taquine-t-il.

— Oui, tout à fait, mon air adorable est trompeur.

— J'espère qu'il n'est pas trompeur sur tout.

— Peut-être que oui, peut-être que non.

— Pas besoin de faire la femme mystérieuse, je te connais par cœur.

— C'est faux.

— Fallon, je te connais par cœur, par âme et par corps.

— Le par corps est très plaisant à entendre. Redis-le pour voir, avec plus de sensualité.

Thomas se met à rire et fait non de la tête avant de prendre une première bouchée.

— Aujourd'hui, je vais rester là pour travailler. Par contre,

Julia ne viendra pas : elle a un rendez-vous avec son éditrice pour parler de la publicité de son livre.

— Tu es sûre de vouloir rester seule ? Tu peux venir travailler dans mon bureau, si tu veux.

— Non, ne t'en fais pas. Je vais m'en sortir.

— Comme tu veux, mon cœur. Mais au moindre problème, tu m'appelles. C'est vrai que tu n'as reçu aucun nouveau message, mais restons prudents, OK ?

— Oui, Thomas, je te le dirai.

— Pourquoi tu avais l'air apeurée à l'idée de m'avoir réveillé avec ta musique ?

J'hésite à lui répondre honnêtement.

— Fallon ?

— Quand j'étais avec Troy, il m'a limite réprimandée à ce propos. Il n'aimait pas ce que j'écoutais.

Thomas se rembrunit, mais reste silencieux, attendant de voir si je vais ajouter un truc.

— Je me suis sentie... rabaissée. Il me rappelait que je ne foutais rien de ma vie, contrairement à lui. Je le dérangeais avec ma musique.

— Moi, j'aime te voir chanter et danser, j'aime te voir heureuse quand tu le fais. Ça ne me dérangera jamais, bien au contraire. Et ce type peut aller se faire voir. Tu ne fous pas rien de ta vie, tu as le droit de prendre du temps pour savoir ce qui te convient le mieux et je crois bien que tu as trouvé. Ne laisse personne te dire ce que tu vaux, encore moins un minable comme lui.

J'ai fini.

J'ai fini le travail éditorial sur le livre de Julia.

Le doigt tremblant, je clique sur « Envoyer ». C'est fait. J'y suis arrivée. Maintenant, Julia va s'y plonger et fera part de tout cela à son éditrice. C'est la première fois que je suis fière d'avoir atteint un objectif. Et même si la route est encore longue, concrétiser cette première étape me procure un sentiment indescriptible. Un tas de nouvelles perspectives semblent s'ouvrir.

Peut-être ai-je nagé dans l'univers des livres sans savoir que ma voie se trouvait juste sous mes yeux. J'ai toujours aimé ce domaine, mais je n'ai jamais suffisamment cru en moi. Le fait d'être arrivée au terme d'un travail de ce genre m'emplit de confiance.

Wow. J'ai dit ça ?

Il faut que je voie Thomas pour lui confier tout ça. Quand il est parti tout à l'heure, il m'a demandé de le tenir au courant de mes avancées. Il ne se doutait pas que j'étais si près du but. Au lieu de l'appeler, je décide de lui faire une surprise en le rejoignant à son bureau.

Quand j'arrive dans les locaux, tout le monde me reconnaît. La secrétaire de Thomas me dit qu'il n'est pas en réunion et que je peux le voir. Je toque à sa porte et pousse directement la poignée. Il est en train de tapoter sur le clavier de son ordi et fronce les sourcils en entendant le bruit de la porte. Dès qu'il remarque que c'est moi, ses traits s'adoucissent.

— Mon cœur, il y a un problème ? D'habitude, tu me préviens.

— Je n'ai pas le droit de te faire une surprise ? dis-je en lui jetant un regard faussement vexé.

Il esquisse un sourire en coin et lève les deux bras, signe de résignation.

— Bien sûr que si, tu peux.

Je m'approche de son bureau et y pose mes fesses, tout près de lui. Il pose une main sur ma cuisse. Je porte une jupe noire à volants avec une chemise blanche brodée d'une hirondelle au niveau du cœur. Son pouce dessine des cercles sur ma peau et je passe ma main dans ses cheveux pour arranger sa coupe.

— J'ai fini mon travail. Je l'ai envoyé à Julia.

Il s'esclaffe, surpris.

— Déjà ? Tu as été rapide.

— Je n'ai fait que ça ces derniers jours. Et puis je connaissais déjà le manuscrit, ça aide.

— Je suis fier de toi, princesse. Tu vois, tu l'as fait.

— Oui, mais on doit attendre le retour de l'éditrice de Julia. Ce n'est pas parce que je l'ai fait que ça vaut quelque chose.

— Peu importe, tu as eu le mérite de l'avoir fait seule, le retour ne te servira qu'à t'améliorer.

— Tu sais, j'ai vraiment pris goût à ce travail.

— Vraiment ? demande-t-il en me regardant avec tendresse.

— Oh oui, j'ai même commencé à me dire que, peut-être, je pourrais me lancer dans ce domaine. Tu ne crois pas ?

— Toi, d'abord. Qu'est-ce que tu en penses ?

— Pour être honnête, même si c'est bête, j'ai l'impression d'avoir accompli quelque chose. C'est une petite victoire. Il y a quelques semaines encore, je n'aurais jamais osé même essayer.

— Tu ne croyais pas en tes capacités et pourtant tu l'as fait, mon cœur.

— Oui… c'est idiot que ça me donne un peu confiance en moi ?

— Non, au contraire. Et pour répondre à ta question : oui, je crois que tu peux te lancer dans ce projet.

— Si j'ouvre une maison d'édition, tu seras mon associé !

— Comme tu veux, c'est toi, la patronne.

— C'est excitant d'imaginer que je pourrais être ta patronne.

Thomas se met à rire et finit par lever les yeux au ciel.

— Je voulais venir te raconter tout ça, je ne pouvais pas me contenter d'un vulgaire message.

— Ça me fait plaisir que tu sois là.

— Je ne te dérange pas, tu es sûr ?

Ses doigts exercent une faible pression, très agréable, sur ma cuisse.

— Non, bien au contraire.

Je le sens apaisé, contrairement à hier. Il semblait perturbé lors du dîner avec Julia et Jackson. Ce n'est pas étonnant qu'il ne m'ait pas parlé de ce qui le tracassait, mais je n'ai pas non plus posé de questions. J'ai du mal à tempérer mon humeur quand Thomas me rejette, alors j'ai préféré ne rien dire.

Cette sensation de ne pas lui suffire me serre le cœur.

— T'as baisé beaucoup de filles ici ?

Ma question le fait presque s'étouffer et il se racle la gorge en mettant son poing devant lui. Ouais, bon... ça sort de nulle part.

— Fallon, est-ce qu'on pose des questions comme ça ?

Je pouffe de rire et descends du bureau en sautillant. Je lisse ma jupe et lui lance un regard aguicheur en me mordant la lèvre.

— Viens là, dit-il en reculant sur sa chaise.

Je m'assieds juste en face lui et écarte légèrement les cuisses. Il se lève et se penche vers mon visage. Ses mains chaudes se baladent sur mon corps, et il pousse un grognement quand je tire sur sa cravate pour le rapprocher de moi.

— J'aime beaucoup ta tenue, déclare-t-il.

Son compliment me fait sourire et je déboutonne ma chemise blanche, dévoilant mon soutien-gorge. Thomas plaque sauvagement les lèvres contre les miennes. Ce baiser me fait l'effet d'une décharge électrique. Mon cœur bat de plus en plus vite.

Sa main descend sous ma cuisse et la relève pour me coller davantage à lui. Son excitation pulse sous son pantalon et effleure ma fente de plus en plus humide.

La tension monte, mon plaisir grandit au point que je ne peux plus me contenir. Il ne s'arrête pas de m'embrasser. Ma respiration se saccade et mes doigts se perdent dans ses mèches ondulées.

Sa bouche descend vers mon cou. Il embrasse les lignes de Blaschko, chaque baiser est comme une revendication qui me fait frémir. Il leur fait l'amour, à chacune. Je me sens tellement désirable...

— Tu es la plus belle femme que j'ai jamais vue, lâche-t-il en faisant traîner ses lèvres avides dans la vallée entre mes seins.

Avant qu'il me retire ma chemise, je l'arrête d'une pression sur le torse pour l'écarter de moi. Le souffle erratique, il me dévisage et je le pousse du talon pour le faire asseoir sur son siège de patron.

— C'est à moi de jouer.

Je lui écarte les jambes à l'aide de mon pied et me mets à genoux. Je déboucle sa ceinture sans quitter des yeux son regard océan où des vagues de plaisir se déchaînent. La protubérance sous son caleçon me ravit et je libère son membre. Il pousse un grognement et empoigne mes cheveux lorsque je passe ma langue sur sa longueur.

— Joyeux Fallon Games, Thomas, soufflé-je près de sa queue.

Sa respiration se saccade et je lui lance un clin d'œil.

— Que le sort te soit favorable.

J'engloutis sa queue en le regardant droit dans les yeux. Thomas jette la tête en arrière avec un gémissement guttural et resserre sa prise sur mes cheveux.

Son gland heurte le fond de ma gorge, je l'entends haleter, et je le suce de haut en bas, encore et encore, m'habituant peu à peu à l'épaisseur de son membre. Je le vois fermer les paupières, savourant l'effet de ma langue qui le lèche de la base à l'extrémité. Plus j'accélère la cadence, plus je prends du plaisir et ma fente s'humidifie.

J'aime observer le tsunami dans ses yeux azur alors que son désir grandit. Je commence à sentir le prélude liquide de son orgasme sur ma langue. Des larmes perlent à mes yeux et, du bout du pouce, il les efface.

Thomas gémit sans jamais rompre notre lien visuel. Je le sens proche de l'extase et il me donne des coups de bassin, me baisant encore plus la bouche.

Ses doigts exercent une délicieuse pression sur ma nuque, alors qu'il est prêt à exploser.

— Ouvre la bouche.

J'obéis. Une décharge de semence enflamme mon œsophage. Son goût m'envahit et j'avale. Il relâche sa poigne sur mes cheveux.

— Putain de merde.

Il revient à lui et braque son regard enflammé sur moi. Il m'attrape par le menton alors que je suis toujours à genoux, affichant le sourire le plus malicieux qui soit.

— Je t'avais dit que j'étais la reine de la pipe.

Thomas se retient de rire.

— Rappelle-moi de punir cette bouche plus souvent quand tu diras des conneries.

— Ce châtiment est fort agréable, j'en dirai encore plus dans ce cas.

— J'espérais bien entendre ça.

Je me lève tandis qu'il range son membre dans son pantalon. Je commence à épousseter ma jupe, mais je me retrouve propulsée sur le bureau. Mon cœur caracole dans ma poitrine quand Thomas plaque ses lèvres contre les miennes. Je ravale un gémissement et il me retire ma chemise. Ses doigts passent sous les bretelles de mon soutien-gorge, faisant courir des frissons sur mon échine. Il les baisse sur mes épaules jusqu'à ce que mes seins soient à moitié découverts.

Il lèche mon téton et dégrafe le sous-vêtement. Mes mamelons sont gonflés de désir. Thomas prend en bouche un de mes seins tandis que ses doigts s'amusent avec le second.

Je halète et enroule les jambes autour de sa taille. Il embrasse les motifs marron qui recouvrent mon sein et descend jusqu'à mon ventre.

Je m'allonge sur la surface de son bureau, le souffle saccadé. Ses doigts relèvent ma jupe avant de s'attaquer au fin tissu de ma culotte humide.

— Putain, t'es complètement mouillée.

— Si ce n'était pas le cas, ce serait un problème.

Le souffle de son rire effleure ma fente. Il s'assied sur son siège et remonte une de mes jambes sur son épaule. Sa bouche dépose des baisers mouillés sur l'intérieur de ma cuisse, arrivant finalement à mon mont de Vénus. Je me tortille et passe les mains sur mon visage.

De sa langue, il encercle mon clito. Je me cambre contre sa bouche et cette fois-ci il souffle dessus avant d'exercer une plus forte pression, cherchant la zone la plus sensible.

— Thomas...

Je suis à lisière de l'extase. Mon cœur bat aussi vite que les ailes d'un colibri. Je me mords la lèvre pour ne pas crier.

Ma tête se renverse en arrière, mon corps se cambre, des vagues de chaleur inondent mes veines.

— Tu as tellement bon goût, grogne-t-il.

Mes hanches ondulent contre mon gré, sa langue plonge plus profondément en moi.

— Putain...

Le plaisir m'écrase. Mon sexe palpite dans sa bouche et subitement il glisse deux doigts à l'intérieur de moi.

— Thomas, Thomas, Thomas...

Mon corps se met à trembler, les vagues de l'orgasme s'intensifient. Thomas prend un malin plaisir à me torturer de la plus excitante des façons.

— Jouis sur mon visage.

Je pousse un cri en me laissant envahir par la luxure. Ma respiration saccadée est le seul écho qui frappe les murs, le dernier frisson de plaisir me traverse et je me redresse sur les coudes pour le regarder.

— Approche.

Sa bouche se presse sur la mienne. Il rompt notre baiser au bout de quelques secondes.

— C'est ça, la véritable raison de ta venue ici, avoue-le.

Mes dents mordent ma lèvre inférieure et je hausse les épaules.

— J'ai tout le temps envie de toi, susurré-je.

— Moi aussi, répond-il en déposant un bref baiser sur mes lèvres.

Son front s'arrime au mien et je pose la main par-dessus sa chemise, au niveau de son cœur.

— J'aime ton corps, j'aime tout chez toi.

Son compliment est comme une caresse sur ce corps bourré de complexes. Je repense à ma mère. Thomas guérit toutes les cicatrices de mon cœur et le remodèle en une forme plus belle, plus vive.

— Et moi, j'aime tout chez toi, murmuré-je joyeusement.

Il m'embrasse la joue et je frotte mon nez contre le sien.

— Tu sais, Thomas, je ne veux pas que tu te retiennes avec moi.

La flamme qui danse dans ses yeux m'enivre et il presse à nouveau la bouche sur la mienne.

— Alors, que le sort te soit favorable, princesse.

Je me retrouve plaquée sur le ventre contre le bureau. Sa chaleur irradie dans mon dos.

— Ne bouge pas.

Je lève la jambe juste pour protester et je l'entends rire doucement avant qu'il soulève ma jupe et me donne une fessée. Je sursaute.

— Eh !

Il m'en donne une autre.

En dépit du désir qui me consume, je cesse de bouger.

— Gentille fille.

Son bras passe autour de ma taille et il me soulève de quelques centimètres. Lentement, il entre en moi, nous arrachant à tous les deux un grognement de plaisir.

Thomas me donne des coups de reins tandis que je m'agrippe au bureau en gémissant de plus en plus fort. Sa main empoigne ma nuque et je lui jette un regard par-dessus mon épaule.

— Thomas, Thomas...

L'espace d'un instant, il me sonde avec intensité. D'un geste, il écarte les mèches de cheveux qui dissimulent mon visage et une onde électrique m'envahit. Il s'enfonce plus profondément en moi et je pousse un cri de plaisir.

Ses poings se referment sur mes hanches. Son dernier coup de boutoir a raison de moi. Je me laisse submerger par l'orgasme.

29

« *Si tu lâches prise, je te rattraperai* »

Fallon

D'aussi loin que je me souvienne, j'ai l'impression de ne jamais m'être sentie fière de moi. Et pour la première fois, cela change. Je sens que je suis en train de franchir une étape dans ma vie, que je bascule vers l'âge adulte.

Le fait d'avoir retravaillé un manuscrit toute seule de A à Z, telle une vraie éditrice, me rend toute chose. C'est incroyable ! Imaginer que des gens ont pu me demander cela parce que mon travail les intéresse, c'est fou pour moi ! Je suis heureuse alors que je n'ai encore aucun retour. Je n'ai pas peur du refus, je ressens un détachement insolite grâce à Thomas, parce que peu importe le résultat : je serai gagnante. J'aurai appris et je viserai l'amélioration. J'ai toujours été tétanisée par l'échec, toujours en proie au sentiment virulent que je n'étais qu'une incapable. J'ai perdu tellement de temps à me détester, à me rabaisser et surtout à angoisser que je n'ai rien fait. Bloquée. Coincée. J'étais prise dans les mailles du filet. Maintenant, je suis armée d'un couperet pour me délivrer. La vie fonctionne ainsi, un cœur se brise, se répare et apprend. Ce schéma perdure jusqu'à la fin des temps.

Ma relation avec Thomas me fait évoluer et grandir. Son avis compte pour moi, il me pousse à sortir de ma zone de confort et m'encourage à chercher de nouveaux rêves, à trouver cette chose qui animera un feu exaltant au fond de moi. Et j'aimerais exercer une influence aussi importante sur lui... mais quand je m'obstine à m'approcher, je ne vois que du rejet.

Thomas a érigé une barrière entre ses recherches sur Lukas et moi. Il en parle à peine mais son état reflète l'absence d'avancée. Il lutte si fort pour ne rien laisser transparaître que cela devient un échec, parce que je le connais. Comment peut-il songer qu'il peut échapper à mon regard ?

Thomas ne désespère pas mais j'ai peur qu'il ne puisse accepter que, parfois, on ne peut pas avoir toutes les réponses. Je n'ose même pas lui exposer mon point de vue, terrifiée à l'idée qu'il me rejette davantage et s'en aille loin de moi. Je veux rester proche de lui, veiller sur lui, je ne peux pas prendre le risque qu'il abandonne notre relation.

Je me balade en ville, il fait beau aujourd'hui, je souhaite profiter un peu de ces quelques jours post travail éditorial avant de stresser à propos de la réponse de l'éditrice.

Mon téléphone sonne et je souris en voyant le nom de mon frère sur l'écran.

— Julia m'a dit que tu avais corrigé un livre de six cents pages en un temps record ! s'exclame-t-il fièrement.

— En effet. J'attends les retours.

— Je suis certain que ce sera prometteur. Toi et les livres, c'est une grande histoire.

— J'angoisse un peu mais j'essaie de relativiser en me disant que, quelle que soit la réponse, ça me sera bénéfique.

— J'aime cet état d'esprit, Fallon.

— Disons que j'ai décidé de prendre exemple sur Thomas et toi. Vous ne lâchez rien et je veux être comme ça. Comme papa aussi.

Je l'imagine sourire.

— Crois en toi, Fallon, et tout sera surmontable.

Nous discutons encore quelques minutes avant de raccrocher.

Mes pas foulent le sol d'un parc que j'ai l'habitude de fréquenter pour lire. Je me dirige automatiquement vers la boîte à livres que j'ai l'habitude d'ouvrir pour voir s'il y a des pépites et aujourd'hui est mon jour de chance ! Une édition reliée d'*Orgueil et Préjugés* que je n'ai pas. Mon Dieu ! Quel magnifique objet ! En plus, il est intact. Je m'empresse de l'ouvrir et un papier plié en quatre en tombe. Perplexe, je le ramasse et l'ouvre.

Tout n'est pas parfait, mais toi tu l'es.

Mon cœur loupe un battement. Je fronce les sourcils et referme le livre avec le papier à l'intérieur. C'est quoi, ce délire ? Il est impossible qu'il s'agisse de Thomas. Pourquoi aurait-il laissé cela dans une boîte à livres, en prenant le risque qu'une personne passe avant moi ? Il n'est même pas là, en plus. Ce n'est pas normal. Je me masse les tempes et marche jusqu'à un banc, plongeant dans de nouvelles réflexions.

Et si... Monica ?

Non. Cette phrase, il n'y a que Thomas qui me la susurre. Et si c'était une erreur ? C'est bien trop gros...

Un sentiment étrange m'oppresse. C'est la première fois que je sors de chez moi depuis un moment à cause de ma dernière occupation et c'est vrai qu'avant ça... je me sentais épiée. La paranoïa ronge mes neurones et aspire l'air dans mes poumons. Et si je n'étais pas folle ?

Je me redresse et regarde autour de moi. Le parc est plein. Des enfants jouent, des parents grondent les plus agités, des sportifs font leur footing... Rien ne semble anormal. Mes yeux se figent sur le livre.

Je dois comprendre ce qui se passe.

Plus tard, dans la soirée, alors que je prépare une moussaka pour le dîner, mes pensées vagabondent très loin.

— Mon cœur ?

Je sursaute et la lame du couteau entaille la peau de mon pouce.

— Excuse-moi, Fallon ! s'exclame Thomas en accourant vers moi.

Je passe ma main sous un jet d'eau froide et lui offre un petit sourire pour lui dire que tout va bien.

— Ce n'est rien.

Thomas se frotte nerveusement la nuque et cherche une poche de glace à appliquer sur ma main.

— Je viens de rentrer et tu avais l'air ailleurs, je ne voulais pas te surprendre.

— Je n'ai pas entendu la porte, dis-je en haussant les épaules. Tu as passé une bonne journée ?

Le froid me brûle un peu, mais ce n'est rien à côté de la chaleur de sa main et le pouvoir qu'elle exerce sur moi.

— Disons que j'avais hâte de rentrer pour te retrouver.

Le sourire qu'il affiche a beau s'accorder avec ses paroles sincères, son regard exprime un harassement tangible. Ses yeux bleus sont soulignés de cernes et son teint est légèrement pâle. Thomas est exténué et il ne s'accorde aucun moment de répit.

— Tu ne veux pas qu'on aille quelque part, toi et moi ?

— Comment ça ? demande-t-il en arquant un sourcil.

— On pourrait prendre des petites vacances au bord de l'eau. J'ai toujours voulu aller dans les Caraïbes. Ça te permettra de souffler un peu.

— Je suis débordé de travail et tu me demandes de partir ?

— Tu n'as pris aucune pause, tu mérites de te reposer un peu.

Thomas ne semble pas ravi par la tournure de la conversation. Il pousse un long soupir et sa main exerce une pression sur la mienne. Je grimace à cause de l'effet de la glace, il le remarque et s'empresse de la retirer. Pour autant, il s'accroche toujours à ma main et la remonte vers ses lèvres.

— Je suis désolé, mon cœur, mais je ne peux pas. Une prochaine fois.

— Ce serait quand, pour toi, la prochaine fois ? demandé-je, agacée.

— Je... je ne sais pas. Je ne compte pas prendre de vacances avant d'avoir retrouvé Lukas.

Bordel de merde. J'en étais sûre.

— Thomas... toute cette histoire est en train de te priver de ta vie.

— C'est faux. Écoute, Fallon, je ne veux pas jeter l'éponge.

Il relâche ma main et j'ai la sensation qu'il est un peu déçu.

— Je ne veux pas que tu abandonnes, m'exclamé-je en enlaçant sa taille.

Ma joue frotte contre son torse musclé, avant que mon oreille se cale au niveau de son cœur, écoutant ses battements frénétiques.

— Je veux simplement que tu souffles un peu. Je trouve que tu te surmènes et j'aimerais que tu aies un moment de répit.

— Mon moment de répit, c'est tous les soirs, quand je te retrouve, murmure-t-il en posant la main sur mon crâne. Tu es la paix dans ma lutte acharnée, Fallon.

Lentement, je lève la tête vers lui, croisant l'océan de son regard, déchaîné par les vagues de ses tourments les plus profonds. Ses lèvres se fendent en un sourire si vrai que je me demande comment il arrive à endosser ce rôle d'être inébranlable. J'ai peur pour lui et toutes mes craintes se manifestent sur mon visage puisque je sens une larme silencieuse rouler le long de ma joue.

— Princesse, je t'en prie, ne t'inquiète pas pour moi. Je vais bien, tu es là avec moi et cela suffit à me rendre heureux.

J'aimerais lui dire qu'une relation amoureuse ne marche pas ainsi, lui montrer que tout est censé être réciproque. Il donne, il me donne tout et il n'accepte jamais de recevoir.

Tristement, je me détache de lui sans rien dire, revenant à ma préparation culinaire. Je l'entends pousser un long soupir de désarroi.

— Les recherches n'avancent pas. Léonie ne trouve rien. Cela me frustre beaucoup.

— Je comprends.

Dans de telles circonstances, comment pourrais-je lui parler de ma découverte et de ce mauvais pressentiment qui m'assaille ?

Thomas enroule les bras autour de ma taille et pose la tête dans mon cou.

— Pardonne-moi, Fallon. Je n'aime pas te voir comme ça. Tout m'énerve et ce n'est que lorsque je croise ton regard que je ressens cet apaisement.

Ces mots me touchent et mes doigts caressent sa main sur moi.

— Je veux… te faire tout oublier, admets-je tristement. Je veux que tu puisses ressentir de la joie et que tu lâches prise.

Thomas dépose un tendre baiser sur la courbure de mon cou.

— Si je lâche prise… j'ai peur de ce que je pourrais ressentir, confesse-t-il d'un ton faible.

— Si tu lâches prise, je te rattraperai.

Je sens son sourire sur ma peau et une multitude de frissons courent sur mon échine.

— Je suis bien trop lourd pour toi, mon cœur.

— Tu me sous-estimes, Tommy.

— Non, jamais je ne te sous-estimerai, répond-il sérieusement avant de me retourner vers lui.

Le sens de sa phrase me fait frémir. Elle représente tellement pour moi ! Je ne sais même pas s'il s'en rend compte. Ses mains puissantes prennent mon visage en coupe et son front s'arrime au mien.

— Tu es merveilleuse, et si patiente avec moi… Qu'est-ce que j'ai fait pour te mériter ?

Mes yeux s'écarquillent et je lui souris tendrement, ravalant tous les mots que j'aimerais lui dire.

— Thomas… si tu savais ce que tu représentes pour moi ! Je t'en prie, ne gâche pas tout.

Il presse ses lèvres sur les miennes, m'embrassant fiévreusement et avec tant d'amour qu'une myriade de papillons voltige dans mon ventre.

— Princesse, je ferai tout pour te préserver de mon chaos.

— Je veux plonger dans ton chaos, je veux me battre pour toi et pour nous.

Je me sens pleine de courage, nos visages sont si proches que nos souffles se confondent.

— Tu mérites qu'on se batte pour toi, murmuré-je en frottant le nez contre le sien. Tu en vaux la peine.

Je t'aime passionnément, à la folie.

— Tu es la perfection de mon monde imparfait, déclare-t-il en me portant dans ses bras.

Sa phrase agit comme une piqûre de rappel de ma découverte. Je ne peux pas lui en parler. Pas maintenant. Pas avant d'avoir obtenu des réponses moi-même. Je ne veux pas lui ajouter de nouveaux fardeaux. Thomas m'embrasse avec une passion dévorante.

Il est si intense que je manque de défaillir lorsqu'il se positionne sur moi, une fois dans mon lit.

— J'ai besoin de temps, mon cœur. J'ai besoin de temps pour me familiariser avec cette relation. Mais sache que jamais, au grand jamais je ne pourrai me lasser de toi. Toi aussi, tu vaux la peine, plus que n'importe qui.

Je le crois quand il me dit tout ça. Je serai patiente parce qu'il le mérite et je suis prête à prendre sur moi. Je savais dans quoi je m'embarquais en le suppliant de nous donner une chance et je pourrai tout supporter.

Parce que lui aussi est la perfection de mon monde imparfait.

30

Offensive inconnue

Thomas

King et moi sortons du bâtiment ensemble. Il me parle de l'avancée des préparatifs du mariage. Il apprécie Vernon et aimerait l'inviter.

— Je le lui dirais, ça lui fera plaisir.

— Toi, comment tu te sens ?

Jackson me retient sur le trottoir, sa main sur mon épaule. Mon ami ne cache pas son inquiétude. Il n'aime pas se sentir impuissant et sait pertinemment qu'il ne peut pas m'aider.

— Ça peut aller.

Ma frustration est terrible. Aucune trace de Lukas. Mes flash-back ont cessé. Je n'ai pas le moindre indice. Pourtant, j'ai besoin de le retrouver, il est mon attache au passé. Il est le seul qui ait voulu de moi, malgré l'enfer qui nous entourait.

Si je suis encore vivant, c'est grâce à lui. Je ressens dans chaque fibre de mon cœur toutes les émotions qui ont pu me traverser. La peur de mourir, l'urgence de fuir, l'effroi de voir les gens tomber comme des mouches autour de moi. Mes souvenirs sont écarlate comme le sang, mais Lukas adoucit cette vision macabre, avec ses yeux ambrés attendrissants.

Je n'avais que lui. Dans ce monde où l'homme prétend vouloir la paix en faisant couler du sang, il n'y avait que Lukas pour me sauver.

— Thomas, repose-toi un peu, tu te surmènes.

— Je vais bien, Jackson. J'ai juste besoin de retrouver Lukas. Après, je me reposerai.

Jackson ne répond pas, l'air presque désespéré. Il baisse la tête et se frotte la nuque.

— Thomas, tu es mon meilleur ami. Je veux être là pour toi.

— Je ne t'en ai pas parlé pour que tu m'aides et tu le sais très bien. Accepte-le. La seule chose que je t'ai demandée, c'est de t'occuper de cette histoire avec Monica.

— J'attends qu'on me donne des réponses, mais Fallon n'a rien reçu d'autre, n'est-ce pas ?

— Non, elle n'a rien reçu, mais j'ai peur qu'elle soit surveillée.

— Tu penses ?

— Je ne sais pas... mais je ne suis pas rassuré quand elle est seule. Je passe mon temps à lui envoyer des messages. Ce soir, elle compte sortir avec Julia pour une soirée littéraire. Si Julia ne l'accompagnait pas, je te jure que j'y serais allé incognito.

— Tu te serais retrouvé avec des filles obsédées par les livres de cul, se moque-t-il.

— Ta femme en écrit, mec.

— Oui, elle a de nouvelles idées toutes les heures, c'est amusant. J'aime bien l'écouter m'en parler.

— Fallon m'a toujours raconté les histoires qu'elle lisait.

— T'es accro depuis tout petit, ça ne m'étonne pas.

Je hausse les épaules et me frotte les yeux. Je manque terriblement de sommeil. Je me couche très tard. Si j'étais seul chez moi, j'enchaînerais probablement les nuits blanches, mais depuis mon retour de Miami, je dors tous les soirs chez Fallon.

Sa présence m'apaise, comme si elle plantait ses griffes sur moi et me transmettait la plus lénifiante des sensations. Fallon me serre contre elle sans jamais me lâcher. Fallon m'extirpe de mes sombres perceptions.

— Je te laisse, je dois y aller.

Jackson hoche la tête pour me dire au revoir et avant que je saisisse la clé de ma voiture… je me retrouve projeté au sol.

Ma voiture prend feu.

Elle a explosé.

Je pousse un gémissement de douleur, des débris se sont fichés dans ma jambe et mon torse.

— Thomas !

Jackson accourt vers moi. La foule s'affole autour de nous. J'ai du mal à me relever, je baisse les yeux vers ma chemise blanche, maculée de sang.

— Qui a pu faire ça, putain de merde ? s'écrie Jackson en me maintenant contre lui.

À l'hôpital, une infirmière nettoie mes plaies. J'ai des coupures et des brûlures sur le torse, des entailles sur le visage et les jambes.

Quand Vernon et Jackson entrent, ils arborent le même air inquiet.

— Fiston, ça va ?

Je me contente de hocher la tête et de grimacer quand l'infirmière appuie un peu trop fort sur mon visage.

— Je ne comprends pas ce qui s'est passé, dis-je difficilement.

Ma peau me brûle. Je fixe mon torse nu, rougi par les flammes de l'explosion.

— Thomas, c'est une tentative de meurtre ! s'exclame Jackson, furieux.

— Quelqu'un a essayé de te tuer, affirme Vernon. Mes hommes mènent l'enquête. Fiston, on a voulu s'en prendre à toi. Il y avait une bombe dans ta caisse. Cela ne s'est joué qu'à quelques secondes. Si Jackson ne t'avait pas retenu pour discuter…

Ces mots mettent du temps à faire sens. La confusion m'habite. Qui pourrait s'en prendre à moi ?

— On doit découvrir qui c'est, tonne Jackson. On ne peut pas laisser passer ça.

Je pousse un soupir. Je suis harassé, je veux rentrer chez moi et retrouver la femme que j'aime. Mais ce soir, elle ne sera pas là et je ne veux pas l'effrayer avec cette histoire.

— Jackson, est-ce que tu as appelé Fallon ? demandé-je.

— Non, je comptais le faire.

— S'il te plaît, ne le fais pas. Ne lui dis rien, et encore moins à Julia.

— Quoi ? Mais pourquoi ?

— Je ne veux pas lui faire peur… Je ne veux pas l'impliquer là-dedans.

Et à cet instant… je me remémore sa conversation avec Julia.

Il ne me raconte rien de ses secrets, ses sentiments, tout ce qu'il peut éprouver. Il ne fait rien. Il y a des choses qu'il m'a avouées à son sujet, récemment. Parfois, je me dis qu'il regrette, qu'il ne recommencerait pas de sitôt.

Je sais ce qu'il voit en moi : une femme qui manque cruellement de discernement, qu'on ne peut pas prendre au sérieux. Je me demande ce qu'il me trouve, au fond.

Je l'ai entendue ce soir-là, bouleversé qu'elle se réduise à ça. Je ne veux pas qu'elle s'inquiète pour moi, qu'elle souffre pour moi. Je ne veux rien de tout ça. Et même si ce n'est pas ce qu'elle souhaite… je ne pourrai pas supporter qu'elle s'effondre par ma faute.

Je devrais lui en parler… mais je ne suis pas encore prêt.

Et ce nouveau problème qui s'infiltre dans ma vie ne fait que retarder l'échéance.

— Thomas, on va gérer ça, me dit Jackson.

— Ne dis rien à Fallon, répété-je. S'il te plaît.

Mon ton est presque suppliant. Je sais que je suis en train de flinguer toutes mes chances avec elle, que je ne suis qu'un incapable à l'écarter de tout ce chaos qui m'engloutit. Mais je n'y peux rien. Je ne suis pas à la hauteur et tout ce que je peux faire, c'est la préserver de ma noirceur.

— Tu ne peux pas lui cacher ça, rétorque Jackson, les sourcils froncés.

— Si c'était toi, la cible, tu ne l'aurais jamais dit à Julia, alors ne me donne pas de leçon de morale, King.

Ma voix rauque résonne avec puissance, réduisant les autres au silence. Mon regard sur mon ami se fait presque assassin. Vernon s'approche de moi et acquiesce sans rien dire.

— Je vais te déposer chez toi.

Vernon passe une partie de la soirée avec moi. Il me prépare à manger et me tient compagnie. Je suis empli de culpabilité à son égard, j'ai été méprisant la dernière fois… Même si, sur le moment, je n'en avais rien à foutre, le voir toujours revenir vers moi avec la même sollicitude me touche.

— Je m'excuse pour l'autre jour.

Vernon me jette un coup d'œil alors que je suis assis sur mon canapé. Il prend place à mes côtés et pousse un profond soupir.

— Ce n'est rien, fiston, je serai toujours là. Je comprends ta colère, je comprends ce qui te ronge. Malheureusement, je ne peux rien y faire, je ne sais pas ce qui pourrait t'aider à te délivrer de ça.

— Vernon… tout ce dont j'ai besoin, c'est de la vérité.

Vernon passe sa main dans ses cheveux en soufflant.

— Pourquoi tu ne veux pas que Fallon soit au courant ? Elle va bien voir dans quel état tu es.

— Je lui dirai qu'il y a eu une explosion dans le quartier. Je ne veux pas évoquer une tentative de meurtre. Sa mère a orchestré la mort de son père et je refuse de réveiller ses démons.

— Thomas, cette femme t'aime. Tu ne peux pas l'empêcher de s'inquiéter pour toi.

— Je peux le retarder, découvrir qui est l'auteur de tout ça avant de lui dire la vérité.

— Elle ne te le pardonnera pas, affirme-t-il durement.

— Pourquoi tu penses ça ?

— D'après ce que j'ai compris, vous n'en êtes pas encore au stade officiel. Si, déjà, tu lui caches quelque chose d'aussi important et qu'elle finit par le découvrir, elle va t'en vouloir terriblement. Tout est fondé sur la confiance. Fallon ne te cache rien, elle. Tôt ou tard, elle finira par être blessée par tous tes secrets. Par tous tes rejets.

Vernon dit vrai. Fallon m'en veut déjà, mais elle ne le dit pas encore.

— Thomas, cette femme a toujours été présente dans ta vie. Tu ne mesures pas la chance que tu as de l'avoir trouvée après ce que tu as vécu. Au lieu de te noyer dans les affres de ton passé, plonge dans son regard et tu y liras ton avenir. Tu perds beaucoup de temps, mais tu ne le réalises pas encore, malheureusement. J'ignore quel sera le déclic. J'espère qu'un jour, tu te rendras compte que, parfois, ce que nous pensons être bien pour nous n'est pas forcément ce dont nous avons besoin, dit-il d'une voix presque abattue.

Mon regard se pose sur Vernon. Un sourire triste se dessine sur ses lèvres. Sa main se cale sur mon crâne et il ébouriffe mes cheveux doucement.

— Tu as toujours eu une flamme de vie dans le regard. Tu es spécial, Thomas. Tu es un survivant.

Un sentiment indescriptible me tord le ventre. La bienveillance de Vernon me bouleverse. J'ai l'impression d'être un petit garçon.

— Dans le fond, fiston, tu sais que tu n'es pas comme les autres. Tu es devenu un homme précocement, mais tu as gardé un cœur d'enfant.

— Vernon...

— Je ne te l'ai jamais dit, mais... je t'admire énormément. Je sais que ça n'a pas été facile pour toi. Tu as toutes les raisons du monde d'en vouloir à la terre entière : tu as ressenti tout ce qu'un enfant n'est pas censé éprouver. Et j'admire ton courage, ta détermination. Ta revanche sur la vie qui t'a tout pris. C'est vrai que tu n'as pas de parents, que tes origines sont floues. Seulement, Thomas, tu as bâti ta propre identité. Tu es vraiment quelqu'un de bien.

— Quelqu'un de bien ? Après toutes mes insolences à ton égard ? lâché-je avec un faible rire nerveux.

— Je ne t'en tiens pas rigueur. Je comprends ce sentiment qui t'habite, celui de n'appartenir à rien, ce sentiment d'être incomplet. Mais tu as ta petite tribu et tout le monde tient à toi, n'en doute jamais, fiston. Tu es aimé, par les bonnes personnes.

Les mots se cadenassent dans ma gorge. Je le fixe, la bouche entrouverte. Des larmes ruissellent le long de ses joues. Je n'ai jamais vu Vernon dans cet état.

— Je ne suis peut-être pas ton père, je n'ai rien fait pour l'être… mais je te considère comme mon fils. Pardonne-moi de t'avoir donné le sentiment que tu n'en valais pas la peine, ce n'est pas le cas. Et ça n'a jamais été le cas.

Vernon pleure silencieusement devant moi. L'étendue de sa tristesse et de ses regrets me poignarde le cœur. Je reste sans voix, incapable d'exprimer l'effet que ses mots ont sur moi.

— Je garde toujours un œil sur toi, et cette personne qui veut s'en prendre à toi, je m'en charge. Je ne laisserai personne te faire du mal.

Sur ces dernières paroles, il me frotte de nouveau les cheveux et se lève en époussetant son pantalon. D'un pas lourd, il se dirige vers la porte.

— Vernon.

Il ne se retourne pas.

— Merci.

Je pourrais presque l'entendre sourire.

— De rien, mon fils.

Et il s'en va, me laissant seul dans la froideur de mon appartement. Ces derniers temps, j'ai passé mes soirées et mes nuits chez Fallon. C'est la première fois que je suis seul. Fallon est à sa soirée et je n'ai pas eu de nouvelles depuis qu'elle m'a dit être arrivée. Je ne la verrai sans doute pas avant demain matin.

Je dors mal. Je me retourne sans cesse sur mon matelas, mais chaque mouvement me fait souffrir. Quand je me sens enfin sombrer, j'entends une voix dans le couloir.

— Merde ! entends-je, suivi du bruit de quelque chose qui s'écrase au sol.

Mes yeux sont toujours clos, mais je reconnais la maladresse de ma princesse. Un poids fait s'affaisser mon lit et une tête se niche au creux de mon cou en déposant une pluie de baisers sur ma peau.

— Oh, mon Dieu ! chuchote-t-elle.

Je finis par ouvrir les yeux et la découvre, sa main couvrant sa bouche. Je fixe le réveil derrière elle : il est plus de 3 heures du matin.

— Il t'est arrivé quoi ? demande-t-elle en me caressant tendrement le visage.

— Des brûlures à cause d'une explosion d'un tube d'échafaudage au Box for Ashes, j'ai reçu quelques débris mais rien de terrible comparé aux travailleurs.

Il fait trop sombre pour que je puisse juger si elle croit à ce mensonge.

— Une explosion ? Mon amour, pourquoi tu ne m'as rien dit ?

Je sens une faible odeur d'alcool dans son haleine. Elle a un peu bu mais n'est pas complètement bourrée.

— Je voulais que tu t'amuses sans t'inquiéter pour moi, dis-je en passant ma main dans ses doux cheveux.

— Tu es fou ! Rien n'est plus précieux que toi à mes yeux.

Son aveu guérit les cicatrices de mon cœur, toutes les ecchymoses sur mon corps semblent disparaître.

— Je pensais te trouver dans mon lit en rentrant… Et donc je me joins à toi, murmure-t-elle.

— Je n'arrivais pas à dormir, avoué-je en me frottant le menton.

— Tu as mal ? Tu veux quelque chose ?

— Seulement toi, murmuré-je en puisant dans mes dernières forces pour la coller contre moi.

— Je suis là, susurre-t-elle en m'embrassant les lèvres.

— Je suis désolé que tu aies été déçu de ne pas me trouver chez toi, la taquiné-je en frottant mon nez au sien.

— Oh... je viens de réaliser que nous ne nous voyons jamais dans ta chambre. Il y a une raison ? demande-t-elle, amusée.

— Je ne sais pas... Ton appartement est plus chaleureux.

— J'aime bien ton lit, moi.

— Peu importe le lit, du moment que tu y es.

— Tu es très romantique, ce soir. Ta tête a été touchée ? se moque-t-elle en entortillant mes mèches brunes autour de ses doigts.

— Je crois bien.

— Je vais en profiter. Dis-moi quelque chose de mignon, comme dans mes livres à l'eau de rose.

Je me retiens de rire et baisse mon visage vers elle. Son air rieur me réchauffe le cœur. Ses doigts dessinent des arabesques sur mon torse, elle fait passer sa main sous mon T-shirt et effleure mes hématomes.

— Je ne veux plus passer une nuit sans toi, lui dis-je sans me détacher d'elle.

— Moi non plus, je ne veux plus passer une nuit sans toi.

— Toi aussi, tu as reçu un coup sur la tête ?

— Non, je tombe seulement pour toi à chaque fois, Tommy.

Ce sourire d'ange m'enivre, ses yeux ambrés scintillent, éclairant les ténèbres au fond de moi. Mes doigts se perdent dans sa chevelure claire et je lui embrasse le front. Fallon se détend dans mes bras et finit par s'endormir.

Ces mots tournent dans mon esprit. Fallon me dit tout ce qu'elle ressent. La vérité, c'est que depuis le jour où je l'ai rencontrée, je suis tombé pour elle, sans jamais me relever. Mon cœur est à elle, entre ses belles mains, car il n'y a qu'elle qui sache en prendre soin.

Fallon est la paix qui clôt tous mes combats, alors que je déchaîne en elle la lutte la plus acharnée qu'elle puisse mener : se battre pour nous deux.

31
Stalker

Fallon

Thomas a été gravement blessé et je suis aux petits soins avec lui. Je commence à me sentir de moins en moins en sécurité. Même quand je ne sors pas, j'ai l'impression d'être en danger. C'est très étrange comme sentiment parce qu'il est pratiquement injustifié. Je me fonde uniquement sur le mot que j'ai découvert dans le livre. Mot qui m'était destiné, comme s'il m'attendait.

De toute évidence, ma seule piste m'amène à Monica.

Le gardien de la résidence m'envoie un message pour m'informer que j'ai reçu quelque chose. Je m'empresse de descendre, pressée d'ouvrir le carton de livres que j'ai commandés. Quand j'arrive au rez-de-chaussée, un livreur me tend un bouquet de lys blancs, mes fleurs préférées. Très peu de personnes connaissent cette information, alors un sourire radieux fend mes lèvres. Thomas est certainement à l'origine de ce cadeau.

— Merci, dis-je au livreur qui est ravi de ma réaction.

— C'est un homme bien amoureux. Un très beau bouquet

pour une belle fille, réplique-t-il en me lançant un clin d'œil, avant de partir.

Précipitamment, je remonte chez moi pour installer mon cadeau dans un vase. Je remarque alors la petite carte qui l'accompagne.

Il ne te mérite pas, il ne voit pas tout ce que tu fais pour lui. Tu passes après son ambition de retrouver ses origines.
Ouvre les yeux, princesse.

Le sol manque de se dérober sous mes pieds. Je m'assieds par terre contre le mur et observe tout autour de moi avec cette terreur qui me laboure intérieurement.

Pourquoi ma mère m'envoie ce genre de message ? Elle vise toujours là où ça fait mal.

Et comment peut-elle en savoir autant ?

Ma main se cale contre mon cœur, je sens chaque pulsation frénétique. Je suis la proie d'une crise d'angoisse que je ne peux retenir.

— J-je ne comprends pas.

J'ignore combien de temps s'écoule. Je ne bouge pas, figée par ce qui est en train de m'arriver. Mon téléphone a sonné plusieurs fois : des appels manqués, des messages non lus. Je suis hors service, enfermée dans ma bulle.

Un *stalker* est à mes trousses et, dans une telle situation, je ne dois pas me laisser submerger par mes émotions. Je me redresse et analyse mon appartement puis me dirige vers la grande fenêtre dans mon salon. Je plisse les yeux, fixant les bâtiments en face.

Je vis dans un quartier plutôt sécurisé et même si je ne connais pas forcément les personnes qui habitent en face, avant ces dernières semaines, je n'ai jamais eu la sensation d'être surveillée. De toute évidence, je commence à me dire que cela ne vient pas de dehors. Le mot que j'ai reçu aujourd'hui en dit long, il contient bien trop d'indices.

Et si ça venait de l'intérieur ?

Sans réellement réfléchir, je me mets à fouiller mon appartement de fond en comble. Je me parle souvent seule à voix haute, exposant mes plus profondes pensées ainsi que mes craintes par rapport à Thomas. Cela m'aide à exterminer le sentiment de solitude. Mais plus je farfouille, plus la sensation d'oppression dans ma poitrine s'intensifie. J'ai peur de découvrir quelque chose qui pourrait me nuire. La vérité m'échappe et c'est la démence qui est en train de m'envahir.

À la fin de la journée, je m'enferme dans ma pièce préférée, entourée de mes livres. C'est le seul endroit que j'ai épargné, je n'ai pas eu le cœur à défaire ma parfaite organisation. Assise sur le pouf au centre de mon sanctuaire, j'ai le regard perdu vers la fenêtre. Mes pensées s'entrechoquent et mes larmes débordent. Ma main couvre ma bouche, étouffant des sanglots poignants. Je ne veux pas les écouter, je ne veux plus m'écouter pleurer. Ma mère me hante encore. Plus je la sens proche, plus je m'imagine revivre ses sévices psychologiques.

Je déteste être comme ça. Je déteste la laisser envahir mon esprit. Je dois être plus forte. Je dois apprendre à endurer seule et à m'en sortir. Je n'ai pas d'autre choix.

Plusieurs minutes défilent, je ne pleure plus, je me contente de fixer mes doigts qui triturent la manche de mon pull. Les battements de mon cœur ne sont plus aussi vifs. Je me suis calmée mais mes idées sont en pleine effervescence. Je réfléchis très vite, quitte à provoquer des courts-circuits. La porte de la pièce s'ouvre et je découvre un Thomas inquiet.

— Putain, Fallon, je t'ai appelée au moins dix fois aujourd'hui ! Pourquoi ton appartement est-il dans cet état ? Qu'est-ce qui se passe ?

Je me mets en tailleur sur mon pouf et hausse les épaules. Seulement, il s'empresse de s'approcher et s'agenouille devant moi. Je suis contente de le voir. Il est si beau dans son costume bleu nuit, il est si beau quand il me regarde de cette façon. Comme si plus rien n'avait d'importance, sauf moi.

— Mon cœur, ça ne va pas ? On dirait que tu as pleuré.

— On ne peut rien te cacher, murmuré-je avec un faible rire nerveux.

— Parle-moi, Fallon, je n'aime pas te voir ainsi.

Une voix dans ma tête me hurle de lui raconter que je reçois à nouveau des messages, mais je n'y arrive pas.

— Je suis un peu triste. Je crois que c'est parce que je vais avoir mes règles dans quelques jours. Je suis très sensible, je pense que tu le sais, lui dis-je pour le taquiner.

— Et c'est pour ça que tu as foutu le bordel ? me demande-t-il en arquant un sourcil.

— Je cherchais une carte collector d'un livre que j'adore et je me suis emportée, ça m'a énervé de ne pas la retrouver.

Il va me croire, un épisode similaire s'est déjà produit par le passé. Je ne trouvais pas un de mes pulls préférés et j'avais mes règles. Ma maison s'est transformée en capharnaüm et il m'avait aidée à ranger. En général, les règles me transforment.

Thomas opine du chef et me prend la main avant de la porter à ses lèvres.

— Je vais te rapporter des sushis et des friandises, me dit-il en m'offrant un sourire chaleureux.

— Oh, merci !

L'excitation dans ma voix le ravit, je me sens mal de lui mentir mais je ne veux pas peser davantage sur lui, il est assez tourmenté comme ça.

— D'ailleurs, si je t'ai appelée aujourd'hui, c'est pour te dire que ton frère s'est chargé de Monica.

À ces mots, je me fige et braque le regard sur lui.

— Elle ne s'approchera plus jamais de toi, la première lettre qu'elle t'a envoyée a été la dernière. Ça fait des semaines qu'ils l'ont attrapée.

— Ils vont lui faire quoi ?

— Je l'ignore, mais je crois bien que c'en est fini d'elle.

Jackson lui a donné une somme d'argent pour qu'elle ne revienne jamais.

Des semaines qu'elle est neutralisée... Mais alors...

— C'est un nouveau livre ? s'exclame-t-il en prenant en main l'édition reliée d'*Orgueil et Préjugés* sur la petite table à côté de mon pouf.

Je fixe Thomas, désemparée. Il examine l'objet et me sourit en me complimentant pour cette acquisition. Pendant ce temps... c'est le chaos dans ma tête. Il n'a jamais été question de Monica.

Monica ne m'a jamais rien envoyé.

Un stalker *est à mes trousses.*

Je fronce les sourcils et balaie la pièce du regard. Et si j'étais observée ?

— Fallon ?

La voix douce de Thomas rompt le cours de mes pensées, je secoue la tête et me concentre sur lui. Il remarque que je suis légèrement désorienté, mais je ne veux rien laisser paraître. Je me penche vers lui et prends son visage en coupe.

— J'ai la tête un peu ailleurs, mais tu m'as manqué aujourd'hui.

— Je suis là maintenant, et pour être honnête je suis soulagé que Monica soit loin. J'ai remarqué un bouquet à l'entrée, tu l'as acheté ?

— Je suis sortie et j'ai rencontré une dame qui voulait absolument que je l'achète. J'ai cédé parce qu'elle était collante. Seulement, je ne le trouve pas beau.

— Ce sont tes fleurs préférées, non ?

— Même ce qui est beau peut s'enlaidir à cause de mauvaises intentions.

32
Vol de poster

Fallon

Thomas s'est remis de l'accident qu'il a eu au Box for Ashes. Mais ce n'est pas pour autant qu'il a mis sa vie en pause. Je décèle quand même un certain soulagement dans son regard depuis que l'affaire Monica est derrière nous. Alors que dans mon cas... c'est tout autre chose. Je tergiverse énormément sur ma propre enquête en prenant soin de ne rien laisser paraître. J'ai très peu d'indices, et même aucun depuis le bouquet. Il y a des moments où j'arrive à oublier toute cette histoire et d'autres où je suffoque.

J'ai reçu un excellent retour sur mon travail éditorial. Clara, l'éditrice de Julia, m'a prise comme stagiaire pour que je puisse faire mes preuves sur un autre manuscrit que j'ai déjà commencé à corriger. Ma relation avec Thomas se stabilise, même si je me sens coupable de lui mentir.

Durant la journée, je m'amuse à faire des vidéos pour Insta avec ma tête en pleine réaction sur le *cover reveal* de la suite d'une saga que j'attends avec impatience. J'ai suscité plein de réactions hilares, et même un commentaire de Thomas avec un émoji qui pleure de rire suivi d'une couronne.

J'essaie de relativiser. Je me sens heureuse d'avoir accompli quelque chose et heureuse de me sentir grandir. J'ai l'impression d'avoir enfin trouvé ma voie. J'ai beaucoup de progrès à faire, mais je sens que j'y arriverai.

C'est fou. J'ai plus confiance en moi. Ce sentiment insolite parvient presque à apaiser le tumulte dans mon cœur.

Julia m'a proposé de la rejoindre au Box for Ashes, ce soir. Les garçons y sont déjà. Thomas s'est rendu là-bas en fin d'après-midi pour se charger de l'arrivage d'un nouvel alcool qu'ils ont commandé.

La fête bat son plein. Julia me traîne jusqu'au centre de la piste. Je prends un shot et déhanche mon corps sous les projecteurs.

That tonight's gonna be a good night
That tonight's gonna be a good night
That tonight's gonna be a good, good night

La chanson des Black Eyed Peas explose dans les enceintes. Tout le monde saute et Julia se colle à moi. Nous crions les paroles. Je lève mes mains et m'imagine toucher le plafond, je tourne sur moi et bouge les épaules au rythme du son. Quand le refrain éclate, je saute et hurle de plus belle.

Mon regard s'arrête sur la véranda du haut et sa vitre opaque. J'ai toujours eu l'impression que Thomas se cachait derrière. Je décide de ne pas y faire attention. Il est quelque part ici, il finira bien par me rejoindre.

La musique défile. En tournant sur moi-même au rythme d'un son de Shakira, je l'aperçois au fond de la salle. J'accours vers lui en me faufilant entre les corps chauds qui se défoulent sur la piste.

Thomas se met à rire en voyant les grimaces que je fais en peinant à m'extraire de cette masse humaine. Il me tend la main et je l'attrape. Nous passons une porte et le son est suffisamment atténué pour que l'on s'entende parler.

— Très appréciable, ce petit show, lâche-t-il en me faisant un clin d'œil.

Sa main dans la mienne, je le suis et prends un escalier que je n'avais jamais vu auparavant.

— T'inquiète. Les shows privés te sont réservés.

— J'espère bien, sinon je risque de mal le prendre.

Son ton taquin me fait frémir, même si je commence à me demander où il m'entraîne. Il finit par ouvrir une porte après avoir longé un petit couloir. Ici, le son est beaucoup plus faible. Une énorme baie vitrée se dresse devant moi, et je découvre tout le Box for Ashes sous mes yeux, comme si j'étais sur un balcon royal.

Thomas se cale derrière moi et pose son menton sur mon épaule.

— C'est d'ici que tu m'espionnais, n'est-ce pas ? dis-je en caressant sa main, posée sur mon ventre.

— Comment résister à ce déhanché ?

— Personne ne connaît cet endroit ?

— Uniquement Jackson et moi. Je suppose qu'il a déjà fait monter Julia.

Je me retourne vers lui et m'adosse à la vitre. J'enroule les bras autour de son cou et me mets sur la pointe des pieds pour déposer un baiser sur une cicatrice qu'il a sur la joue.

— Tu n'as plus mal ?

— Non, ça va. Je me sens mieux et je ne te cache pas que j'ai très envie de rentrer avec toi.

— Maintenant ?

— Oui, je veux prendre l'air et j'aimerais que tu m'accompagnes.

Sous le ciel nocturne, nous marchons ensemble dans les rues bondées de New York.

— La prochaine fois, mettez du Taylor Swift.

— Je t'ai déjà fait ce cadeau une fois.

— Ce n'est pas suffisant, dis-je en faisant la moue.

— Elle ne va pas donner un concert prochainement ?

— Si, mais j'ai raté le coche… C'est *sold out*. J'ai lâché l'affaire, les gens ont été trop rapides.

— Une prochaine fois, princesse.

— J'ai avancé dans le travail sur le manuscrit de romance que Clara m'a confié.

— Tu aimes bien l'histoire, au moins ? Ça doit être compliqué de travailler sur une histoire sur laquelle tu n'accroches pas.

— Pour l'instant, ça va. Je commence à peine.

— Je le sens bien, tu es faite pour ça.

Le bout de son pouce me caresse tendrement la main. Je me mets à sautiller en imaginant de la musique autour de moi.

— Oh ! Thomas, quand on sera rentrés, je pourrai mettre du Taylor Swift ? Je veux encore danser !

Je jette un coup d'œil à son visage, où s'affiche un mince sourire. Avant que j'ajoute quoi que ce soit, quelque chose de fort intéressant attire mon attention.

— Oh mon Dieu !

Thomas sursaute et se retourne, à la recherche de ce que je suis en train de pointer du doigt. Il finit par comprendre et éclate de rire.

— Tu la veux ? demande-t-il.

— Ce serait un parfait lot de consolation, non ?

— Et tu foutrais ça où ?

— Dans mon entrée, imbécile.

Une immense affiche du dernier album de Taylor Swift recouvre un panneau publicitaire, près de l'entrée du métro.

— Quand je te dis de courir, fonce.

— Hein ? Courir ? Je suis en talons, Thomas.

Il ne m'écoute pas et se dirige vers l'affiche de ma chanteuse préférée. J'écarquille les yeux tandis qu'il arrache minutieusement le poster.

Quelques personnes jettent des regards amusés à mon homme qui fait de son mieux pour ne pas déchiqueter le beau visage de Taylor. Une fille passe devant et sourit en comprenant que c'est pour moi qu'il fait ça.

— Lui, tu devrais l'épouser.

Je n'ai pas le temps d'intégrer ces propos que je remarque un agent de sécurité qui s'approche.

— COURS !

Je retire mes talons rapidement et me tape un sprint, suivie de près par Thomas. Putain, qu'est-ce qui m'a pris de lui dire ça ?

Nous arrivons essoufflés devant notre résidence. Ma respiration est erratique et je jette un œil vers Thomas qui reprend son souffle après notre course-poursuite.

— Tu es complètement fou !

Il brandit fièrement l'affiche tel un trophée.

— Ne fais pas comme si t'étais pas heureuse.

Je pousse un cri de joie et me mets à sautiller, pieds nus, autour de lui.

— J'ai mal aux pieds, mais je m'en fiche, m'écrié-je en tournant sur moi-même.

— Allez, rentrons. Tu dois l'exposer chez toi, maintenant. J'avoue être un peu jaloux que ce soit son visage à elle plutôt que le mien.

— Mais chéri, ton visage est toujours dans ma tête, dis-je en battant des cils.

— C'est ça, rattrape-toi comme tu peux.

33
Parfaitement mienne

Fallon

— Je ne suis pas très douée pour les discours. Pour être honnête avec vous, je n'ai rien préparé. Je me suis dit que les mots me viendraient devant ce merveilleux couple qui vient de s'unir pour le meilleur et pour le pire.

Je marque une pause et souris à la foule en désignant de la main Jackson et Julia. Je porte une robe de demoiselle d'honneur dorée qui épouse mes formes.

— Ce mariage unit deux personnes très chères à mon cœur. Mon grand frère, Jackson, et ma meilleure amie, Julia. En voyant tout l'amour qui déborde d'eux rien que lorsqu'ils se regardent, on sait qu'ils sont faits l'un pour l'autre.

Julia m'observe avec tendresse. La main de Jackson recouvre la sienne, sur la table.

— Je n'aurais jamais imaginé que mon frère se marierait un jour... S'il était un des sept nains, il n'y a pas photo, ce serait grincheux.

Les invités rient doucement dans la salle et mon frère lève les yeux au ciel après ce petit tacle humoristique.

— Cela étant dit, mon frère est un homme exceptionnel qui

mérite le bonheur et je te remercie, Julia, d'être la personne qui a pu lui ouvrir les yeux sur ce que le véritable amour pouvait représenter, de lui permettre de vivre cette histoire pleinement et de t'aimer inconditionnellement. Et je te remercie, Jackson, de rendre heureuse ma meilleure amie, cette femme splendide à l'imagination débordante qui mérite le bonheur absolu. Merci à vous d'être là pour moi, merci d'être ce que vous êtes. Je vous souhaite de vivre heureux jusqu'à la fin des temps.

Des larmes ruissellent sur les joues de Julia. Elle se lève de son siège et s'approche pour me faire un câlin. Les invités applaudissent et c'est au tour de mon frère de s'avancer et de déposer un baiser sur mon front.

— Merci pour tes mots, Fallon.

C'est à mon tour de verser des petites larmes que je m'empresse d'effacer afin de ne pas flinguer mon maquillage. Heureusement que mon mascara est waterproof, sinon j'aurais fini comme le panda de la soirée.

Je reviens à ma place, tout près de Thomas qui se lève pour me remplacer au centre de la salle.

— C'est dur de passer après le discours de la charmante Fallon, dit-il en m'offrant un clin d'œil. Mais j'aimerais dire quelques mots à ces deux personnes qui sont la personnification même de l'expression « âme sœur ».

Thomas lève son verre et balaie la salle du regard avant de se concentrer sur ses amis.

— J'ai connu Jackson alors que nous n'avions rien, sauf ce lien spécial qui nous a toujours unis. Je l'ai vu grandir. Je l'ai vu évoluer, changer. Julia a su faire fondre son cœur de glace. Je dois avouer que, depuis qu'elle est dans sa vie, Jackson me fait pas mal de déclarations, lui qui n'avait jamais voulu reconnaître que je suis son meilleur ami ou encore l'homme de sa vie.

La foule se met à rire et moi aussi. C'est vrai que Jackson parvient mieux à exprimer ce qu'il ressent depuis que Julia est dans sa vie.

— Alors, merci, Julia, d'avoir fait de mon meilleur ami un homme heureux, un homme comblé. Tu es celle qu'il lui faut, je n'en ai jamais douté. J'aimerais aussi rendre hommage à une personne qui nous manque à tous ici. Jelan t'aurait adorée, c'est une femme comme toi qu'il espérait pour son fils. Je le sais parce que lui et moi avions tendance à penser pareil. S'il avait été là en ce moment, il t'aurait tendu un bonbon au caramel. Ce genre de geste était un signe d'affection chez lui, parce que, croyez-moi, il ne le faisait pas pour tout le monde.

Cette pensée pour mon père me serre le cœur. Thomas pose son regard sur moi, un maigre sourire plein de nostalgie sur les lèvres. Les invités applaudissent une fois de plus et les nouveaux mariés s'approchent de Thomas pour le remercier.

La musique fait son retour dans la salle et Jackson et Julia ouvrent le bal. Julia fait une mariée magnifique dans sa robe blanche de sirène qui met son corps en valeur. Le costume noir que porte mon frère est quant à lui très classe. Ils sont tellement beaux tous les deux, avec leurs regards amoureux ! Si mignons. J'ai l'impression qu'ils incarnent une romance.

— Bonsoir, Fallon, lance une voix derrière moi.

Je me retourne et croise Vernon, une personne très proche de Thomas que j'ai déjà rencontré dans le passé et que j'apprécie beaucoup.

— Oh ! Vernon, ça me fait plaisir de vous voir.

— Moi aussi, mais je t'en prie, tutoie-moi. Je me sentirai moins vieux.

— La jeunesse est dans la tête, dis-je, amusée.

— Tu n'as pas tort... Parfois, je me dis que tant qu'il me reste des choses à apprendre, je demeure jeune, peu importe mon âge.

— C'est une philosophie à laquelle je n'avais jamais songé. Je la retiendrai !

— Eh bien... J'aimerais que Thomas retienne ce que je lui dis, comme toi.

— Il est têtu, ne fais pas attention. J'ai l'habitude avec lui, fais-je en roulant des yeux.

— Il a beaucoup à apprendre de toi, visiblement.

— Il ignore que je suis un génie incompris.

— Peut-être bien. Mais je me doute qu'il voit plein d'autres choses en toi. J'ai cru comprendre que vous deux, ça devenait sérieux.

— Oh... il a dit ça ?

Mon Dieu ! Mon cœur bat la chamade, je ne sais plus où me mettre.

— Il n'a pas eu besoin de me le dire : durant toute la cérémonie, il ne t'a pas lâchée des yeux, dit Vernon, tout joyeux de me balancer ce secret.

— Vraiment ?

— Ne doute jamais de ses sentiments pour toi, Fallon. Comme tu l'as dit, il est têtu. Merci d'être patiente avec lui.

Les mots de Vernon me touchent. Thomas n'est pas son fils, mais il en parle comme si c'était le cas. Ces deux-là ont toujours eu un lien spécial.

— Je l'aime et j'attendrai, il en vaut la peine.

Vernon esquisse un sourire et, avant qu'il puisse répondre, une main se cale au creux de mes reins. Une chaleur lénifiante m'enveloppe dans une bulle qui fait battre mon cœur de plus en plus vite.

— Vernon, j'espère que tu n'es pas en train de m'afficher.

— Voyons, chéri, c'est moi qui suis la plus susceptible de t'afficher, répliqué-je en levant la tête vers lui.

Thomas rit avant de me coller à lui et d'embrasser ma tempe avec douceur.

— C'est pour ça que je lui ai posé la question, en espérant qu'il n'était pas entré dans ton jeu.

— Ne t'en fais pas, fiston. Je fais vœu de silence, réplique Vernon en faisant mine de verrouiller sa bouche.

— Vernon, j'ai bien envie que nous devenions amis afin

que tu me racontes des histoires croustillantes sur l'homme ici présent.

Vernon s'esclaffe et lance un regard rieur à Thomas comme pour lui communiquer son approbation.

— Même pas en rêve, Vernon. Cette femme ne me respecte plus. Elle m'a forcé à arracher un poster de Taylor Swift dans la rue, s'exclame-t-il en me pointant de l'index comme si j'étais coupable d'un crime.

Je jette la tête en arrière avec un éclat de rire tonitruant.

— Fallon, es-tu une dictatrice ? me demande Vernon, l'air faussement offusqué.

— Pour ma défense, je n'ai rien ordonné. Il l'a fait de son plein gré.

— On vous connaît, vous, les femmes, avec vos sous-entendus, me nargue Thomas avec une grimace.

— Je suis de son avis, renchérit Vernon. Nous connaissons vos codes secrets.

— Je ne suis pas coupable !

— Si ! La sentence sera irrévocable, lâche Thomas avec un air sérieux qui le rend affreusement sexy.

— Nous allons réfléchir à un verdict digne de ce nom, ajoute Vernon.

— Retirer le poster de l'entrée et le remplacer par une photo de son bien-aimé, propose Thomas fièrement.

— Mon bien-aimé ? Tu veux dire Ryan Gosling ?

— Comment ça, Ryan Gosling ?

— Ah ça, c'est une affaire à laquelle je ne veux pas me mêler, dit Vernon. Bon courage, Fallon.

Je pouffe de rire et Vernon s'éloigne pour aller féliciter les jeunes mariés.

— Ryan Gosling ? répète Thomas en m'agrippant par le bras.

— C'est bon, chéri. Tu es dans le top 3.

— Le top 3 ? Parce qu'il y en a un autre ? Je croyais que j'étais le seul et l'unique.

Thomas me sonde avec un regard amoureux.

— Invite-moi à danser, dis-je tout près de ses lèvres.

— Je comptais le faire, mais la mention d'un autre homme m'a vexé, je passe mon tour.

— Oh non ! Tu sais bien que tu es le seul !

— Mm ? Je n'ai pas bien entendu.

— Tu es l'unique.

— Pardon ?

— Et là, t'as entendu ?

Thomas me soulève dans ses bras et m'entraîne vers la piste de danse, déjà bondée. Je me mets à rire alors qu'il me fait tourner dans les airs pendant quelques secondes avant de me reposer sur mes pieds.

Mes bras s'enroulent autour de son cou et il me serre contre son corps. La chanson « A Thousand Years » résonne dans la salle et je jette un coup d'œil à Julia qui me lance un clin d'œil. C'est une musique présente dans la saga *Twilight*. Nous avons un peu grandi avec et, récemment, on s'est dit que chaque année, on se ferait un marathon.

— Pourquoi tu souris, mon cœur ?

— Oh rien, Julia et moi adorons cette chanson. Elle est très romantique et je trouve qu'elle exprime bien ce que Jackson et Julia ressentent l'un pour l'autre.

— Ce n'est pas ma préférée.

— Tu préfères laquelle ?

— « Love Story » de Taylor Swift… quand tu me la chantes.

Je ris en collant le front sur son torse.

— Menteur.

— Je mens effrontément, c'est vrai, cette chanson ne représente pas suffisamment ce que j'éprouve pour toi.

— Quelle autre cette chanson, dans ce cas, monsieur Je-sais-tout ? fais-je en relevant ma tête vers lui avec un regard inquisiteur.

— Je ne te le dirai pas, vu que je ne suis pas le seul et l'unique.

Thomas et moi nous dévorons du regard. Je plonge dans cet océan agité par des vagues de passion. Les émotions qui miroitent dans son regard sont insaisissables, mais provoquent en moi un frisson chaud. De la tendresse, du désir et de l'adoration.

— Tout n'est pas parfait, murmuré-je. Mais toi, si.

Son beau visage m'envoûte, mais ce qui le rend encore plus beau à mes yeux, ce sont toutes ces petites attentions et la grandeur de son cœur. Thomas est spécial et il ne s'en rend même pas compte.

— C'est toi qui es parfaite, répond-il doucement. Tu es parfaitement mienne.

J'ai envie de lui dire que je l'aime, que je l'aime depuis toujours, mais j'ai trop peur d'un silence, ou encore d'un doute de sa part, qu'il pense encore que mes sentiments ne sont qu'un leurre.

La chanson arrive à son terme et Thomas est appelé par Jackson. Il me murmure au creux de l'oreille qu'il reviendra à moi très vite et je décide de sortir prendre un peu l'air.

Thomas

— Tu as trouvé du nouveau sur Lukas ? demande Vernon en s'approchant de moi avant que je sorte rejoindre Fallon.

— Non, ne me le rappelle pas. Je suis tellement frustré !

Vernon acquiesce et sa main se pose sur mon épaule.

— Vous êtes très mignons, tous les deux. Je suis heureux de te voir avec une femme comme elle.

— Oh... merci, Vernon.

— Donc, tu n'as pas eu de nouvelles concernant ta quête ? demande-t-il à nouveau, l'air soucieux.

— Non, rien de nouveau, mais si tu me le permets, j'aimerais retrouver Fallon, je dois lui parler de quelque chose.

Dehors, l'air frais gonfle mes poumons. J'inspire profondément et remarque Fallon contre la rambarde près d'une fontaine, les épaules légèrement tremblantes à cause du froid. Je comble la distance entre nous et pose ma veste sur elle. Elle sourit et je la prends dans mes bras.

— Je suis heureuse, dit-elle.

— Parce que je suis là ? la taquiné-je en appuyant sur son nez avec mon index.

— Oui, parce que tu es là, et aussi parce que ma meilleure amie et mon frère se sont mariés.

— Qu'est-ce que le mariage représente à tes yeux ?

Fallon s'écarte légèrement, ses deux mains sur mon torse comme pour maintenir une petite distance entre nos corps. Je la connais depuis suffisamment de temps pour savoir qu'elle a toujours voulu se marier et fonder une famille. Probablement pour compenser l'échec douloureux de son modèle familial.

— Pour moi, le mariage, c'est la concrétisation d'un amour pur et sincère. Tu l'officialises aux yeux de tout le monde. S'unir à la personne qu'on aime pour le meilleur comme le pire, c'est avoir la certitude que tu ne seras jamais seul.

L'éclat dans ses yeux ambrés m'enivre. Ils brillent de mille feux quand elle me parle d'amour. Même si cette vision semble utopique, j'aime qu'elle s'accroche à son côté fleur bleue.

— Tu peux te moquer de moi, tu sais. Mon avis est complètement biaisé à cause du romantisme des livres que je lis. Je sais que la tradition du mariage n'a plus autant d'importance qu'avant. Maintenant, la fidélité est devenue une qualité, alors que c'est censé être la norme dans une relation amoureuse. Aujourd'hui, il s'agit surtout de ne pas craquer en premier, et on prétend que faire des efforts est démodé, qu'il faut laisser les gens nous courir après.

Chaque mot d'elle m'ensorcelle. Je la regarde, je m'imprègne de cet instant et comprends pourquoi je suis tombé amoureux d'elle.

— Alors que non ! lâche-t-elle en faisant de grands gestes. C'est beau de faire des efforts, c'est beau de s'investir dans une relation, de s'attarder sur chaque détail de l'autre. C'est ça, l'amour, pour moi. Oh ! j'ai trop parlé ? Pourquoi tu me regardes comme ça ?

— Comment je te regarde ?

— Comme si tu me trouvais jolie, dit-elle en penchant sa tête sur le côté.

— Tu es magnifique, oui.

Ses joues virent au rouge et elle dissimule son visage en le calant contre mon torse. Je prends une profonde inspiration et passe ma main dans ses cheveux.

— J'ai quelque chose à te dire.

— Mm ? fait-elle sans changer de position.

— Je ne trouve pas que tu sois une idiote qui manque cruellement de discernement.

Son corps se raidit dans mes bras. Elle n'ose plus bouger pendant un instant, jusqu'à ce qu'elle se décide à me regarder droit dans les yeux. Je la sens mortifiée parce que j'ai entendu ce qu'elle a dit à Julia il y a quelques semaines, mais je caresse ses joues et la rapproche de moi.

— Pardonne-moi d'avoir écouté cette conversation, ce n'était pas volontaire. Cela m'attriste que tu penses que j'ai cette image de toi.

Fallon a des larmes au coin des yeux. Mon cœur se serre et je m'empresse de les essuyer du bout des pouces.

— Ce que tu représentes pour moi dépasse tout ce qui est imaginable. Tu répètes souvent que je te sauve, que je suis ton héros… mais depuis que je t'ai rencontrée, c'est toi qui me sauves.

Elle me dévisage avec curiosité, incompréhension, comme si ce que je dis n'avait aucun sens.

— Tu sous-estimes l'impact que tu as sur moi. J'étais seul, je me sentais abandonné, pas à ma place, quand j'ai cru que Jackson me lâchait pour sa nouvelle vie. Puis tu es arrivée. Il n'y avait aucune raison que tu viennes vers moi, que tu me prennes la main et m'offres le sourire qui m'a fait t'aimer dès le premier instant. Fallon, je n'ai jamais su ce qu'était la chaleur d'un foyer, et pourtant je n'aspirais qu'à ça. Je ne me suis jamais senti aimé, et ce sentiment, tu me l'as procuré. Quand je pensais que personne ne voyait ma tristesse, toi, tu la regardais. Ma solitude a cessé, ma vie a pris sens quand tu es arrivée.

Fallon semble bouleversée. Ses paupières papillotent tandis qu'elle retient ses larmes.

— Tu m'as demandé ce que la petite couronne sur mon cœur représentait. C'est toi. Une couronne parce que tu restes ma princesse, et sur le cœur parce que tu en es la souveraine et que, sans que je sache pourquoi, tu poses toujours ta main dessus. Comme si tu savais qu'il est à toi.

Les larmes baignent son visage, ses yeux sont rouges et sa lèvre tremblote.

— Thomas… depuis tout ce temps…

— Depuis toujours, mon amour.

— Mais… pourquoi ?

— Je ne pourrai jamais t'offrir le mariage, encore moins une famille. J'ai toujours imaginé que tes sentiments étaient biaisés, moi qui ai toujours été là au bon moment. Je me dévoilais si peu que, à mes yeux, personne ne pouvait m'aimer pour ce que je suis, que c'était une des raisons pour lesquelles aucune famille n'a voulu de moi. Je sais que ça paraît bête, mais je n'ai jamais pu me départir de cette impression. Toute ma vie, cela m'a hanté.

— Mes sentiments à ton égard sont tout ce qu'il y a de plus vrai, murmure-t-elle alors que de nouvelles larmes ruissellent. Tu m'as toujours gardée auprès de toi, protégée de tout ce qui pouvait me blesser. Tu es la personne qui m'a le plus donné, Thomas. De ton temps, de ton affection. Tu n'as jamais protesté, tu ne m'as jamais tourné le dos. Tu es le seul à savoir m'écouter, à savoir combler ma solitude. Comment pourrais-je ne pas t'aimer ?

J'esquisse un sourire et laisse tomber ma tête en avant, mais Fallon la relève et me fait plonger dans son regard pétillant, débordant d'amour.

— C'est vrai que je suis naïve, que je ne suis pas la meilleure pour cerner les gens... mais, Thomas, je te vois tel que tu es. Je te mentirais si je te disais que cela ne me fait pas souffrir quand tu te renfermes, me laissant penser que je n'ai pas les épaules pour être avec toi. Je me fiche du mariage, de fonder une famille. Je veux le présent. Mon présent, c'est toi. La vie est bien trop courte. J'ai perdu mon père, je n'ai pas profité suffisamment de sa présence. Je ne veux pas te perdre. Je n'ai jamais voulu m'avouer que j'étais amoureuse de toi, parce qu'à mes yeux je n'étais qu'une idiote. Avec les années, j'ai compris que si aucune de mes relations ne marchait, c'est parce que je n'avais que toi dans le cœur.

Elle marque une pause et sa main descend jusqu'à mon cœur. Elle enserre le tissu de ma chemise entre ses doigts.

— Je refuse de t'abandonner, j'ai envie de me battre. Je rêve d'un nous et tu le pourrais, toi aussi, si tu lâchais prise.

— Je ne veux pas le rêver. Je veux que ce soit ma réalité. Tu es ma réalité.

Fallon écarquille les yeux, le poids de mes mots s'insinuant lentement dans sa psyché.

— Je ne veux plus de cette chance. Je te veux, toi.

Mes lèvres se pressent contre les siennes, fougueusement. Je la plaque contre mon corps et l'embrasse avec toute la passion qu'elle m'inspire.

— Ma belle Fallon... l'ambre de tes yeux est la lumière qui illumine ma vie.

Fallon m'enlace et je sens ses larmes chaudes sur mon épaule.

— Tu es la perfection de mon monde imparfait.

Les rayons du soleil s'infiltrent entre les stores. Un petit corps chaud est collé à moi. La tête de Fallon est proche de mon bras, elle est recroquevillée sur elle-même.

Le drap met en évidence ses formes et je l'attire contre moi. Son odeur de patchouli me fait frémir et je parsème sa peau d'albâtre de baisers, couverte de motifs que j'aime tant embrasser.

— Mm... Thomas, dit-elle en remuant légèrement.

— Il n'y a pas que toi qui peux me réveiller comme ça.

— Là, tout ce que tu réveilles, c'est la salope qui est en moi.

Je me retiens de rire. Cette fille me fait complètement craquer à me sortir des phrases aussi crues.

— Devant tout le monde, tu joues à la princesse, mais loin des regards, tu es ma soumise.

— Mm... oui, c'est ça. C'était trop bien, cette nuit. On est doués, hein ?

— On est doués, je réponds sans la quitter du regard.

Mes doigts courent sur sa joue glacée et je me penche pour embrasser le bout de son nez.

Au bout de quelques heures, on se décide enfin à sortir du lit. Vernon m'a envoyé un message. Il veut me voir. Je l'ai prévenu que j'étais chez Fallon et qu'il pouvait venir.

— Il devrait prendre le petit déjeuner avec nous ! Dis-lui de rester, j'aime beaucoup Vernon.

— C'est réciproque. Après... comment te résister ?

La sonnette retentit et je vais ouvrir la porte. Le visage de Vernon est décomposé, craintif, désespéré.

— Qu'est-ce qui se passe, Vernon ?

Sans répondre, il me tend un carnet noir qui semble ancien.

— C'était dans tes poches, le jour où je t'ai trouvé.

Je fronce les sourcils, saisis le carnet et l'ouvre à la première page.

Mon nom est Lukas,
Et voici notre histoire.

34

Beauté monstrueuse

Thomas
4 août 2003

C'est aujourd'hui que je vais mourir.

Mes doigts tremblent quand je lis la dernière page. Je vais exploser. Je me sens devenir si petit d'un coup, si vulnérable… misérable.

En écrivant ces mots, je regarde Thomas, recroquevillé, en larmes. La terreur possède son âme, ses yeux reflètent tout l'effroi du monde.
Je pourrais m'enfuir… le laisser… J'en suis incapable.
Incapable de le laisser vivre encore une fois cet enfer.
Un de nous doit mourir pour sauver l'autre.
J'ai peur.

Je ne veux pas mourir.
Mais dans ce monde cruel, je préfère mourir que vivre sans lui.
Thomas, je sais que tu liras ces mots. Je te confie ce carnet, comme la promesse que je te retrouverai, mais cela n'arrivera pas. Je ne reviendrai jamais.
J'ai peur de mourir.
Mais cette peur s'efface si c'est pour toi.

Je me souviens.

Je me souviens de tout.

La ferme. Les trafiquants qui nous ont retrouvés. Lukas et moi dans ce camion. Moi qui prends la fuite et...

Lukas abattu sous mes yeux.

— Comment as-tu pu me cacher ça ? dis-je doucement en fermant le carnet d'un coup sec.

Vernon est toujours devant moi, à l'entrée de l'appartement de Fallon. Ses yeux sont embués de larmes, rongés par la culpabilité. Je suis dévoré jusqu'aux os par le goût amer de cette toute nouvelle réalité.

La vérité fait l'effet de billes d'acier lancées dans l'océan calme de mon esprit. Le secret de Vernon ébranle les fondations de ma confiance. Les émotions me submergent, me noyant dans un tourbillon de confusion, de tristesse et de trahison.

La déception s'empare de moi, comme un coup de couteau dans la poitrine. Mon monde vient de s'effondrer. Comment Vernon a-t-il pu me cacher ça ? Je me sens si faible. J'ai couru toute ma vie pour essayer de comprendre d'où je venais. Or depuis le début, il savait. Et la souffrance impitoyable causée par la mort de Lukas...

Une vague d'incompréhension et de chagrin m'envahit. Je suis plongé dans un abîme d'émotions confuses. Et pourtant, face à ce capharnaüm, une rage déchirante s'installe.

— Comment as-tu pu me mentir toute ma vie ? COMMENT ? hurlé-je.

Ma mâchoire se contracte et je sens les veines de mon cou se gonfler.

— Thomas ! intervient Fallon en s'approchant de nous.

Vernon prend une profonde inspiration, laissant quelques larmes ruisseler sur ses joues. J'en ai rien à foutre de sa peine, j'en ai rien à foutre de ses pleurs. Là, je suis hermétique à tout ce qui peut exister autour de moi.

— Je pensais bien faire, Thomas. Ce carnet était dans ta poche quand je t'ai trouvé. Plus de la moitié est écrite en albanais, et le reste en anglais. Je n'ai pas tout fait traduire et je n'ai pas tout lu, seulement les passages les plus importants. Thomas, tu as vécu l'enfer sur terre. Quand j'ai compris que tu ne te souvenais de rien, j'ai vu une nouvelle chance pour toi, une nouvelle vie. J'espérais que tu ne recouvres jamais la mémoire.

J'entends ces explications. Je les entends très bien, mais je refuse de les comprendre. Je refuse d'y voir la moindre lueur de bienveillance.

— Ce n'était pas à toi d'en décider ! Tu n'avais aucun droit de me priver de ça !

— Lukas est mort, Thomas ! Mort pour que tu vives. Il n'aurait pas voulu que tu sois obsédé par le passé.

Quand sa bouche prononce le nom de celui qui m'a sauvé, un geste brutal me démange. Mon bras se lève pour lui coller une droite, mais Fallon me rattrape et s'accroche à moi de toutes ses forces.

— S'il te plaît, arrête ! s'exclame-t-elle, un cri de peur.

Si sa voix m'apaise habituellement, rien ne le peut à cet instant. Tout le mépris du monde se concentre dans mon regard, et je fusille Vernon avec.

— Thomas… j'ai fait ça pour toi. En te voyant dévoré par la frustration, j'ai cédé…

Je ferme les yeux un bref instant, prends une profonde inspiration, m'évertuant à apaiser la rage qui me calcine jusqu'à la moelle. Fallon est toujours accrochée à mon bras, sans bouger d'un iota, m'immobilisant. Je ne veux pas risquer de la blesser.

— Va-t'en, je ne veux plus te voir, dis-je doucement en jetant un regard plein de haine à celui que je croyais un allié, un ami, un père de substitution.

— Thomas, ne dis pas ça..., rétorque faiblement Fallon.

— Ce n'est pas grave, Fallon, répond Vernon avec un sourire triste. Je comprends, je m'attendais à cette réaction.

Et il s'en va en fermant la porte derrière lui.

Ma main serre le carnet et je me détache de Fallon pour m'asseoir sur une chaise près de la table.

— Thomas.

Je ne réponds plus. Je ne réponds plus de rien. Les fibres nerveuses de mon corps ne transmettent plus aucun message à mon cerveau. Je m'assieds, pose l'objet sur la table et l'ouvre.

Mes doigts caressent les pages anciennes. L'écriture de Lukas est propre et soignée. Comme l'a dit Vernon, plus de la moitié est écrite en albanais. Je commence à lire la partie en anglais.

2 mars 2003

Nous avons été recueillis chez Nicole et Daniel, deux fermiers du New Jersey. Ils m'apprennent l'anglais. Je commençais déjà un peu à le comprendre quand j'étais sous la coupe des connards qui nous ont séquestrés, Thomas et moi. Là, je m'améliore. Nicole me donne des cours tous les jours, c'est une très bonne professeure. Thomas a un peu de mal, mais ça viendra. Il me parle encore en albanais devant eux, mais ce n'est pas grave. Il est très intelligent, il va y arriver.

28 mars 2003
C'est bien qu'on se soit retrouvés ici, dans cette charmante ferme. Je suis heureux de noter tout ça dans ce carnet, il est une preuve que j'existe, que j'ai survécu à la guerre.
Ça me rend heureux, très heureux, même, et Thomas est toujours avec moi. Je crois que c'est ça, mon bonheur. Thomas et moi, ensemble et en vie.

10 avril 2003
Ici, aux États-Unis, on n'est personne. Je ne sais pas ce qu'on doit faire. Ma vie, c'est de me lever très tôt, d'accompagner Daniel dans les champs pendant que Nicole s'occupe de Thomas. Elle veille à ce qu'il améliore son écriture. Je ne lui ai appris qu'à lire, je n'avais pas de possibilité de lui apprendre à écrire. J'ai dix-sept ans, je n'ai aucune éducation, contrairement aux jeunes de mon âge qui sont au lycée. Je ne connais pas la vie. J'ai appris en lisant des livres. J'aime énormément lire, mais ma plus grande passion, c'est les mangas. *Détective Conan* est mon préféré, mais je n'ai pas lu toutes ses aventures. Un jour, je demanderai à Daniel de m'emmener en ville, j'aimerais voir les librairies.

12 avril 2003
Nicole m'en apprend un peu plus sur le système américain et plus les jours passent, plus j'ai envie d'avoir une vie normale. Aller en cours, apprendre de nouvelles choses, avoir des amis. Vivre comme un adolescent, tout simplement. Je pense à la prochaine rentrée, en me disant que peut-être... ce serait le début d'une nouvelle ère. Thomas et moi ne pouvons pas rester ainsi, sans culture ni rien. Je ne veux pas retourner au Kosovo. Ma place n'est pas là-bas. De toute façon, personne ne m'attend.
Thomas est ma seule famille. Je veux le garder près de moi. C'est mon petit frère. Aucun lien ne nous unit, mais ça m'importe peu. Thomas est tout. Si je suis encore en vie, c'est grâce à lui. C'est pour lui que j'ai tenu bon. Je l'aime de tout mon cœur. Quand je serai majeur, je changerai le cours de notre existence. Il sera sous ma tutelle. Ce sera nous deux contre le reste du monde. Comme on l'a toujours fait.

1er mai 2003
Thomas se remet peu à peu de ce que nous avons vécu. Il n'en parle jamais. D'ailleurs, moi non plus. On s'est retrouvés dans un sale engrenage. Je déteste ces hommes qui voulaient abuser de Thomas. Je ne le supportais pas,

je ne voulais pas qu'on le touche, je ne voulais pas qu'on lui fasse du mal...
... alors je prenais tout pour lui.
Mais je n'ai pas pu le sauver de tout... Il y a une image de lui que je n'ai jamais pu oublier : on l'avait enfermé dans une pièce et battu avec une batte. Vingt coups. Vingt putains de coups sur un môme de onze ans.
Nous n'allons pas rester ici indéfiniment. Seulement le temps que Thomas se remette de ce que nous avons vécu. Je dois trouver une solution.

16 mai 2003
Aujourd'hui est une belle journée. Je n'ai jamais vécu un printemps aussi paisible, aussi beau et fleuri. Le jardin de Nicole est multicolore, elle a vraiment la main verte. Elle m'a appris plein de choses en matière de botanique, je trouve ça fascinant. Mais dans tout son jardin, ce sont les lys que je préfère. Je leur trouve une allure royale qui fait presque rêver.
Thomas me répète souvent qu'il est heureux d'être ici, qu'il n'avait jamais vu un ciel aussi bleu, sans panache de fumée ni bombardements. Juste un ciel bleu, avec des nuages moelleux. Thomas sourit. Sa gaieté a toujours subsisté. C'est pour ce sourire que je suis encore en vie. Petit frère, je te dois tout. Tu es la perfection de mon monde imparfait.

Je suis figé dans le présent, alors que mon passé défile sous mes yeux sur ces pages salies par le temps.

Plus j'avance, plus la douleur sourde me frappe. Mes organes se compriment. J'ai l'impression de ne plus pouvoir respirer. Mes doigts sautent les pages, je veux relire la fin. J'ai besoin de la relire.

Elle débloque tous mes souvenirs.

4 août 2003
C'est aujourd'hui que je vais mourir.

Oui, je me souviens de ce jour, désormais.

Mes paupières se ferment et je me revois. Les sensations de cette journée me reviennent. Le moindre détail est un retour de bâton violent, assommant… destructeur.

C'est eux, je les reconnais. Les types qui nous ont exploités, battus jusqu'au sang. C'est eux. Ils nous ont retrouvés.

— On est venus chercher les gosses que vous avez abrités, annonce l'un d'eux d'un ton nonchalant.

— Il n'y a pas de gosses ici, rétorque Daniel.

Je sens qu'on me tire vers l'arrière. Lukas me tient par les épaules et me dévisage.

— Thomas, écoute-moi. Je vais me dénoncer, ils me prendront et toi, tu vas rester ici, OK ?

— Quoi ? Non, non, non, je veux rester avec toi.

— Thomas…

— Non ! Je pars avec toi, je ne veux pas être sans toi.

Mes pleurs adoucissent ses traits, il me serre dans ses bras.

— Je reviendrai, je te le jure, mais je t'en prie, reste avec eux. Je n'ai pas envie qu'ils fassent du mal à Nicole et Daniel, ils ne méritent pas ça. Je dois le faire.

Mes sanglots faiblissent. Je l'admire tellement. Lukas est si courageux, il n'a peur de rien, il fait tout pour protéger les autres.

— Reste ici, d'accord ?

Lukas sort de la pièce où on se cache et court vers les hommes avant qu'ils répandent le chaos dans la maison, avant qu'ils s'attaquent à Nicole et Daniel. Eux qui nous ont tant donné.

— Je suis là, ne leur faites pas de mal, s'il vous plaît.

Un des hommes sourit narquoisement. Il gifle Lukas sous mes yeux, le faisant tomber au sol. Nicole pousse un cri et se met à pleurer.

— Laissez cet enfant, je vous en prie... laissez-le-nous.

L'homme pousse Nicole avec force et elle tombe. Daniel s'empresse de l'aider et la serre contre lui tandis qu'ils embarquent Lukas.

— On s'occupera de ton cas plus tard, mon mignon.

Mon corps tremble. Je ne peux pas. Je ne peux pas laisser Lukas. Il est toute ma vie.

Je sors de la pièce et cours sans réfléchir vers l'extérieur. Derrière moi, les cris terrorisés de Daniel et Nicole. Je cours jusqu'au camion où ils jettent Lukas.

— NON !

Et je me retrouve dedans. Ma joue a connu le même sort que celle de Lukas. Une gifle mordante.

— Lukas, t'es mal barré, se moque notre assaillant. Ta punition sera décuplée à cause de ce vilain mensonge.

Nous sommes enfermés à l'arrière de leur fourgon.

— Pourquoi tu as fait ça ? me crie Lukas. POURQUOI ?

— Je ne veux pas rester sans toi, dis-je en éclatant en sanglots, me réfugiant dans ses bras. Lukas, je ne peux pas vivre sans toi.

Lukas est au sol, adossé à la paroi. Je suis entre ses jambes, en train de pleurer comme un bébé.

— Pardon, pardon, Lukas... mais je ne peux pas... je ne peux pas te laisser te sacrifier.

Je sens son corps trembler contre moi. Il me serre dans ses bras et pose la tête sur mon épaule.

— Si tu savais comme je t'aime...

— Moi aussi, je t'aime, tu es mon grand frère, on est ensemble pour la vie. Pour toujours.

Lukas se redresse et m'offre un sourire sincère, ses yeux ambrés sont embués de larmes.

— On s'est échappés une fois, on recommencera, dit-il. OK ?

— Oui, on est plus forts qu'eux.

Je suis allongé près de ses jambes. Je le vois écrire sur le petit carnet qui ne l'a pas quitté depuis que la guerre a commencé. Il n'a jamais voulu me faire lire ce qu'il y a dedans. Parfois, je me demande s'il parle de moi.

Le fourgon ralentit et mon cœur bat la chamade. Un étau serre ma gorge. Subitement, Lukas me prend la main et me met debout. Lui est à genoux et nous sommes presque à la même hauteur.

— Écoute-moi bien, Thomas. J'ai un plan.

J'opine du chef silencieusement.

— On est dans une ville, y a plein de bâtiments assez hauts, sûrement avec des échelles de secours. Ils vont nous faire sortir et je vais attirer leur attention. Toi... tu vas courir sans te retourner. Tu m'entends bien ? Tu vas courir, aussi vite que tu peux. Tu montes sur les toits, tu te caches et tu cours encore.

— Mais... et toi ?

— Je te rejoindrai, n'oublie pas que je suis plus rapide que toi. C'est pour que tu ne nous ralentisses pas.

— Non, je me cache et je t'attends.

— Non !

Dans ce « non », il y a de l'urgence et de la douleur. Je le regarde, inquiet. Ses yeux s'embuent.

— Je t'en prie, Thomas. Pour une fois, fais ce que je te dis.

— Mais... on sera séparés, je ne veux pas...

— Tiens.

Il me tend son carnet et le cache dans la poche intérieure de ma veste.

— Tu sais bien que je ne m'en sépare jamais, pas vrai ? me dit-il avec un sourire.

— Oui...

— Tu vas me le garder, OK ? Avec ça, t'as la garantie que je reviendrai. Tu vas courir sans te retourner et je serai bientôt là.

— Lukas, j'ai peur.

— Je reviendrai. Tu n'auras plus jamais peur. Je te le promets.

Lukas pleure à chaudes larmes et me serre très fort dans ses bras. Il reviendra, je le sais. Il a toujours tenu ses promesses.

— Je t'aime tellement, Thomas.

— Moi aussi, je t'aime.

— Tout n'est pas parfait, mais tu es la perfection de mon monde imparfait.

Je lui souris. Son regard ambré est doux, réconfortant, mais rempli de mélancolie.

Il m'a promis.

Je vais courir.

Et il reviendra.

On sera ensemble.

Les portes du fourgon s'ouvrent, on tire Lukas en premier avec brutalité. On le jette au sol et il se débat pour occuper nos bourreaux.

Je saute du fourgon et cours aussi vite que je peux vers une échelle de secours que j'escalade. Je suis plus vif que le monstre qui veut m'attraper.

— Sale fils de pute !

Je suis sur le toit, très loin d'eux. Je me cache derrière un des rebords. Ils ne se lancent pas à mes trousses. Mais je peux encore voir ce qu'ils font à Lukas. Celui qui a essayé de me rattraper l'insulte et lui donne un coup de pied dans l'abdomen. Lukas crache du sang.

La colère de notre bourreau ne faiblit pas. Il le rosse avec force. Je pose ma main sur ma bouche pour m'empêcher de crier et des larmes me montent aux yeux.

Lukas ne peut plus se lever. Je dois le sauver. Je dois revenir. Alors que je me mets debout, je les vois fracasser son crâne contre le rebord du trottoir.

Ses yeux sont clos.

Lukas ne bouge plus.

— NOOON !

Je hurle à pleins poumons, révélant l'endroit où je suis. Les deux hommes me remarquent et se lancent à ma poursuite. Je ne parviens plus à respirer, mais si je ne bouge pas... Lukas aura fait ça pour rien.

Ils ont tué Lukas.

Ils ont tué Lukas.

Lukas est mort.

Lukas.

Je ne le reverrai plus jamais.

Sans réfléchir, je prends mes jambes à mon cou. Je voltige de toit en toit, sans me retourner. J'atterris sur mes pattes comme un chat. Mon esprit active le mode survie, essayant de faire taire la voix dans ma tête qui me hurle que Lukas n'est plus là.

Tandis que je cours, les larmes me brouillent la vue. J'arrive au niveau des rails du train. Comme on l'a fait une fois, je m'accroche à la porte d'un des wagons avant que le train adopte sa vitesse de croisière. Je roule à l'intérieur et me cache derrière la cargaison.

Je suis en boule au sol. Je pleure. Je pleure parce que j'ai perdu la seule personne qui m'ait jamais aimé.

Lukas.

Le train s'est arrêté. Un ouvrier m'a trouvé et, par peur, je me suis enfui. Dans ma tête, une seule phrase résonnait : « Cours sans te retourner. » C'est ce que j'ai fait. J'ai couru et, à bout de souffle, je me suis effondré sur le sol.

Vernon m'a trouvé. Le 5 août 2003.

Lukas savait qu'il allait mourir. Il savait que c'était lui ou moi et il a préféré me sauver.

Mes sentiments d'enfant me submergent. Cette avalanche de souvenirs m'assaille sans que je puisse la juguler. Je lis les dernières lignes de Lukas, celles qui clôturent son existence.

> Ces mots, ils te sont adressés, Thomas. Si tu les lis, c'est que tu as survécu et que je ne suis plus de ce monde.
>
> Tu es un survivant. Je veux que tu vives ta vie, que tu oublies l'enfer qui nous est tombé dessus. Tu es encore là, et même si moi, je ne le suis plus, je serai toujours en toi.

Thomas, au-delà de la mort, je t'aimerai à jamais.
Sans toi, je n'aurais jamais pu tenir le coup. Sans toi, je n'aurais jamais pu ressentir de la paix ou encore de la joie. Tu étais ma joie. Ma raison de me battre. Ma raison de vivre.
Je vivrai à travers toi, petit frère.
Et ne l'oublie jamais : tout n'est pas parfait, mais toi tu l'es. Tu auras été la perfection de mon monde imparfait.

Fallon

Mes yeux sont figés sur Thomas. Il est assis près de la table à manger depuis près d'une heure, à lire ce carnet qui, à ce que j'ai compris, appartenait à Lukas. J'ignore ce qu'il est en train de découvrir au fil de sa lecture. Tout ce que je vois, c'est un Thomas en proie à une tristesse incommensurable. Ses doigts tremblent quand il tourne les pages. Il n'a pas pipé mot depuis que Vernon est parti.

Je ne sais pas quoi faire. J'ai peur de parler. J'ai peur de dire quoi que ce soit qui puisse le froisser et le faire se renfermer davantage.

Thomas est en train de se briser sous mes yeux et je suis impuissante.

Peut-être que je devrais le laisser...

Avant que je me décide à m'éloigner, des sanglots me font sursauter. Je me retourne vers lui. Thomas pleure à chaudes larmes, le visage dans ses mains, les épaules secouées de puissants sanglots. Le souffle coupé, je sens le désespoir m'envahir face au spectacle de sa détresse.

Je pleure, moi aussi. Je ne peux pas lutter pour retenir mes larmes, mes propres émotions l'emportent. Doucement et sans un mot, je m'approche de lui, m'assieds à ses côtés et pose la main sur son épaule. D'une légère caresse, je lui montre que je suis là. Thomas plonge dans mes bras. Je le serre contre moi. Il pleure sans s'arrêter et je caresse ses cheveux sans rien dire, dans l'espoir que la chaleur de ma présence puisse lui apporter un peu de réconfort.

J'essaie de jeter un coup d'œil vers les pages du carnet et là, je comprends tout. Lukas est mort pour sauver Thomas. C'est cet événement traumatisant qui a abîmé sa mémoire.

La mort de Lukas.

— Comment ai-je pu l'oublier ? s'exclame-t-il, la voix tremblante.

— Mon amour, tu as vécu tant de choses… Ton esprit a voulu te protéger de tout ça.

Thomas pleure dans mes bras, j'ignore combien de temps nous restons dans cette position. Je suis incapable de me détacher de lui. Je dépose un baiser sur son crâne et y frotte mon visage.

— Je suis là, mon amour. Je suis là et je ne te laisserai jamais.

Mon corps vibre au rythme de sa douleur et des larmes ruissellent de mes yeux. Je ne supporte pas de le voir si malheureux, si perdu.

— Fallon… je suis fatigué…

Je ne l'ai jamais vu aussi vulnérable. Il se redresse et je croise son regard. Ses yeux sont injectés de sang et enflés par la souffrance. Il n'ajoute rien et se lève de sa chaise, puis se dirige vers ma chambre d'un pas lourd. Je le suis et passe les bras autour de sa taille.

— Je t'en supplie… ne pars pas… Restons ensemble, affrontons cela ensemble. Je ne veux pas que tu te perdes dans cette douleur. Je t'en supplie, n'affronte pas cette bataille seul.

Mon front est contre son dos, mes mains se joignent sur ses abdos et je sens la chaleur du bout de ses doigts sur elles.

— Tu ressembles à Lukas.

Quoi ?

— Tu as les mêmes yeux que lui, la même douceur, et toujours cette envie de rester proche de moi, même de loin.

— Je ne veux pas que tu partes. Je t'aime. Je t'aime plus que ma propre vie. Thomas, c'est toi et moi contre les démons et le reste du monde.

Ses doigts exercent une pression sur mes mains. Je le sens prendre une profonde inspiration. J'ai l'impression qu'à mesure que les secondes passent, je le perds. Que son corps se dématérialise dans mes bras et qu'il devient poussière.

— Je t'aime, Thomas. Je t'aime tellement, si tu savais ! Tu es un survivant, mon survivant. Tu es l'amour de ma vie. Si mon père ne t'a pas adopté, c'est parce que je l'ai fait avant lui ! Je suis à toi, j'ai été à toi à la seconde où tu es entré chez moi.

Je débite toutes les paroles que l'étau dans ma gorge m'empêchait d'exprimer depuis tout ce temps. Je ne réfléchis même plus. Tout ce que je ressens, c'est cette urgence : le retenir.

Parce que j'ai l'impression qu'il me quitte déjà.

— Tu es ma famille, je suis ta famille. Ne me quitte pas, je t'en supplie… Je veux que tu aies besoin de moi comme moi j'ai besoin de toi. Tu es la perfection de mon monde imparfait.

— Fallon…

— Si tu as survécu, c'est parce que tu devais me trouver. On était destinés à s'aimer. On était destinés… à être ce que l'on est… Ne te déteste pas parce que tu es encore là et pas lui. Il voulait que tu sois là, tu mérites de vivre.

Mon corps est secoué par les sanglots. J'ai si peur qu'il parte, qu'il se renferme et ne me revienne plus jamais. Que cette monstrueuse vérité l'écrase.

— Je t'aime, Fallon.

Je me fige. J'ai tellement répété ces mots que j'ai l'impression d'être victime d'une hallucination auditive quand c'est sa voix qui les prononce.

Lentement, je redresse la tête et croise son regard qui me sonde. Mes larmes ont mouillé son T-shirt et je rougis en m'écartant pour les essuyer. Thomas se retourne vers moi, et lève lentement la main pour effleurer ma joue, comme s'il avait peur de me blesser.

— Je t'aime, Fallon, pardonne-moi de te causer tant de chagrin...

Il marque une pause pour avaler la boule dans sa gorge. Je suis ahurie qu'il parle de mon chagrin alors que lui est sous terre.

— J'ai besoin de temps. J'ai besoin de reprendre mes esprits.

Ma main se pose sur son cœur. J'aurais aimé qu'il me dise qu'il veut surmonter tout ça à mes côtés, parce que c'est ce que j'aurais fait... mais je ne peux pas être égoïste. Je ne peux pas l'empêcher de vouloir s'isoler, sous prétexte que je ne supporte pas qu'il vive ça seul. Je ne peux rien y faire.

— Je comprends... Pardon d'avoir dit toutes ces choses... Désolée... que tu aies eu à subir tout ça. Si je peux faire quoi que ce soit...

— Continue de briller, pour moi, je retrouverai mon chemin vers toi.

Thomas est si résilient. C'est fou qu'en dépit du chaos qui le détruit de l'intérieur, il tente tant bien que mal de me préserver.

— Je t'aime tellement, dis-je doucement en agrippant le tissu de son T-shirt au niveau de son cœur.

Thomas me serre contre lui aussi fort que je l'ai fait un peu plus tôt. Puis un froid glacial s'infiltre dans mes veines quand je ne sens plus sa présence. Je refuse de l'abandonner. Je refuse de laisser la solitude être sa seule amie.

Si les rôles étaient inversés, il me laisserait un peu d'espace avant de retrouver peu à peu ses marques.

Trouve-toi, Thomas, puis je te retrouverai.

35
De Jane Austen à Agatha Christie

Fallon

Il aura fallu que Thomas s'éloigne de moi pour que le *stalker* revienne à la charge. La douleur de son absence me lacère le cœur. Je me sens maudite, nous venions à peine d'avouer nos sentiments. Je me sens égoïste de vouloir son retour et je me sens mal aussi de lui mentir. Je n'arrive pas à parler de ce tourment à qui que ce soit, ni à Julia ni à mon frère. Pour la simple et bonne raison que je suis terrifiée.

Jamais je ne me suis sentie aussi observée. Thomas s'isole et le *stalker* resurgit, comme s'il n'attendait que ça depuis le début. Il est quelque part, mais je ne sais pas où et je ne comprends pas ce qu'il veut.

Thomas est cloîtré chez lui, il ne sort plus et ne veut voir personne. La vérité lui glace le sang. Son état de choc perdure depuis des jours et plus le temps passe, plus j'ai peur pour lui.

Pour être honnête, tout me pèse, je ne sais plus où donner de la tête, je n'arrive pas à prendre les choses une par une. Le poids sur mes épaules est si lourd qu'il me fait ployer. Je n'arrive pas à faire comprendre à mon petit ami que je suis là pour lui, je n'arrive pas non plus à travailler sur les corrections de mon manuscrit parce que je suis bien trop distraite par ce qui se passe autour de moi et que j'ai peur de rester sous mon propre toit.

Tu vois, il t'a abandonnée.

Ce sont les mots que j'ai reçus ce matin, dans ma boîte aux lettres. Avant, j'imaginais que c'était Monica qui utilisait ma peine de cœur pour me faire souffrir. Elle en est capable. Maintenant, je sais que c'est impossible. Un ancien amant, peut-être ? Mais lequel ? Je n'ai jamais vécu d'histoire suffisamment intense pour qu'on puisse me réserver un tel sort. Mon entourage est restreint, il se résume à trois personnes. Hormis ce cercle, tout devient danger à mes yeux. Je dois comprendre.

Moi : Bonjour, mon amour, j'aimerais te voir, s'il te plaît.

Je n'ai pas de réponse. Je pousse un profond soupir et me laisse tomber sur mon pouf.

— Sauvez-moi, je vous en prie, lâché-je alors que mes yeux s'humidifient.

Mon corps est exténué, je ne dors pas correctement et je n'ai plus d'appétit. Toutes mes journées se passent à réfléchir.

J'attrape *Orgueil et Préjugés*. Mon livre préféré. Celui qui m'a fait aimer la littérature romantique et les personnages sombres et taciturnes prêts à tout pour leurs promises.

Je l'ouvre et fais défiler les pages. Merde alors... Pourquoi n'ai-je pas fait ça plus tôt ? Des passages sont surlignés en rose clair (ma couleur préférée). Je me redresse et m'assieds en tailleur pour analyser ces passages.

« En vain ai-je lutté. Rien n'y fait. Mes sentiments ne sauraient être réprimés et exigent une déclaration. »

Une phrase de Darcy.

Je feuillette au hasard et constate que tous les passages colorés sont ceux où Darcy parle de ses sentiments envers Lizzie. Je fronce les sourcils et fais travailler mes méninges. Tout le monde sait que je suis une mordue de cette histoire.

Et si cette personne suivait mon compte Bookstagram ? Mon Dieu… Si c'est le cas, je ne risque pas de m'en sortir.

Je reporte mon attention sur le livre, commençant à penser que, peut-être, la réponse est là et que j'y trouverai des indices plus parlants.

« Je m'enorgueillis d'avoir fait tout ce qui était en mon pouvoir pour vous sauver de cette faute-là. »

Je m'arrête sur ce passage. Cette personne veut me sauver ? Mais de quoi ?

Mon cœur bat de plus en plus vite, l'adrénaline se répand dans mes veines, je me sens de moins en moins rassurée à l'idée qu'une personne proche de moi me fasse un coup pareil. Au milieu du livre, un extrait surligné m'attire.

« Vous ne pouvez peut-être pas comprendre la profondeur de l'envie qu'a excitée chez moi le succès de mon rival. »

Cette phrase provient de la lettre de Darcy à Lizzie, dans laquelle il évoque sa rivalité avec George Wickham, un personnage que je n'apprécie pas tant que ça. Si je contextualise, la personne laisse entendre qu'elle a un rival et, si je reste dans le registre amoureux, le rival en question est Thomas.

Je me masse les tempes, en proie à une migraine désagréable. Cette histoire me monte à la tête. Comment pourrais-je communiquer avec cette personne ? Ce qui m'effraie dans tout ça, c'est qu'elle peut s'en prendre à Thomas aussi.

Et si je laissais un mot dans la boîte à livres ?

— Je n'ose plus parler seule à haute voix, parce que j'ai l'impression que tu es là.

Putain, je parais tellement stupide.

Je me prépare et m'empresse de me rendre à mon parc habituel. Là où j'ai trouvé l'œuvre de Jane Austen. Je vérifie parfois mon téléphone au cas où Thomas m'aurait répondu, mais non. Jackson a tenté de passer le voir, mais il ne lui a pas ouvert la porte. Selon lui, le mieux, c'est de laisser le temps faire son œuvre.

Seulement… le temps ne risque pas de guérir le cœur de Thomas.

Julia travaille ardemment sur son manuscrit et je ne l'ai pas revue non plus, mais c'est normal car elle est dans un *rush* d'écriture extrêmement intense. Elle m'appelle chaque soir pour s'assurer que je tiens le coup et me propose de passer la nuit chez elle pour ne pas rester seule. Mais je refuse, je ne peux pas être loin de Thomas.

Mes pas foulent le sol de plus en plus rapidement, les arbres défilent sous mes yeux, ma seule préoccupation est de tomber sur ce que je cherche. J'arrive enfin, essoufflée. Je m'empresse d'ouvrir la boîte à livres et, avant d'y cacher ma réponse, je remarque un roman de la même collection reliée que la première fois : *Les Hauts de Hurlevent*. Je m'empresse de l'ouvrir.

Tu m'as trouvé, Fallon. Contrairement à Heathcliff qui n'a jamais pu avoir Catherine.

Je sens une présence derrière moi et mon cœur loupe un battement, parce que je reconnais l'odeur de *son* parfum.

— Troy ?

Je me retourne brusquement et le découvre, avec son sourire dragueur.

— C'est bien, Fallon, je croyais que tu ne trouverais jamais.

Le passage sur la rivalité me revient. Il est derrière ces mots depuis le début.

— Mais… alors… c'est toi qui avais bloqué les numéros de Jackson et Julia pour que je ne les contacte pas ? lancé-je en fronçant les sourcils. C'est toi qui m'observes dans la rue quand je me sens suivie ?

Troy esquisse un sourire fier et enfonce les mains dans les poches de sa veste en cuir. Son regard bleu n'a plus rien de rassurant. Je serre le livre contre moi et le scrute avec méfiance.

— Tu voulais être sauvée, Fallon, dit-il en haussant les épaules. Je n'ai fait que mon devoir.

— Me sauver ? Troy, tu te rends compte que tu es flippant ? lâché-je en retenant mon souffle.

— Pourquoi ça ? Je n'ai rien fait de mal, bébé. Je te laisse des mots doux et des livres que tu aimes.

— Comment tu sais pour Thomas et moi ? Pourquoi t'as l'air au courant de tout ?

Troy prend une profonde inspiration et m'intime de le suivre d'un signe de tête. Prudente, j'instaure une distance entre nous mais m'exécute malgré tout. Ce qui est en train de se passer est lunaire. Je ne sais pas comment agir dans de telles circonstances. Je veux comprendre la situation et arranger les choses… Troy n'est pas méchant.

— Je veux te sauver de cette vie, car tu es sous l'emprise de Thomas. Tu vois bien qu'il te lâche à la moindre difficulté dans sa vie.

Je me fige. Troy se retourne vers moi et me jauge.

— Tu n'as pas à avoir peur de moi, je ne te ferai jamais de mal.

— Troy, je t'en prie… Toi et moi, c'était bien, c'est vrai, mais… tu sais qu'on n'est pas faits pour être ensemble, dis-je doucement.

Je refuse de croire en sa démence… C'est quelqu'un de bien. Je ne veux pas que mon manque de discernement soit la raison de tout ça.

— Lui non plus, il ne te mérite pas, bon sang ! Il doit disparaître de ta vie, Fallon.

Le fait qu'il évoque Thomas me procure un sentiment de malaise qui refroidit mes membres.

— Tu as fait du mal à… Thomas ?

Il met du temps à répondre.

— Je l'ai fait pour toi.

— Qu'est-ce que tu as fait ? m'exclamé-je, ahurie, en me rapprochant de lui.

— Il ne t'a sûrement rien dit, comme d'habitude.

Son calme contraste avec la rage qui m'envahit. Je le pousse avec violence et le fusille du regard.

— Qu'est-ce que tu as fait ? Je t'interdis de l'approcher !

Troy passe derrière moi et m'attrape. Je me retrouve bloquée, son torse contre mon dos.

— Fallon, ce que tu ne sembles pas comprendre, c'est que tes proches n'en ont rien à faire de toi. Thomas n'est pas fiable, ce n'est pas l'homme qu'il te faut. Tout ce que tu désires, il est incapable de te le donner. Regarde-le fuir votre relation à la moindre incartade dans sa vie privée. Il est instable.

C'est un comble qu'il le juge instable. Troy me lâche et je me retourne vers lui, des larmes dans les yeux parce qu'il y a une part de vérité dans ses affirmations.

Thomas ne se repose toujours pas sur moi. Notre relation est si fragile qu'elle tremble au moindre problème, renforçant l'idée que je suis inutile pour lui.

— Fallon, tu sais que j'ai raison, au fond. Cet homme n'est pas pour toi. Nous étions heureux, tous les deux.

Comment ai-je pu voir une quelconque ressemblance entre lui et Thomas ? Il est complètement fou.

— Tu attends quoi de moi ? dis-je, accablée.

— Que tu ouvres les yeux, Fallon. Mais je sais que ça arrivera bientôt. Tu es à nouveau seule, comme quand je t'ai rencontrée.

Cette démence dans ses iris me glace le sang. La passion toxique qui émane de lui me terrifie.

— Je te laisse du temps, je reviendrai te chercher. En attendant, j'ai souligné des passages très romantiques dans ce livre qui me font penser à toi.

Sur ces mots, il se penche pour déposer un baiser sur ma joue et, par réflexe, je détourne le visage. Son souffle me procure un frisson de pur effroi.

— Tout s'arrangera, ma belle, ce n'est qu'une question de temps.

Troy s'écarte mais se retourne vers moi une dernière fois.

— D'ailleurs… c'est notre petit secret, sinon Thomas ne sera pas le seul à subir les conséquences. Ton frère factice et sa femme sont aussi dans ma ligne de mire.

Mon corps se fige et l'air déserte mes poumons. Troy vient d'élever une épée de Damoclès au-dessus de ma tête. Des larmes picotent le coin de mes yeux, je sens mon cœur battre à tout rompre. Comment vais-je lui faire face désormais ?

Je dois temporiser, il va finir par se lasser. Oui... il finira par lâcher l'affaire... Ce n'est que passager, il ne fera rien.

J'ouvre le livre que j'ai entre les mains, l'état dans lequel je suis est indescriptible. Je tombe sur une page où il n'a surligné que trois mots dans des paragraphes différents.

Tu es à moi.

36

Un amour coupable

Fallon

Je tiens dans mes bras un panier rempli de provisions. J'ai préparé des lasagnes pour Thomas, bien que mon esprit soit encore totalement embrumé par ce que j'ai découvert aujourd'hui.

J'ai l'impression d'être au pied du mur. Troy a déjà fait du mal à Thomas. J'ai appelé Jackson au téléphone et j'ai évoqué l'accident de Thomas, en faisant semblant de savoir ce qui s'était passé et sans qu'il se doute de rien... Il m'a avoué qu'il s'agissait d'une agression préméditée visant à le blesser. L'enquête est toujours en cours. Thomas ne m'a rien dit et cela me tue autant que le fait qu'on s'en prenne à lui.

J'insère ma clé dans la serrure et entre. La pénombre me donne la chair de poule. Je le trouve assis par terre, appuyé contre son lit, une bouteille d'alcool à moitié vide dans la main. Lentement, il lève le visage vers moi.

— Salut, dis-je doucement.

Je m'assieds juste à côté de lui et pousse un long soupir. Le silence est presque pesant. Doucement, je sens sa main prendre la mienne et je remarque près de lui le carnet que je lui ai offert quand nous étions encore adolescents. Ce chaleureux souvenir me revient et me fait sourire discrètement.

— Pardonne-moi… Je me sens…

Je le regarde, abattue, et je m'approche davantage de lui pour enrouler mon bras autour du sien et caler ma tête sur son épaule.

— Tu n'es pas obligé de parler, Thomas.

Il porte un jogging et un sweat gris bien large. Je glisse la main dans la poche de son pull et lui caresse le ventre, je remarque son sourire et dépose un baiser au coin de ses lèvres.

— Mon cœur, comment tu te sens ?

Sa question m'ébranle. Je ne peux pas lui dire la vérité.

— Je me sens différente.

— C'est-à-dire ?

— J'ai l'impression… d'évoluer.

Thomas serre ma main et la porte à sa bouche pour l'embrasser. Avec le temps, j'ai remarqué que je ne me regardais plus autant dans le miroir. Je ne masque plus mes lignes de Blaschko, et j'apprends peu à peu à me confronter à la vie, sans la fuir en permanence.

— Je te sens aussi différente, en mieux, admet-il en inclinant le visage vers moi.

Le fait qu'il me parle de moi me touche, il s'extrait de son mal pour se préoccuper de mon existence, parce qu'elle compte pour lui.

— Je te trouve d'autant plus magnifique quand tu ne dissimules plus les motifs qui te complexent.

— Tu m'as aidée, Thomas, tu m'as fait du bien pour l'éternité.

Il me sonde avec un regard profond qui me laisse des bleus au cœur.

— Tu es si patiente…

Le reflet de ses incertitudes miroite dans ses iris. Et, malgré moi, les paroles de Troy me reviennent tel un boomerang.

— Thomas… je suis peut-être patiente mais… j'ai peur.

— De quoi ? demande-t-il, l'air soucieux.

— J'ai peur qu'au final... tout ne soit que chimère. J'ai peur de te perdre.

— J'ai conscience que je ne suis pas le meilleur exemple... À peine avions-nous trouvé la paix que le passé m'a rattrapé et englouti comme un raz-de-marée. J'ai besoin de temps, Fallon...

Je sais tout ça... mais je me sens impuissante à l'aider. J'ai peur de ne pas lui suffire et qu'il fuie parce que je ne vaux rien. Je suis assaillie par la culpabilité. Par ma faute, Troy s'est défoulé sur lui et il ne se doute de rien.

— Je t'aime, Thomas, dis-je en entrelaçant nos doigts.

En ce moment, c'est la seule chose que je peux lui offrir.

37
Futur incertain

Thomas

La langueur en moi persiste depuis des jours et des jours. J'ignore depuis combien de temps je suis enfermé dans l'obscurité avec mes démons. J'ai le cœur au bord des lèvres, constamment. Je me sens mal, comme si j'étais malade.

J'ai été stupide d'espérer que Lukas soit encore vie. Dans les souvenirs de mon cœur d'enfant, je ressentais un amour familier, un amour qui semblait indestructible, comme s'il avait forgé celui que je suis aujourd'hui.

Mais Lukas n'est plus là.

Je me souviens de tout, à présent. J'ai lu tout le carnet. Pour la partie albanaise, j'ai fait des traductions et au fur à mesure certains mots me sont revenus. En une nuit, j'ai dévoré le récit de sa vie.

La guerre a débuté en 1991. Nous vivions tous les deux dans un orphelinat et nous y sommes restés pendant une bonne partie de la guerre. Lukas me rassurait, me lisait des histoires et jouait avec moi. J'ignore la genèse de notre relation, mais d'après son récit, il voyait en moi le petit frère qu'il rêvait d'avoir. Tout ce qu'il voulait, c'était une famille. Le foyer a été détruit et nous avons tous été éparpillés... Lukas nous a trouvé un abri dans le sous-sol d'une maison bombardée. On se cachait toute la journée là-bas, crevant de faim et de peur.

Lukas me nourrissait, il est devenu responsable de moi. Au moment où les tensions entre Kosovo et la Serbie ont commencé à s'apaiser, il a pensé que ce serait un nouveau départ pour nous...

... mais nous avons été pris dans un réseau de trafic humain. Nous sommes restés des mois dans le camp de ces malfrats, à subir des humiliations, des coups et des brimades. Tous les jours, on me battait. Lukas les suppliait de le prendre à ma place.

Un soir... on a tenté d'abuser de moi... Lukas a pris ma place.

Lukas a tout pris pour moi.

Et à un moment... une occasion de fuite s'est présentée. On s'est faufilés dans un train et c'est en découvrant d'immenses champs que j'ai voulu qu'on s'arrête. Je n'avais jamais rien vu d'aussi beau.

Nicole et Daniel nous ont trouvés et accueillis dans leur chaleureuse ferme, où j'ai progressivement pu m'habituer à qui pouvait ressembler à une vie normale.

Mais la paix n'a pas duré. Au bout de six mois, on nous a retrouvés.

Et il s'est passé ce qui s'est passé.

Un sentiment de vide m'habite et tous les soirs je suis seul face à mes angoisses. Je me revois en haut de cet immeuble, Lukas qu'on abat sous mes yeux.

Alors que mes crises font rage, elle est là. Fallon vient chez moi, dort avec moi, me serre dans ses bras, apaisant mes cauchemars avec la douceur de son amour.

Je pleure. Je hurle le nom de Lukas dans l'abîme où je me laisse dépérir.

Fallon me rappelle, me fait revivre. Elle anesthésie ma douleur, pendant un bref instant, puis elle me prend contre elle et me murmure à l'oreille qu'elle m'aime.

Chaque soir, je l'entends entrer, déposer des plats que j'aime sur la table et puis me rejoindre dans mon lit. Je ne fais rien. Je ne réagis pas.

J'endure ce carnaval de réminiscences, m'évertuant à calmer mes démons. Mais je n'y arrive pas. Je laisse la vérité me submerger, me vidant jusqu'à la dernière goutte de mon essence.

Fallon demeure, Fallon se bat, Fallon se bat pour moi. Elle tente de m'extirper des ténèbres. J'endure mon existence, je prends les coups, mais ne les ressens plus, je les laisse me faire du mal et c'est Fallon qui assume la douleur pour moi.

Fallon subit mes souffrances, le chagrin ne quitte plus ses yeux ambrés.

Je ne sais même pas si je me sens coupable. Je sais ce qu'elle voit dans mon regard : un vide intersidéral.

J'erre dans mon salon. Habituellement, je laisse toujours un animé en bruit de fond, mais cela fait des jours que je suis plongé dans le silence. Le bruit est dans ma tête.

Fallon m'a laissé une quantité de plats auxquels j'ai à peine touché. Jackson a tenté de me contacter, mais je n'ai pas répondu à ses appels. Je lui ai envoyé un message pour lui dire que je prenais congé, que je voulais être seul. Il sait ce qui m'arrive, Fallon lui a tout dit.

Le passé m'obsède, il est crocheté à mes chevilles. Il pèse sur mes épaules, courbant ma colonne vertébrale. Je ne sais pas quoi faire. La trahison de Vernon me laisse un goût amer. J'ai envie de le cogner. Il était celui en qui j'avais le plus confiance.

Il n'est pas mon père, mais il a veillé sur moi, même s'il ne l'a pas toujours fait de la meilleure des manières. Il était présent et c'était tout ce qui comptait, même si je ne voulais pas le reconnaître.

J'ai habité un cœur d'enfant toute ma vie.

Et maintenant ? Que puis-je faire ?

Je me sens pathétique, inutile. La fin tragique de Lukas m'anéantit, il a fait tout ça pour moi… Son existence sur terre n'aura été que malheur.

J'aurais dû mourir ce jour-là. Tout est ma faute. Tout est ma putain de faute.

J'ai besoin de prendre l'air. J'ai besoin de respirer. Alors que je suis en train de me préparer, Fallon débarque chez moi.

— Tu... tu sors ?

— Oui, je veux m'aérer.

Je la considère brièvement alors que j'enfile un pull et remarque son air maussade. J'ai conscience que mon état se reflète sur elle mais je décèle dans son regard cerné une lueur différente. Elle pose sur ma table un plat fumant de lasagnes.

— Tu veux que je t'accompagne ?

— Non.

Ma réponse est trop sèche, je le sens. Son état me perturbe, elle me fait ressentir que plus rien ne va et ça renforce mes craintes.

— Pourquoi tu me mens ? demande-t-elle brusquement.

Ses doigts tremblent et elle fuit mon regard un bref instant. Je la connais par cœur, mais je suis bien trop absorbé par mon enfer pour comprendre ce qui la tracasse. Et si je m'attarde davantage sur ces réflexions, j'arriverai à la conclusion... que tout est ma faute. J'ai fini par lâcher prise, mes émotions me commandent et j'ai tellement honte de cette vulnérabilité que je ne peux même plus la regarder en face.

— Est-ce qu'on a essayé de te... faire du mal ? demande-t-elle d'un coup.

Bordel. Je ne suis jamais revenu là-dessus. Vernon s'en occupe mais il n'a encore rien découvert.

— Qui t'a dit ça ?

— Donc, c'est vrai.

Je ne réponds pas. Ses yeux reflètent son désarroi mêlé de colère.

— Pourquoi tu ne me l'as pas dit ? Pourquoi tu...

Sa voix se brise comme du verre.

— Fallon, ce n'est pas le moment, lâché-je en lui tournant le dos.

Je ne peux pas la regarder dans les yeux. La gorge serrée, je me sens si vulnérable, si illégitime auprès d'elle.

— Quoi ?

— Pars, laisse-moi seul. Tu t'obstines à vouloir me sauver, mais pour cette fois, ça ne marchera pas.

Mes mots perforent ma propre poitrine, je veux la repousser mais je ne peux pas affronter la déception dans son regard. Je ne la mérite pas.

— Pourquoi tu me repousses ? Je me sens si impuissante…

Fallon est en train de pleurer pour moi, de pleurer à cause de moi. Et je ne me retourne même pas.

— Je ne peux pas supporter que tu sois malheureuse à cause de moi. Cette bataille, c'est la mienne, déclaré-je en tremblant.

La douleur est si intense, elle parle pour moi, me commande comme si j'étais un vulgaire pantin. Mon monde est si imparfait… que Fallon a fini par se briser.

Je l'entends ouvrir la porte et je ne fais pas un mouvement. Je ne supporte plus de la voir souffrir par ma faute, je la rejette comme une malpropre alors qu'elle se donne corps et âme pour moi. Putain de merde, je ne suis qu'un lâche, un gamin immature terrorisé par je ne sais quel monstre qui l'empêche de grandir et de voir la vérité en face.

— Quand mon père est mort, j'ai cru que j'allais m'effondrer. Je me suis sentie seule au monde, mais je me suis rappelé que dans cette tragédie, tu étais là. Jackson aussi était là.

Je l'entends prendre une profonde inspiration.

— On a tous le droit de souffrir, de se laisser envahir par le chagrin, c'est humain. J'ai cru que je ne pourrais pas continuer de vivre après son décès, mais j'avais tort. Les morts sont vivants dans nos pensées. Et tous les jours, je pense à lui en m'évertuant à le rendre fier de moi. S'il avait été là, il t'aurait dit…

Entendre parler de Jelan me procure une émotion insolite… Je me retourne lentement vers Fallon et la regarde par-dessus mon épaule.

— Tu n'es pas fautif. Tu ne peux pas changer le passé, pas plus que tu ne peux faire revenir ceux qui nous ont quittés. Mais tu peux l'accepter, accepter que tout ce qui se passe n'est qu'une conséquence de la vie.

Ces paroles s'infiltrent dans mon esprit.

— Je t'aime autant que je déteste cette impuissance que tu me fais ressentir, mais je t'attendrai, Thomas. Parce que, contrairement à ce que tu peux penser, tu en vaux la peine. Tu es un survivant, ne l'oublie jamais. Mon survivant.

Puis elle s'en va, emportant un bout de mon âme.

Quelques jours sont passés, Fallon ne vient plus. Je n'ai pas de nouvelles d'elle. J'ai ruminé des nuits entières. Me voilà devant lui, à l'endroit exact où il m'a trouvé il y a dix-sept ans. Je m'assieds sur un banc tandis qu'il reste debout. Le vent me fouette le visage. Je remonte le col de mon pull jusqu'à mon nez. Je ne dis rien. C'est à lui de parler. Je l'entends prendre une profonde inspiration. Il croise les bras sur son torse.

— Tu étais si maigre pour ton âge..., blessé, les vêtements pleins de poussière. Ton visage était un champ de bataille. Je t'ai porté dans mes bras et le carnet est tombé de ta poche. Tu as dormi deux jours à l'hôpital et, pendant ce temps... j'ai lu ce que j'ai pu du carnet de Lukas. Ça m'a brisé le cœur.

Vernon marque une pause, reprend son souffle et, cette fois, s'assied à côté de moi.

— J'avais peur de ta réaction. Que tu sois incapable de t'en remettre. Mais tu ne te rappelais plus rien, même pas ton prénom. C'est moi qui te l'ai soufflé, en craignant que tes souvenirs se débloquent, mais toujours rien. J'ai vu ça comme un signe.

— Tu m'as caché la vérité, rétorqué-je d'une voix acerbe.

— Thomas... Je le sais. Je voulais que tu passes à autre chose. Les douze premières années de ta vie ont été bouleversées par les feux de l'enfer. Lukas te protégeait, mais tu as vu des gens se faire tuer, tu as été agressé, exploité, abusé et, par-dessus tout, la personne que tu aimais le plus s'est sacrifiée pour toi.

— Vernon, j'ai grandi avec l'idée que je n'étais qu'un déchet, que personne ne voulait de moi. Ce n'est qu'en rencontrant Fallon que j'ai senti une lueur d'espoir. Alors que, en vérité, j'avais un grand frère qui a tout donné pour moi. Tu m'as laissé l'oublier. Lukas m'a tout donné...

— Lukas s'est sacrifié pour que tu vives, que tu oublies le passé et que tu t'ouvres à ton avenir.

— Mon futur... J'ai l'impression que tout s'écroule.

— Ce n'est pas le cas. Tu ne peux pas changer le passé, c'est fait. Mais tu as la vie devant toi. Tu dois tracer ton futur. Tu es un survivant. Tu es spécial, je te l'ai déjà dit. Même si tu ne veux plus de moi dans ta vie, ce que je comprendrais, tu dois continuer de vivre. Tu le mérites.

— Si je n'avais pas mené cette quête... tu ne me l'aurais jamais dit, n'est-ce pas ?

— Je connais ton ambition, je savais que ce jour arriverait... J'étais terrorisé et je le suis encore. Quand j'ai lu le récit de Lukas, j'en ai fait des cauchemars. Et en te voyant devenir l'homme que tu es aujourd'hui, je ne pouvais m'empêcher d'être fier de toi, dit-il, plein d'émotion.

— Vernon, je sais que tu as fait tout ça pour mon bien. Mais je ne pourrai pas te pardonner. Tu étais le seul à savoir à quel point j'ai souffert. Je me sentais incomplet, seul au monde et tu as laissé ces sentiments m'engloutir sans rien faire.

— C'est pour ça que je ne me suis jamais éloigné de toi, Thomas.

Je prends une profonde inspiration et me lève du banc.

— Je n'ai plus rien à te dire, Vernon. J'ai encore besoin de temps.

— Thomas, apprends à accepter les choses telles qu'elles sont. Il y a des choses qu'on ne peut pas expliquer.

Fallon m'a déjà dit ces paroles et je commence à les intégrer. Ils n'ont pas tort. Je ne peux rien changer. Tout ce que je peux faire, c'est avancer. Accepter. Je ne lui réponds pas. Je le sens me suivre. J'ignore à quoi il joue, mais je décide de ne pas réagir. Arrivé devant ma résidence, je me tourne vers lui avec un air maussade.

— Lâche-moi.

— Je voulais m'assurer que tu rentres bien, dit-il avec sincérité.

— Je ne vais pas me jeter sous un bus, bon sang !

— Peut-être. Mais t'arrêter dans un bar et boire comme un trou, oui.

Je n'ai pas le temps de répliquer que le concierge accourt vers moi, le teint livide.

— Thomas, les voisins ont entendu un coup de feu dans l'appartement de Fallon.

38
Lui ou moi

Fallon

Thomas est replongé dans l'enfer de son passé et moi, je suis sous l'emprise d'un harceleur. Troy m'empoisonne la vie. Tous les jours, il me bombarde de messages téléphoniques. Tous les jours, il me dit ce qu'il aimerait me faire.

Quand je l'ai menacé de prévenir la police, il a admis qu'il n'hésiterait pas à s'en prendre à Thomas à nouveau. Je ne voulais pas le croire...

Je me sens tellement coupable... Tout est ma faute.

Réponds-moi, mon cœur. Apparemment, il n'y a que quand on t'appelle comme ça que tu réponds.

Je n'en peux plus.

Troy connaît bien trop de détails sur ma vie privée et j'ignore comment. Je suis terrifiée et je ne peux rien faire. J'ai l'impression que, quoi que je fasse, il s'attaquera à Thomas.

Je suis chez moi et je viens de finir le travail éditorial que Clara m'a confié. Avec tout ce qui s'est passé, j'avais délaissé le manuscrit, mais depuis quelques jours je me suis replongée dedans. J'attends une réponse définitive qui scellera peut-être mon avenir professionnel.

La nuit, seule dans ma chambre, je ne dors que d'un œil. Je suis terrorisée et la seule personne à qui je pourrais parler est prise au piège d'une tourmente infernale. Je ne peux rien raconter à Julia, car si je l'implique, Troy finira par le savoir. Je ne veux pas qu'il touche à mes proches, je veux régler ça par moi-même. Il m'a confrontée à un choix impossible : rester sous emprise pour ne pas heurter ceux que j'aime ou bien libérer ma voix et finir par tout perdre.

Tout est ma faute.

Je l'ai fait entrer dans ma vie, poussée par les complexes que ma mère a créés chez moi. Même en son absence, elle trouve le moyen de me causer des ennuis.

Je tourne en rond, faisant chauffer mes méninges pour trouver une solution. J'entends une clé tourner dans la serrure de ma porte d'entrée. Est-ce que Thomas se décide enfin à me revenir ? Mon sang ne fait qu'un tour quand je découvre Troy dans l'embrasure de ma porte.

— Salut, princesse.

Il verrouille la porte derrière lui et attrape ma propre clé, posée sur le meuble de l'entrée, mais aussi mon téléphone. Je recule et me cogne contre ma table.

— C... comment tu... ?

Le bleu vif de ses yeux me terrifie. Je suis clouée au sol.

— J'ai fait faire un double il y a bien longtemps, explique-t-il comme si c'était normal.

— Quoi ? Quand ça ?

— Quand tu as prononcé le nom de Thomas alors qu'on baisait, j'ai compris que je devais t'avoir à l'œil.

Ce n'est pas possible.

— Qu'est-ce que tu attends de moi ? Pourquoi tu es là ? Pourquoi maintenant ?

— Parce qu'il n'est plus là. Il te délaisse complètement, tu vois bien qu'il n'est pas fait pour toi. Ce n'est qu'un pauvre type avec un trouble identitaire. Je ne comprends pas ce que tu lui trouves.

Tout s'aligne dans ma tête. La vérité me frappe comme une onde de choc.

— Tu m'écoutes depuis tout ce temps ?

— Bingo ! lâche-t-il en claquant des doigts. J'ai caché un micro dans chaque aération. Alors comme ça, tu aimes être prise sauvagement ? Petite salope.

Le dégoût me tord le ventre. J'essaie de faire abstraction de ce qu'il dit pour réfléchir à un moyen de m'enfuir. Je suis dans un putain de film d'horreur. Il nous a enfermés chez moi et… je ne sais pas s'il est armé.

— Troy…

— Je suis venu te chercher. Nous partons, toi et moi. Une nouvelle vie commence pour nous deux. Je savais que Thomas allait te rejeter. Il est obnubilé par sa petite personne. Comment peux-tu l'aimer ? Tu lui cours après depuis des semaines et tu n'as rien en retour.

Ces mots me glacent le sang.

— Je ne viendrai pas avec toi.

Troy est complètement fou, j'ai très peur de ce qu'il pourrait faire. Où sont ses limites ?

— Je changerai ton corps, tu auras ce que tu voudras et on sera heureux. J'ai vu ta détresse, ta peur. Je veux te libérer de son emprise. Avec moi, tu auras tout ce que tu as toujours désiré.

— Troy, nous ne sommes pas faits pour être ensemble et tu le sais…

J'essaie de parler doucement, pour ne pas le brusquer et pour temporiser.

— Je pense que je suis plus clairvoyant que toi, princesse.

Le nœud logé au creux de mon ventre remonte vers mon cœur. J'ai le souffle coupé. Je suis comme un oiseau piégé dans une cage, les ailes paralysées.

— J'aime Thomas. Je ne partirai pas, il a besoin de moi.

— Par pitié, Fallon, ce bâtard a vu des atrocités, il est

complètement instable ! Les souvenirs de guerre changent à jamais !

— C'est toi qui dis ça !

— Tu as peur de moi ? demande-t-il en s'approchant lentement, en prédateur.

Farouche, je m'empresse de m'écarter.

— Mon cœur, je ne te ferai aucun mal... Cela dit, je pense qu'il est grand temps que certaines choses changent.

Il m'attrape par les cheveux et me fait tomber par terre.

— LÂCHE-MOI !

Il tire un scalpel de sa poche et découpe mon haut. Je me débats comme je peux, mais il est plus robuste que moi. Mes seins sont à l'air. Il commence à inciser le haut de ma poitrine.

— PITIÉ, ARRÊTE !

— J'aurais pu faire des merveilles, mais tu n'as pas voulu coopérer. Tu ne voulais pas de ma marque sur ton corps.

— S'il te plaît, arrête !

Il entaille ma peau plus profondément et je me mets à pleurer de douleur. Il bloque mes poignets d'une main tandis que l'autre continue à me charcuter. Il trace une fine ligne verticale sur ma joue.

Je me débats et réussis à libérer une de mes mains. Je le gifle de toutes mes forces, lui faisant tourner la tête, et je le repousse pour lui échapper. Je cours jusqu'à ma chambre et ferme la porte à clé. Je me couvre d'un pull et cherche dans mes tiroirs l'arme que mon père m'a demandé de toujours garder chez moi. Je fouille, la vision totalement brouillée par mes larmes.

Troy donne des coups sur la porte et je sais qu'il peut la faire céder. L'angoisse et le stress rendent mes mouvements maladroits. Le diable est à mes trousses et je ne trouve pas ce que je cherche.

— Mon cœur, si tu n'ouvres pas cette porte, tu risques de le regretter.

Je continue de retourner mes affaires tandis qu'il cogne la porte avec son pied.

— Mon cœur, tu es coincée ici avec moi, alors ouvre et allons-nous-en.

Je ne réponds toujours pas.

— Ce que tu ne réalises pas, c'est que si je ne peux pas t'avoir, personne ne t'aura.

Ses paroles me glacent le sang. J'entends un coup de feu. Il vient de faire exploser la poignée. La porte s'entrouvre. Je me retourne vers lui, tétanisée par la lueur machiavélique dans son regard.

— Troy... s'il te plaît...

— Trop tard, mon cœur.

Le sang coule sur ma poitrine, maculant mon pull, et la douleur s'accentue. Je jette un de mes livres sur lui quand il tente une approche et m'empresse de sortir de ma chambre, mais il m'agrippe le bras et me projette contre le mur. Je gémis de douleur et il s'accroupit.

— Comme tu es belle... Mais tu as tout fichu en l'air.

Je me sens tellement pathétique. Troy est comme en transe, en plein délire. Je sais qu'il serait capable de me tuer, là. Il plante son scalpel dans ma cuisse et je hurle de douleur. Il fait glisser la lame sur moi, tranchant davantage ma peau.

— Tu aimerais avoir des cuisses plus rebondies, non ?

Je ne peux plus parler, je perds beaucoup de sang et ma vue est brouillée par les larmes. Troy s'éloigne de moi pour essuyer le scalpel sur mes draps.

— C'est bien dommage, j'aurais pu faire de ton corps une œuvre d'art.

Alors, c'est comme ça que je vais mourir ?

Je ne peux pas le laisser me tuer. Je ne peux pas le laisser décider pour moi.

J'essuie mes larmes et m'appuie contre le mur pour me redresser. Il se tourne vers moi et me toise.

— Tu perds trop de sang, rassieds-toi.

Il tient toujours son scalpel et s'avance.

— J'ai dit, assieds-toi.

Je ne l'écoute pas, et il me fonce dessus. Il me transperce l'épaule. J'ouvre la bouche et retiens un cri en le fixant droit dans les yeux.

— Pourquoi tu me fais ça ? je demande doucement.

— C'est toi qui l'as voulu... Je te sauve seulement d'eux. Je te délivre.

La douleur est insoutenable. Je puise dans mes dernières réserves alors que toute son attention est concentrée sur moi. Sans le lâcher des yeux, de ma main libre, je lui arrache le flingue qu'il garde à sa ceinture. Il n'a pas le temps de réagir que je lui donne un coup avec ma jambe encore indemne. Je le pousse de toutes mes forces et tire, les yeux clos.

Il ne bouge plus. Mes larmes s'intensifient et je m'effondre sur le sol maculé de sang.

Thomas

Mon pied frappe la porte bloquée par le loquet.

Je ne m'arrête que lorsqu'elle s'ouvre entièrement.

Je pénètre dans le salon, complètement paniqué. La pièce est en désordre et je vois des traces de sang par terre. Une violente angoisse me frappe le cœur. Le souffle court, je cours vers la chambre de Fallon.

Troy baigne dans une mare de sang.

Fallon est contre le mur.

Le corps entier ensanglanté. Mon monde s'effondre devant moi. Je me précipite vers elle, me demandant avec terreur si elle respire encore.

— Fallon, je t'en prie, réveille-toi.

Je hurle à Vernon d'appeler les secours, de la sauver. Son pouls est faible. Elle est blessée à la jambe et tout près de la clavicule, je vois du sang partout.

— Fallon, je t'en supplie, tiens le coup.

Mon visage est inondé de larmes alors que je la serre contre moi.

— Je t'aime ! Je t'en supplie, ne m'abandonne pas.

Les médecins s'occupent d'elle. Vernon a fait venir ses collègues à l'hôpital pour enquêter sur ce qui s'est passé. De toute évidence, Fallon a agi en état de légitime défense. Son état en témoigne. Troy est mort sur le coup. La balle a touché une artère, scellant son sort sur-le-champ. Troy... Je ne comprends pas pourquoi il était là.

— C'est lui qui a tenté de te tuer, me dit Vernon. Un de nos hommes vient d'entrer chez lui et il a trouvé tout un tableau d'enquête sur Fallon et toi. Il était complètement obsédé par elle. Visiblement, tu étais un obstacle pour lui. On a fouillé son téléphone : il a des enregistrements de vos ébats, de vos conversations. L'appartement de Fallon était sur écoute, il savait tout de vous. Ça fait des jours qu'il harcelait Fallon par messages, elle ne répondait que quand il insinuait qu'il s'en prendrait encore à toi.

— Pourquoi elle ne m'a rien dit ? je réponds en me laissant tomber sur une des chaises de la salle d'attente.

— Il l'a menacée de s'en prendre à toi, Jackson et Julia. Elle était prise au piège. Ne te reproche rien. Elle s'en est sortie.

— Ne pas me le reprocher ? Si je ne l'avais pas complètement délaissée, rien de tout cela ne serait arrivé.

Au même moment, une infirmière sort de la chambre de Fallon et je m'empresse de me diriger vers elle.

— Comment elle va ?

— Bien. Elle a besoin de repos.

— Est-ce que je peux la voir ? Je vous en prie, j'ai besoin de voir de mes yeux qu'elle va bien.

— Elle dort, monsieur. Patientez encore un peu.

39

Tout n'est pas parfait

Fallon

Ma peau me brûle encore. J'ouvre les yeux et une lumière blanche m'aveugle. Avant de céder à la panique, me pensant morte, j'aperçois une femme qui me sourit avec bienveillance.

— Bonjour, Fallon. Comment vous sentez-vous ?

Je fronce les sourcils. Je suis visiblement dans un hôpital. Lentement, les souvenirs resurgissent. Troy chez moi. Troy qui me fait du mal.

— Je… je me sens bien… mais…

Est-ce que je l'ai tué ?

— Un inspecteur de police va entrer et vous poser quelques questions, OK ?

J'acquiesce lentement et je vois Vernon pousser la porte. Ça me rassure que ce soit lui. L'infirmière nous laisse seuls et je prends une profonde inspiration.

— Est-ce qu'il est… mort ? dis-je, la voix brisée.

Vernon me regarde avec empathie et hoche la tête. Je plaque la main sur ma bouche et étouffe un sanglot. J'ai tué un homme…

— Fallon, c'était toi ou lui.

— Mais… ce que j'ai fait est monstrueux ! Qui je suis pour décider d'une telle chose ?

Je me sens… mal, désespérément mal.

— Fallon, tu t'es battue pour ta survie. C'est de la légitime défense. Comme je te l'ai dit… c'était lui ou toi.

Ses mots s'infiltrent dans mon esprit et je les accepte, car il a raison. C'était Troy ou moi. J'ai fait en sorte de survivre, parce que je le voulais.

Vernon me demande de lui en raconter en détail ce qui s'est passé. Ma gorge se comprime tant les souvenirs sont douloureux. Des larmes ruissellent sur mes joues pendant que je lui raconte tout.

Il me serre dans ses bras avant de me laisser et Thomas, bouleversé, prend sa place. Il rapproche la chaise de mon lit et s'assied à ma droite, sans rien dire. Je l'observe dans ce silence, il semble au bord du gouffre. Ses yeux rouges et ses cernes témoignent de sa fatigue intense.

— C'est ma faute, dis-je pour briser la glace. Troy me harcelait depuis un moment. Je ne t'ai rien dit parce que… je ne pouvais pas t'impliquer. Je ne savais pas de quoi il était capable… et… il y a eu l'explosion de ta voiture… Mon Dieu… je suis tellement désolée.

Je ravale mes sanglots quand je songe que Troy aurait pu m'arracher Thomas à tout jamais.

— Fallon ! s'exclame-t-il de sa voix rauque.

Sa main est sur la mienne. Son visage est pâle et une peine immense habite son regard.

— Tu n'y es pour rien. Je ne t'ai pas protégée. J'avais fait cette promesse à ton père et je n'ai pas réussi à la tenir.

La culpabilité dans sa voix me transperce.

— Thomas…

— Pardonne-moi, souffle-t-il, la voix complètement brisée. Pardonne-moi de t'avoir délaissée, de t'avoir fait souffrir. Je m'en veux tellement… Si tu savais. Depuis le début, c'est toi qui as raison…

Il marque une pause et lève ma main pour l'embrasser.

— Quand je t'ai vue en sang, j'ai cru que le monde allait s'écrouler sous mes pieds. Je ne pouvais plus respirer. Toute ma vie, je me suis persuadé qu'un jour je retrouverais ma vraie famille, alors que tu as toujours été là. C'est toi, ma famille. Vernon n'a pas cessé de me dire de regarder devant au lieu de songer au passé. Mon avenir, je n'osais même pas y penser. J'ai été très bête, parce qu'il brille de mille feux dans tes yeux, depuis le début.

— Thomas...

— Pardonne-moi de n'avoir rien vu. Je... je veux aller de l'avant, je veux accepter tout ce qui s'est passé. Je ne veux pas que le sacrifice de Lukas ait été vain.

— Il n'a pas été vain, murmuré-je avec tendresse.

— Toi aussi, tu es une survivante. Je ne sais pas ce que je ferais sans toi. Ces derniers jours, j'ai repensé à mes dernières conversations avec Lukas. Je suis persuadé que tout a été fait pour que je te rencontre, toi. Je l'ai perdu... mais il m'a guidé vers toi.

Ces mots pleins d'espoir m'apaisent. Je pose une main sur ma poitrine, sur les bandages qui couvrent mes blessures.

— Il y a quelque chose que j'aimerais te dire...

Thomas acquiesce et serre ma main dans la sienne pour m'inviter à parler.

— À douze ans, je n'avais personne, je me sentais seule et rejetée par tout le monde. J'ai fini par me dire que... si ma propre mère ne m'aimait pas, c'est que je n'en valais pas la peine. Je voulais en finir, Thomas. J'allais me jeter du toit de la maison. Mais mon père est intervenu.

Thomas écarquille les yeux et serre ma main avec plus de force.

— Il m'a crié dessus, je crois que je ne l'ai jamais vu aussi en colère que ce jour-là... Depuis, j'ai eu sans cesse l'impression de le décevoir. Je ne lui ai pas dit que maman me faisait souffrir moralement. Je lui ai juste fait comprendre que je me sentais terriblement seule et que personne ne m'aimait. Quelques mois plus tard, Jackson et toi êtes arrivés. Quand je t'ai vu seul dans ton coin, quelque chose a résonné dans mon cœur et on s'est rapprochés. Tu as été mon premier ami et j'ai senti pour la première fois que je valais quelque chose. Tu m'as fait du bien, tu m'as sauvée et mon père l'a vu… J'ai tendance à penser que s'il ne t'a pas adopté comme tu l'espérais… c'est parce qu'il savait que je t'aimais. Je t'ai adopté avant lui et je suis à toi depuis le début.

Thomas presse ses lèvres sur les miennes avec une délicatesse qui me bouleverse et qui exprime une promesse silencieuse : celle d'un nouveau départ.

— Tu es mon héroïne, Fallon.

— J'allais commettre un acte irréparable alors que le bonheur devait frapper à ma porte quelques mois plus tard. J'aurais manqué tant de choses… J'étais destinée à te rencontrer.

— Oui, je le crois aussi, princesse, murmure-t-il, ému, en passant la main dans mes cheveux.

Thomas m'embrasse de nouveau avec toute la douceur du monde.

— Jackson et Julia sont dans le couloir, ils veulent te voir, me souffle-t-il.

Il s'écarte, puis se tourne vers moi.

— Je sais que le chemin est encore long, que je ne pourrai pas me défaire facilement de tout ce qui s'est passé, mais je suis prêt à l'accepter, je suis prêt à changer les choses. Et surtout… je suis prêt pour toi, Fallon. Tu es la perfection de mon monde imparfait.

Il a parlé avec une émotion si sincère qu'elle me serre le cœur. Son regard aigue-marine laisse apparaître encore quelques ombres mais elles ne semblent plus avoir autant d'emprise. Le temps ne guérit pas tout, il nous apprend juste à accepter la douleur et à passer à autre chose. Au final, les morceaux de nos cœurs brisés s'enchevêtrent pour battre à l'unisson, pour toujours et à jamais.

Perfectly Mine

— Tu l'as dit toi-même... Tout n'est pas parfait, Thomas.

Tes yeux bleus sont comme l'océan,
Je les contemple en me noyant dedans.
Je me laisse caresser
Par les vagues de tes secrets
Et même si je suis malmenée,
Je renonce à la sérénité.
Pour toi, mon cœur s'est prononcé,
Dès l'instant où je me suis abandonnée
À l'amour que tu me fais éprouver,
En toi, j'ai trouvé la sécurité,
La chaleur d'un foyer,
L'affection d'un bien-aimé.
Et si tu crains qui tu es,
À cause de ton obscurité,
Sache, mon amour,
Que tu es...
La perfection de mon monde imparfait.

Épilogue

Thomas
Six mois plus tard

Mon cœur bat très vite.

Je suis en train de faire face à mon destin. Derrière cette porte se cache le dernier vestige de mon passé et lorsqu'elle s'ouvre, le poids sur mes épaules se fait la malle.

— Bonjour. Qui êtes-vous ?

C'est un ado d'environ quatorze ans qui m'ouvre la porte. Il est mat de peau, avec un air candide et un regard chocolat plein d'espoir.

— Bonjour, je cherche...

— Thomas, qui est là ? s'exclame une voix qui résonne soudain dans ma mémoire.

Je lève la tête en même temps que le petit jeune qui se retourne.

— Papa, cet homme vient de sonner.

Je fixe le monsieur devant moi. Il vient de prononcer le nom Thomas... mais ce n'est pas à moi qu'il s'adresse. Daniel plonge son regard marron dans le mien et fronce les sourcils, avant de subitement écarquiller les yeux.

— Bonsoir, je suis...

— Thomas ? dit-il d'une voix presque étranglée.

Daniel a bien vieilli depuis le temps, son visage est plein de rides mais sa forme physique est impressionnante. J'acquiesce lentement puis il comble la distance entre nous et me serre dans ses bras.

— Mon garçon... je te croyais mort.

Ses mots labourent mon cœur, je retiens ma respiration alors qu'il me serre contre lui très fort, comme s'il craignait que je disparaisse à nouveau.

Il se souvient de moi. Il ne m'a pas oublié.

— Je vous ai cherchés partout, Lukas et toi... J'ai retrouvé son corps et des témoins m'ont dit que ces malfrats t'avaient sûrement réservé le même sort.

Daniel se détache de moi, en larmes, ses deux mains exercent sur mes épaules une faible pression qui me connecte à la réalité.

— Je me suis échappé...

— Thomas ?

Une voix féminine interrompt ce moment et je me détourne pour croiser le regard vert de Nicole. Sa main se plaque sur sa bouche et des larmes jaillissent de ses yeux. Elle se précipite vers moi.

— C'est bien toi ?

— Chérie ! Il est en vie !

Nicole pleure et me serre contre elle. Cet élan d'affection me prend de court, mais étrangement... il me remplit d'émotions que je ne peux mettre de côté. Je les prends tous les deux dans mes bras, car en fin de compte, ils sont les derniers à avoir vu l'ancien *moi*.

— Nous sommes si heureux de te revoir ! s'exclame Nicole en me souriant.

Je suis assis sur l'une des chaises de la salle à manger et ils sont tous les deux en face de moi. Ils m'ont attentivement écouté leur raconter mon récit. Tout ce qui m'est arrivé, ma perte de mémoire, l'orphelinat, mes sentiments à la ramasse et ma quête incessante. Ils ont été émus aux larmes.

— Tu as réussi ta vie, Thomas, nous sommes fiers de toi, me dit Daniel, ravi.

Je n'aurais jamais pensé que Daniel était si attaché à moi. En réalité, je croyais qu'ils m'avaient oublié. Mais ce n'est pas du tout le cas. Et le savoir me procure un sentiment inouï.

— Nous voulons te présenter quelqu'un, me dit Nicole en passant la main sur ses cheveux marron qui grisonnent un peu. Voici notre fils, Thomas.

Le jeune garçon me fait un signe de tête, je lui souris et ravale l'émotion qui me serre le cœur. *Ils lui ont donné mon prénom.*

— Ils m'ont adopté, au cas où tu te demanderais pourquoi je ne leur ressemble pas, déclare-t-il sur un ton plein d'humour.

— Je suis heureux de voir que vous avez eu un enfant, dis-je en esquissant un sourire.

— Lukas et toi… vous nous avez marqués, explique Daniel. Vous nous avez ouvert les yeux…

— Nous voulions changer les choses, ajoute Nicole en se levant pour prendre son fils dans ses bras. Nous avons adopté Thomas et nous l'aimons de tout notre cœur.

Leur fils a un regard éclatant. Ils sont heureux, tous les trois.

— Merci de m'avoir sauvé, de nous avoir sauvés, Lukas et moi, dis-je en me levant à mon tour.

Daniel se lève et va ouvrir un des tiroirs de la commode. Il prend quelque chose en main et vient me le tendre. Mes yeux s'écarquillent subitement et je manque de défaillir. C'est une photo de Lukas et moi. Je vois son visage en vrai. Il est semblable à celui du garçon qui court dans mes rêves. Nous sommes tous les deux dans un champ, Lukas me serre contre lui et nous sourions tous les deux à l'objectif.

— Garde-la. De ma vie entière, je n'ai jamais vu un amour fraternel aussi puissant. Je sais qu'il te manque, mais je sais aussi qu'il serait terriblement fier de toi. Tu es un survivant, Thomas, il t'a sauvé parce qu'il t'aimait.

J'ai envie de pleurer devant cette photo qui représente tellement pour moi. Revoir son visage, son sourire, la couleur de ses yeux me remplit d'un bonheur immense. En dépit de la guerre, je l'avais, lui, et tout était surmontable.

— Merci, merci de tout mon cœur. Pour tout.

Fallon

— Fallon, regarde ça !

Je lève les yeux vers Julia qui est affalée sur mon canapé.

Elle me montre son nouveau talent qui consiste à maintenir en équilibre un bol sur son ventre arrondi.

— Si tu renverses la sauce soja sur mon canapé, ton mari m'en rachète un.

Jackson s'esclaffe en se posant près de Julia, l'air guilleret, avant d'embrasser son ventre de femme enceinte.

— Je t'en offre dix si tu veux, me taquine-t-il. Les plus moches du magasin, évidemment.

— Cela ne m'étonne pas, soufflé-je en m'installant sur mon tapis, mon ordi sur les cuisses.

Ils sont passés pour me tenir compagnie avant le retour de Thomas. Depuis ma sortie de l'hôpital, mon amoureux ne m'a pas lâchée d'une semelle. Notre amour est encore plus fort qu'avant. Il a évolué, tout comme moi. Je pense qu'on a su révéler cette flamme au fond de nous qui refusait de briller. Thomas m'a fait du bien pour l'éternité.

— Mon ange, tu es sûre que tu pourras faire tes dédicaces la semaine prochaine ? demande Jackson, soucieux.

— Chéri, je ne suis pas en sucre, voyons !

Julia a sorti son second livre : il a reçu de très bonnes critiques et elle commence une tournée de dédicaces la semaine prochaine, un peu partout dans le pays. Quant à moi… je suis devenue son éditrice. Clara, la responsable éditoriale, m'a prise sous son aile, m'a appris tout ce que je devais savoir et, même si je n'ai pas de diplôme, elle me dit sans arrêt que je suis faite pour ça. J'ai annoncé la nouvelle sur mes réseaux et j'ai reçu tant d'amour et d'engouement que ça m'a fait chaud au cœur.

Un *toc toc* interrompt le cours de mes pensées. Je pivote vers la porte d'entrée et découvre Thomas sur le seuil. Je m'empresse de courir vers lui et saute dans ses bras.

— Je suis contente que tu sois là, comment c'était ?

Mes jambes sont enroulées autour de sa taille et il me serre contre lui.

— Tout s'est bien passé, je suis content de te retrouver.

Je le lâche pour laisser passer Jackson.

— Tu nous racontes ? demande-t-il.

Thomas acquiesce et nous tend un cliché avant de tout nous raconter. L'idée que Nicole et Daniel ne le reconnaissent pas était pour lui une réelle source d'angoisse. Je sens que Jackson et Julia se penchent derrière moi tandis que je scrute la photo de Thomas avec un autre garçon.

— C'est Lukas ? dis-je doucement en levant la tête vers mon aimé.

— Oui, Lukas et moi.

Sur le cliché, Thomas est tout mignon. Lukas le regarde avec un amour manifeste.

— Fallon, Lukas a les mêmes yeux que toi, me souffle Julia, émue.

Je fronce les sourcils et cherche une similitude entre le jeune homme et moi.

— Tu trouves ?

— Oui, tu lui ressembles, répond Thomas.

Je lève la tête vers lui et suis captivée par la tendresse dans ses iris. Il me communique un amour si fort que je manque de défaillir. Thomas semble apaisé, moins préoccupé par les démons de son passé. Je le sens en paix et je n'ai jamais été aussi heureuse. Nous revenons de si loin…

Dans la soirée, installée sur le canapé, je lis un manuscrit sur mon ordinateur quand Thomas vient s'asseoir sur la table juste en face de moi. Quelques centimètres nous séparent.

— Est-ce que je peux te parler ?

Je ferme mon ordi et le poser à l'autre bout du canapé. Il tient en main son carnet. Le Life Note que je lui ai offert il y a bien longtemps.

— J'aimerais que tu le lises.

C'est ce que je fais. J'enchaîne les pages. Thomas parle à cœur ouvert de tout ce que je sais déjà, sa rancœur envers la vie, son sentiment d'être incomplet et ses incertitudes sur qui il est. Entre deux confessions, je tombe sur des pages maculées d'encre, formant mon prénom.

Fallon. Fallon. Fallon. Fallon. Fallon. Fallon. Fallon.

Des pages entières avec des *je l'aime*. Ou encore, *je fais tout ça pour elle.*

Cet amour existe depuis si longtemps...

J'arrive à la dernière page.

Je suis dans le train pour revenir à New York. J'ai rencontré Nicole et Daniel. Ma vie est en train de changer. Tout est en train de changer. Demain, je revois Vernon pour tout lui raconter. Lui dire que je me sens plus léger, que j'ai l'impression de m'être trouvé. J'accepte que ma vie soit ainsi. J'accepte que certaines choses échappent à notre contrôle. J'accepte de lâcher prise. De n'importe quelle chute, je sais que je me relèverai. Pour Lukas. Pour Fallon, l'amour de ma vie. Elle est ma lueur d'espoir. Nous avons traversé les ténèbres et elle m'a suivi sans se soucier de ce qui pouvait lui arriver. Qu'ai-je fait pour mériter une personne aussi exceptionnelle ?

Ce carnet touche à sa fin, j'aurais noirci les pages dans les moments les plus sombres de ma vie, et si tu le lis, mon cœur, tu as pu constater qu'après chaque moment obscur raconté, ton nom figure, telle une lumière parmi les ténèbres. C'est ce que tu représentes pour moi.

Merci pour ce cadeau. Merci de m'aimer. Tu m'as fait du bien pour l'éternité, toi aussi.

Quelques larmes tombent sur la dernière page avant que je ferme le carnet.

— Je t'aime, dis-je en serrant l'objet contre mon cœur.

Ses lèvres s'étirent en un sourire tendre, je le vois tirer de sa poche un écrin et mon cœur loupe un battement quand il pose un genou à terre.

— Je veux que tu saches que si je fais ça, c'est parce que j'en ai envie autant que toi. Le soir de l'union de Jackson et Julia, tu m'as expliqué ce que le mariage pouvait représenter pour toi, mais aussi l'amour qu'il exprimait. Tout ce que tu disais... c'est exactement ce que je ressens pour toi. Tu ne peux pas imaginer ce que tu représentes à mes yeux, Fallon.

Je suis sans voix. Thomas ouvre l'écrin et je découvre une magnifique bague en or surmontée d'un ambre. La pierre est entourée de petits saphirs. Je suis hypnotisée par l'éclat du bijou.

— Je veux de cette vie avec toi et personne d'autre, confesse-t-il. Alors... princesse, Fallon Kingsley, veux-tu me faire l'honneur de devenir ma femme ?

Je me laisse tomber sur les genoux et enroule les bras autour de son cou.

— J'ai rêvé de ce moment toute ma vie.

Des larmes ruissellent le long de mes joues.

— Oui, je le veux, Thomas. Je te veux, toi.

Il presse son front contre le mien, m'embrasse puis passe la bague à mon annulaire.

— Elle est si belle... et si significative, mon amour.

— Je l'ai dessinée avec le bijoutier, je voulais une bague unique, comme toi.

— Alors comme ça, j'ai réussi à te faire changer d'avis ? demandé-je pour le taquiner.

— Disons que les Kingsley ont une certaine force de persuasion, lâche-t-il avec un clin d'œil en passant la main dans mes cheveux.

Je dois le dire à Julia !

— J'ai autre chose à te demander, me dit-il subitement en me tirant vers lui.

— Tout ce que tu veux, mon amour.

— J'aimerais fonder une famille avec toi. Pas maintenant, évidemment, je ne veux pas que tu tombes enceinte tout de suite... Mais quand on sera prêts à devenir parents, j'aimerais... qu'on adopte.

Mon cœur bat aussi vite que les ailes d'un colibri. Je me penche vers son visage et embrasse ses lèvres.

— Beaucoup d'orphelins n'ont pas ma chance. J'ai eu Vernon, Jackson, Jelan, toi... J'étais obnubilé par ce que je n'avais pas alors que j'ai toujours été entouré et aimé. Je veux qu'un autre enfant puisse ressentir tout ça. Je le veux vraiment.

Je l'aime tellement et c'est si noble de sa part d'agir ainsi !

— Je veux fonder une famille avec toi, et si nous pouvons changer le destin d'un enfant, c'est encore mieux.

— Cela représente beaucoup pour moi que tu acceptes, dit-il, ému.

— Et moi, je suis fière de toi.

Six ans plus tard

— Maman, regarde !

Théo, le fils de Julia, court dans le jardin pour semer son père. Ma belle-sœur et moi rions de concert en voyant Jackson qui fait semblant de tomber.

— Tonton Jackson, relève-toi !

Lukas abat ses mains sur le dos de mon frère pour le pousser à se lever.

— Allez, papa, réveille-toi, renchérit Théo.

Je m'esclaffe en voyant ces deux canailles malmener Jackson. Ce dernier se redresse brusquement et les soulève en même temps pour les faire virevolter. Ils rient tous les trois aux éclats et mon cœur se gonfle de joie. Au même moment, je remarque Thomas qui gare sa voiture et en sort, en compagnie de Vernon.

— Papi Vernon ! crie Lukas en courant dans sa direction.

— Tu as encore poussé !

Thomas et Jackson se donnent une accolade avant que Théo câline son oncle, puis les quatre garçons viennent vers nous.

— Maman, regarde ce que papi Vernon m'a donné !

Lukas exhibe fièrement un faux badge de policier à son nom. Théo en a reçu lui aussi et le montre à sa mère avec le même enthousiasme que mon fils.

— Vernon, tu n'étais pas obligé, lancé-je amusée.

— Ils m'ont dit qu'ils voulaient être flics, je n'ai fait qu'exaucer leur souhait.

Thomas tire une chaise pour inviter Vernon à s'asseoir.

— Merci, fiston. Fallon, Julia vous êtes resplendissantes, la grossesse vous va bien.

Ma belle-sœur et moi sommes toutes les deux tombées enceintes avec deux mois d'écart. Elle m'a légèrement devancée. Vivre cette expérience ensemble est très émouvant pour nous.

Thomas se penche vers moi pour m'embrasser avant de faire de même pour le petit bonhomme qui se développe en moi. Jackson pose la main sur la tête de sa femme et lui caresse les cheveux.

— Vous n'avez besoin de rien ? nous demande mon frère.

— Pour ma part, non. Merci, chéri, lui répond Julia.

— Papa, viens jouer ! hurle Théo de l'autre côté du jardin.

— C'est bien la première fois que je vois quelqu'un te commander, se moque Thomas.

Jackson hausse les épaules avant de courir vers les deux garçons qui débordent d'énergie.

— Lukas est très épanoui, nous dit Vernon, ravi pour nous.

Cela fait cinq ans que nous l'avons adopté, alors qu'il n'avait que quelques mois. Sa mère biologique se droguait et l'a abandonné dans son domicile. Les services de l'aide à l'enfance l'ont placé dans une pouponnière et nous l'avons adopté. C'était un an après notre mariage. Il avait la peau sur les os. J'étais navrée qu'un bébé qui n'avait rien demandé puisse vivre de telles choses.

Thomas est un père dévoué et très aimant. Je n'aurais pas pu rêver d'un époux et d'un père plus merveilleux.

— Il a hâte de devenir grand frère, leur dis-je en caressant mon ventre.

Jackson revient avec les deux enfants. Théo se colle à sa maman, et il me voit toucher mon ventre.

— Maman, pourquoi Lukas va avoir un petit frère et moi, une petite sœur ? Je n'aime pas les filles !

— Si tu deviens comme ton père, tu ne diras plus ça, le taquine Thomas.

Jackson le fusille du regard avant de reporter son attention sur son fils.

— Tu verras, ça se passera bien avec ta petite sœur, je t'assure.

Lukas s'approche de Théo et lui prend la main.

— En plus, on est déjà frères, toi et moi. On sera trois garçons avec celui qui arrive !

Les yeux de Théo s'illuminent et il prend mon fils dans ses bras.

— Oui, tu es mon frère, Lukas, et mon meilleur ami, comme papa et tonton Thomas.

Je ne peux manquer le regard complice entre Thomas et Jackson.

— Vous avez des idées de prénoms ? demande Vernon à Julia.

— Pour l'instant, j'ai pensé à Olivia, mais on n'est pas encore sûrs.

— Et vous ? nous demande-t-il ensuite.

Mon regard se pose sur Thomas qui m'invite à répondre avec un clin d'œil.

— R. J Carter.

— R. J ? demande Jackson en arquant un sourcil.

Thomas me prend la main et dépose un doux baiser sur ma paume.

— Ryle Jelan Carter.

Remerciements

J'ai énormément aimé Thomas et Fallon, avec leur amour passionnel et leur envie de se protéger mutuellement. Ils sont entre vos mains à présent, j'espère qu'ils sauront trouver ne serait-ce qu'un petit écho en vous.

J'aimerais d'abord dédier ce livre à mon grand-père : parce que tu es l'une de mes plus grandes inspirations pour Thomas. Merci d'être là et de nourrir mon imagination avec tes histoires.

Merci également à mes parents et leur soutien indéfectible : merci de croire en moi-même quand je n'y crois plus.

Merci à Roxane, mon éditrice, pour sa bienveillance et son écoute. Merci d'avoir fait de ce livre ce qu'il est.

Merci à mes bêtas lectrices : Emy, mon amie, qui m'a suivie dans tous mes romans, merci de me lire et me relire. Kim, merci pour ton soutien et tous tes conseils.

Merci à Sarah, sans doute la personne qui m'a le plus entendue parler de cette histoire et qui m'a soutenue tout le long de ce processus.

Je voudrais également remercier Célia (@celiasreading) et Emma (@leslivresdemma) pour leur soutien, leurs mots et leurs retours à chacune de mes sorties. Je ne vous remercierai jamais assez pour tout ce que vous m'apportez et j'espère que ce nouveau roman trouvera grâce à vos yeux.

Merci à vous, de me lire, de me laisser vos avis ou encore de m'envoyer vos retours en messages privés. Merci pour tout.

Et rappelez-vous que rien n'est parfait dans la vie et que, peu importe ce qui se passe, vous en valez la peine.

PS : Si vous souhaitez replonger dans l'univers de *Perfectly Mine* en musique, rendez-vous sur la playlist Spotify « Perfectly, Mine ».

Édité par HarperCollins France

Composition et mise en pages
Nord Compo à Villeneuve-d'Ascq

Achevé d'imprimer en mars 2024.

FIRMIN-DIDOT

à Mesnil-sur-l'Estrée (Eure)

Dépôt légal : avril 2024.

Pour limiter l'empreinte environnementale de ses livres, HarperCollins France s'engage à n'utiliser que du papier fabriqué à partir de bois provenant de forêts gérées durablement et de manière responsable.

Imprimé en France